DAVID MARCELOU

L'HÉRITAGE
DE MEURSAULT

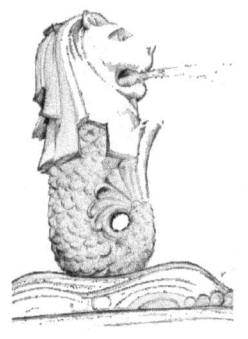

OMNIA VERITAS

DAVID MARCELOU

L'HÉRITAGE

DE MEURSAULT

© David Marcelou – Omnia Veritas Ltd

2006-2015

Publié par

OMNIA VERITAS LTD

www.omnia-veritas.com

David Marcelou

Première partie

LA RETRAITE DE PHILIPPE ORMANDY

Maintenant que Philippe était à la retraite, se présentaient à lui des questions dont il n'aurait pas même envisagé l'existence ne serait-ce que quelques mois auparavant. Il y avait pensé bien des fois à cette retraite, en se figurant qu'une longue et agréable période allait se faire jour dans sa vie. Mais à présent qu'il se trouvait face aux réalités de sa nouvelle situation, les choses ne lui apparaissaient soudain plus aussi clairement. Il se demandait s'il pourrait s'organiser correctement sans les exigences rigides de son milieu professionnel. Il s'interrogeait sur les diverses activités auxquelles il pourrait désormais se consacrer. Cela le laissa désorienté quelque temps, puis peu à peu il réalisa qu'il était nécessaire de prendre les choses avec plus de recul et d'attendre d'en être au point où ces incertitudes ne seraient plus rien face au quotidien qu'il aurait recréé. Cette résolution le rassura et il attendit avec circonspection les instants qui le verraient renoncer à sa profession.

Il avait passé la moitié de sa vie à œuvrer pour les services de renseignements français et malgré de brèves périodes excitantes sur le plan professionnel, tout ce temps s'était déroulé plutôt de manière routinière et dépassant rarement le cadre d'une activité codifiée qui ne laissait guère de place à la moindre fantaisie. Un employé de bureau comme en compte des milliers l'administration dans son gigantesque écheveau.

Il avait cependant fait preuve de sérieux et sans que jamais ne vienne se rencontrer chez lui cet excès de zèle qui affecte parfois les fonctionnaires en mal de reconnaissance, et avait même si l'on peut dire « brillé » lorsque l'occasion s'était présentée de faire usage de ses facultés de déduction et de perspicacité. Car notre homme, en plus de ces qualités appréciables, même au-delà de l'activité pour laquelle elles étaient requises, possédait une remarquable intuition qui lui avait maintes fois permis de cerner au plus près les détails d'un problème. Ce ne fut d'ailleurs pas sans lui attirer l'animosité de certains collègues. Mais de telles dispositions lui valurent en définitive d'être traité avec respect par sa hiérarchie, et il acquit même parmi eux une sorte de statut privilégié en raison des services dont il s'était toujours acquitté avec une consciencieuse honnêteté.

Était maintenant venu le moment de se séparer de cette routine confortable qui avait constitué la trame sécurisée de son existence. Après de brefs et polis adieux de la part de ses collègues, il s'était retrouvé seul dans son appartement avec une sorte de vide et de contentement vague qui lui faisait tout observer avec distance ; comme lorsqu'on a parcouru un long chemin, il sentait venu pour lui le moment du repos. Bien sûr, il ne prévoyait pas de rester improductif et il voulait user de ce temps pour développer des activités, jusqu'à présent, demeurées en sommeil.

Âgé de quarante-neuf ans à peine, il se sentait comme pénétré d'un souffle nouveau qui devait lui permettre d'expérimenter des satisfactions qu'il n'avait jamais vraiment osé espérer.

Il avait dans le même temps décidé de déménager. De quitter enfin son petit appartement pour une maison en banlieue où il pourrait dès lors goûter au charme de la campagne qu'il avait toujours grandement apprécié. Il avait donc fait appel à une agence pour lui trouver l'endroit agréable où il pourrait profiter de la tranquillité de sa condition. Il trouva sans tarder une offre intéressante qui correspondait tout à fait à ses moyens, et c'est un mois tout juste après son départ à la retraite qu'il s'installa à Clermongie, une petite localité au Sud de Paris ; endroit charmant qui l'avait immédiatement séduit par la proximité d'un terrain de golf, son sport favori. Il comptait de ce fait s'y adonner sans mesure ; n'ayant pour se faire qu'à traverser la route qui le séparait de cette étendue verte et ordonnée qui le faisait déjà rêver...

Il est temps de préciser quelle sorte d'existence pouvait mener l'homme dont nous parlons. Il avait toujours été célibataire, et même s'il lui avait été donné de temps à autre de connaître les brefs éclats d'une passion inattendue, il n'avait jamais pu les concrétiser par aucune sorte de partage ; n'ayant à vrai dire, jamais connu de femme qui méritait davantage d'attention que le plaisir qu'il en pouvait éphémèrement tirer. Il est de ces vies solitaires qui malgré l'intérêt que l'on porte aux autres se résolvent dans une misère affective sans issue. Si triste que cela paraisse, Philippe n'était évidemment pas le seul à vivre dans un isolement d'autant plus pénible qu'il ne relevait en aucune façon de sa volonté propre. La vie elle-même, dans ses lois cruelles et invisibles, lui avait refusé toute satisfaction de cet ordre. C'est banal me direz-vous, mais quelle est l'existence dépourvu de cette stupide banalité qui nous rebute sans que jamais nous puissions vraiment échapper à ces effets déprimants ? Notre homme n'avait pas même pour excuse l'ingratitude d'un physique qui lui aurait fatalement interdit d'exercer toute attraction sur le sexe opposé. Car il était plutôt pourvu d'un charme certain qui reposait pour l'essentiel dans la fixité magnétique d'un regard profond, où l'on discernait des reflets bleus, prêt à s'enflammer d'une passion inextinguible. C'est peut-être d'ailleurs pour ces raisons, ne souffrant guère la médiocrité, qu'il n'avait jamais connu de relation à la hauteur de ces attentes, qui étaient immenses et n'avaient pour ainsi dire fait que croître avec le temps. Mais une sorte de désenchantement s'était avec la maturité fait jour dans ses intentions et il avait acquis une sorte de renoncement pour les choses affectives qui lui faisait adopter une attitude froide et détachée qui n'était pas tant de l'amertume qu'une retenue savamment dosée, n'ayant d'autre but que de le préserver des souffrances qu'il avait déjà bien des fois éprouvées dans ce domaine, dont à vrai dire, il n'attendait à présent plus grand chose.

C'est alors qu'il emménagea dans sa nouvelle demeure. Ça devait être un dimanche vu la circulation de ce jour-là. Il parvint sur le seuil de la maison chargé de ces clubs de golfs et autres menues affaires qu'il n'avait toujours pas fini d'installer. Tournant ses clefs dans la serrure, il entendit un bruit à l'intérieur puis faisant quelque pas en arrière il s'aperçut avec stupeur qu'une des fenêtres de la façade avait été brisée. La porte s'ouvrit brusquement et parut devant lui une femme aux contours flous qui le regardait fixement. Philippe se frotta les yeux car il croyait être victime d'une hallucination et sentant ses yeux fatigués il entendit la jeune femme prononcer : « Je suis l'ancienne propriétaire, j'ai oublié quelque chose de très important, je ne l'ai pas trouvé mais je reviendrai le chercher ! »

Philippe eut alors le temps de l'apercevoir car elle le dépassa sans vraiment prêter attention à lui. Elle n'était pas très grande mais ses formes généreuses la lui firent apparaître comme très excitante, et ses cheveux châtain souples et ondulés qui s'agitèrent devant son regard dans le reflet d'un soleil matinal, lui parurent plus que plaisants.

Mais hélas, ce fut tout ce dont il se rendit compte car il perdit connaissance aussitôt.

Il revint à lui quelques minutes plus tard et se leva d'un bond croyant rattraper la femme ou plutôt l'apparition ; si brève, qu'elle semblait n'avoir été qu'un songe de son esprit. Mais il n'y avait plus trace d'elle si ce n'est les effluves discrètes et s'évanouissant déjà d'un parfum délicieux qui resta fixé dans sa mémoire.

Il inspecta l'intérieur de la maison et s'aperçut à son grand ennui, qu'elle avait été fouillée de fond en comble. Ses affaires qu'il n'avait pas vraiment eu le temps de mettre en ordre, avaient été chambardées dans tous les coins et le mobilier renversé au milieu des pièces sans aucune trace de ménagement. Si tout cela n'avait pas été si mystérieux, il aurait sans doute été vraiment furieux ; mais en réalité, cette apparition insolite avait grandement éveillé son intérêt. Il ignorait qu'il y eut une ancienne locataire car l'agence lui avait affirmé que la maison était fermée depuis deux mois et que l'ancien propriétaire, un vieil homme décédé sans héritier leur avait confié la maison entre temps, car il songeait à s'installer dans un plus petit espace. La mort était venue interrompre ces projets et l'agence avait toujours à cœur de vendre la maison au plus vite, c'est par ailleurs grâce à cela que Philippe l'avait obtenue à un si bon prix.

Deux options se présentaient donc : ou il allait de ce pas à la police faire une déposition, ce qui aurait peut être réduit considérablement toute initiative de sa part ; ou bien il retournait voir son notaire pour en savoir davantage sur l'identité de la femme fantomatique qui lui avait si inopinément rendu visite. La deuxième solution lui parut évidemment la plus susceptible de fournir les éclaircissements nécessaires, du moins dans un premier temps.

Néanmoins, bien qu'ayant pris rendez-vous, il vit sa requête repoussée par le notaire qui prétexta une affaire de dernière minute. Il en profita pour mettre en ordre toute la maison. Il commença par le salon, une pièce lumineuse et ouverte sur une cuisine petite mais fonctionnelle. Il remit les fauteuils à leur place, rendit l'aplomb à son sofa et son pied prenant appui sur une dalle du carrelage qui se déroba, il perdit l'équilibre et tomba à la renverse. Un morceau de carrelage brisé avait occasionné la chute. Il s'aperçut alors que la dalle était creuse et dissimulait un petit coffret. Il le prit, l'examina, et comme il n'était pas fermé à clef il s'ouvrit et son contenu tomba au sol. C'était une enveloppe jaunie et scellée que Philippe s'empressa de ramasser. Devait-il l'ouvrir tout de suite ? Ou lui fallait-il attendre la présence de personne plus à même que lui d'en définir l'origine et la signification ? Une poussée d'impatience lui fit abandonner ces scrupules et il décacheta l'enveloppe délicatement puis se mit à parcourir l'épais papier sur lequel était rédigé un testament. Voici les termes en lesquels il avait été écrit :

« *Moi, Roland Meursault en pleine possession de mes facultés, je lègue l'ensemble de ma fortune et de mes biens qui comprennent* (suivait ici une liste impressionnante détaillant différentes maisons et propriétés ainsi que leurs adresses) *à mon unique héritier dont j'ignore le sexe issue d'une union secrète avec une femme qui rompit tout contact avec moi, si bien que mes efforts répétés pour tenter de retrouver l'enfant qu'elle m'avait donné, sont demeurés vains. Cependant si quelqu'un parvient à établir le contact avec cet héritier de droit, il se verra crédité de la moitié équitable des biens et capitaux énumérés plus haut. Je confie un exemplaire signé de ma main à mon notaire dévoué Maître Framard qui m'a tant de fois assisté dans mes affaires et qui veillera une fois encore à faire respecter mes dernières volontés avec toute la bonté et l'honnêteté dont il a toujours fait preuve à mon égard. La condition expresse à l'application de la mention précédente sera d'un délai d'une année après ma mort. Si dans ce temps mon héritier légitime n'a pas été retrouvé ou ne s'est pas manifesté de lui-même, l'intégralité de mes possessions sera reversée à une association portant mon nom et dont l'édification sera de la responsabilité de mon notaire. Celle ci sera consacrée à la création de centres spécialisés à l'intention des personnes atteintes d'incapacité motrice comme ce fut mon cas aux derniers jours sombres de mon existence. »*

Suivaient d'autres détails quant à la stricte application des conditions que Roland Meursault, puisque c'était là le nom du dépositaire, avait exigées pour la transmission de sa fortune.

Philippe n'avait bien entendu jamais entendu parler de cet homme, en revanche le nom du notaire lui était plus que familier puisqu'il s'agissait du même qui avait rédigé l'acte de vente de sa maison. Une telle coïncidence ne pouvait être fortuite et il se senti plein d'impatience à l'idée d'obtenir des explications au sujet de cette découverte pour le moins bizarre.

LE NOTAIRE QUI EN SAVAIT TROP

L e jour suivant il se rendit donc chez Maître Framard le notaire en question. Il le trouva peu surpris de sa découverte :

- J'avais compris qu'il existait quelque part une autre copie du testament. Disait-il sur un ton pénétrant.

-Mais pourquoi a-t-il pris soin de la dissimuler de la sorte ? Reprit Philippe

- Eh bien, je suppose qu'il avait ses raisons qui étaient à n'en pas douter celles d'un vieillard excentrique aux derniers jours de sa vie dorée.

- Qui était-il ? Je veux dire comment vivait-il et de quoi pour avoir amassé une telle fortune ?

- C'était un gros industriel qui a pris beaucoup d'extension ; d'ailleurs son groupe avait et a toujours des succursales partout dans le monde. Une poignée d'actionnaires très influents s'est partagé le groupe en formant un nouveau conseil d'administration après sa mort. Mais reste toujours la fortune personnelle de M. Meursault qui elle s'élevant à plusieurs milliards d'euros, n'a pas encore trouvé acquéreur car les conditions d'un testament stupide ne seront jamais remplies...

Il avait parlé sur un ton de dépit qui faisait penser à Philippe combien cet homme était en lui-même déçu de voir tant d'argent demeurant hors de portée par le caprice d'un seul homme qui peut-être n'avait plus toutes ces facultés en prenant une telle décision. Il reprit sur un ton plus animé :

- Il m'avait confié un exemplaire plusieurs années auparavant et j'avais tenté de le raisonner en arguant que jamais on ne mettrait la main sur ce prétendu enfant qu'il avait eu il y a maintenant plus de vingt-cinq ans avec une fille de Singapour ramassée on ne sait où un soir de beuverie.

- Mais comment pouvait-il être sûr d'être père alors que si j'ai bien compris, il n'eut jamais de nouvelle de cette femme ?

- A vrai dire, je n'en sais presque rien, si ce n'est que ce souvenir l'obsédait et qu'il tenait pour une certitude absolue que cet enfant existait, qu'il était le sien et qu'il ne pouvait moralement pas abandonner l'idée de lui transmettre ce qui resterait de lui.

- Mais ce qui reste de lui pourrait sans peine suffire à pourvoir au besoin de toute la jeunesse de Singapour... ! Dit en ricanant Philippe.

Mais maître Framard lui ne riait pas du tout et il regarda Philippe droit dans les yeux :

- C'est peut être rigolo pour vous, mais si dans trois semaines je n'ai rien de neuf du côté du supposé morpion de mon ancien client je serai obligé de tout sacrifier dans cette utopique association pour laquelle il a laissé tant d'instructions que je ne sais pas comment je vais pouvoir même en appliquer toute les modalités.

- Dîtes-moi, avez-vous de votre côté tenté des recherches sur cet héritier ?

- Je dois avouer que oui ; mais comment avoir la moindre chance alors qu'il n'a laissé aucune indication satisfaisante sur les lieux où il connut la mère ? Et sachez que lui-même a consacré une part importante de son temps et de son argent à ces recherches qui n'ont jamais abouti plus loin que les rives du port de Singapour où elles prirent naissance voilà un quart de siècle maintenant.

- Oui, c'est un peu décourageant... Dans quoi sa compagnie est-elle spécialisée au juste ?

- Cela va de la gestion de plateforme pétrolière au Moyen-Orient à l'administration de société productrice de composant électronique à Singapour, en passant par des parts importantes dans divers groupes d'assurance ; cette diversité peut étonner mais si vous aviez connu notre homme cela vous semblerez tout naturel car il était lui-même d'une curiosité sans limite et ses moyens lui permirent de la satisfaire dans une large mesure.

- Pourquoi ne s'est-il jamais marié ? Il a dû pourtant être le centre de l'attention de certaines prétendantes alléchées par le pactole, non ?

- Bien qu'il ne se soit pas plus clairement expliqué sur ce point que sur les autres, j'ai mon opinion personnelle sur le sujet.

- J'aimerai la connaître, si vous y consentez, bien entendu...

- Eh bien, étant de ces hommes qui bâtissent leur fortune sans l'aide de quiconque et au surplus parfois contre les idées reçues de leur milieu, ainsi que ses rudes années de jeunesse passées dans une complète solitude avaient contribué à agrémenter son caractère d'une certaine dureté. Mon avis est que n'ayant pas été aimé pour lui-même lorsqu'il n'avait rien d'autre pour le rendre attrayant, il ne pouvait maintenant faire partie de ces dupes qui se contentent d'une affection factice pour le prix des avantages qu'ils ont à offrir, et Dieu sait que les siens étaient nombreux. Il eut des aventures c'est certain, mais il garda toute sa lucidité et ne mélangea jamais les sentiments et ses biens. Et en fait de sentiments, il ne s'agissait toujours que des siens car je ne crois pas qu'il se soit jamais senti aimé de personne. Il ne s'en est plaint qu'à de rares moments, mais je fus parfois témoin d'une de ces crises de tristesse et de dépit qui le laissaient sans activité pour plusieurs semaines. Je jouais le rôle de l'oreille attentive et je parvenais généralement à lui remonter le moral comme on dit...

Cette explication n'était pas sans avoir touché Philippe qui voyait en la vie affective de cet homme comme un reflet de la sienne et il en vint aussitôt pour chasser toute mélancolie à interroger le notaire sur la femme qui s'était introduite récemment chez lui :

- Elle m'a dit juste en partant qu'elle avait oublié quelque chose et qu'elle reviendrait le chercher. Est-ce que cette chose si importante pour briser une vitre et s'introduire chez moi pourrait s'avérer être le testament sur lequel j'ai mis par hasard la main ?

- Comment le saurais-je ? C'est un incident bizarre mais comment être sûr qu'il soit en rapport avec notre affaire ? Je ne me suis jamais occupé de cette maison avant vous et le dernier acte de vente a été signé chez un confrère.

À cet instant, maître Framard fit un bond vers le téléphone et composa un numéro à toute vitesse.

- Oui passez-le moi, dîtes-lui que c'est urgent ! Dit-il avec fermeté.

Après avoir échangé les politesses d'usages, il en vint incidemment à demander l'identité de la propriétaire de la maison en précisant l'adresse et la localité. Sur quoi, en écoutant la réponse, Philippe vit le visage du notaire passer du blanc au rouge, sa bouche restant ouverte, il lâcha le combiné qui atteignit le sol dans un bruit sec de plastique.

- Alors ? demanda Philippe pour rompre le silence et la stupeur de maître Framard.

- Je... Ce n'est pas croyable, le nom de la propriétaire qui a occupé votre maison est...

Il ne put achever sa phrase car une détonation étouffée comme celle d'un silencieux lui coupa soudain le souffle, et il s'abattit de tout son long sur le parquet de son bureau. Philippe se jeta lui aussi à terre et il entendit alors un bruit de voiture s'éloignant. Il se précipita vers la fenêtre entrouverte mais il était trop tard pour apercevoir quoi que ce soit, elle avait déjà disparu au coin de la rue. Il revint auprès du notaire qui dans un effort intense tentait de griffonner le nom sur un morceau de papier avant que sa tête ne retombe face contre le sol. Philippe s'empara du téléphone et appela les secours. Il mit le papier dans sa poche et sorti pour se remettre de ses émotions.

Il fit quelque pas dans le jardin qui bordait l'entrée du bâtiment puis regardant autour de lui il lut le nom inscrit sur le papier : Virginie Meursault. Une lumière venait de briller dans son esprit ; il se rendait compte que cette femme qu'il avait entraperçu quelques jours plus tôt pouvait bien être l'héritière si convoitée de la fortune de Roland Meursault.

Il entendit bientôt les sirènes d'une ambulance et deux véhicules de la gendarmerie se garèrent devant lui. Il accompagna les secours jusqu'au bureau du notaire mais lorsqu'il franchit le seuil, il eut un mouvement de recul en s'apercevant que non seulement le bureau était parfaitement en ordre, mais de surcroît le corps du notaire gisant là quelques minutes plus tôt avait disparu. Il se tourna alors vers la troupe d'ambulanciers et policiers qui le suivaient en faisant une moue de dépit pour leur signifier qu'il n'y comprenait rien, qu'il y avait dans cette pièce un homme agonisant quelques instants auparavant. Ce qui ne fut pas sans lui attirer les remontrances des autorités qui vérifièrent son identité et lui promirent que pour cette fois il ne serait pas poursuivi, mais qu'il devait se garder de faire appel aux secours pour des raisons fantaisistes. Il se vit même demander s'il était en ce moment suivi par un médecin. Ils n'avaient pas tout à fait tort en s'interrogeant sur la santé mentale de Philippe, car s'il eut à rapporter les proches évènements à un spécialiste, celui-ci aurait sans doute opté pour un internement rapide.

RÉCAPITULATION

P hilippe rentra chez lui complètement interloqué et ne cessant de reformuler avec le plus de clarté possible les péripéties qu'il venait de vivre.

D'abord il y avait cette femme qui avait déclenché toute une série d'évènements par sa visite surprise. Tout avait été trop vite pour lui et il continuait de se demander pourquoi il avait perdu connaissance lorsque la femme lui était apparue. Il n'était pas spécialement d'une condition fragile et bien que ses dispositions émotives soient sans doute plus développées que la moyenne, il y avait là quelque chose de totalement inexplicable car il en était à présent certain, il y avait un lien entre son malaise soudain et l'apparition de ce spectre féminin comme il l'appelait ne pouvant lui-même le définir autrement. Il avait été pris dans une sorte de léthargie et il conservait fortement le souvenir des yeux fixes qui avaient d'emblée captés son attention.

Puis était venue la découverte inopinée de ce testament dont la présence semblait presque lui être destinée ; car à supposer qu'il fut sur les lieux durant la présence de l'ancien propriétaire, celui-ci ou plutôt celle-là puisqu'il s'agissait d'une femme, n'aurait pas manqué de le découvrir. Mais peut être précisément savait-elle exactement l'endroit où il se trouvait, peut-être était-elle même à l'origine de sa cachette. Dans ce cas, pourquoi s'être tant fait remarquer en revenant stupidement le chercher alors qu'elle pouvait se douter qu'il viendrait probablement s'installer d'un moment à l'autre et la surprendre ? Il y avait là matière à d'infinies interrogations dont Philippe ne pouvait extraire aucune conclusion satisfaisante.

La visite au notaire avait au moins eu le mérite d'éclaircir les choses quant au contenu du testament et de tracer le rapide portrait de son souscripteur. Il en ressortait que cette jeune femme pouvait se trouver être la fille unique de ce Meursault. Bien qu'il ne pouvait complètement assimiler le fait qu'elle porte le même nom que lui, puisqu'il ne l'avait jamais reconnue du moins d'après ce que le notaire lui en avait dit. Quoi qu'il en soit, elle pouvait, si l'on parvenait à le prouver, être l'héritière potentielle d'un magot spectaculaire. Et qui pourrait mieux en attester que celui qui avait établi le lien entre ces parents qui s'ignoraient ? C'est à dire lui... Il se répéta alors les termes du testament qui spécifiait le partage équitable du patrimoine avec celui qui parviendrait à prouver la parenté avec le défunt. L'intervention d'un tiers dans cette affaire s'avérait capitale, car sans cela l'héritier n'avait que peu de chance de se manifester lui-même. Pouvait-il jouer ce rôle de lien avec les éléments dont il disposait ? Telle était la question qui s'imposait à présent à son esprit captivé.

Il ne savait évidemment que penser de l'épisode où le notaire avait été abattu devant lui pour ensuite disparaître en le laissant dans une situation plus qu'embarrassante. Mais tout ceci prouvait qu'il y avait quelqu'un ou même plusieurs personnes qui n'avaient pas intérêt à ce que l'on découvre l'identité de l'héritière. Le notaire avait, semble-t-il, était tué alors qu'il prononçait le nom de Virginie Meursault. C'était un maigre indice mais c'est tout ce dont disposait Philippe pour remonter jusqu'à elle.

Il songea également que les tueurs ne pouvaient se douter que maître Framard aurait la force d'écrire le nom qu'ils avaient en vain tenté de lui faire taire. Cela constituait un avantage car ils pouvaient maintenant se croire tranquilles, pensant que le nom demeurerait à jamais inconnu.

L'HÉRITIÈRE S'ENVOLE

Il commença par les hôtels. En vieux routier du renseignement et bien que n'ayant que de rares fois opéré sur le terrain, il résolut de procéder avec ordre pour éviter de laisser de côté des pistes qui auraient pu le conduire à la jeune femme.

Clermongie n'était heureusement pas très fournie en la matière et ne contenait que cinq établissements plus un complexe de luxe en proche campagne. Il s'employa donc à les visiter. La deuxième tentative fut la bonne. Il pénétra à « L'Ornement » un hôtel de milieu de gamme plutôt bien situé et décoré dans les tons froids et informes du style moderne.

Il se fit innocemment passer pour un journaliste de la presse professionnelle et eut tôt fait de gagner la confiance du concierge qui répondait à ses questions avec grand intérêt en mettant en valeur le poste qu'il occupait depuis maintenant vingt ans.

- Je suis le plus vieil employé de la maison ! S'exclamait-il en touchant son nœud de cravate.

Philippe, lui, faisait mine de prendre des notes en ponctuant ses déclarations de hochements de tête entendus. Il en vint à demander d'examiner la liste des résidents pour avoir une idée de la fréquentation de l'hôtel. Il lut vers le milieu de la liste le nom recherché et tout en notant le numéro de la chambre, tenta alors de conclure son entretien le plus courtoisement du monde.

- Je vous remercie de ces précieux renseignements, vous m'avez été très utile.

- Voulez-vous rencontrer le directeur ? Tenez, le voici justement, annonçait le concierge avec emphase en prenant Philippe par le bras.

Il dut ainsi subir les commentaires promotionnels du directeur qui s'éternisait sur les facilitées qu'offrait « son » établissement qui n'était à coup sûr pas le sien, mais sur lequel il faisait manifestement une fixation. D'acquiescements polis en raclements de gorge évocateurs, Philippe tentait désespérément de faire cesser cette logorrhée, quand promenant son regard dans le lobby, il fut attiré par des yeux qui lui semblaient familiers. Oui, il s'agissait bien des mêmes yeux qui avaient soutenu les siens avant qu'il ne perde connaissance devant sa maison. Oubliant la litanie de son interlocuteur, il s'avança vivement vers le fauteuil occupé par la propriétaire de ces yeux envoûtant, la jeune femme aux cheveux châtains. Il se planta devant elle, et il la trouva surprise mais pas autant qu'elle aurait dû l'être. Le fixant de nouveau de son regard doux et pénétrant, elle ne prenait pas la peine de parler et restait à le dévisager sans une parole. Philippe dut engager la conversation pour ne pas perdre la face et déjouer les soupçons du concierge et du directeur qui l'observaient depuis la réception.

- Excusez-moi, mademoiselle, vous êtes Virginie Meursault ?

- Oui ?

- Eh bien, j'ai des choses très importantes au sujet desquelles je souhaiterai m'entretenir avec vous.

- Quelles sortes de choses ?

- Des révélations qui, je le crains, ne souffrent aucun délai.

- Ah vraiment ? C'est curieux, mais ça ne m'intéresse pas. J'ai un avion à prendre et mon taxi sera là d'ici un instant.

- Vous ne comprenez pas, il s'agit de votre père...

- Mon père est décédé.

- Justement, tout ceci est en rapport avec sa disparition. Dîtes, le connaissiez-vous vraiment ?

- Mon père ? Oui, autant qu'on peut connaître les gens avec lesquels on vit, ou plutôt avec qui on a vécu.

- Non ! Je ne parle pas de ça, je veux dire êtes-vous sure qu'il ait été avec certitude votre « vrai » père ? Pardonnez la brutalité de mes questions mais comme je vous dis, ce que j'ai à vous révéler peut s'avérer capital pour vous.

- Vraiment ? C'était la deuxième fois qu'elle employait ce mot et Philippe commençait à perdre patience. Il ne pouvait pas lui révéler maintenant les raisons qui l'avaient conduit à l'aborder mais il reprit sur un autre sujet.

- Que faîtes-vous lorsque, bien entendu, vous n'êtes pas occupée à vous introduire chez les gens avant de retourner leur intérieur ? Savez-vous que je pourrai porter plainte pour ça ?

Elle asséna le même « vraiment ? ». Les nerfs de Philippe commençaient à se tendre et comme une corde dans le même état, il se sentait sur le point de faire une fausse note. Elle ne lui en laissa heureusement pas le temps et reprit avec assurance :

- Vous ne le ferez pas, vous ne ferez rien qui puisse compromettre le déroulement de l'affaire dont vous vous occupez. Il était un tantinet désemparé, mais prenant une voix forte il l'apostropha durement :

- Ah ? Et de quelle sorte d'affaire pensez-vous qu'il s'agisse ?

- Je n'en sais rien, à vous de me le dire puisque vous m'avez dérangée pour le faire.

- Je m'occupe de mes propres affaires avant tout, mais il se trouve que je pourrais vous faire bénéficier d'une chose si extraordinaire que si vous la soupçonniez, vous me suivriez immédiatement et abandonneriez toute idée de voyage. À propos, où allez-vous ?

- À Singapour. Et vous ?

- Je vais... Mais vous vous moquez de moi ?

- Oh non, d'ailleurs je n'ai pas d'humour... Ah, voilà ma voiture ! C'était un plaisir de parler avec vous, mais la prochaine fois commencez par vos extraordinaires nouvelles, ça mettra un peu plus de piquant dans la conversation.

Elle se leva dans un bond et se dirigea vers la sortie en empruntant le vaste tourniquet automatique de l'hôtel qui se bloqua lorsque Philippe, sur ses talons, tenta avec élan de le traverser à son tour. Coincé entre les deux montants vitrés, il vit Mademoiselle Meursault pénétrer dans son taxi, tandis qu'une horde constituée de gens du service remplissait le coffre d'un monospace, avec les innombrables bagages de l'inconsciente qui venait d'échapper à la seule occasion de se voir gratifiée d'une fortune. Frappant du plat de la main, le verre épais, Philippe vit enfin le piège s'activer et dévalant les escaliers de l'entrée en renversant au passage un chariot à bagages et bousculant un énorme monsieur devant la file de taxi, il s'engouffra dans le sien en lui lançant :

- De toute façon il n'y avait pas assez de place pour deux ! Roule ! Lança-t-il à l'adresse du chauffeur. Suivez le monospace devant ! Là ! Oui le bleu qui vient de tourner à droite !

Calé dans le taxi qui accélérait en direction de celui de Virginie Meursault, il était soudain étonné de la volonté qu'il déployait pour mettre la main sur cette femme ; alors qu'après tout, ça ne le concernait pas. Mais les choses s'étaient présentées à lui de telle manière qu'il se sentait comme irrésistiblement entraîné dans un mouvement qui le dépassait. Il éprouvait une sorte de responsabilité face aux événements car il se savait être le seul impliqué dans cet imbroglio, et la conscience que pour une fois dans sa vie il pourrait jouer un rôle autre que secondaire, décuplait ce sentiment d'importance qu'il ne pouvait, pour le moment sous le coup de l'action, réfréner. Il lui fallait au moins la mettre au courant ; après cela il se promettait qu'elle serait seule juge des suites qu'elle voudrait y donner.

Son taxi parvint juste derrière le sien. Elle ne semblait pas s'être aperçue d'être suivie. Ils arrivèrent à un feu rouge. Les deux véhicules stoppèrent toujours l'un derrière l'autre.

Philippe descendit de voiture et monta dans le taxi de la jeune femme en claquant la porte. Elle sursauta et poussa un cri. Puis comme les voitures étaient toujours à l'arrêt, elle ne trouva rien de mieux à l'instar de Philippe, que de sauter hors de son taxi pour rejoindre celui laissé à l'abandon. Il était sur le point de ressortir à son tour, mais le feu passa au vert et dans un crissement de pneu probablement dû aux ordres paniqués de Virginie, il vit son taxi le dépasser en trombe. Il jouait décidemment de malchance, mais il se promit qu'au prochain feu il agirait avec plus d'efficacité. Manifestement, le véhicule de la jeune femme faisait des efforts à grands coups de zigzags dangereux pour semer le taxi de Philippe qui lui-même, sur la promesse d'un pourboire généreux, se donnait du mal pour ne pas perdre le cap face aux accélérations redoublées de son prédécesseur. D'un coup, Philippe réalisa qu'il était en possession de tous les bagages de la jeune femme. Il pouvait toujours utiliser cet argument pour la faire s'arrêter car elle ne partirait sans doute pas sans ses affaires. S'arrêtant une nouvelle fois à un feu, il baissa la vitre et lui fit signe d'en faire autant. Elle répondit en tirant la langue.

- J'n'ai jamais vu un type avec autant de culot ! Lança-t-elle furieuse.

- Si vous voulez récupérez vos bagages, je vous conseille de ralentir l'allure, car c'est par trop difficile de vous les jeter en marche !

- Oh oui ! Échangeons encore nos voitures ! En plus, je préférais la mienne !

- Ne faites pas l'enfant, et écoutez-moi ! Je vais sortir vous chercher mais ne vous avisez pas de fuir encore, entendu ?

Philippe ouvrit sa porte mais le trafic reprenant, il dut faire le tour en longeant la file de véhicules garés sur le bas-côté de la rue. Virginie en profita pour réintégrer le monospace qui dépassa Philippe médusé et le faisant se plaquer contre les voitures la face contre leurs vitres sales pour ne pas finir avec la moitié du portrait cabossée. Cette fois, elle était allée trop loin, il en faisait maintenant une affaire personnelle ; il lui fallait mettre la main sur elle, ne serait-ce que pour avoir le plaisir de la confrontation au regard de ce qu'elle lui avait fait subir. Il remonta dans son taxi, lui demandant de le conduire à Roissy le plus vite que la sécurité et les limitations de vitesse le permettraient.

Il ne pouvait plus à présent penser à rejoindre le monospace mais Philippe espérait tout de même s'il était possible, l'intercepter avant qu'elle n'embarque. Tout en songeant à un moyen efficace de la forcer à l'écouter, il réalisa qu'elle devait forcément être au courant, puisque ayant été à l'origine de la cachette du testament chez lui. Mais il ne pouvait en être certain, bien que cela constituait plus qu'une probabilité au regard de la relative facilité avec laquelle il lui avait mis la main dessus. Comme si précisément cette découverte avait fait partie d'un plan auquel il avait pris part en étant manipulé par on ne savait quelle volonté agissant dans l'ombre.

Son taxi le déposa devant le terminal et il franchit en courant la porte du hall. Il scruta le panneau indicateur de vol et repéra celui à destination de Singapour. Évidemment l'aéroport grouillait de monde et il lui était difficile de se dire qu'il devait retrouver quelqu'un dans cette pagaille. Il se rendit tout droit au guichet des réservations pour se renseigner sur le numéro de la porte qui lui avait échappé en regardant le panneau.

- Le vol 912 à destination de Singapour partira de la porte 23, monsieur. Vous pouvez prendre un billet si vous le souhaitez, il reste des places en classe affaire et première, lui expliqua une hôtesse au sourire rayonnant. Il réfléchit brièvement. Devait-il partir ? À savoir que s'il ne le faisait pas maintenant, il devrait le faire dans les jours suivants ; à supposer qu'il veuille vraiment retrouver cette satanée héritière. Cependant, il lui serait alors peut être très difficile, voire quasiment impossible, de mettre la main sur elle. Car dans une ville qu'il connaissait à peine, étranger, il n'obtiendrait sans doute que peu de renseignements. Il prenait donc le risque de la voir partir sans aucune assurance de la revoir. Il mit la main à son portefeuille et sorti sa carte de crédit. Il prit un billet de première, remercia la charmante hôtesse de sa suggestion et s'avança d'un pas plus calme vers la porte d'embarquement.

Il aperçut alors Virginie penchée sur un magazine. Elle ne remarqua pas sa présence. Il s'assit sur un siège libre à côté d'elle et lui murmura sans la regarder :

- J'espère que la course vous a plu parce que je ne remettrais pas ça tous les jours.

Sans détacher son attention du magazine, elle lui répondit doucement :

- Vous, plus on vous fuit, plus vous persistez. Vous n'allez tout de même pas aller jusqu'à Singapour, non ?

- Tout juste, j'ai déjà mon billet...

- Je vais appeler la sécurité et vous faire expulser de l'aéroport !

- Ah oui ? Et pour quel motif ? Celui de poursuivre une folle qui refuse d'entendre que je peux la transformer en milliardaire ?

- Sur la foi d'un testament déposé chez un notaire mort ? Vous ne lisez pas les journaux ?

Sa réponse avait pour le moins laissé Philippe stupéfait. Elle en savait bien plus long qu'il ne le supposait et elle avait joué avec lui tout ce temps. Il feignit de ne pas être impressionné et en la forçant à le regarder il dit en détachant chaque mot :

- Vous allez dès maintenant cesser de me prendre pour l'imbécile que vous souhaiteriez me voir devenir. Je vois plus clair que vous ne pensez dans votre jeu et vous n'aimeriez certainement pas que j'en fasse état à certaines personnes... Il avait lancé ça en l'air sans trop savoir, pour lui donner le sentiment qu'il maîtrisait la situation, mais en réalité il rusait ; prêchant le faux pour savoir le vrai. Si vérité il y avait dans ce sac de nœud énervant.

Mais elle semblait préparée à tout argument et lui répondit d'un ton très calme en refermant son magazine :

- Je sais que vous n'êtes pas un imbécile, c'est d'ailleurs la raison de votre présence à mes côtés.

- Vous parlez comme si vous y étiez pour quelque chose.

- Ah mais absolument ; c'est par ma seule initiative que vous êtes parvenu jusqu'ici.

- Ne renversez pas les rôles, je vous ai dénichée dans cet hôtel puis poursuivie pour en arriver là à papoter avec vous.

- Ne confondez pas, je vous ai permis de me suivre, et même vous ai grandement facilité la tâche. Mais nous parlerons de tout ça à bord. Je suis affamée et je crois que l'embarquement a déjà débuté, allons.

Et elle se leva, montrant le chemin à Philippe qui la suivit muet d'étonnement, incapable de protester tant il ne savait plus très bien ou il en était. Il avait pensé avoir lui-même pris toutes les dispositions pour retrouver l'héritière, et voilà qu'elle lui avouait l'avoir à son insu conduit sur ses traces. Dans quel but voilé ? Il l'ignorait encore, mais la perspective d'obtenir ne serait-ce que quelques menus éclairages sur les évènements qui avaient précipité sa vie de nouveau retraité, lui parut suffisante pour monter à bord sans proférer une seule parole.

Il découvrit que son siège voisinait celui de Virginie et il comprit alors qu'il ne s'agissait absolument pas d'une coïncidence... Installés tous deux confortablement, ils s'envolèrent pour quinze heures de vol, temps qui aurait pu paraître long à plus d'un mais pas pour eux qui avaient tant de choses à se dire...

CONVERSATION INDISCRÈTE

Après avoir pris place à bord de l'avion, Virginie, puisque tel était le nom sous lequel Philippe la connaissait, prit la résolution d'amorcer un entretien sérieux qui avait pour but déclaré de le mettre au courant des réelles circonstances responsables de sa présence à ses côtés. Il ne pouvait que s'en réjouir ; d'autant plus qu'il commençait précisément à être gagné par une désagréable sensation de désordre, incompatible avec son caractère et son quotidien, qui s'étaient depuis longtemps placés sous l'égide d'une organisation aussi rigoureuse que rassurante. Il s'avérait qu'elle était, comme il s'en était douté, non seulement au courant de tous les évènements qui avaient eu lieu, mais aussi de la situation de Philippe, ce qui ne laissa pas de l'étonner encore davantage, lorsqu'elle mentionna à plusieurs reprises des détails précis de sa vie personnelle.

Elle parlait de manière claire, sans doute pour s'assurer d'être parfaitement comprise. Philippe l'écoutait attentivement, sans l'interrompre mais en gardant à l'esprit les quelques questions qu'avaient immanquablement soulevé ces explications pour le moins surprenantes.

- Je vous préviens, commença-t-elle, ce que je vous confie à présent, doit, cela va de soi, rester complètement confidentiel. Comme je vous l'ai dit tout à l'heure, ce n'est absolument pas un hasard si vous m'avez suivie jusqu'ici et toutes vos démarches ont été planifiées de telle sorte que vous n'avez eu d'autre choix que d'accomplir à la lettre ce que nous attendions de vous. Quand je dis « nous », je veux parler de la personne pour qui je travaille et à laquelle vous aurez l'occasion d'être présenté une fois à Singapour. Cette personne connaît naturellement les clauses du testament. Cependant elle ne dispose pas de grands moyens pour mettre la main sur l'héritier de cette fortune, si grande, qu'elle en est presque honteuse. Elle m'a donc engagée, et je me suis mise sur la piste de cet enfant inconnu auquel je pourrais prodiguer tant de bonheur si je parvenais seulement à suivre la moindre piste valable. Car croyez-moi, cette affaire s'achemine vers un énorme gâchis si personne ne peut, avant les trois semaines restantes, retrouver cet improbable fortuné qui risquerait bien de voir sa chance prodigieuse atterrir dans la trésorerie de cette association pour handicapés moteur. Quelques êtres éclairés, dont je me réclame, ne souhaitent absolument pas voir cette manne se dissoudre au profit d'un statut opaque qui ira engraisser une poignée de bénévoles tous dévoués à la noble cause des fauteuils roulants. Donc cette personne et moi-même, car sachez que je suis autant qu'elle impliquée dans cette quête frénétique devenue maintenant plus qu'urgente, avons décidé devant la pauvreté pour ne pas dire l'absence lamentable de la moindre indication utilisable, de recourir à l'assistance de quelqu'un dont les compétences reconnues, aussi bien en matière d'intuition que de perspicacité, nous donneraient l'espoir d'aboutir à un début d'indice. Nous avons besoin d'une base pour orienter nos recherches, et nous espérons grandement que vous nous la fournirez monsieur Ormandy. Elle marqua une pause guettant l'approbation de Philippe.

- Si je peux donner mon opinion, reprit celui-ci, ça n'est pas en perdant votre temps à monter des intrigues pour enrôler les gens contre leur gré, que vous ferez progresser les recherches. Je vois d'ailleurs mal comment je pourrais vous apporter la moindre indication quand je ne suis pas moi-même moitié aussi bien renseigné que vous sur le sujet. En fait, je crains que vous n'ayez fait que perdre votre temps. Mais je suis curieux de comprendre ; comment vous qui avez beaucoup plus d'éléments que je n'en puis posséder pour entamer les recherches, pouvez me supposer capable de vous en fournir de plus valables, alors qu'il y a deux jours encore je n'avais jamais entendu parler de Roland Meursault ni de sa fortune coincée dans les méandres d'un testament insoluble ? Pouvez-vous m'éclairer là-dessus ?

- Votre objection est juste, mais il y a autre chose que je dois vous confier. Nous avons depuis peu été l'objet de menaces sérieuses, de pressions, pour cesser toutes les initiatives visant à retrouver l'héritier de Roland Meursault. La vérité c'est que nous avons besoin d'un homme pour opérer sur le terrain en toute discrétion. Quelqu'un inconnu de ceux qui nous ont signifié leur entière désapprobation à notre projet de permettre aux dernières volontés de M. Meursault d'être accomplies.

- Vous voulez dire que quelqu'un s'oppose en personne à vos efforts pour vous approprier la moitié du pactole de Meursault ?

- Le problème c'est qu'il n'agit pas à visage découvert. Nous ignorons son identité mais il semble être puissant et bien renseigné. Je crois même pouvoir avancer qu'étant suffisamment déterminé à nous faire renoncer, il n'hésiterait pas à employer des moyens plus définitifs...

- Que voulez-vous dire ?

- Simplement que nous prenons un risque à nous entêter dans notre but...

- On se croirait dans un mauvais roman ; vous croyez que je vais risquer ma vie pour courir après un fantôme qui est censé vous rendre riche ?

- « Nous » rendre riches, rectifia-t-elle. Car nous saurons apprécier votre participation à sa juste valeur... Elle pencha sa tête en arrière en souriant. Ses yeux toujours aussi étranges et fixes vinrent s'accrocher une fois encore à ceux de Philippe. Il y avait en elle quelque chose d'irrésistible, un charme que peu de femmes même les plus jolies possèdent, une espèce de magnétisme aussi dangereux qu'un venin s'il venait à s'immiscer dans les veines du désir d'un homme vulnérable comme l'était malheureusement Philippe. Il la regardait, et ne savait plus quelle option il devait prendre. L'employeur de la jeune femme avait en tous cas eu la main heureuse et avait fait montre de bon sens en la mettant sur les traces de Philippe. Il était à présent évident que leur but avoué à tous les deux était de s'arroger ses services en lui promettant d'être généreux en cas de succès. Mais ces promesses vagues étaient bien peu de nature à le satisfaire, car comment aurait-il accepté de partager avec eux les fruits d'un travail qu'il pouvait accomplir seul ? Mais à la vérité, il avait besoin d'eux, car il lui fallait bien trouver par quoi commencer. Eux seuls étaient capables de lui fournir les premiers matériaux pour bâtir les fondations de son enquête. Sans doute cela serait très difficile. En apparence impossible même, mais c'était justement cet espèce de défi insolent qui le stimulait. Il lui dit dans un sourire :

- Je ne comprends toujours pas les raisons qui vous ont poussé à faire appel à moi.

- Mon patron sera sans doute plus à même que moi de rentrer dans ce genre de détails.

- Mais enfin qu'est-ce qui vous rend si sûr que j'accepterai de collaborer avec vous sur la simple foi de votre témoignage ?

- Vous m'avez suivie, non ? Vous avez montré de l'intérêt pour cette histoire dès que vous y avez été mêlé.

- Il le fallait bien, vous avez retourné ma maison !

- Et vous n'êtes pas allé voir la police...

- Je voulais en savoir davantage avant de prendre une initiative quelconque.

- C'est tout à votre honneur... Elle le regardait, gardant toujours ce demi-sourire enjôleur, qui faisait se demander si c'était intentionnel, ou bien si elle était effectivement éclatante de charme malgré elle. Philippe, lui, penchait plutôt pour la deuxième solution... Perdu dans les schémas de son intervention incertaine, il ne s'apercevait pas que les passagers derrière eux ne perdaient pas un bout de leur conversation. Deux asiatiques au visage émacié, emmitouflés dans les couvertures à l'effigie de la compagnie aérienne, semblaient profondément endormis aux yeux d'un observateur superficiel, mais en fait, ils étaient attentivement concentrés sur les propos de Philippe et de sa charmante interlocutrice du siège voisin. Après des heures de vols sans un murmure, l'un deux se leva et se rendit au toilette. Faisant basculer la porte maladroitement, il laissa voir son poignet et le début de son bras qui dépassait de la veste de son costume sombre. Une sorte d'animal fabuleux à tête de lion et au corps de poisson, muni d'une expression féroce, y était tatoué à l'encre rouge ; donnant à cette représentation un air d'agressive détermination. Ce symbole coloré attira l'attention de Philippe qui, de son siège, apercevait les allées et venues de la fréquentation des toilettes de la première classe. Il y reconnut le Merlion, cet animal mythologique, le symbole de Singapour. Cela lui rappela soudain qu'il se rapprochait de l'Asie, et il en éprouva une émotion diffuse, éveillée par les souvenirs de ses voyages de jeunesse, alors qu'il découvrait ces endroits fascinants. Parmi les villes du Sud de cet orient qu'il aimait, Singapour avait toujours occupé une place spéciale ; autant pour son atmosphère unique, que pour la magnificence de ses installations portuaires, qui n'avaient pas d'égal pour lui. Il n'en toucha cependant mot à celle qu'il continuait d'appeler Virginie, et se recroquevillant à son tour dans la couverture, il s'endormit paisiblement, davantage épuisé nerveusement, que par la course après sa recruteuse peu conventionnelle.

LA VILLE DU LION

Depuis que Sir Stamford Raffles avait débarqué à Singapour à la fin de janvier 1819, avant de signer un traité avec un Sultan Malais local le mois suivant ; autorisant la Compagnie Britannique des Indes Orientales à y établir un comptoir commercial qui devait s'avérer avec le temps plus que fructueux, les choses avaient bien changé. Outre l'aspect de l'île elle-même ; qui de l'initial vaste et odorant poumon boisé s'était changée en la mégalopole que l'on connaît ; il y avait de nombreux autres domaines, grâce à l'influence combinée de la force colonisatrice anglaise et la légendaire volonté organisatrice du peuple chinois, qui avaient subi de profondes et irrémédiables transformations. L'industrialisation à grande échelle qui avait succédé à des siècles de prospères échanges à l'intérieur de la mer de Chine méridionale, bouleversa les usages courant de l'habitat, de l'habillement, jusqu'aux relations entre les êtres elles-mêmes sans doute, ayant fait un bond de côté, ne conservant que la trame utilitaire d'un contact aussi automatisé que les containers gérés par ordinateur du port, gigantesque vortex engloutissant dans son giron des milliers d'échanges internationaux. C'est tout un mode d'existence qui s'était mis au pas d'une course effrénée vers le rendement. Avec un succès fracassant et sans commune mesure avec aucune autre nation d'Asie en voie de développement. Il y a en Singapour le mystère d'une prospérité tout au moins économique, sinon humaine, qui ne s'explique que par la rigueur interventionniste de la politique gouvernementale du PAP (People Action Party) qui depuis 1955 avec le brillant avocat formé à Cambridge : Lee Kuan Yew à sa tête, n'avait eu de cesse d'orienter le pays dans la voie d'un progrès technique impressionnant.

Bien avant tout cela, les *Sejarah Melayu* (annales malaises) rapportent qu'un prince de Sumatra, Sang Nila Utama, rescapé d'un naufrage et échoué sur l'île appelée jusque-là Tumasik, vit une étrange créature. Ayant appris qu'il s'agissait d'un lion, il donna le nom de « Singapura » à cette terre ; ce qui veut dire « ville du lion ».

C'est dans cette ville, à l'aéroport de Changi qui est certainement l'un des plus agréable et accueillant au monde, que Philippe et Virginie atterrissaient en ce matin chaud et humide, typique du climat de l'île où le temps varie bien peu au cours de l'année vu sa proximité avec l'équateur ; conservant toujours cette atmosphère de moiteur surchauffée, vite épuisante pour le visiteur mais qui peut devenir agréable une fois qu'on s'y accoutume.

Ils traversèrent le hall en direction des bagages. Tout en l'aidant à récupérer ses valises, Philippe prit conscience qu'il était parti sans rien et que sa première préoccupation était de se trouver de quoi se changer. Poussant le chariot croulant sous les affaires de Virginie, il vit alors les deux asiatiques de l'avion le dépasser. Ils marchaient doucement et il revit le Merlion tatoué sur l'avant-bras de l'un d'eux quand il porta son téléphone portable à l'oreille.

Ils prirent un taxi jusqu'au *Raffles Hotel* où le « patron », comme Virginie l'appelait, les attendait. La voiture emprunta le *Pan Island expressway*, une voie rapide, et ils purent apprécier, tout le long du chemin, les bords ombragés par une végétation aussi luxuriante que parfaitement ordonnée. Des noix de coco jonchaient les parterres recouverts d'un gazon vert foncé fait d'herbes aussi grasses que les feuillages des hévéas et des mangoustaniers qui peuplaient les environs. C'était comme traverser une forêt en empruntant une autoroute tracée en son plein. Ils rejoignirent *Nicoll highway* et atteignirent le numéro un de *Beach road*, en plein cœur du quartier colonial. Philippe descendit le premier, et s'emparant des bagages, il resta quelques instants à regarder la façade du Raffles Hotel. Construit dans le plus pur style colonial avec ses bâtiments blancs peu élevés à véranda, il lui parut le parfait havre de paix dont il avait besoin. Un coup d'œil dans la direction de Virginie lui rappela cependant qu'il devrait songer à remettre ses vacances...

Au Raffles Hotel

Il s'aperçut à la réception qu'une suite était réservée à son nom. Il se tourna alors vers Virginie qui lui fit un clin d'œil.

- En tout cas, vous ne pouvez pas mésestimer notre sens de l'hospitalité, lui lança-t-elle en prenant sa clef.

Philippe soupira et traversa le hall orné de photographies d'écrivains plus célèbres les uns que les autres ayant séjourné ici. Il fut bientôt rejoint par la jeune femme qui lui dit en le rattrapant :

- Rendez-vous dans une heure à *Palm court*.

Après une douche et une courte sieste, il descendit de sa chambre et se fit indiquer le *Palm court*, qui se trouvait en fait n'être qu'une des nombreuses cours à ciel ouvert du Raffles Hotel ; il pénétra dans une splendide cour intérieure où des palmiers élancés ainsi que quelques frangipaniers bordaient des arcades ombragées. Il vit alors Virginie venir vers lui, son sourire enjôleur dansant sur ses lèvres qu'elle avait pris soin de rehausser d'un rouge discret et brillant du plus bel effet. Elle ne semblait pas fatiguée, ni par le décalage horaire, ni par la chaleur accablante qui régnait pourtant ici.

Elle s'était changée et portait à présent une robe légère d'un bleu pâle qui lui allait à merveille. Philippe fit quelques pas à ses côtés sans rien dire, humant doucement les senteurs douces et humides qu'exhalait la végétation autour d'eux. Une odeur familière se distingua cependant, perdue comme une rose dans un champ d'épines. Le parfum envoûtant et raffiné de Virginie, cette fragrance délicieuse qui l'avait troublé devant chez lui l'autre jour, refaisait peu à peu surface dans sa mémoire engourdie par la fatigue du voyage. Il cessa de marcher, lui prit le bras doucement mais fermement. Ses cheveux attachés laissèrent échapper une mèche ou deux qui tombèrent sur son cou dénudé, une brise tiède les soulevant avec élégance. Le regard perdu et scrutateur à la fois, elle se rapprocha de Philippe dont la main, toujours autour de son bras, ne pouvait se résoudre à le lâcher. Leurs yeux se croisèrent et la même flamme en un instant s'y répandit. Philippe la prit par la taille quand une silhouette surgissant de derrière une colonne prononça soudain :

- Ce jardin regorge de jolies plantes, n'est-ce pas monsieur Ormandy ? Cinquante mille au total et appartenant à quelque quatre-vingts espèces différentes.

Le notaire, maître Framard en personne, s'avança alors sous les arcades et les rejoignit, un grand sourire éclairant son visage gras et ravi. Il reprit sur un ton enjoué :

- Je sais que je vous dois quelques explications Philippe. Je peux vous appeler par votre prénom si vous le permettez. Même si tout a pu vous paraître un peu mystérieux jusqu'ici, sachez que c'était dans un but de confidentialité. Nous nous devions d'être prudents jusqu'à ce que nous ayons la certitude que vous acceptez notre offre.

Philippe faillit céder à un mouvement d'humeur mais l'expression pleine de confiance de Virginie lui fit y renoncer pour adopter une attitude plus nuancée.

- Entendu, j'ai fait le voyage après tout. Je vous écoute maître Framard. Vous savez, je vous croyais vraiment mort... lui confia Philippe en baissant la voix.

- J'espère bien, c'était le but. Une simple mise en scène pour vous impliquer davantage et à une vitesse supérieure dans notre affaire. De même que la rencontre avec mademoiselle, dit-il en désignant Virginie.

Il lui prit la main, ce qui ne laissa pas sans causer une pointe d'agacement à Philippe qui détourna le regard avec lassitude. L'idée qu'ils puissent être ensemble s'immisça dans son esprit. Il la chassa aussitôt, se convainquant d'avoir suffisamment de choses à éclaircir sans ajouter une cause de trouble supplémentaire. Le notaire poursuivit ses explications :

- Nous avons tout mis en œuvre pour votre venue ici, je suis sûr que Virginie vous a informé de notre projet de retrouver l'héritier légitime de Roland Meursault. J'ai réagi aussitôt après sa mort il y a maintenant un peu plus de onze mois, car je ne pouvais me résoudre à ce que cette fortune serve à monter cette association pour subvenir aux besoins des handicapés. Je comprends l'émulation qui s'est emparée de Meursault à la fin de sa vie, car lui-même fut privé de ses facultés motrices. Il est donc naturel qu'il ait songé à utiliser ses moyens fabuleux pour adoucir les souffrances occasionnées par un état qu'il avait personnellement dû subir. Mais conscient du caractère un peu excessif de cette intention charitable, il se résolut, sur mes conseils, à agrémenter son testament d'une clause précisant l'éventualité d'un legs normal et ce, malgré l'absence d'un héritier direct qui bien qu'existant en potentialité dans la mémoire de son supposé père, n'en fut pas moins impossible à joindre pour lui annoncer la funeste nouvelle. J'en fis dès lors une affaire personnelle, mettant mes modestes moyens au service de ce qui menaçait de devenir une obsession, pour tenter de trouver des indications éclairant un tant soit peu le chemin qui m'aurait conduit vers ce foutu héritier. Mais rien n'y fit, j'ai échoué.

À ce moment, le notaire passa la main sur son visage en sueur. Son air bonhomme et son humeur joyeuse l'avaient quitté pour s'envoler dans l'air lourd du ciel de Singapour. Il fit cependant un effort pour continuer en lançant un regard de détresse à Philippe :

- Il y a plus, j'ai tout récemment reçu des menaces pour cesser les recherches, de la part d'inconnus qui semblent être au courant de nos agissements. Ce qui reste pour moi un mystère, car nous ne sommes que deux, Virginie et moi-même, à connaître la nature de notre projet. Il n'en demeure pas moins que malgré la discrétion employée et notre manque total d'avancement, nous avons attiré l'attention de quelqu'un qui semble prêt à tout pour ne pas voir le vrai héritier surgir et réclamer son dû.

- De toute façon, il ne vous reste guère le temps de le retrouver, n'est-ce pas ? demanda Philippe, car le testament mentionne une durée d'une année après le décès comme période valide pour que l'héritier soit en droit de prétendre au magot. Ce qui fait, si mon compte est juste, moins de trois semaines restantes.

- C'est juste. Aussi, comprenez que vous êtes en quelque sorte notre dernier espoir...

- Mais qui vous a dit de faire appel à moi pour ce genre d'intrigue insoluble ?

- Un de mes amis, travaillant aux renseignements comme vous, m'a indiqué que vous seriez l'homme de la situation.

- Oh ! Vraiment ? Faites-moi penser à le remercier un de ces jours... dit Philippe sur un ton sarcastique.

- Je ne peux, pour les raisons que vous imaginez bien, malheureusement pas vous communiquer son nom. Mais je lui exprimerai votre gratitude, soyez-en sûr, répondit le notaire enthousiaste.

- Si nous cessions de plaisanter un instant ! S'énerva Philippe. Qu'est-ce qui vous fait croire que, par miracle, je débarque ici et qu'avant trois semaines, je vous ramène le bienheureux qui en devenant milliardaire, vous fera au passage millionnaire vous-même ?

- Vous savez, faire le bonheur de ce gars dont je suis certain que la situation ne doit pas être brillante...

- Allons, en fait de bonheur, il s'agit surtout du vôtre. Ne me faites pas croire que le sort d'un pauvre enfant de Singapour, né sans père, vous préoccupe. Qui sait, à l'heure qu'il est, il est peut-être patron d'une multinationale...

- J'en doute. Et puis il est trop jeune de toute façon. Au mieux, il est encore à l'université.

- Au pire ?

Virginie prit soudain la parole sur un ton lent et grave :

- Au pire, il mendie quelque part dans ces rues...

- Je croyais qu'il n'y avait pas de mendiants dans ce paradis du miracle économique, railla Philippe. Et s'il avait quitté le pays ? Vous y avez pensé à ça ?

- Ou si « elle »... précisa Virginie, vous oubliez qu'il peut s'agir d'une fille.

- Écoutez, leur dit Philippe, j'ai passé la moitié de ma vie à classer des articles sans intérêt sur des pays que je ne voyais jamais qu'au travers des notes de frais des agents envoyés sur le terrain. Pourquoi ne pas vous être adressé à eux ?

Le notaire lui répondit après un instant :

- Justement, trop d'expérience était un obstacle majeur pour ce cas. Il fallait quelqu'un qui ne se serve pas de ses acquis passés comme tous ces types avec leurs méthodes qui les transforment en robots de l'information. Ils s'adapteraient sans doute moins bien que vous à la situation, et c'est la raison pour laquelle nous n'aurions jamais fait appel à eux.

- Et les menaces ? Vous comptez peut-être y échapper en les déviant sur mon dos ?

- Tout projet comporte des risques n'est-ce pas ? Et celui-ci en est un d'envergure qui renferme en son potentiel le pouvoir de changer nos vies à tous trois, disait le notaire en se tournant tour à tour vers Philippe puis Virginie.

- Ma vie est derrière moi, reprit Philippe. Je suis à la retraite, bref, je suis trop vieux pour ce genre d'opération.

Virginie intervint alors de sa voix douce, plus persuasive et attrayante que le miel pour un essaim de mouches :

- Au contraire, c'est là tout l'avantage de votre âge, car vous saurez laisser de côté votre impulsivité et elle ne pourrait, en effet, que vous nuire en un tel cas.

- Par contre, surenchérit maître Framard, s'ils savent que vous êtes dans la course, ils feront tout pour vous éliminer, je dois vous prévenir. Mais il est bien évident que vous êtes trop impliqué maintenant pour vous offrir le luxe de refuser de poursuivre notre collaboration.

- Qui sont les « ils » ? Mais vous n'avez pas le droit de me forcer ainsi la main !

Le notaire fit une pause, prenant Philippe par le bras, il lui dit les yeux dans les yeux :

- Vous savez, les droits appartiennent à ceux qui savent attendre le moment pour se les octroyer. Nous avons dissimulé une copie du testament chez vous, avons attendu que vous réagissiez et avons arrangé votre rencontre avec Virginie, car il est évident que si elle ne s'était pas enfuie, jamais vous ne l'auriez suivie.

- Oui, l'interrompit Philippe, je me voyais faire son bonheur malgré elle...

- Et c'est encore possible... lui dit Virginie dans un souffle.

Il la regarda un instant, la brise de l'après-midi finissant avait plaqué sa robe contre elle, révélant la forme exquise de ses seins maintenus par un ravissant dessous en dentelle rose, que le fin tissu de sa robe, par une transparence astucieuse, laissait voir. Il ne se sentait pas de taille à lutter contre ce qui lui arrivait. Même s'il était parvenu à renoncer maintenant, il l'aurait aussitôt regretté. Pas seulement à cause de la jeune femme. Il avait en fait peu connu d'occasions de mettre en œuvre ses capacités d'homme d'action. Et voilà que ce qu'il prenait pour le crépuscule de sa vie, lui donnait maintenant l'opportunité d'être davantage qu'un employé de seconde zone, situation dont il avait toute sa vie souffert, et qui avait presque réussi à anéantir en lui toute étincelle d'initiative personnelle.

- Tout ce qui a précédé n'était qu'une manière de vous tester, c'est maintenant l'heure de votre vrai travail Ormandy... lui dit maître Framard comme pour conclure.

Philippe serra alors la main que le notaire laissait suspendue en l'air depuis deux minutes et tous trois détendus, ils convinrent de se retrouver plus tard pour dîner au Raffles Grill, le meilleur restaurant de l'hôtel, dont ils avaient entendu le plus grand bien.

Quelques heures plus tard, se retrouvant autour d'une table, appréciant l'excellent service du Raffles, Philippe se disait qu'après tout, ça ne commençait pas si mal et que s'il échouait à faire évoluer les recherches -ce qu'il croyait plus que probable, vu les circonstances- il aurait au moins profité du dépaysement que lui avait procuré ce voyage à Singapour. Il ne pouvait pas vraiment réfréner son envie de poser constamment son regard sur Virginie qui, s'étant à nouveau changée, arborait à présent une robe du soir au décolleté savamment travaillé. Elle irradiait le restaurant de sa présence et la plupart des hommes lui avait au moins une fois souri au cours du dîner. Maître Framard lui, semblait ne s'apercevoir de rien, le nez dans son assiette, consciencieusement appliqué à déguster les plats sensationnels qui défilaient devant ses yeux ronds de gourmandise. Vint le dessert, et Philippe évoqua la perte de connaissance survenue lors du passage de Virginie chez lui. Cette allusion parut provoquer chez elle une gêne manifeste, assortie d'un amusement étrange. Désireux d'en savoir davantage, Philippe insistait :

- C'est quand même incroyable, et savez-vous que ça ne m'était jamais arrivé avant ?

- Vous voulez dire ça ? répondit Virginie, en le fixant de ses yeux devenus étonnamment immobiles.

Philippe tomba alors à la renverse comme si le sol mouvant l'avait projeté en arrière violemment. Sa chaise s'abattit sur le sol mais une main ferme soutenait sa tête et tout en revenant à lui, il entendait le notaire qui se levait en disant :

- Ah ! Professeur Cormo, je vous présente Philippe Ormandy, la victime préférée de Virginie ! Le dénommé Cormo aida Philippe à se relever et ramena sa chaise sous lui avant de saluer à son tour Framard qui, étouffé dans un rire complaisant, priait Virginie d'y aller un peu plus doucement la prochaine fois avec les cobayes de valeur comme Ormandy.

- Elle ne peut s'empêcher d'utiliser ses talents d'hypnotiseuse, c'est plus fort qu'elle, ajouta-t-il comme excuse.

- Je regrette, dit Virginie à l'adresse de Philippe, je ne le referai plus. Elle faisait une moue d'enfant déçue et contrite à la fois, qui ne pouvait faire mettre en doute sa sincérité. Philippe était néanmoins stupéfait de la facilité avec laquelle elle le neutralisait d'un simple regard. Il résolut de s'abstenir de croiser ses yeux plus de trois secondes, par mesure de sécurité, au cas où il lui plairait de recommencer ce jeu qui ne l'amusait pas du tout. C'était même pour lui un peu effrayant de se savoir à sa merci aussi aisément car elle pouvait user de ce pouvoir à n'importe quel moment. Il lui sourit maladroitement en disant que la beauté lui faisait toujours cet effet. Puis, remerciant le professeur qui lui avait évité une chute qui n'aurait pas manqué d'attirer sur lui l'attention de tout le restaurant, il réalisa qu'il connaissait ce professeur célèbre dans le monde entier pour ses travaux sur la génétique et les avancées prodigieuses qu'ils avaient permises dans le domaine des greffes humaines notamment.

- Bien sûr, vous êtes le professeur Cormo, mais j'ai entendu parler de vous...

- En bien j'espère, lui répondit-il avec un léger accent italien.

- Vous ne devez, je pense, plus compter les éloges que l'on fait à votre propos, professeur.

Il éclipsa le compliment du revers de la main et se joignit à eux pour le café.

Un mélange d'atmosphère à la fois sophistiquée et détendue régnait maintenant dans la salle à manger. On y pouvait entendre des murmures ou de brefs éclats de voix, sans que jamais cela ne vienne en altérer la délicieuse quiétude. Pourtant, avec la venue du professeur, la conversation de nos trois convives avait pris un tour bien différent. Il s'entretenait familièrement avec le notaire, et il apparut à Philippe que ces deux se connaissaient depuis longtemps.

Le professeur Cormo lui paraissait être de ces hommes irradiant d'intelligence, comme il en avait peu rencontrés dans sa vie. Il sympathisa de manière instantanée avec son parler à la fois franc et détaché qui ne l'empêchait nullement de temps à autre, lorsque l'occasion se présentait, d'adopter un avis passionné sur un sujet qui lui tenait à cœur. Et manifestement, il y avait de bien nombreux domaines où il aurait pu argumenter, tant ses connaissances semblaient vastes et d'une richesse éclectique peu commune. À chaque fois qu'il prenait la parole, Philippe l'écoutait, fasciné et conquis comme un élève assoiffé boit les paroles d'un maître brillant et vénérable. Son discours n'était pas affecté comme ceux des érudits habituels, mais conservait une sorte de fraîcheur spontanée, d'où jaillissaient parfois des expressions imagées très évocatrices qui éclairaient d'un coup, par de judicieux emprunts figuratifs, les exemples les plus obscurs de théories ou de préceptes inaccessibles au profane. Philippe songea que cet homme devait exceller dans l'art de la vulgarisation et que ce devait être un enseignant de tout premier ordre. Aussi fut-il particulièrement satisfait lorsqu'il s'adressa enfin à lui :

- Ainsi, vous vous proposez de retrouver l'héritier de Roland Meursault ?

Le ton direct de sa question laissa Philippe quelque peu embarrassé :

- Oui, non... C'est-à-dire, je vais tenter de faire de mon mieux...

- Vous n'avez que trois semaines, le savez-vous ? Après ça, maître Framard m'assistera dans la création de l'A.H.M. (Association pour les Handicapés Meursault). Il toucha affectueusement le bras du notaire.

- Ah ! C'est vous l'heureux organisateur de cette œuvre de charité ? demanda Philippe.

- Oui, mais nous serons bien plus qu'une œuvre de charité de plus ! Nous serons davantage actifs dans nos décisions et nos buts seront plus vastes !

- Oui, grâce à la générosité de Meursault, précisa maître Framard en allumant un cigare énorme qui eût pu servir de pied à la table sur laquelle il s'avachissait un peu plus à mesure que la soirée avançait. Je comprends... disait Philippe d'un air pensif.

Il comprit qu'il avait devant lui le vrai bénéficiaire de la fortune de Meursault et que lui, n'avait pas besoin d'être retrouvé. Non, il n'avait pas besoin de lui courir après. Il était bien là, attendant sagement le moment où il n'aurait plus qu'à faire valoir ses droits pour s'approprier en toute légalité un magot gigantesque qui, selon ses dires, servirait à pourvoir aux besoins immenses de pauvres malades, certainement pris dans la tourmente financière que devait déclencher leur état. Le professeur continua, volubile, à vanter ses intentions :

- Oui, par la force des moyens dont nous disposerons, nous mettrons beaucoup de nouvelles techniques curatives à la portée de la plupart de nos patients. Nous aiderons à financer un nouveau programme pour atténuer la douleur et la dépendance que génère leur condition. Voyez-vous, ces gens ont avant tout besoin qu'on leur consacre du temps. Nous formerons des équipes se souciant de leur bien-être. Des infirmiers à leur disposition permettront d'assister les familles affligées par la réduction des capacités motrices d'un proche. Et tout spécialement ceux d'entre les patients qui, à l'automne de leur vie, se retrouvent le plus souvent isolés pour faire face à ces problèmes. En un mot, nous serons le lien indispensable au soulagement des patients et des services hospitaliers, qui se trouvent bien souvent débordés par des demandes dépassant leur rôle strict de traitement des urgences. Nous ferons donc d'une pierre deux coups, en mettant à profit cette merveilleuse occasion d'agir au bénéfice de deux parties, rudement éprouvées par ce fléau inévitable de la constitution humaine, le handicap. Il acheva sa phrase et, d'un trait, finit son café en reposant la tasse sans un bruit. Il regarda alentour et vit que tous étaient prêts à applaudir. Il sourit et prit congé d'eux en leur promettant de les revoir très prochainement.

Les intentions du professeur étaient plus que louables et il apparaissait en effet bien vain de vouloir à tout prix retrouver le vrai héritier. Surtout maintenant qu'il ne restait que trois misérables semaines pour reconstituer un puzzle, dont les pièces étaient aussi accessibles que si elles se fussent trouvées éparpillées dans le Pacifique. Philippe décida de monter se coucher et il salua le notaire, qui lui donna rendez-vous le lendemain pour établir leur première base de recherche. Cette proposition lui parut si ridicule qu'il ne prit pas la peine de soulever la moindre objection. Il toucha la main de Virginie qui, se levant elle aussi, lui dit en riant être assez fatiguée pour dormir deux jours.

- Laissez la porte ouverte en cas d'urgence, lui suggéra Philippe en plaisantant.

- Pourquoi, vous êtes spécialisé dans les interventions délicates ? Lui répondit-elle sur le même ton.

Il l'appréciait de plus en plus, et non pas tellement à cause du désir qu'elle avait suscité chez lui depuis la première fois qu'il l'avait vue. L'humour et la franchise sans affectation aucune qu'elle lui témoignait avaient fini par gagner son intérêt. Il songeait qu'il l'avait presque embrassée dans Palm court, avant d'être interrompu par ce notaire obstiné par un projet qui lui paraissait de plus en plus hors de propos. Elle ne semblait pas avoir opposé la moindre résistance. Voulait-elle par-là lui faciliter les choses ? Il ne pouvait que se perdre en suppositions moins fondées mais plus excitantes les unes que les autres.

Toujours est-il qu'elle l'accompagnait maintenant dans les escaliers stylés du Raffles, ne semblant pas être affectée par les pensées qui assaillaient son cerveau. Tout en la conduisant à sa chambre, ils poursuivaient leur conversation sur le même ton plaisant, oscillant entre l'ironie et le mordant.

- Comment pourrez-vous trouver le sommeil en ayant mon enrôlement dans cette histoire à dormir debout sur la conscience ? Lui demanda Philippe.

- Le temps de faire l'inventaire de mes bagages et le soleil sera sans doute levé… lui répondit-elle avant de partir dans un éclat de rire. Votre recrutement faisait partie intégrante de notre plan, et il ne tourmente nullement ma conscience Philippe…

C'était la toute première fois qu'elle l'appelait Philippe, il en fut touché plus que de raison et se radoucit :

- Bon, mais avouez quand même que vous m'avez complètement manipulé, ignorant délibérément mon choix et ma volonté pour une cause qui, je suis désolé de vous le confesser de manière si abrupte, me parait plus qu'obsolète !

- C'est attendrissant de vous écouter défendre votre liberté de choix quand nous vous avons mis, malgré tous les risques importants que nous encourons, sur la piste d'un magot spectaculaire. Vous est-il si souvent arrivé d'avoir l'opportunité de courir après une telle fortune ?

- Si je vous disais que la seule fortune après laquelle je cours est l'amour… lui dit Philippe d'une voix étouffée.

Ils étaient à présent devant la chambre de Virginie et elle se tourna vers lui pour lui répondre d'un ton mystérieux :

- Alors vous prenez le risque de ne jamais l'attraper…

- Je ne crois pas, en effet, que l'on puisse jamais se saisir définitivement de ce genre de valeur, mademoiselle Meursault.

- Au fait, mon nom n'est pas « Meursault », bien sûr ça n'était qu'une couverture pour établir un lien fallacieux avec notre défunt industriel, Roland de son prénom. Mais vous pouvez toujours m'appeler Virginie.

Comme elle voyait que Philippe ne répondait rien, elle le bouscula :

- Mais continuez, vos discours sur les valeurs dont on ne peut se saisir me passionnent. Vous me semblez bien idéaliste pour un fonctionnaire...

- Je ne suis pas un gratte-papier ! Se défendit Philippe d'un ton peu convaincu.

- Admettez que je pourrais le penser...

- Ce que vous pensez m'indiffère, vous n'êtes pas, me semble-t-il, plus autonome pour avoir les moyens de vous moquer de moi !

- Il faudrait d'abord que vous présentiez le moindre intérêt pour que je perde mon temps à me moquer de vous ! Lui asséna-t-elle tandis que son regard brillait de reproche.

Pour la première fois, Philippe la regardait vraiment et il se sentit envahi par une émotion incontrôlable qui investissait son être tout entier. Il aurait voulu simplement cesser toute hostilité et la prendre dans ses bras, lui murmurer à l'oreille qu'il n'en pouvait plus de s'adonner à ces joutes verbales stupides avec elle, alors qu'il souhaitait établir une paix profonde dans leur relation pour lui permettre de lui avouer l'intérêt sincère qu'il lui portait.

- À quoi bon se disputer maintenant ? Nous devons collaborer de toute façon... Mais il y a tout de même une chose que je ne saisis pas. Si j'ai bien suivi, le notaire et vous-même êtes contre le projet d'institution charitable conduit par le professeur Cormo et malgré cela, il semble vous considérer comme ses alliés, l'interrogea Philippe.

- Nous serons, quoi qu'il arrive, impliqués dans la constitution de cette association, car le notaire est chargé de veiller à ce que les dernières volontés de Meursault soient correctement respectées. Cela ne nous empêche pas néanmoins, de tenter l'impossible pour retrouver le descendant légitime qui seul nous autorise à prétendre à la moitié de la somme…

- Oui évidemment… la coupa Philippe, l'air songeur. Dites-moi, je me trompe ou vous étiez plus coopérante dans le jardin cet après-midi ?

Ses yeux se plissèrent d'une expression malicieuse.

- Je me devais d'être gentille avec vous, ignorant encore votre approbation…

Il se rapprocha d'elle et, tout en murmurant, lui prit son bras dénudé qui se révéla d'une douceur inattendue sous ses doigts nerveux.

- Entre nous, vous ne prenez pas l'aide que je suis censé vous apporter au sérieux, n'est-ce pas ?

- J'ai bien peur que si…

-Alors je dois me charger de vous ôter vos illusions tant qu'elles ne sont pas trop profondément ancrées…

Elle se dégagea, et ouvrant la porte de sa chambre, elle dit entre ses dents d'un ton langoureux et abandonné :

-Vous pourrez m'ôter ce que bon vous semblera et aussi profondément que je vous permettrai de pénétrer lorsque j'aurai pris une douche, Philippe…

Il sentit un frisson délicieux, cet appel irrésistible du désir qui se déploie dans les fibres de toute chair. Il s'appuya doucement au chambranle de la porte et la regarda un instant tandis qu'elle commençait de retirer sa robe qui glissa comme la chrysalide d'un papillon, révélant son corps gracieux aux contours délicieusement charnus. Elle fit un signe de la main à Philippe :

- Donnez-moi cinq minutes… lui dit-elle.

- Je vous en donne trois, lui répondit-il moitié exalté, moitié tremblant. Il referma la porte et d'un pas rapide, pris la direction de sa chambre. Le couloir lui semblait exagérément long, il croisa deux hommes coiffés de chapeaux sombres qui dissimulaient leur regard, l'un deux porta la main à son nœud de cravate en s'excusant. Philippe lui céda le passage, il vit alors le tatouage du Merlion couvrant son poignet. Il se retourna mais les deux asiatiques avaient déjà disparu au coin du couloir. Il atteignit sa suite, envahi par un pressentiment étrange. Il resta une demi-seconde devant la porte, incapable de l'ouvrir. Il revint alors sur ses pas dans la direction de la chambre de Virginie. Il entendit un cri étouffé et sourd venir dans sa direction. Il accéléra le pas et se retrouva nez à nez avec Virginie, les cheveux mouillés et décoiffés, qui marchait lentement, les deux hommes aux chapeaux derrière elle la serrant de près. L'un deux gardait une main dans le dos de la jeune femme. Philippe aperçut alors le reflet de la lame d'un poignard long et effilé. Il croisa le regard de Virginie qui était blanche de terreur.

- Laissez… Laissez-nous passer, prononça-t-elle d'une voix éteinte.

Elle le dépassa suivi par les deux compères aux mines menaçantes qui murmurèrent quelques mots entre eux. Philippe y reconnut un dialecte chinois de Singapour. Tandis que l'un deux empruntait les escaliers en poussant toujours Virginie devant lui, l'autre brandit un automatique sous le nez de Philippe en lui lançant dans un mauvais anglais et sans desserrer les dents :

- Don't move !

Philippe obéit, et impuissant, il ne put que les regarder emmener Virginie, traversant le hall de l'hôtel en toute discrétion. Sitôt qu'ils eurent franchi la porte d'entrée, il se rua dans les escaliers. Il emprunta à son tour la large porte principale, puis se retrouva sur le seuil du Raffles. Virginie et les joyeux drilles avaient semblait-il continué, sans doute afin de ne pas attirer l'attention sur eux devant l'hôtel. Il s'engagea dans la rue silencieuse et les vit alors marchant le long du trottoir pour rejoindre un monospace noir aux vitres teintées, dans lequel ils s'engouffrèrent tous deux en prenant soin de pousser Virginie à l'arrière. Philippe avisa alors une Honda qui venait juste de freiner devant lui. Sans prendre le temps de réfléchir, il évacua le conducteur de sa voiture qui ouvrit la bouche pour protester ; ce qu'il serait sans doute parvenu à faire, si Philippe, démarrant un peu trop brusquement, ne l'avait envoyé rejoindre la jardinière dans laquelle notre infortuné fut projeté sans ménagement.

Le monospace était déjà bien loin devant, lorsque Philippe emprunta la même direction que lui, en conservant tout de même une distance raisonnable pour ne pas être repéré.

Ils roulèrent ainsi pendant une bonne vingtaine de minutes dans le trafic fluide d'une nuit chaude et moite pour finir par traverser le *Sentosa causeway bridge* qui les conduisit sur l'îlot de Sentosa. Le monospace ralentit et Philippe dut se garer discrètement sur le côté pour ne pas éveiller les soupçons. Une large et imposante grille s'ouvrit sur le passage de la voiture des compères et se referma aussitôt. Philippe se planta devant le portail, complètement dérouté. Il lui faudrait pénétrer là-dedans s'il voulait avoir la moindre chance d'aider Virginie. La savoir aux mains tatouées des joyeux drilles qui commençaient à lui devenir familiers, vu le nombre de fois où il les avait incidemment croisés, ne le rassurait guère. Il prit son élan et s'agrippant aux barreaux, il entreprit l'ascension délicate de cette herse qui protégeait une forteresse, comme il s'en rendit compte en atterrissant de l'autre côté sur ses pieds. Il faisait face à une demeure immense, sorte de château colonial, aux colonnes blanches élevées qui donnaient à l'édifice un air imposant et même terrible, notamment en raison des ombres qui se répandaient en longues mèches fantastiques sur sa façade violacée par les reflets d'une lune gibbeuse. Il s'avança dans le jardin endormi, prenant garde à chacun de ses pas hésitants, vers la porte d'entrée qui s'était refermée sur Virginie et ses deux ravisseurs. Il tourna la poignée et entrebâilla la lourde porte que les deux asiatiques avaient -comme il le constata- négligé de fermer à clef. Il fit quelques pas dans l'entrée qui lui parut aussi vaste que le hall d'accueil de l'aéroport de Changi qu'il avait traversé quelques heures plus tôt. Une vive lumière s'abattit soudain sur ses yeux, qui le força à les cligner, avant de sentir sa tête exploser sous le choc d'un objet plus que robuste qui l'envoya direct au sol sans connaissance.

LE RAVISSEUR PHILOSOPHE

Des yeux noirs creusés, qui appartenaient à un visage jauni aux rides profondes et sinueuses comme du carton froissé, se tenaient au-dessus de Philippe émergeant de son sommeil violemment provoqué. Il put reconnaître, au travers de son regard flou, la face cruelle et silencieuse de l'homme au tatouage de Merlion qui le fixait, un rictus à demi engagé sur ses lèvres inexistantes qui exhalaient une senteur lourde et dégoûtante de vieux saké. Étendu sur un sol humide et froid, Philippe tâta son crâne et émit un soupir de douleur. Il n'eut pas le temps de se rendre compte où il se trouvait, car il fut tiré par le bras d'une brusque empoignade et il se retrouva sur ses pieds. Les jambes encore flageolantes, il fit quelques pas, soutenu par son agresseur, en direction d'un escalier sombre où il s'engagea en titubant. Il était sonné. Il n'avait pas la force de prononcer une parole. Sa tête lui paraissait si énorme et les pensées qui l'habitaient étaient si confuses qu'il commençait à douter de pouvoir jamais en retrouver le fonctionnement normal. Le tatoué le mena dans une pièce spacieuse qui devait, au regard du nombre impressionnant de livres qui couvraient les murs et une partie d'un long bureau, être une sorte de bibliothèque. Il fut assis avec la même délicatesse avec laquelle il avait été traité jusqu'ici sur un fauteuil mou, qui s'affaissa sous le poids de son corps harassé. De l'autre côté du bureau, un siège au dossier assez haut pour dissimuler son propriétaire était tourné contre le mur. Et le siège était occupé, Philippe l'avait senti depuis qu'il avait pénétré dans la pièce, bien qu'il lui ait été impossible de justifier cette intuition. Venant la confirmer, une voix s'en éleva pour proférer un ordre en anglais s'adressant à sa plaisante escorte :

- Leave us alone, fellows !

Le tatoué et son acolyte dissimulés derrière un pan d'une étagère quittèrent la place en jetant des regards menaçants à leur victime qui reprenait peu à peu ses esprits.

La voix se fit de nouveau entendre et elle sembla cette fois plus familière à Philippe :

- Alors monsieur Ormandy, comment trouvez-vous Singapour ?

Le fauteuil pivota, dévoilant son occupant, le professeur Cormo, qui vint croiser les mains sur son bureau dans un geste exagérément lent et maniéré. Malgré sa surprise, Philippe ne put que lui répondre d'un ton détaché et morne, qui dissimulait son hébétude et sa réelle perplexité de se retrouver tout à coup face au brillant et distingué personnage, qu'il avait tellement apprécié lors du dîner quelques heures auparavant :

- Ma foi, je n'ai pas tellement eu l'occasion de visiter, mais le peu que j'en ai vu me procure un dépaysement certain...

Il porta la main à son oreille d'où s'écoulait un mince filet de sang qui gouttait sur sa chemise, au travers de laquelle il sentait le liquide pourpre se répandre en une tache aussi grosse qu'un dollar singapourien. Il poursuivit, toujours d'une manière faussement indifférente :

- Bien que les coutumes locales n'invitent pas à la quiétude ni à cette franche camaraderie que l'on est en droit d'attendre d'un endroit si industriellement civilisé...

- Oh ! Il ne faut pas vous en offenser monsieur Ormandy, les asiatiques d'ici sont des gens plutôt amicaux et très fréquentables, tant que vous n'interférez pas avec leurs affaires... lui répondit Cormo en souriant.

- J'apprécie toujours grandement les sous-entendus professeur, mais ils me semblent beaucoup trop nombreux entre nous à ce moment. Je vous serais donc doublement reconnaissant si d'un, vous daignez en dissiper la plupart, et de deux, m'informer sur les raisons de ma présence ici et la façon dont vos joyeux compères m'ont traité. Si c'est là l'hospitalité que je mérite, autant ne pas chercher plus avant à fraterniser avec les autochtones de cette pourtant si attrayante cité.

- Vous n'êtes certainement pas ici pour poser des questions Ormandy, mais davantage pour satisfaire ma curiosité qui est, je dois dire, immense à votre propos. Qu'espériez-vous en vous déplaçant ici ? Trouver l'héritier de Meursault, apporter les preuves de sa parenté avec le défunt et repartir avec la moitié des milliards en poche ?

- Ça me semble encore possible, pas vous ?

- Ne jouez pas au plus fin avec moi, vous n'en retirerez que le genre d'agrément que vous avez déjà eu l'occasion de tester aujourd'hui. Peut-être même n'était-ce qu'un tout petit avant-goût de la variété et du raffinement quant au sort que je vous réserve...

- Ah ! Je vois du moins que je serai bien traité…

- Si ça peut vous rassurer, vous ne serez pas le seul…

- Vous faites allusion à Virginie ?

- Cela ne dépendra que de vous. Je savais que vous la suivriez où qu'elle aille, comme le notaire Framard le savait également. Vous êtes un homme si prévisible Ormandy. Mes gars n'ont même pas pris la peine de vous semer. Ils vous ont conduit ici délibérément pour vous faire passer un message. Du moins tant que vous êtes en état de le recevoir.

- Bon, ça me donnera sûrement l'occasion d'en savoir davantage sur vos intentions, parce que j'avoue que jusqu'à présent je patauge dans un brouillard total.

Le professeur rassembla ses mains sur le bureau et prononça en détachant chaque mot comme s'il s'adressait à un analphabète :

- Je vais vous faciliter les choses Ormandy, je vais les clarifier pour vous de manière la plus nette possible. Il n'y a pas, il n'y a jamais eu et il n'y aura jamais d'héritier de Meursault. Est-ce suffisant pour votre compréhension de fonctionnaire borné ?

- Je ne suis plus fonctionnaire mais retraité Cormo, même si je m'autorise un peu d'exercice, une récréation plaisante qui me permet de côtoyer de bien sympathiques personnes comme vous…

- Si vous continuez sur ce ton, je me verrais forcé de vous aider à perdre votre sens de l'humour.

- Non, je vous en prie, c'est bien la seule chose que j'aie jamais possédée… dit Philippe dans un soupir de regret.

Cormo se leva de son siège et il prit une mine de fureur intense, puis sembla se raviser et réintégra son siège qui couina dans le silence qui s'était installé soudain entre les deux occupants de la bibliothèque. Il dura une bonne minute avant que le professeur ne reprenne la parole sur un ton magnanime mais feint, qui ne trompa nullement celui à qui il était destiné :

- Soyez raisonnable, il ne reste que bien peu de temps avant que la dernière volonté de son détenteur me permette d'accomplir une œuvre si charitable, qu'elle sera saluée comme le plus important effort jamais accompli pour ces pauvres gens enserrés dans la misère d'un état qui les diminuent si durement quand...

- Allons, l'interrompit Philippe, il est inutile de reproduire votre brillant discours qui a su convaincre tout le monde ce soir, professeur, et moi y compris, je l'avoue. Ce qui m'échappe, c'est comment pouvez-vous me considérer comme un obstacle sérieux à l'appropriation de la fortune de Meursault qui vous revient, selon les termes de son propre testament, de plein droit ?

- Ce n'est pas mon genre de laisser une chose au hasard en m'abstenant d'exercer tout contrôle. Il y a trop en jeu, et j'ai attendu longtemps pour ce projet. Je ne laisserai rien ni personne se poser en travers de sa réalisation qui m'a déjà coûté beaucoup d'efforts et d'argent...

- Soit, mais jusqu'où comptez-vous aller ? Non, parce que j'ai déjà eu le crâne à moitié défoncé et maintenant il faut que je subisse vos palabres insipides dont je me demande d'ailleurs lequel des deux supplices est le plus insupportable...

- Vous ne savez rien et vous n'irez sans doute pas bien loin, mais avant tout, je veux m'assurer de notre mutuelle compréhension. Je ne tiens pas spécialement à vous nuire. Mais vous ne pouvez pas saisir toute l'importance de ce qui se passe ici. Laissez-moi vous conter une histoire monsieur Ormandy.

- Ben voyons, pourquoi pas, j'adore les histoires… surtout celles qui finissent bien…

- Alors vous serez servis : il s'agit de la mienne. Celle du fils d'un émigré italien en France qui a grandi entre des parents si pauvres que le quotidien était pour eux une charge trop importante à assumer au vu de leurs moyens plus que médiocres. Mais mon père avait des vues importantes pour moi, ou du moins une vision qui aurait pu apparaître inaccessible à un observateur extérieur : celle de me faire devenir médecin. Il disait que si je pouvais intégrer une université et décrocher un diplôme, je deviendrais quelqu'un d'important, du moins que j'appartiendrais à un autre milieu que celui dans lequel la famille avait évolué et qui n'était à proprement parler, que le vaste ensemble des gens qui vivotent dans une situation chaotique, ne pouvant imprimer à leur vie une direction assez forte pour éliminer l'incertitude existentielle qui la caractérise. Je n'avais pas d'aptitude particulière ni la vocation nécessaire à l'exercice de la médecine, mais j'étais assez assidu et je suppose que cela suffit à l'obtention de mon diplôme. Avec le temps, une fois que j'avais assimilé les rouages et les spécialités du corps médical, je résolus de me spécialiser, convaincu que je tenais là le seul moyen qui me permettrait vraiment d'évoluer, et de prétendre à un statut qui me débarrasserait définitivement de l'instabilité. J'optais pour la branche chirurgicale. Discipline passionnante mais ô combien difficile ! Je vous passe les heures de travaux et d'erreurs, les moments de doute, de renoncement, au cours desquels je perdais toute confiance en moi, au point d'en approcher la dépression. Mais finalement, je m'en tirais et je parvins à exercer en France puis à l'étranger dont ici même, à Singapour. Je me suis ensuite consacré à l'enseignement et à l'écriture d'ouvrages de vulgarisation pour le public, afin de l'aider à se familiariser avec les extraordinaires possibilités de cette science, qui est appelée à connaître encore bien d'autres progrès. J'ai récemment ouvert un centre de chirurgie esthétique et de bien-être qui est un tel succès, que j'envisage déjà d'en offrir la réplique à un de mes associés qui exerce à Paris. Je donne des conférences un peu partout dans le monde, et j'ai participé à un grand rassemblement pour lutter contre le sida l'année dernière à Pékin. J'ai des parts importantes dans plusieurs laboratoires industriels fournisseurs de classiques incontournables, de médicaments courants comme l'aspirine, les antidépresseurs ou encore diverses gélules vitaminiques dont j'ai supervisé la composition, m'ayant valu un prix important de la part de mes confrères, lors de mon congrès annuel sur les effets bénéfiques du recours à la chirurgie dans des cas particuliers d'enfants gravement accidentés. J'ai des connexions dans pratiquement toutes les associations de praticiens, toutes disciplines confondues à travers le monde. Je voyage évidemment beaucoup, ce qui n'est aucunement pour me déplaire, car j'éprouve toujours un immense plaisir à découvrir ou revoir des endroits qui me fascinent, pour des raisons d'ailleurs complètement différentes. Bref, j'ai dépassé mes modestes origines et suis parvenu bien au-delà de mes objectifs. Je fais enfin partie du monde auquel mon père voulait me voir appartenir, même s'il est bien regrettable qu'il n'ait pu être témoin de mes accomplissements, parce que sa maladie l'a malheureusement emporté bien avant que les prémices du succès n'aient enjolivé mon existence...

Il s'arrêta un instant. Il semblait perdu, absorbé dans on ne sait quelle pensée éprouvante, survivance douloureuse d'un chagrin non résolu -d'ailleurs, le sont-ils jamais ?

Philippe jetait à présent un autre regard sur cet homme et il éprouvait à tout le moins, du respect pour son parcours en se disant qu'il avait de toute façon, malgré les luttes, eu pas mal de chance. Ou peut-être sous-estimait-il lui-même ses propres capacités, qui seules avaient sans doute pu lui permettre d'accéder au rang du praticien mondialement reconnu qu'il était aujourd'hui. Le professeur finit par reprendre ses esprits mais sa voix était à présent éraillée et affaiblie comme en proie à une émotion qu'il ne pouvait réguler, faisant appel à ces remous profonds qui habitent tout homme affecté par de dures épreuves. Il continua pourtant à s'adresser à Philippe qui restait attentif, l'oreille en alerte à la moindre information qui eût pu perler inconsidérément des propos du professeur, pouvant éventuellement lui permettre d'apprendre quoi que ce soit de nouveau sur sa situation, ou sur celle de l'affaire dont il s'occupait.

- C'est bien évidemment en fréquentant et en opérant parfois les nantis de la haute société internationale que j'ai rencontré une fois Roland Meursault, le multimilliardaire aux combinaisons multiples. Il était alors un grand patron très influent et aux pouvoirs économiques considérables car contrairement à la plupart des patrons d'aujourd'hui, il était propriétaire de ses sociétés. Cela lui octroyait pas mal de liberté et il en profitait largement. Ses problèmes rénaux le menèrent cependant à faire appel à mes services, on lui en avait retiré un il y a des années, et le rein qui lui restait était dans un piètre état. J'exerçais à cette époque à Sydney et il fit le voyage jusqu'en Australie pour bénéficier, dans un premier temps d'un traitement, jusqu'à l'opération, qui ne lui réussit, si j'ose dire, pas trop bien puisqu'il resta impotent... Oui, il perdit à cette occasion l'usage de ses membres inférieurs. Il m'en a énormément voulu, mais il fut établi que mon intervention n'était pas la cause de son handicap. L'échec de l'opération, fut seulement imputable à la faiblesse de sa constitution, qui n'en supporta pas les effets incertains.

- Ainsi, vous avez soigné Meursault ? Dites-moi un peu quel genre de patient était-il ? Je veux dire par là quel genre d'homme tout court...

- Oui, j'ai continué de le suivre même après son passage désastreux sur le billard. Malgré la réelle altération de nos relations, nous sommes toujours restés des connaissances assez proches, et il recevait mes conseils attentivement. Il était le genre assez irritable et capricieux, assez habitué à ce qu'on exécute rapidement ses injonctions.

- Mais où est-il mort ? En France ?

- Non, à Sydney...

- Il n'est donc pas rentré en France après l'opération ?

- Meursault était un citoyen du monde et comme vous le savez, possédait des pied-à-terre dans pas mal de pays étrangers. De plus, il appréciait tellement l'Australie...

- Combien de temps après l'opération passa-t-il l'arme à gauche ?

- Je ne sais plus très bien... quelques mois sans doute...

Philippe songeait que le professeur mentait. S'il avait vraiment suivi Roland Meursault jusque dans ses derniers moments, il devait forcément le savoir mieux que quiconque. D'autant que cette connexion lui avait valu de figurer dans son testament en lui garantissant les moyens de concrétiser son prétendu projet charitable. Plus il réfléchissait, plus il en venait à se rendre compte que Cormo l'abreuvait de boniments dans le but d'endormir sa curiosité. Il ignorait encore ce qui se cachait derrière cette application à lui détailler les évènements qui avaient précédé la mort de

Meursault, mais il se promettait de tout faire pour en pénétrer le sens encore obscur. Il lui fallait gagner du temps. Le professeur ne semblait pas tellement prêt à lui laisser prendre congé. Il pensa soudain à Virginie qui était la véritable raison de sa présence ici. Si Cormo l'avait fait « accompagner » par ses sbires, c'est qu'elle aussi, tout comme lui, s'était montrée trop curieuse. Où était-elle ? Comment la retrouver dans cette vaste demeure étrangère ? Sa seule chance serait de suivre un de ceux qui étaient chargés de s'occuper d'elle. Si seulement il pouvait quitter la bibliothèque... Il porta son regard au lustre en papier illustré de caractères chinois qui se trouvait au-dessus de lui. Il était la seule source lumineuse de la pièce.

- C'est une bien jolie histoire en effet, professeur. Mais pourquoi la chirurgie au fait ? demanda Philippe.

- Je suppose que j'ai acquis la conviction un peu orgueilleuse de pouvoir ainsi contribuer à améliorer le sort de mon prochain. Non, je plaisante ! D'ailleurs je ne suis pas religieux... J'ai davantage vu dans cette discipline l'occasion de canaliser mon habileté manuelle et mon sang-froid. Voyez-vous, il y a toute une science à savoir conserver son attention pendant un temps imparti. Le pouvoir de concentration est sans doute un des plus grands qui soient. Si la plupart des gens prenaient sur eux de le développer, la face du monde pourrait, dans ses grandes options, en être complètement bouleversée. Bien sûr cela demande du temps, c'est-à-dire au fond de se sacrifier, d'être capable de ne jamais perdre courage. Seul le temps donne une signification aux choses monsieur Ormandy, à leur véritable nature. C'est à l'intérieur des limites qu'il nous impose que nous pouvons juger sereinement de la valeur des êtres et de leurs actes. Il est le révélateur suprême qui rend une justice que certains reçoivent avec amertume, quand d'autres en recueillent des trésors inaltérables. Le temps passé par le musicien à apprivoiser son instrument, celui que consacre l'écrivain à ordonner ses idées, ou tout autre homme qui met sa dévotion au service d'un maître si lent et à la fois si constructif ; c'est bien ce maître dans sa voracité majestueuse, qui nous donne le pouvoir d'accomplir ou de renoncer. Qu'on le vive de façon linéaire ou qu'on le fragmente, il est pourtant l'unique critère qui donne un sens et un prix aux choses pour lesquelles nous avons suivi pas à pas ses préceptes et sa rigueur. Parce qu'il écarte tout laisser-aller, il ne tolère pas le moindre relâchement. La négligence est un poison qui fait son œuvre lentement mais n'en est pas moins mortel. Une négligence si petite soit-elle, en appelle une autre qui finira toujours par contaminer vos affaires, aussi sûrement qu'un venin s'empare d'un organisme vivant.

Le professeur parlait comme s'il avait à cœur de se convaincre lui-même, dans une sorte de ton démonstratif et catégorique à la fois, qui n'était pas tant de la prétention qu'une habile auto-persuasion déguisée en leçon générale.

- Je suis bien d'accord avec vous, lui lança Philippe, désireux de mettre fin à cet exposé sentencieux.

Il était à présent décidé à tenter d'en savoir davantage sur les intentions de son hôte. Il se leva de son fauteuil, ce que le professeur désapprouva d'un mouvement de la tête.

- Non Ormandy, ça n'est pas le moment de nous quitter encore et il serait préférable pour vous de me laisser décider de la fin de notre entretien. Je veux que vous repartiez d'ici convaincu de prendre part à cette affaire - puisqu'on vous y a entraîné- de mon côté. Que diriez-vous d'un poste dans mon association ? Vous pourriez être chargé de collecter des informations sur des patients à travers le monde. Ce qui vous donnerait l'occasion de voyager, car je suis sûr que vous adorez ça...

- Qu'est-ce qui vous fait croire que j'apprécie tant les voyages, Cormo ?

- Allons, voyager c'est le rêve de tout le monde. Pourquoi les gens allument la télé, lisent des livres, se bousculent dans les cinémas ? Parce qu'ils ont besoin de satisfaire cet appel du lointain, de trouver un palliatif à ce manque d'évasion qui gangrène leur vie de mort-vivant réglée au millimètre. Il y a un proverbe hindou qui dit que c'est de l'esprit que le corps a appris à voyager. Et c'est ce qui est toujours permis à ceux qui ne peuvent faire autrement : d'investir les contrées illimitées de leur imagination pour recréer, ne serait-ce que l'espace d'un rêve, le monde tel qu'ils voudraient le voir, les endroits qu'ils ne peuvent visiter, ou même les odeurs et les goûts qui resteront à jamais étrangers à leurs sens. Parce que le monde dans lequel ils vivent leur vole leur vie. Pas celle miséreuse, grignotée par un quotidien débile, mais celle qui compte le plus, la seule à leurs yeux : celle qu'ils voudraient vivre. Avez-vous jamais songé à regarder les gens, Ormandy ? Non, je veux dire vraiment les observer avec toute l'attention qu'ils méritent. Dans la rue mais pas seulement, au restaurant, dans les trains de banlieues, qui les conduisent tous les jours à leurs activités en majorité purement alimentaires. C'est une occupation saine et très instructive qui pourrait vous révéler tout ce que la vie comporte de splendides banalités...

Le professeur fut tout à coup interrompu car Philippe s'était levé cette fois si vivement de son siège qu'il ne put réagir. Ormandy avait d'un bond saisi à pleine main le lustre de papier qu'il arracha dans son élan, provoquant une étincelle électrique qui l'enflamma instantanément dans une gerbe claquante comme un éclair, venant s'abattre sur le bureau, entre les deux interlocuteurs qui s'écartèrent juste à temps pour ne pas recevoir les écueils brûlants des flammes qui commençaient à lécher le bois verni. Les quelques papiers répandus prirent aussitôt feu. La fumée déclencha l'alarme incendie car une sirène stridente se fit entendre. Le professeur se saisit d'un extincteur et en fit usage en reculant devant le brasier menaçant qui s'était formé autour de lui. Il gagna la porte et la referma à clef derrière lui, ce qui était de mauvais augure pour Philippe ; qui, de l'autre côté, cognait de toutes ses forces contre le fer déjà gagné par une chaleur intense à laquelle ses poings durent céder, tandis qu'il cherchait près du sol les dernières bouffées de l'air devenu rare ; ayant laissé place aux émanations fumantes des livres et autres matériaux enflammés de la bibliothèque, qui distillaient une odeur insoutenable. Cerné de toutes parts par les flammes, il ouvrit un placard qui se trouvait à sa portée, s'y engouffra et referma violemment le battant derrière lui. C'était une sorte d'armoire à alcool, et lorsqu'il vit le nombre de bouteilles rangées sur l'étagère à côté de lui, il se dit que la place n'était vraiment pas très sûre. Quelques livres étaient également alignés, mais en les touchant, il s'aperçut qu'ils n'étaient qu'un trompe-l'œil astucieux. Collés ensemble, ils dissimulaient une poignée de fer forgé en forme du même Merlion, que celui figurant sur le poignet du charmant accompagnateur l'ayant escorté jusqu'ici. Sans prendre un moment pour réfléchir à ce qu'elle pourrait actionner, Philippe s'en empara et lui fit faire un quart de tour. Une trappe s'ouvrit sous lui et il glissa dans un étroit réduit, le long duquel il tenta en vain de se retenir afin d'amortir sa chute, qui continua durant une dizaine de secondes…

LE RAVISSEUR AMOUREUX

- J'ai fermé la porte à clef car je pensais ainsi prévenir que le feu gagne les autres étages de la maison, expliquait le professeur Cormo aux trois policiers de la sécurité civile de Singapour venus pour l'interroger après l'extinction de l'incendie.

Il les avait reçus dans son bureau, une pièce étroite et encombrée de souvenirs de toutes sortes, à majorité de style asiatique comme les tentures emplies de calligraphie chinoise, qui en ornaient les murs. Seule une armoire métallique aussi haute qu'une porte et renfermant des dizaines de dossiers jurait avec la décoration et sa présence ici ne devait être justifiée que par son utilité.

- Mais êtes-vous bien certain de n'avoir rien pu sauver ? reprit-il après que l'un d'eux ait pris des notes.

Un agent lui répondit qu'il devrait faire une déposition et qu'il pourrait toujours faire les réclamations nécessaires à l'équipe de secours qui s'était chargée du sinistre.

- Ça m'a coûté une bibliothèque mais je suis débarrassé de cet Ormandy, se disait Cormo tout en prenant congé du policier et de ses collègues qui s'étaient montrés quelque peu suspicieux sur leur difficulté à pénétrer dans la bibliothèque.

Mais il avait parfaitement su se justifier, ce qui lui éviterait de les voir pousser plus en avant leurs investigations. Son seul souci était à présent l'absence de traces du corps de Philippe Ormandy qui n'avait pu échapper à l'asphyxie sans connaître l'issue secrète qu'il utilisait pour rejoindre les quais de son port privé.

Consultant un registre qu'il retira d'un tiroir placé devant lui, au cœur de l'armoire métallique, il prit le téléphone et ordonna :

- Bring the girl here !

Quelques instants plus tard parut Virginie, accompagnée par les deux tatoués qui lâchèrent ses bras lorsqu'elle se retrouva devant le professeur qui l'invita à prendre un siège en intimant aux acolytes de quitter la place.

- D'habitude je ne reçois que sur rendez-vous, mais pour vous, j'ai fait une exception Virginie, lui dit-il toujours le nez dans son document.

Elle n'avait pu se recoiffer depuis la nuit dernière mais elle avait repoussé sa chevelure en arrière et le savant désordre qui la caractérisait lui donnait un air presque plus seyant et sophistiqué que n'aurait produit un savant brushing. Elle paraissait fatiguée par la nuit passée à s'interroger sur les raisons de son enlèvement. Mais son regard trahissait plus de curiosité que de réelle affectation.

- Je ne suis pas malade, professeur Cormo et je n'ai nul besoin de vos soins… à voir comment vos hommes m'ont traitée, je me demande si vous ne devriez pas vous-même subir un électrochoc pour vous inculquer quelques rudiments du plus élémentaire savoir-vivre. Je ne me serais jamais doutée être chez vous…

- Je suis désolé que vous n'ayez pas été traitée avec tous les égards que vous méritez mais j'ai été pressé par le temps. Il y a des raisons à votre présence ici qui dépassent nos objectifs à tous deux et j'ai peur que nous soyons forcés de les mettre en commun pour cette fois.

- Mes objectifs n'ont rien de commun aux vôtres, Cormo. Mais si vous parlez des moyens de Meursault, ils ne sont pas encore en votre possession.

- Oui, vous vous êtes arrangée pour tenter qu'ils évitent de devenir mien, je sais cela Virginie, mais je ne voudrais pas que vous ayez des raisons de le regretter. Vous n'êtes pas malade disiez-vous ? J'ai pourtant ici tout un dossier sur vous parmi mes patients potentiels.

- Patients ou victimes ?

- Quelle différence ? Ils sont tous deux si proches de la mort…

Le professeur se leva et s'approcha de Virginie, glissant ses bras autour d'elle, debout derrière sa chaise sur laquelle elle tenta un mouvement que Cormo réprima en la serrant violemment contre le dossier.

- Allons, ne vous raidissez pas ma Chère ! Cela ne fera qu'augmenter votre inconfort, lui dit-il, tandis qu'il la pressait davantage. Voilà, vous voyez, vous comprenez ce que je veux dire. Il est parfois plus facile et combien plus profitable de rester docile.

- Quitte à redevenir offensif quand la contrainte se relâche, lui répondit-elle.

Profitant du moment où le professeur décontracta ses muscles l'espace d'un instant, elle pivota sur sa chaise et le repoussant d'un vif coup de pied, s'en alla heurter l'armoire métallique.

Cormo revint vers elle en s'excusant :

- Pardonnez-moi Virginie, je ne sais ce qui m'a pris...

- Écoutez, je suis consciente que cette association représente beaucoup pour vous. Mais vous ne pourrez pas nous empêcher jusqu'au dernier moment de tenter de retrouver celui ou celle à qui cette opulente fortune revient de droit. Framard ignore toujours l'origine des menaces que vous avez maladroitement proférées à l'encontre de notre projet de rechercher l'héritier de Meursault.

- Et vous ne lui révélerez rien, n'est-ce pas ?

- Pas tant que vous resterez en dehors de ma route ainsi que de celle de l'agent que nous avons recruté.

Cormo se mit à rire doucement :

- Ah lui, je ne crois pas que votre homme soit capable de retrouver autre chose que le chemin qui le conduira à prendre son billet de retour pour la France, quand je lui aurai versé un acompte suffisant pour le dissuader de s'intéresser à notre affaire.

- Il n'est pas si stupide que vous le supposez, et il sait qu'il y a gros à gagner à mettre la main sur le vrai héritier.

- Oui, si héritier il y a...

- Il y en a un, autrement vous ne seriez pas si acharné à contrecarrer les efforts de ceux qui veulent lui apprendre la nouvelle de sa vie.

- À supposer qu'il soit toujours en vie...

- Que voulez-vous dire ? s'exclama Virginie, cette fois vraiment interloquée. Vous ne l'auriez tout de même pas...

- Moi ? Non, jamais... jamais personnellement...

- Vous allez trop loin cette fois et ce coup-ci ne restera pas obscur, Cormo !

- Allons calmez-vous, et laissez votre imagination mal placée au marché aux accessoires. Vous voulez la fortune de Meursault, je la veux aussi. Jusque-là nous nous comprenons, n'est-ce pas ? Il s'approcha d'elle encore une fois mais doucement et un air de dévotion incongru dans le regard. Épousez-moi et elle sera vôtre dans moins de trois semaines...

Virginie fit quelques pas en arrière avant de sourire de cette remarquable et mystérieuse expression qui égayait son beau visage.

- C'est pour ça que vous m'avez enlevée ? Pour vous déclarer ?

Le professeur baissa les bras en signe d'impuissance :

- Vous saviez, n'est-ce pas ? Vous vous doutiez que j'étais devenu dingue de vous depuis que Framard nous avait présentés. Vous souvenez-vous de ce moment Virginie ? Eh bien, moi, il n'a jamais quitté les contrées meurtries de ma mémoire. Vous étiez habillée très simplement, vous apprêtant à dîner avec lui, le notaire qui s'occupait des intérêts de Meursault Je ne voulais pas m'incruster, mais lui avait insisté pour que je me joigne à vous. L'imbécile... c'était vraiment sous-estimer l'effet qu'une femme comme vous peut produire sur un homme.

- Qui vous dit qu'il n'en a pas au contraire joué comme avec Ormandy ? Ce pourrait bien être vous l'imbécile, Cormo... lui lança Virginie, d'un ton ironique qui ne sembla pas même heurter le professeur, tant celui-ci restait absorbé dans les doux souvenirs qui lui faisaient revivre le moment cher à son cœur lui ayant permis de rencontrer la jeune femme à laquelle il venait soudainement d'ouvrir ses intentions.

Virginie, désireuse de couper court aux confidences émues de Cormo, s'en tenait à des réalités plus tangibles :

- De toute façon, cet argent doit servir l'association et pas vos desseins personnels, je vois mal dans ce cas-là comment pourrais-je, dans l'éventualité où je me rangerais à votre côté, en avoir une quelconque jouissance ?

- Dans un premier temps oui, mais mes comptables auront tôt fait, grâce à quelques subtiles manœuvres, d'en faire une couverture pour d'autres opérations financières qui me permettront d'en utiliser pleinement les ressources comme bon me semblera...

- Très instructif, professeur. Sachant cela, je pourrais vous faire chanter en menaçant de vous dénoncer aux autorités pour utilisation frauduleuse, détournement de fonds ou d'autres charmants motifs qui vous feraient à jamais regretter de vous être opposé à mes vues.

- Vous n'en ferez rien, j'en suis sûr, car cela ne vous rapporterait pas un radis d'être honnête... je veux que vos projets deviennent partie intégrante de ma vie, je veux les partager et vous ouvrir à ces perspectives auxquelles vos modestes moyens vous interdisent de prétendre.

À ce moment, l'armoire métallique pivota, révélant un passage débouchant sur un étroit escalier en pierre. Philippe en sortit, d'un air sauvage et décontracté à la fois, il prit Virginie par le bras tout en lançant à l'adresse du professeur Cormo médusé :

- Navré d'interrompre votre offre mais je me charge de la mariée avant qu'elle ne réponde contre son gré…

Empruntant le même chemin, il repoussa l'armoire sur lui et Virginie si surprise, qu'elle ne pensa même pas à se dégager de l'étreinte de Philippe. Celui-ci donna un violent coup sur la manette actionnant l'ouverture du passage, ce qui eut pour effet de la tordre contre la paroi, rendant ainsi la voie impraticable de l'intérieur comme de l'extérieur. Tirant Virginie, il dévala les escaliers pour se retrouver sur un quai d'embarquement couvert au bout duquel on apercevait une vedette blanche qui semblait amarrée là depuis le début de la création tant son état en trahissait la surprenante vétusté. Tout autour d'eux, il y avait une sorte d'installation portuaire privée qui devait sans doute assurer les liaisons entre l'îlot de Sentosa où il se trouvait, et la *Singapore Bay* pour le compte du professeur et de ses éventuels invités. À en juger par l'état du seul bateau qui l'occupait, ce mini-port ne devait pas servir bien souvent. Ils firent quelques pas sous le plafond en pierre qui protégeait les embarcations sans se douter que quelques mètres plus haut, le professeur se débattait furieusement avec l'armoire pour en actionner le mécanisme coincé par les bons soins de Philippe.

UNE PROMENADE EN BATEAU

- Que diriez-vous d'une promenade en bateau ?
Demanda Philippe à Virginie.

- Je n'ai rien contre, mais allez-vous me dire ce que vous faites ici, répliqua-t-elle en accélérant le pas derrière lui.

- J'étais, comme vous, sur la liste des invités de votre ami le professeur Cormo, qui est un hôte remarquable ne manquant jamais de vous laisser quelques bleus en guise de souvenirs…

Il sauta le premier à bord de l'épave, puis donna la main à Virginie qui enjamba tant bien que mal l'espace qui la séparait du « vaisseau fantôme », qui semblait prêt à prendre l'eau de toutes parts.

- Faut-il vraiment que l'on monte là-dedans, s'inquiéta-t-elle auprès de Philippe, lui-même en quête d'un miracle pour actionner le moteur.

- À moins que vous ne préfériez rester aux bons soins de Cormo et de sa joyeuse bande de tatoués. Je suis sûr qu'ils seront ravis de vous retrouver parmi eux ; non sans vous avoir d'abord assommée et menacée, bien entendu. Donnez-moi plutôt un coup de main en détachant l'amarre.

Elle s'exécuta. Il parvint enfin à faire tourner le moteur, et dans un vacarme avoisinant celui d'un avion de chasse, ils s'éloignèrent lentement du quai, sur les eaux calmes entourant *Sentosa island.*

Il y avait maintenant une dizaine de minutes qu'ils naviguaient, lorsque Virginie s'adressa à Philippe de manière suffisamment brutale pour lui faire stopper le moteur. Le bruit de ce dernier couvrait ses propos, dont il ne percevait que l'intonation violente, sorte de plainte inintelligible aux accents encore moins agréables que le vacarme qui les accompagnait depuis qu'ils avaient quitté le port du professeur Cormo.

- Mais où va-t-on ? À quoi jouez-vous ? Au sauveur de bande dessinée ? Qu'est-ce qui vous fait croire que je veux partir d'ici ?

- Peut-être avez-vous oublié de dire au revoir à votre charmant soupirant ? Je n'ai pas perdu un mot de sa touchante déclaration, à tel point que j'en ai presque eu la larme à l'œil…

Le bateau était maintenant complètement arrêté et commençait à dériver paisiblement. Le soleil sortait à peine, et projetait ses rayons en reflets doux et irisés, jusque dans les yeux furieux de Virginie qui se tenait bien droite face à Philippe. Il lui prit les deux bras et la força à venir encore plus près, jusqu'à mélanger leurs deux souffles.

- Écoutez, je viens de passer un sale moment en la compagnie du professeur, et j'ai même été témoin de choses m'autorisant à penser que ce qui se passe ici échappe au contrôle de tout le monde. Pas besoin d'être un génie pour se rendre compte que c'est bien Cormo lui-même, ou l'un de ses délicieux comparses, qui vous a menacé si vous persistez à vouloir dénicher l'héritier légal de Meursault.

- Et alors ? Il est également l'héritier légal selon la seconde clause.

- Oui, parfaitement. Mais à partir du moment où vous commencez à assommer les gens pour les intimider, on s'éloigne un peu de la légalité vous ne trouvez pas ?

- Je n'ai pas l'intention de polémiquer sur le sujet avec vous, Philippe ! Vous n'en savez pas assez pour me faire une démonstration de vos talents de déduction.

- Je m'en voudrais de perdre mon temps de la sorte, alors que nous nous éloignons à chaque instant de la piste qui nous permettrait d'accéder à la moitié d'une fortune.

- Peut-être feriez-vous mieux pour la vôtre de rester en dehors de tout ça…

- Tiens, je vous croyais impatiente de me voir à l'œuvre, mais je vois que mes premiers résultats ne semblent pas vraiment correspondre à vos attentes, je me trompe ?

- Parce que vous allez dans la mauvaise direction. Je n'ai jamais parlé de marcher sur les brisées de Cormo. C'est une certitude acquise, il veut franchir le temps qui le sépare de l'inauguration de l'association, avec l'esprit le plus dégagé possible.

- Il doit y avoir autre chose, vous le savez bien. Comment pourrait-il être si fébrile ? Nous n'avons pas l'ombre d'un embryon d'information concernant le véritable héritier légitime, et il prend le risque de vous faire emmener de force ici, de m'assommer en me donnant des leçons de morale, et même de me proposer de prendre part à l'activité de son association, dont les agissements me semblent aussi légaux que ceux des partisans de la Cosa Nostra.

- Eh bien, ça veut dire qu'il apprécie vos capacités...

- Oh oui, tellement qu'il aurait adoré les voir partir en fumée avec une partie de sa bibliothèque hier soir...

Virginie ne répondait plus. Ses traits trahissaient la colère et l'effort de réflexion auquel elle se livrait pour se justifier de sa soudaine volte-face. Elle reprit la parole sur un ton calme.

- Je suis moins éloignée de la fortune de Meursault que vous.

Philippe était abasourdi, mais il ne voulait en rien le laisser paraître.

- Parce que vous croyez qu'il va vous épouser c'est ça ? dit-il à Virginie qui ne le quittait pas des yeux. Il y eut entre eux un silence qui ne dura pas plus d'une minute. Puis Philippe reprit, en livrant une part des réflexions personnelles auxquelles son esprit était occupé :

- Oui, il peut être le genre d'homme assez stupide pour mettre dans ses pattes une fille comme vous...

- Qu'est-ce que ça veut dire ? J'en vaux d'autres, figurez-vous...

- Oh oui, j'en suis certain, mais vous n'êtes pas précisément sur la même longueur d'ondes que le professeur. Il est gaga de vous, alors que l'intérêt que vous lui portez semble d'une autre nature...

- Pour qui me prenez-vous ?

- Je vous fais un dessin, ou j'achète une carte postale du port pour vous envoyer la réponse ? Vous n'en avez qu'après son argent... De plus, j'avais à un moment l'impression que vous jouiez franc-jeu, mais ça m'a passé très vite, je dois dire...

- Je ne joue franc-jeu qu'avec moi-même, Ormandy, dit-elle en cessant de le regarder.

- Cela a le mérite d'être clair. Rappelez-moi de ne plus jamais me faire d'illusions à votre sujet, lui répondit-il avec ironie.

Elle reprit la même expression furieuse, comme une garde-malade qui aurait surpris son patient tentant de s'enfuir.

- Mais enfin dans quel monde vivez-vous ? Croyez-vous que je vais laisser passer ma chance de profiter d'une occasion pareille ? Framard s'est arraché le peu de cheveux qu'il lui restait, lorsqu'on lui a confié le second testament mentionnant la création de l'œuvre caritative. Ça n'est un secret pour personne que dans ces cas-là, l'argent profite plus aux âmes charitables qui tiennent les rênes de l'organisation qu'aux véritables nécessiteux. Il s'est tout de suite rendu compte qu'il fallait tenter au moins quelque chose pour stopper ce gâchis...

Philippe l'arrêta. Quelque chose d'incongru, de déplacé venait de traverser son esprit, telle une balle de fusil dans l'air.

- Attendez, le second testament ? Que voulez-vous dire ? Quel second testament ?

- Oui, maître Framard possédait déjà une copie du testament de Meursault, rédigée il y a des années, mais le professeur, qui a accompagné le vieux dans ses derniers moments, a recueilli une nouvelle mouture qu'il s'est empressé, à sa grande satisfaction, de faire enregistrer auprès du notaire du défunt.

Un nœud venait de se desserrer dans le cerveau de Philippe.

Ainsi, Cormo pouvait être pour quelque chose dans la clause qui avait été rajoutée avant que Meursault ne meure. Comme par hasard, pensa-t-il.

- Comme par hasard... articula-t-il tout haut.

- Quoi, lui demanda Virginie.

- Non, rien.

- Je vois où vous voulez en venir, dit-elle, vous croyez que Cormo est intervenu dans la rédaction du nouveau testament, n'est-ce pas ?

- Je ne crois rien du tout, mais avouez que c'est tentant d'y voir autre chose qu'une coïncidence, ne trouvez-vous pas ?

- Même si c'était vrai, de toute façon la seule personne qui pourrait en fournir la preuve n'est malheureusement plus de ce monde, répondit-elle, pragmatique.

- Ce n'est pas une raison pour faire comme si on ne le savait pas.

- Bon écoutez-moi, Philippe, écoutez moi bien, dit-elle soudain en prenant l'air résolu. Les choses semblent prendre une tournure différente maintenant, et vous n'allez pas vous mettre au milieu avec vos suppositions à la noix, parce que, de toute façon, ça ne changera rien. Dans quelques semaines, Cormo fera valoir ses droits à la fortune de Meursault, il montera son association et...

- Et vous aurez votre part du gâteau en devenant sa femme, lui suggéra Philippe.

- Oh vous ! Je vais vous..., et elle se rua toutes griffes en avant sur lui.

- Je vous en prie, seule la vérité peut vous mettre dans un état pareil, lui lança-t-il en pleine figure en tentant de la maîtriser. Il s'empara de ses poignets, et les tordit jusqu'à l'entendre crier de douleur.

- Vous n'aviez pas prévue ce moyen rapide de vous approprier l'héritage, n'est-ce pas ? Ça devait vous désespérer de voir l'inanité des efforts du notaire pour se mettre sur la piste du véritable héritier, je suppose ? lui dit Philippe, en serrant les dents sous l'effort qu'il faisait pour la maintenir. J'ai bien envie de vous flanquer à l'eau pour vous envoyer rejoindre Cormo dans son repère de nabab démodé.

Mais il n'eut pas le temps de la balancer par-dessus bord, il n'eut pas même le temps de comprendre que la bagarre avait considérablement secoué le rafiot sur lequel ils se trouvaient, et que n'ayant pas bien résisté aux gesticulations, il prenait à présent l'eau de partout, en émettant des craquements sinistres suffisant à réveiller toute la faune aquatique des environs. Il y eut un craquement plus important et plus long que les autres, pareil à celui d'un bois qu'on arrache. La coquille de noix s'enfonçait peu à peu, et nos deux occupants, ayant cessé de se chamailler, avaient maintenant de l'eau jusqu'aux genoux.

- Il faut faire quelque chose ! Criait Virginie.

- Et quoi ? Alerter la marine nationale ?

- Je ne sais pas bien nager quand je n'ai pas pied, gémit-elle en regardant avec panique dans toutes les directions, à la recherche d'une solution miracle.

- Il doit y avoir une bouée quelque part ! Là, tenez !

Et il lui jeta la seule bouée accrochée à ce qui restait de la cabine achevant sa plongée dans la baie de Singapour.

Ils se retrouvèrent tous deux à barboter, tandis que les derniers restes de ce qui leur avait servi de bateau jusqu'ici, flottaient autour d'eux. L'eau n'était pas bien froide, mais Philippe frissonna cependant, au regard des craintes qu'il commençait à nourrir à propos de leurs éventuelles chances de secours. Celles-ci s'avéraient, pour le moment, aussi minces que le chemisier trempé de Virginie, qui s'était faufilée dans la bouée de plastique avec une aisance de sirène mal réveillée.

- C'est fou ce qu'une bouée vous va bien, lui lança-t-il.

Il nagea vers elle, et s'agrippa à la corde qui entourait la couronne gonflée, telle un donut géant, qui vint rappeler à Philippe sa fringale, car il n'avait pas mangé depuis la veille. Mais une situation plus urgente se présentait à lui, et à sa compagne d'infortune. Il l'avait soustraite aux soins du professeur Cormo pour la voir patauger au beau milieu de la baie, ses jolis cheveux trempés en bataille, et ses yeux lui lançaient toujours les mêmes éclairs de sympathie violente, que depuis qu'ils avaient quitté la demeure de leur hôte respectable.

- Je ne vous pardonnerai jamais ça ! Braillait Virginie.

- Mais je n'y suis pour rien ! La prochaine fois, demandez à votre ami qu'il dépense un peu plus pour l'entretien de sa flotte de pacotille, qui n'a même pas pu nous emmener plus loin que deux brassées ! Ne vous en faites pas, il y a des barques et des dizaines d'embarcations qui empruntent ce chemin tous les jours, d'ailleurs en voici une !

En effet, une sorte de péniche se laissait apercevoir non loin de nos naufragés, qui agitèrent tant bien que mal bras et mains pour attirer son attention. L'équipage eut tôt fait de les repérer, et ils furent bientôt hissés à bord, en esquivant au mieux les raisons de leur présence incongrue dans la baie. Ils apprécièrent infiniment mieux cette dernière en se séchant mutuellement sur le pont, sous le regard ébahi des passagers.

- Rappelez-moi de ne plus jamais vous suivre nulle part, clamait Virginie, dans un accès de sa bonne humeur coutumière.

- Ça ne risque pas… murmura Philippe, parcourant d'un regard préoccupé l'horizon éclairé d'une douce lumière matinale.

UN MANQUE DE LOGIQUE IRRITANT

D e retour au Raffles Hotel, Philippe laissa Virginie regagner sa chambre sans nourrir aucun des espoirs de la nuit précédente. Il n'en éprouvait qu'un regret mitigé car leur relation avait, si l'on peut dire, mal évoluée. Il la voyait maintenant d'un œil différent. Il prit une douche et s'étendit sur son lit, en laissant échapper un soupir long et distrait qui se prolongea, alors qu'il examinait la vue que lui offrait sa confortable suite.

Il voulait mettre de l'ordre dans ses idées qui se débattaient dans une confusion d'autant plus précaire, qu'il lui manquait bon nombre d'éléments pour en étayer la plus élémentaire cohésion.

Il y avait dans tout ça un manque de logique irritant. Quelqu'un - et pas n'importe qui : un homme qui aurait pu se payer une île de la taille de Singapour, ou même mieux - enfin peu importe ; cet homme avait fait il y a des années le vœu de transmettre sa fortune à son seul enfant. Jusque-là, tout était clair comme l'azur, vers lequel il levait son regard perdu à travers la fenêtre de sa chambre. Seulement cet enfant, il ne le connaissait pas. Il ne savait même pas s'il était en vie, et où il se trouvait. Et comme si ça ne suffisait pas, il ignorait si la nature- ou plutôt la femme peu farouche qui lui avait cédé un soir de beuverie- lui avait donné un grand garçon ou une charmante jeune fille. Cet homme avait un notaire qui s'occupait de la plupart de ses intérêts, et notamment de sa succession, par l'intermédiaire d'un testament qui exposait clairement la ferme intention de son dépositaire de tout tenter pour retrouver l'héritier filial, auquel il pourrait alors transmettre légitimement sa fortune. Mais face aux énormes incertitudes qui concernaient cet héritier virtuel, il fit mentionner, sur les conseils éclairés de son chirurgien -qui l'avait rendu, au préalable, handicapé par une opération foireuse- une clause l'autorisant à user de ses fonds gigantesques au bénéfice d'une association pour les pauvres diables affectés du même état que lui dans ses derniers jours. Ceux-ci furent d'ailleurs doublement pénibles. Car non content d'avoir fait les frais d'une maladresse professionnelle -parce que son incapacité à recevoir l'opération aurait certainement pu de prime abord être diagnostiquée par le professeur- il avait de surcroît dû subir la présence et les conseils de Cormo. C'était sans doute le genre d'agrément dont Philippe pariait que l'on puisse grandement se passer.

Maître Framard, le notaire en question, voyait d'un mauvais œil les sentiments généreux de son client. Il entreprit donc de son côté, et avec peut-être son consentement, de partir à la recherche de cet enfant incertain, rendu reconnaissable par moins de détails que ceux d'un ADN examiné à l'œil nu. Là-dessus, le père esseulé et désespéré à la fois par son handicap, et par la perspective d'échapper à la seule occasion de connaître son enfant de son vivant, mourut des suites des bons soins de Cormo. Ne restait désormais que le délai d'un an, accordé par le testament officiel, pour permettre à celui qui le pourrait, d'amener devant le notaire l'héritier de Meursault en chair et en os, preuve génétique à l'appui, au besoin. Devant les échecs répétés de sa quête improbable, le notaire décida de s'arroger les services d'un homme capable d'opérer de manière honnête, sans chercher à le doubler, c'est-à-dire Philippe Ormandy lui-même. Lui, qui avait encore un mal fou à se croire d'une quelconque utilité dans cette affaire, dont il ne possédait -cela était à présent certain- que le minimum d'éléments. Beaucoup de choses lui échappaient, comme celles qui se passaient chez Cormo, par exemple, ou comme les réelles motivations du professeur, qui n'avait pas hésité tour à tour à le menacer, puis à lui offrir sans vergogne un poste au sein de sa future « association ». Celle-ci, quelle qu'elle soit, serait de dimension internationale et servirait probablement de couverture à un projet de malversation financière de la part de Cormo. Toutefois, ces raisons étaient-elles suffisantes pour prendre le risque de laisser un homme périr dans un incendie, comme Philippe y avait échappé de justesse la veille ? Il y avait quelque chose de plus important que tout cela, des intérêts supérieurs qui justifiaient de tels actes, mais lesquels ? C'est ce que Philippe se promettait de découvrir dès que l'occasion lui en serait donnée. On lui demanderait peut-être d'abandonner la partie, comme Virginie l'avait déjà fait, mais il ne pourrait pas. Il ne le pourrait même pas au péril de sa vie. Il était pris dans un engrenage qui le dépassait, qui dépassait même la conscience de ses propres intérêts, et de sa propre sécurité.

L'élément clef restait à ses yeux, le comportement alarmé de Cormo. Ses craintes ne pouvaient qu'être rattachées à un élément capital qui risquait de compromettre ses plans, une chose non résolue qui renfermait en elle le pouvoir de faire capoter ses espoirs d'association charitable, que le notaire était bien peu pressé de concrétiser.

Cela lui rappela qu'il avait rendez-vous avec Framard ce jour-là. Il s'habilla, et descendit dans la salle à manger où le notaire, la serviette gravement attachée au menton, prenait un petit déjeuner copieux.

DEUX SEMAINES ET QUATRE JOURS

Le notaire remarqua à peine Philippe lorsqu'il parut devant lui. Celui-ci, sans attendre son invitation, s'installa à sa table en soupirant assez fort pour le distraire de son festin matinal.

- Inutile de vous souhaiter bon appétit, vous en avez visiblement pour deux ce matin, maître Framard, remarqua Philippe.

Cela suffit à lui faire lever la tête. Un air passablement maussade laissait présager qu'il n'avait sans doute pas bien dormi. Cependant mieux que Philippe, s'étant tout de même octroyé quelques heures de repos après son escapade nocturne.

- Moui... Fit le notaire sans grand enthousiasme, puis il reporta toute son attention sur l'assiette devant lui. Philippe crut y deviner les derniers restes cruellement en voie de disparition d'une triple omelette au fromage. L'odeur qui s'échappait de la bouche de Framard confirma bientôt cette hypothèse. Philippe avait faim, mais ce spectacle le découragea et il ne commanda rien. Il se résolut à attendre que le notaire ait fini d'engloutir sa pitance pour engager la conversation. Il ne faisait aucun doute qu'il savait à l'avance sur quoi elle allait porter. Le vorace convive qui lui faisait face avala d'une traite un grand verre de jus d'orange, et réprimant un renvoi qui aurait pu créer un effet pour le moins fâcheux, se redressa sur sa chaise en toisant Philippe, une lueur amusée dans son regard terne et boursouflé.

- Du nouveau sur l'affaire Meursault ? La nuit vous a-t-elle apporté son lot d'inspiration réparatrice ? Prononça-t-il en passant bruyamment une large langue jaunie autour de ses dents.

- Ce que vous appelez une affaire, n'est pour le moment à mes yeux qu'un mirage épais, risquant de s'évanouir à mesure que je fais l'effort de me diriger vers lui. Quant à ma nuit, elle a été moins «inspirante» que transpirante... J'ai fait un petit séjour sur l'île de Sentosa, en compagnie de votre ami, le professeur Cormo.

- Vraiment ? J'espère que vous avez apprécié la vue depuis là-bas.

- Ma vue aurait pu être des plus plaisante, si je n'avais pas eu à échapper à la cordialité de ses gardiens, et sans compter les risques de suffocation dans une bibliothèque en feu. À part ça, je dois dire que la soirée s'est plutôt bien déroulée.

- Ses gardiens ? Fit-il, surpris.

- Oui, appelez-les gardiens ou jardiniers, peu importe. En tout cas, il est difficile de résister à leurs bonnes manières. À tel point que j'ai préféré m'embarquer sur un rafiot en perdition, plutôt que de profiter plus longtemps de leur compagnie.

- Je reconnais que parfois, le professeur se conduit de manière extrême, et surtout avec les gens qu'il ne connaît pas encore ; je veux dire ceux dont il n'a pas encore jaugé les véritables intentions.

- Le tabassage et la tentative d'assassinat, ça fait partie du test ? Non Parce qu'à ce compte-là, il ne doit pas y en avoir beaucoup qui repartent avec le diplôme. Si vous êtes au courant de ces pratiques, je ne vais pas mettre longtemps à vous soupçonner de jouer un double jeu, Framard.

- Allons, Philippe, rien de tel de ma part. La vérité, c'est que je ne vous en ai peut-être pas assez dit à propos de notre affaire.

- Qu'attendez-vous ? Qu'on retrouve un morceau de banquise à la dérive dans le port de Singapour ? J'ai besoin d'informations supplémentaires, et avant tout, j'ai besoin de connaître vos réelles motivations, et les liens que vous entretenez avec Cormo.

- Bien, je vois que vous commencez à être impliqué, maintenant. Je vous fournirai les infos qui vous manquent, Philippe. Quant à mes intentions, elles sont telles que je vous les ai confiées hier. Je veux, dans la mesure du possible, tenter pour la dernière fois ma chance de retrouver l'héritier de Meursault, pour éviter de voir celui que vous appelez mon ami, s'en mettre plein les poches sous prétexte de son association à but humanitaire.

- Vous ne croyez pas aux buts charitables du professeur ?

- Sa propre femme n'y croirait pas, s'il en avait une, bien sûr… Il gloussa, s'éclaircit la gorge, et ajouta :

- D'ailleurs, il n'y croit pas lui-même…

- C'est bien mon idée aussi, mais dans ce cas, pourquoi ne pas tout simplement empêcher son projet ?

- Il n'est malheureusement pas en mon pouvoir de changer une disposition testamentaire. Vous pensez bien que si cela avait été possible, je me serais arrangé pour y figurer autrement que comme exécuteur.

- Dites-moi, il y a bien eu deux testaments, n'est-ce pas ?

- Une première version était en ma possession depuis quelques années, mais j'en ai reçu par la suite une autre qui annula bien entendu la précédente, si bien, que je dus me plier aux nouvelles conditions.

- Qui sont, précisément, celles qui permettent à Cormo de faire usage de sa générosité tapageuse…

- Tout à fait.

- Êtes-vous sûr que le professeur n'est pour rien dans la clause qui fut ajoutée avant que Roland Meursault ne décède ?

- À supposer qu'il y soit pour quelque chose ; qui serait en mesure de le prouver ?

- Oui, naturellement… Mais si l'on parvenait à établir que c'est lui, Cormo, qui est à l'origine de cette clause, pourrait-on en faire annuler l'application légale ?

- De quoi parlez-vous ? Le testament que j'ai reçu est authentique ; de la main de Meursault lui-même. Il n'y a pas de doute à ce sujet-là, voyons !

- Oui, mais n'aurait-il pas été possible, sous la menace, de lui faire rédiger un autre testament, en ajoutant une clause qui - sans éveiller l'attention de quiconque - soit en réalité destinée à avantager le professeur ? Celui-ci m'a dit que Meursault était mort à Sydney. Peut-être était-il sous sa surveillance, et il n'avait alors plus qu'à profiter de son état pour le tenir à sa merci.

- Le vieux est mort à Sydney, je vous l'accorde, mais de là à bâtir une machination abracadabrantesque... De toute façon, on ne peut pas coincer Cormo sur des présomptions de ce genre. Le seul moyen est de nous lancer sur les traces de l'héritier légitime, celui que Meursault souhaitait vraiment voir empocher son pactole.

Philippe était forcé, pour le moment, de se ranger à son avis. Il s'engagea dans un réseau de suppositions compliquées qui lui firent oublier son interlocuteur, jusqu'à ce que celui-ci se manifeste par une réflexion pertinente qui ramena toute son attention vers lui.

- Mais il serait quand même temps de passer la seconde, mon vieux, parce qu'il ne nous reste que deux semaines et quatre jours, dit le notaire dans un souffle.

- Deux semaines et quatre jours, répéta Philippe. Bon, et après ? Par où je commence ? Par une autre visite de courtoisie au « Sieur » Cormo ? Parce que si vous m'avez engagé pour jouer les mondains masochistes, autant faire la besogne vous-même...

Framard le regarda, et son regard se durcit.

- Vous ne m'aviez jamais parlé comme ça avant, Philippe.

- Pardonnez-moi, mais je commence à être un peu fatigué de jouer au mystère. Il doit y avoir un moyen de départ... Qu'en est-il de la femme qui a donné naissance à l'enfant de Meursault ? Sait-on quelque chose sur elle ? Sait-on où la trouver ?

- Hélas, elle est aussi bien perdue que son rejeton... lui répondit le notaire en grommelant.

- Bon, et quant à la mort de Meursault, sait-on à quoi elle fut due ?

- Le diagnostic a été établi par le professeur Cormo, autant vous dire que c'est du solide. Les examens post mortem ont justifié le décès par les mauvais effets secondaires de l'opération qu'il avait subi quelques mois auparavant.

- Oui, mais combien de mois précisément ? Il me faut des éléments précis, autrement je ne parviendrais jamais à prouver quoi que ce soit, ou à établir une piste valable, s'énerva d'un coup Philippe.

- Vous pouvez sans doute disposer des dates en vous référant aux journaux de cette période, ou bien en ayant accès aux archives médicales du professeur, mais je doute que vous puissiez les approcher avec plus d'aisance que les rebords d'un volcan en activité. Cependant, il y a peut-être un moyen d'y voir de plus près. Cormo donne une soirée demain soir. Tout ce que Singapour compte de personnalités influentes sera là. Laissez-moi vous dire qu'il sera trop occupé pour garder un œil sur ses dossiers.

- Mais il pourrait demander de le faire à un de ses gorilles... Donc vous suggérez que je me faufile dans sa forteresse, pendant qu'il sera en train de trinquer avec les huiles et de se gaver de petits fours, pour passer au peigne fins ses armoires ? Vous êtes cinglé depuis toujours, ou ça date juste de ce matin ? Je ne peux pas faire ça ! Je n'aurai jamais le temps, et de plus je ne parviendrai pas à mettre un pied dans la place sans qu'on fasse sonner l'hallali pour ma carcasse.

- Personne ne vous refusera l'entrée avec ça.

Il sortit de la poche intérieure de sa veste une enveloppe qu'il tendit à Philippe. Celui-ci en examina le contenu : deux cartons d'invitations, sur fond bleu ciel à l'entête des laboratoires Morco, établis aux noms de Virginie et de Framard.

- C'est bien gentil, mais est-ce qu'ils sont aussi supposés croire que je vous ressemble au point qu'on puisse nous confondre ? C'est votre nom là-dessus, et pas le mien...

- Vous n'aurez simplement qu'à dire que vous me remplacez parce qu'une indisposition passagère m'empêche à regret d'assister aux rassemblements hebdomadaires de la haute société locale. Je vais d'ailleurs rédiger ça par écrit, et vous n'aurez qu'à leur mettre sous le nez ma carte pour dissiper tout malentendu.

- Bien. Je suppose qu'elle fait partie de la fête ? Dit Philippe en mettant le doigt sur le nom de Virginie, qui figurait sur le carton posé devant le notaire.

Ils se regardèrent tous deux, tentant de comprendre ce qui se dissimulait derrière leurs yeux fixes, dans l'attente de celui qui battait en retraite le premier. Le notaire baissa les siens et s'adressa calmement à Ormandy.

- Accompagnez-la, je vous prie. Elle vous sera utile pour détourner l'attention de Cormo. '

- Oh oui, j'ai déjà eu l'occasion d'admirer ses méthodes. Elle sera sans doute très efficace. Et puis, ça donnera peut-être une chance de plus à Cormo de se déclarer à nouveau.

- Que voulez-vous dire ?

Le notaire était pâle, et sa main agrippa la serviette, la serrant avec crispation.

- Il l'a demandée en mariage un peu plus tôt dans la matinée, pendant que j'étais derrière une sortie dérobée qui conduit à son port délabré. Même mieux, il l'a tout simplement enlevée pour ça.

- Je savais qu'on en viendrait là, je le savais… répétait le notaire avec conviction.

- Il a mis au milieu un argument de poids, en lui disant qu'elle disposerait de sa nouvelle fortune dans deux semaines et quatre jours.

- Qu'a-t-elle répondu ?

- Je n'ai pas trop voulu lui en laisser le loisir, et l'ai soustraite à ce cruel dilemme en l'emmenant avec moi.

- Comment Cormo a-t-il pris tout ça ?

- Je vous dirai ça demain soir, quand je verrai sa timbale ébahie me serrer la pince parmi la cohue de ses amis de la haute, dit Philippe en se levant. Il mit les invitations dans sa poche, salua de la main le notaire, et prit le chemin de sa chambre.

EN ATTENDANT DEMAIN SOIR

Philippe avait jusqu'au soir du lendemain pour préparer son intervention pendant la soirée chez Cormo. Il pouvait à l'avance deviner le genre d'ambiance qu'il y trouverait, mais en être serait quoi qu'il en soit, une bonne manière de s'introduire dans l'environnement de Cormo. C'en était même l'un des principaux intérêts, car il ne s'attendait évidemment pas à trouver grand-chose en farfouillant dans la paperasse du professeur. Tout ce qui s'apparentait à des affaires louches serait sans doute à l'abri du premier regard venu, et Philippe n'avait pas la moindre idée de l'endroit qui renfermerait de quoi classer définitivement Cormo dans la catégorie des magouilleurs de haut vol. De plus, être accompagné de Virginie ne lui laisserait sans doute pas trop le loisir de s'adonner à l'objet de sa visite. Ne sachant trop s'il devait la considérer de son côté, ou, du moins de celui de Framard, il décida de lui cacher les motifs véritables de sa présence à la soirée, en espérant qu'elle oublierait un instant d'être perspicace, et qu'elle se laisserait endormir par les cachotteries de l'homme qu'elle avait déjà fait courir sur plus de quinze mille kilomètres.

C'est à elle que songeait Philippe en montant lentement les escaliers pour regagner sa suite. Il passa machinalement devant sa porte, et s'arrêta. Il attendit quelques instants, silencieux, espérant que sa présence lui ferait ouvrir comme par enchantement la porte. Mais rien ne se passa et il fut obligé de se manifester en frappant trois coups vifs et bruyants. La porte s'ouvrit, et Virginie parut encore à moitié ensommeillée, comme émergeant d'un autre monde, un monde où il n'y aurait pas de Philippe pour la réveiller. Elle ne semblait pas particulièrement enthousiaste de le voir. Un T-shirt couvrait le haut de son corps gracieux, mais il laissait impudiquement le bas découvert, à la disposition du regard de Philippe, qui le parcourut sans que cela ne paraisse le moins du monde ennuyer la jeune femme.

- Je voulais juste m'assurer que personne ne vous enlève une nouvelle fois, lui murmura-t-il en restant sur le seuil de la chambre.

- Est-ce que ça vous concerne encore ? Lui répondit-elle du fin fond de son sommeil, dont elle tentait avec effort d'émerger.

- Après tout, la dernière fois qu'on vous a fait quitter l'hôtel les pieds devant, ça a anéanti mes espoirs avec vous...

- Et vos espoirs étaient-ils fondés, Philippe ?

- Je n'en suis pas absolument certain, c'est pour ça que je suis venu le vérifier.

- Je croyais que vous étiez seulement inquiet de ma sécurité.

- Je sais que vous êtes du genre à très bien veiller sur vous-même...

- Pourquoi vous être dérangé, alors ?

- Je pensais vous déranger vous, pas moi.

- Eh bien, c'est fait. Je n'ai pas fini ma nuit, alors allez calmer vos inquiétudes ailleurs. Je vais me recoucher, dit-elle en cherchant à bailler, mais même pour ça elle était trop fatiguée.

- Très bien, dormez, car vous n'en aurez peut-être pas le loisir demain soir. Philippe tourna les talons, mais resta en position, prêt à recevoir une salve d'interrogations. Elles ne tardèrent pas à venir.

- Quoi ? Qu'est-ce qui vous fait dire ça ? Qu'est-ce qui se manigance dans votre tête de fonctionnaire gâteux ?

Philippe se retourna lentement en arborant un demi-sourire.

- Vous ne devriez pas faire d'une si noble fonction une insulte, Virginie. Cependant, je connais des tas de gens qui n'apprécieraient pas d'être comparés à des fonctionnaires... Donc je vous pardonne l'offense, et pour vous montrer à quel point je ne suis pas rancunier, je vous emmène demain à la sauterie de Cormo et de toute sa clique de malandrins friqués. Faites-vous une beauté, laissons leur croire que l'on peut s'amuser en leur compagnie.

Virginie avait laissé sa bouche ouverte, comme un poisson pris d'indigestion. Elle reprit une expression normale pour demander :

- Pourrais-je savoir qui se cache derrière cette brillante idée ?

- Votre boss, Maître Framard. Et je parie qu'il ne prendra même pas la peine de s'en cacher. Vous êtes déçue ? Vous auriez peut-être préféré y assister au bras de votre prétendant éploré. Oui, vous savez, celui qui joue l'hôte de marque avant de vous laisser croupir dans une pièce en feu.

- Ne me dîtes pas qu'on se rend là-bas pour admirer les tapisseries !

- Entre autres, je veux profiter d'un échantillon de la bonne société singapourienne avant de rentrer en France...

- Alors, vous allez partir ? Dit-elle d'un ton qui dissimulait mal un engouement de chat qui ronronne.

- Je savais que je parviendrai à vous faire plaisir, finalement, lui répondit Philippe en lui jetant un regard oblique.

- Oh, ce n'est pas le seul moyen de me faire plaisir, Philippe... Elle laissa traîner sa voix sur le « Philippe », si bien qu'on pouvait penser à beaucoup d'autres choses.

- Mais j'en suis sûr, c'est bien pour ça que c'est dommage de passer votre temps à dormir quand il pourrait être employé à des occupations plus à même de satisfaire ce plaisir auquel j'ai déjà manqué une fois de pourvoir... De plus, je suis à court d'idées sur la manière de passer le temps jusqu'à demain soir.

- Pourquoi ne pas en profiter pour voir la ville ?

- Il y a d'autres endroits que j'aimerais visiter avant. Des curiosités d'un tout autre genre que le béton lisse des buildings d'une mégalopole, si attrayante soit-elle...

Disant cela, il la poussa à l'intérieur et accompagna la porte du pied. Elle ne dit pas un mot, et s'assit sur le lit, en remontant ses genoux nus contre ses seins gentiment en lutte avec le T-shirt qui les moulait d'une manière délicieusement suggestive. Philippe s'approcha de la fenêtre et tira les rideaux.

- Ce n'est pas que nous fassions quoi que ce soit de mal, mais avec une fille aussi courtisée que toi, on ne pousse jamais assez loin la discrétion.

- Tu les arrêtes quand, tes réflexions stupides ?

Elle se leva de sa couche avec une grâce féline, et dans le bruit étouffé de ses pieds nus sur la moquette, elle se plaqua contre à Philippe pour l'embrasser à pleine bouche.

- C'est exactement le genre d'occasion que j'attendais pour me taire, lui dit-il en lui rendant son baiser.

Il l'enlaça complètement, tandis qu'il voyait ses petits pieds mignons se tortiller sur ses chaussures. Il fit voltiger ces dernières à travers la pièce, puis ce fut le tour de ses vêtements…

UNE SOIRÉE FRACASSANTE

E t LE soir arriva. Philippe s'emmêlait, devant son miroir, dans les méandres de la confection de son nœud papillon, et Virginie, de son côté, mettait la dernière touche à un maquillage savant qui devait lui permettre de captiver le maximum de regards. Ce qui ne devrait pas être trop difficile…

Ils se rejoignirent en bas, dans le hall du Raffles. Philippe, arrivé le premier, trahissait une réelle nervosité, qui fit place à l'admiration lorsqu'il vit Virginie paraître devant lui. Elle semblait presque timide, et ne s'avança que lentement, comme si elle marchait sur une livraison d'œufs de caille. Il resta là, quelques courts instants, qu'il aurait pourtant bien aimé prolonger à loisir. Elle était belle, oui, elle était même splendide, et l'attitude retenue qu'elle arborait lui conférait soudain une nouvelle dignité. Elle respirait avec lenteur, mais en prenant de larges bouffées. Un halètement de biche traquée n'aurait pu davantage émouvoir Philippe, qui préféra ne pas l'abreuver de compliments, sentant combien la situation ne s'y prêtait pas.

Elle lui prit le bras sans un mot, et ils sortirent vers le taxi qui les attendait.

Ils refirent le même trajet que quelques jours plus tôt, dans un crépuscule charmant et coloré, qu'ils admirèrent tous deux en silence. Puis Philippe se tourna vers elle :

- J'apprécie Singapour de plus en plus… lui dit-il.

- J'y suis peut-être pour quelque chose, répondit-elle à mi-voix.

- Ça se pourrait bien si on était là pour prendre du bon temps, mais je te promets que dès que tout sera fini, on visitera…

- Je connais déjà Singapour, figures-toi, lui envoya-t-elle d'un ton qui prêtait à équivoque, ne laissant pas exactement deviner si elle était de mauvaise humeur, ou bien si elle cherchait à le pousser à bout.

- Je sais que ce n'est pas une partie de plaisir, mais tu pourrais être aimable, et en profiter quand même, argua Philippe.

- Oh, mais oui ! Je vais en profiter un maximum. Toi, tu vas jouer les Arsène Lupin de téléfilm, pendant que je vais me démener dans le registre délurée en manque d'affection, pour détourner l'attention de la troupe de sémillants grabataires qui nous attendent ! Il y a vraiment de quoi pousser des hurlements de joie.

- Je ne te demande pas d'être contente, mais de faire semblant. Tu sais, c'est ce que tu sais le mieux faire…

- Si tu continues à m'insulter, je saute de cette voiture en marche ! Cria-t-elle.

- Et bien, Si tu fais ça, tu ne verras pas un centime de l'héritage de Meursault, lui répondit-il calmement.

111

- Qu'est-ce que tu crois ? L'argent n'est pas tout pour moi.

- Eh bien, c'est nouveau, tellement nouveau que je n'étais même pas au courant.

- Tu n'es rien pour moi, Philippe, dit-elle soudain en le regardant en face.

- Tant mieux, ça t'éviteras d'avoir des scrupules à t'occuper de nos pimpants sexagénaires avides de chair fraîche, lui répondit-il avec le même calme.

Cette fois-ci, les grilles étaient grandes ouvertes pour laisser défiler les plus grosses limousines, et autres gigantesques spécimens de la faune automobile que Philippe ait jamais vu.

Il y avait aussi deux colosses endimanchés dans des costumes à vingt dollars, sans doute loués pour l'occasion, qui les faisaient paraître aussi élégants qu'une paire d'autruches à un thé dansant. Ils stoppèrent le taxi de Philippe et Virginie avec quelques mouvements ridicules de leurs bras énormes, serrés dans les manches étroites de leurs fringues haute couture pour fauchés excentriques. Tout cela aurait pu être très comique, mais Philippe ne se sentait pas particulièrement d'humeur à rire. Essuyer les remarques désagréables de Virginie avait quelque peu émoussé son sens de l'humour. Il baissa la vitre et leur tendit les invitations, en leur lançant un regard d'une froideur animale. L'un d'eux jeta un bref coup d'œil sur la carte, avant de demander au chauffeur de couper le moteur. La tension monta d'un cran. Le lecteur, aussi rapide qu'une machine à code barre, se pencha et passa sa tête vide de bodybuildé par la fenêtre, qui l'encadra comme une tronche de bœuf sur l'étal d'une boucherie.

- Vous n'êtes pas le notaire Framard, à ce que je sache non, dit-il avec dans un accent qui fleurait bon les bords de Marne.

- Qu'est-ce qui te fais dire ça, compatriote, lui répondit Philippe, en tentant de prendre un air assez sympathique pour ne pas réveiller les nerfs du bœuf qui lui soufflait dans le cou.

- Je l'ai déjà vu, moi, le notaire, et même que sa ganache, elle ne colle pas tellement avec la vôtre.

- Ça, c'est parce que t'avais trop forcé sur la gnole, mon gentil tas de muscle. Alors, tu vas nous laisser entrer, où je pourrais avoir un mot de trop au patron à propos de toi. Tu ne veux pas te faire vider pour une stupide histoire de faciès que ta caboche d'empoté a du mal à se rappeler, n'est-ce pas ? L'empoté passa son bras à l'intérieur du taxi, et agrippa Philippe par le haut de sa chemise. Il fut comme aspiré par un mouvement vif, envoyant le haut de son crâne faire connaissance avec le toit du véhicule, qui se bomba pour lui souhaiter la bienvenue. Musclor luttait pour l'extraire de la voiture, tandis que Philippe planta ses canines avec toute la bonne volonté qu'on accorde à un filet de bœuf saignant, dans la chair hurlante du bras de monsieur muscle, qui le retira en poussant un beuglement que n'aurait pas renié un de ses congénères vivant en troupeau, et mangeant de l'herbe grasse.

Son collègue abandonna le trafic, et se précipita à sa rescousse, quand une voix familière les fit s'immobiliser en l'air, dans une attitude aussi gracieuse que les danseurs du Bolchoï.

- Décidément, Ormandy, vous êtes toujours une source de problème.

Le professeur Cormo en personne se tenait près de la portière, en arborant un rictus semi glacé, sans doute celui qu'il réservait aux hôtes de marque. Il ouvrit la porte du taxi, et invita Philippe à sortir. Celui-ci s'exécuta, en disant à l'adresse de Virginie :

- Excuse-le, il déroge à la plus élémentaire galanterie, mais ne le prends pas mal...

- Je me fiche du tralala. J'ai soif, je vais me commander un verre illico, dit-elle, en ignorant la main que le professeur lui tendait.

Philippe restait sur place, une lueur malicieuse et désabusée dans le regard.

- Bien le bonsoir, Cormo ! Je vois que vous avez débauché des gars du pays pour jouer les sentinelles. Qu'est-ce qui se passe ? On n'a plus confiance en la population locale ? Je me suis pourtant laissé dire que vos deux joyeux drilles bridés font du bon boulot.

Cormo parut peu surpris du ton employé par Philippe, aussi lui répondit-il de manière égale, avec une pointe d'animosité.

- Je n'ai pas de raison particulière de me plaindre d'eux, mais peut-être que vous, si. À l'occasion, ils peuvent commettre une bavure et outrepasser mes instructions... Vous voyez ce que je veux dire ?

- J'y vois aussi bien que vos gorilles sont bouchés. Dites-leur de nous laisser entrer, ces invitations sont réglos, et je meurs d'envie d'être de vos invités pour partager une nouvelle fois les réjouissances auxquelles vous m'avez habitué.

Disant cela, Philippe lançait des regards amusés et complices aux deux montagnes, qui elles ne riaient pas un poil. Elles attendaient anxieusement le moment où elles pourraient abattre leurs avalanches de coup de poing sur son visage souriant, qui se tournait tour à tour vers Cormo, puis vers leurs trognes enragées émettant des râles rauques de bête impatiente.

Le professeur se saisit des invitations, et les parcourut en détail. Une minute et quelques litres de transpirations plus tard, les gorilles durent s'effacer, et laisser passer Philippe et sa compagne d'un soir.

En les dépassant, celui-ci ne put résister à l'envie de les asticoter encore une dernière fois en leur lançant :

- Merci pour l'accueil les gars, c'était le pied, il manquait plus que les kalachnikovs et la fouille au corps, mais à part ça, c'était ce qu'on appelle une réception amicale pour un cocktail. Je vois que c'est Cormo qui vous a dressés, mes toutous. Je vous donnerai un os à ronger à l'occasion, ne vous en faites pas.

- Ton heure viendra à toi, je te ferai bouffer ton nœud pap', et te passerai l'envie de faire de l'humour à coup de burin dans ta fiole d'enc…, s'entendit-il répondre par celui dont il avait encore le goût de viande faisandée dans la bouche. Philippe garda son sourire et se tourna vers le professeur :

- Dîtes, professeur, cela fait-il partie de vos instructions de menacer les invités ? Je sais que ça fait classe ici d'avoir des portiers français, mais la prochaine fois, arrangez-vous pour engager ceux qui ont un cerveau.

Cormo l'ignora, mais s'enquit de tout autre chose :

- Je ne peux pas comprendre pourquoi Framard vous a choisis pour le remplacer.

- Sans doute pour les mêmes raisons qui vous ont poussé à me proposer un job dans votre association foireuse, que je me ferais un plaisir de faire capoter quand j'aurais trouvé une preuve de vos combines tordues.

- Ma proposition tient toujours. Par ailleurs si vous êtes intelligent, comme je le crois, vous ne tarderez pas à l'accepter.

- Je ne suis pas assez intelligent pour tremper ma carcasse de fonctionnaire fatigué, dans une magouille qui m'enverra compter les jours qui me restent dans une prison tenue par les mêmes bridés sadiques vous servant de larbins.

- Seriez-vous raciste, Ormandy ? Vos propos laissent transparaître un relent de haine raciale à l'encontre des asiatiques.

- Je n'ai absolument rien contre ces gens, au contraire. Mais je ne les embaucherais pas comme exécuteurs de basses-œuvres, comme vous.

Ils marchèrent quelques instants dans le parc qui entourait la propriété. La nuit était claire et agréable, la chaleur supportable se faisait même douce, et il s'en fallut de peu que cette soirée fut une vraie partie de plaisir pour nos deux invités. Mais elle ne l'était pas. Philippe était préoccupé par l'attitude de Cormo à son égard. Pourquoi l'avait-il laissé mettre un pied chez lui avec une invitation qui n'était pas à son nom ? Il devait sans doute être la dernière personne qu'il eut souhaité voir en un jour pareil, et cependant il contrariait ses gardiens pour l'autoriser à pénétrer dans l'antre sacré de la haute société de Singapour. Tout cela lui donnait à penser qu'il s'était jeté dans la gueule du loup, en oubliant combien il pourrait s'avérer difficile de trouver le chemin du retour entre ses crocs sanglants...

Ils gardèrent le silence pendant le temps que dura la traversée nocturne du jardin, et on ne savait pas vraiment si Cormo conduisait Philippe à sa soirée, ou bien s'il l'accompagnait au supplice. Le rictus du professeur avait disparu, pour faire place à une résolution fanatique qui venait s'ajouter à son regard farouche.

Ils rejoignirent Virginie par la porte-fenêtre d'un salon éclairé à la bougie, où déambulaient des dizaines d'hommes et de femmes vêtues comme s'ils attendaient une demi-douzaine de présidents en exercice, et parfumés comme s'ils avaient barboté la moitié du jour dans l'une des usines à ciel ouvert de Chanel. Tout cela formait une symphonie discordante de préciosité inutile et racoleuse, qui donna un haut-le-cœur à Philippe. Il songea alors que ce chic sonnait faux, et annulait le sens du vrai raffinement, qui doit toujours conserver une simplicité savamment entretenue, pour ne pas tomber dans le genre de tape à l'œil inutile qu'il avait maintenant devant lui.

Virginie était adossée à un pilier de marbre, un verre à cocktail démesurément grand à la main. Elle en avait vidé une bonne moitié, et entamait le restant avec courage. Philippe lui souffla en s'approchant d'elle :

- Ce n'est peut-être pas le meilleur soir pour se bourrer le carafon.

- Fous-moi la paix, chuchota-t-elle, voyant que le professeur s'approchait d'elle en lui offrant son bras qui resta suspendu en l'air. Elle lança un regard de biais à Philippe, avant de poser le sien sur celui de Cormo qui l'entraîna, ravi, vers une table libre à quelques pas d'eux. Philippe les suivit du regard, puis leur emboîta le pas en enfonçant ses mains dans les poches de son pantalon. Il s'approcha de leur table, et ils levèrent leurs yeux simultanément vers lui, comme s'il s'agissait d'un imposteur, ou un de ces malfaisants qui assistent à des réceptions dans le seul but de les saboter. Cela aurait d'ailleurs pu être le cas...

- Je vous ai amené votre promise, Cormo. J'espère que ça m'autorisera à déambuler en paix parmi votre charmante assemblée... dit Philippe d'un ton doucereux.

- Mon assemblée n'a rien de charmante, Ormandy. Elle n'en est pas moins composée des gens les plus brillants que votre condition permet de rencontrer à Singapour, lui répondit Cormo en prenant un air supérieur.

- Alors, si vous le permettez, je vais allez promener mon inférieure condition au sein des grands noms de la société locale, afin de ne pas vous contaminer l'atmosphère plus longtemps, à vous et à votre...

Il ne pouvait pas trouver de mot pour définir Virginie. Il l'avait tenue dans ses bras quelques heures plus tôt, et il la voyait maintenant assise main dans la main avec l'homme qui était en passe de devenir un peu plus qu'un ennemi de premier ordre. L'idée de foutre le camp et de tout laisser tomber traversa un moment son esprit. Elle n'y demeura qu'un court instant, bientôt suivie par une rage tenace, qui prit ses racines dans une volonté de fer. Une résolution dure et inexpugnable comme la rancune se forgea en lui, et il tourna les talons, laissant le professeur et sa moins-que-rien, qui resta le nez dans son verre, sans doute pour éviter de voir les yeux de Philippe s'emplir d'un mépris aussi violent que leur étreinte de la nuit passée.

À mesure que la soirée avançait, l'ambiance se dirigeait de plus en plus vers une sorte d'intimité grandiloquente, comme seuls pouvaient en produire des rassemblements de ce genre. Philippe avait dévisagé des dizaines de personnes des deux sexes, sans jamais parvenir à transformer ce premier contact en réelle discussion. Il cherchait avant tout à échapper à la surveillance discrète de Cormo, qui depuis son coin de salle, moitié roucoulant, moitié attentif, le suivait des yeux à chaque occasion. Il sentait son regard sur lui, comme une proie celui d'un chasseur. Il aborda une femme qui paraissait assez vieille pour avoir été la contemporaine du premier chinois qui avait mis le pied sur l'île. Elle n'était pas à proprement parler énorme, mais ses seins lui tombaient à peu près au niveau du nombril, en créant au passage une vague tendue à se rompre dans sa robe de soirée d'un bleu vif, telle la carrosserie d'une Ford attendant son châssis. Abandonnant avec un regret évident l'idée de lui faire du charme, Philippe lui tendit une assiette de petits gâteaux qui traînait sur un guéridon à proximité, en la gratifiant de son sourire le plus encourageant.

- Oh, comme c'est gentil à vous, vociféra-t-elle avec une voix capable de vous suggérer l'apocalypse imminente.

- Je vous en prie, j'ai senti combien vous aviez envie d'y goûter…

- Oui, mais je dois surveiller mon poids, lui confia-t-elle en clignant des yeux.

- Naturellement. D'ailleurs, je surveille le mien moi-même, précisa Philippe comme s'il s'agissait d'une confidence.

- Tiens, comme c'est curieux, mais vous allez l'air tout à fait bien…

- Ma foi, ça pourrait être pire, même si la silhouette que vous voyez là est le résultat d'une attention constante de la part des deux éléments essentiels à une bonne gestion de son physique : je veux parler de ma balance électronique et de mon nutritionniste.

- Vous suivez les conseils d'un spécialiste, j'aurais dû m'en douter. On n'obtient jamais d'aussi bons résultats par soi-même...

- En effet, mais si vous le souhaitez, je peux dès à présent vous fournir des bases sûres qui vous permettront de commencer à appréhender le pourquoi de ces quelques grammes de trop qui vous tracassent, qui tyrannisent en vous cette tranquillité d'esprit qu'une femme de votre qualité est en droit de trouver pour toujours.

- Vraiment ?

- Absolument. Venez un peu par-là, que je vous voie mieux. Il prit dans ses mains ses épaules aussi flasques que les nageoires d'un morse en phase terminale, et la plaça en face de lui de manière à ce qu'elle constitue un barrage suffisant pour le dissimuler au regard fureteur de Cormo. Il prit son air le plus sérieux pour la gratifier, sans doute, du plus long examen qu'elle ait subi depuis bien longtemps de la part d'un homme sain d'esprit...

Tout en continuant à parcourir du regard ce monticule de graisse déguisé en femme du monde, Philippe reculait doucement vers la porte-fenêtre. Dans un même mouvement souple et silencieux, il fit jouer la poignée, et en enjamba le rebord, en s'adressant à la femme :

- Veuillez m'excuser un instant, mais c'est l'heure de mon régime. À tout de suite pour le diagnostic...

Il disparut sur la terrasse, où se projetaient les lumières chaudes du salon, figées dans les ombres d'une soirée aussi festive que le conseil d'administration d'une entreprise en faillite.

Philippe prit la direction du jardin, sous une lune fade et fatiguée, qui envoyait de pâles lueurs sur les allées sinueuses et embaumées. Ces dernières, faites de chaleur moite et de senteurs piquantes aux propriétés excitantes qui lui rappelaient le parfum de Virginie, le plongèrent dans une ivresse intense. Une pointe de tristesse s'immisça en lui, et il s'empressa de la repousser bien loin derrière ses scrupules d'amoureux malheureux. Il lui fallait surmonter la moindre parcelle de jalousie, qui le gagnait comme un poison lent mais fatal, à l'aide de son jugement qui lui avait maintes fois évité de sombrer dans la bassesse. Mais était-ce vraiment se rabaisser que de souffrir parce qu'un être, pour lequel on s'était laisser aller à éprouver des sentiments confus mais étonnamment forts, avait déçu l'ultime intérêt qui unissait le désir de la revoir, de lui parler encore pour effacer un désenchantement tenace qui luttait contre un espoir de plus en plus affaibli ? Il était tombé dans ce piège un nombre incalculable de fois, et il avait toujours fait appel au raisonnement, et surtout à la résignation pour enrayer une colère dévastatrice. Cette fois, pourtant, sa raison restait hors du coup, ne pouvant se résoudre à servir encore de paravent aux éclairs de violence qui traversaient ses déceptions de victime à répétition du sentiment.

Il parvint au bout de l'allée, et aperçut la porte d'entrée, par laquelle il s'était introduit lors de sa dernière visite en ce lieu. Il longea le mur, et sentit que le sol s'inclinait en une pente légère, dans le prolongement de la façade. Au bout de quelques pas, une fenêtre éclairée attira son attention. Il s'en approcha, en empruntant une démarche de chat à l'affût d'un mulot pour le déjeuner. Se plaquant contre le volet, à quelques centimètres du rebord, autorisant son regard à inspecter l'intérieur en demeurant invisible, il vit deux têtes connues en pleine confidence. Les hommes aux tatouages de Merlion se faisaient face, en s'entretenant à mi-voix. Philippe attendit un moment pour habituer son oreille, avant de percevoir clairement leurs propos étouffés, qu'il traduisit aussi bien que son anglais de touriste le lui permettait.

- On ne peut pas le garder en vie plus longtemps, on va se faire repérer, c'est trop risqué. De toute façon, on n'a plus besoin de lui maintenant…, disait celui au regard de bâtard échappé du chenil.

- Ce n'est pas à nous qu'une telle décision appartient, tu le sais bien, répliqua son congénère aux narines inexistantes.

- Si tu ne veux pas t'en charger, moi je lui suggérerai. Je prends ça sur moi, mon chou, tu peux être sûr qu'il ne refusera pas.

- Tu ne peux pas faire ça ! Et s'il prenait mal la chose ?

- Ne t'en fais pas, c'est sans risque. Tu sais bien que lui-même est soumis aux impératifs du Conseil. Il sera réuni, d'ailleurs, dans moins d'une heure, et cela pourrait faire partie d'une suggestion venant de tous les membres.

- Tu es sûr ?

- Aussi certain que tu m'entendras lui dire dès qu'il passera cette porte.

Philippe mémorisa ce baratin aux allures de charabia d'enfants préoccupés par un dilemme au sujet de Legoland. Il était sur le point de s'éloigner, quand un homme -sans doute celui que les compères attendaient- fit son apparition, en refermant la porte derrière lui avec précaution. L'ombre du mur dissimulait son visage, mais sa voix était facilement identifiable. Il s'agissait du professeur, qui s'avança au milieu de la pièce en prenant la parole :

- Je vous ai convoqués parce que nous avons une décision à prendre et que j'ai besoin de votre soutien devant les membres du conseil ce soir.

Il les regarda tour à tour puis dit d'une manière sentencieuse :

- Il faut éliminer le vieux à Sydney. Il faut le faire maintenant et au plus vite, même. Je vais écrire l'adresse de l'appartement où il est retenu sur ce papier. Prenez bien garde de le brûler après l'avoir mémorisée.

Le bougre au regard errant s'empara de la feuille en soupirant et la mit dans sa poche. Il fit un signe à son comparse d'un air entendu tandis que Cormo reprenait :

- C'est bien les gars, après ça, tout ira plus facilement, je vous le promets.

- Une question patron, est-ce qu'on doit laisser le fouineur sur le carreau ou pas encore ?

- Son heure est proche et il recevra la leçon qu'il mérite, mais nous ne pouvons pas aller plus loin avec lui. Pour le moment, j'entends...

Il éclata d'un rire bruyant et gras qui fut immédiatement rejoint par celui de ses deux sous-fifres.

Philippe en avait assez entendu. Il était clair que le fouineur, c'était lui et que cette raison semblait suffisante pour proférer des menaces à l'encontre de son intégrité physique. Car il ne pouvait s'agir que de violence. Quoi d'autre ? Ils se mettaient d'accord pour le marquer d'une telle façon qu'il renonce à son implication dans l'affaire Meursault. Il lui restait juste à savoir en quoi il pouvait constituer un réel danger pour eux, et il commencerait enfin à y voir plus clair. Du moins, il l'espérait.

Il s'éloigna de la fenêtre et poursuivit son excursion le long du mur. Il y avait maintenant sous ses pas un gazon soyeux et dense, qui étouffait de manière heureuse tous les bruits que sa déambulation nocturne aurait pu occasionner. La pente se fit d'un coup plus raide et il se trouva face à un creux de terre vallonnée, du haut duquel il reconnut le petit port privé qu'il avait quitté deux jours plus tôt. Il s'accroupit au bord et un bond silencieux le fit atterrir sur les pavés du quai délabré qui eux, ne dissimulèrent malheureusement plus aucun des claquements de ses pas qui résonnèrent un peu trop fort à son goût.

En suivant le quai, il passa devant l'ouverture secrète qui lui avait permis de récupérer Virginie la dernière fois. Il soupira en son for intérieur, se disant qu'il aurait dû se douter de son attitude future, lorsqu'il l'avait vue à l'œuvre avec le professeur. Mais malgré tout, il ne pouvait plus entièrement donner libre cours à son aversion face au comportement de la jeune femme. Elle était après l'argent de l'héritage de Meursault et sa démarche laissant voir qu'elle était prête à tout pour l'obtenir, était parfaitement cohérente en elle-même.

Où était-elle à ce moment ? Cormo l'avait-il abandonnée pour quelques instants ? Seulement le temps de donner des instructions à ses sbires. Peut-être l'avait-il fait surveiller par quelques autres de ces tristes sires dévoués à sa cause. Elle était sûrement moins en danger que lui parce que moins gênante et moins impliquée. Et bien entendu plus coopérative avec Cormo qu'il ne pourrait jamais l'être...

Philippe trébucha soudain sur un pavé qui ressortait de manière inégale du sol. Il s'étala de tout son long en évitant cependant à sa tête de se fracasser en retenant de ses mains sa chute brutale et inopinée. Il regarda de tous côtés avant de se relever. Il semblait seul sur le quai, mais des éclats de voix se faisaient pourtant entendre, proches de lui. Ceux-ci paraissaient venir du sol lui-même d'où s'échappaient plusieurs murmures étouffés renvoyant leurs échos à la surface du quai désert. Se penchant à nouveau sur le sol mais avec précaution cette fois, Philippe passa sa main sur le dallage archi-usé des pierres et s'aperçut que sur un carré délimité d'à peu près quarante centimètres de côté, les pavés revêtaient une étrange apparence de propreté détonant dans l'assemblage vétuste auquel ils étaient reliés par des joints de ciment plus propres et lisses que les autres. Il suivit de son index la trace de celui qui avait occasionné sa cascade malencontreuse et enleva la poussière qui le recouvrait en faisant le tour du carré. Il s'agissait bien d'une trappe en trompe-l'œil qui avait été recouverte d'un dallage pour donner l'illusion de faire partie d'un seul tenant avec le reste du quai. Il colla son oreille tout contre et le bruit des voix s'amplifia. Philippe refit le tour du carré avec ses doigts en reconnaissance. Un endroit creux de la jointure révélait un espace suffisant pour permettre à sa main de s'y glisser sans effort. Ce qu'il fit en continuant de tâtonner à l'aveugle. Il sentit la forme d'un verrou intérieur qu'il actionna en faisant jouer le loquet. Le poussant petit à petit, un clic se fit entendre et Philippe murmura « bingo » en soulevant doucement la lourde trappe. Elle s'ouvrit sur une obscurité complète dans une sorte de puits dont on ne percevait pas le fond. Il n'avait malheureusement rien à jeter sous sa main qui en attesterait la profondeur.

Soudain, des pas qui se rapprochaient dans sa direction lui firent abandonner toute précaution et il s'engouffra dans le passage en refermant derrière lui le faux dallage.

Une demi-minute plus tard, les deux portiers français posaient leurs pieds de dinosaures en mocassins sur la trappe qui ne trahissait aucun signe de découverte.

Philippe quant à lui, les deux mains en équilibre contre une aspérité de la paroi humide, se retenait du mieux qu'il pouvait en se creusant la tête pour trouver les moyens qui le feraient se tirer de là sans trop de dommages. Il venait d'entendre le défilé des zouaves quelques centimètres plus haut à la surface, et quelque chose lui disait qu'il ne s'était pas produit de manière fortuite. Cormo devait s'être rendu compte qu'il avait échappé à sa surveillance. La moitié de son équipe devait probablement déjà être sur ses traces. Cette perspective le mena à renoncer de sortir de son trou. D'ailleurs, l'ouverture était à présent trop lourde pour choisir cette alternative. Ses bras, depuis trop longtemps tendus et ses mains crispées sur les pierres, commençaient à être attaqués par les entailles produites sous l'effet de son poids. Il agita ses jambes à la rencontre éventuelle d'autres saillies qui auraient pu lui permettre de prolonger son séjour dans une position plus confortable, mais ce ne fut pas le cas. Alors, sans qu'il eut besoin d'autre courage qu'une nécessité impérieuse, il lâcha prise et rencontra le sol si près de ses pieds que ce fut à peine s'il n'éclata de rire en se retenant à la paroi qui suintait de fines particules d'eau courant le long des pierres tièdes en émettant une mélodie de fontaine relaxante tout droit sortie de « Maison et jardin »…

Philippe se trouvait dans une sorte de réduit obscur où régnait une chaleur suffocante. Il fit quelques pas devant lui et vit quatre rayons de lumière qui dessinaient les contours d'une porte en fer. Les éclats de voix étaient tout proches. L'oreille collée au métal humide, il tentait de distinguer le sens du brouhaha qui s'en échappait. Il était si attentivement concentré qu'il ne se rendit pas compte tout de suite du mouvement de la porte qui, en s'entrebâillant, zébra ses yeux d'un rapide éclair lumineux en provenance de l'intérieur de la

pièce, fortement éclairée par de larges appliques murales Il
se baissa immédiatement et pénétra à l'intérieur en
repoussant avec précaution la porte derrière lui. Il entra dans
une cave ; ou plutôt ce qui avait dû en être une, avant que les
rayonnages aient été repoussés contre les murs en étant vidés
de leur contenu, puis remplacés par des centaines de livres
qui entouraient le lieu, trônant empilés ou debout collés les
uns aux autres. Cet assemblage cernait le sous-sol en
l'encerclant d'une littérature au contenu mystérieux. Philippe
ne distinguait pas de titre sur la tranche de ces ouvrages,
mais des noms et des dates semblaient en faire office. Au
centre, il put voir une grande table épaisse, de celle qu'on
utilise pour les assemblées générales ou les conseils
d'administration d'entreprises importantes. C'est
probablement ce dont il devait s'agir maintenant au vu de la
vingtaine de personnes qui siégeaient autour d'elle. Des
hommes asiatiques, la plupart ayant assisté au cocktail, tous
la quarantaine bien sonnée, arborant des mines graves et
préoccupées, échangeaient des propos en *singlish*, un mélange
de chinois moderne et d'anglais qui constitue le dialecte local
de Singapour. Au milieu d'eux pourtant, Philippe put bientôt
voir qu'une femme prenait part au débat. De manière
réservée puis de plus en plus âpre et engagée à mesure que la
conversation se poursuivait. Elle était habillée d'un costume
serré et sa veste entrouverte laissait deviner la courbe de ses
seins bombés sous un chemisier de soie beige. Son visage
froid et mince s'harmonisait parfaitement avec un regard
voilé de plomb émanant de petits yeux noirs qui ne
paraissaient ciller qu'une fois par semaine. Elle pouvait avoir
dans les trente-cinq ou cinquante ans, tout dépendait sur
quelle partie d'elle on s'attardait...

Soudain, le professeur Cormo accompagné de son
escorte tatouée habituelle, fit son apparition par une des
grilles en fer au milieu des livres qui se trouvaient dans le
fond de la salle. Les échanges cessèrent un moment pour
reprendre de plus belle, une fois que les trois nouveaux

venus eurent à leur tour pris place à la table. Cormo resta silencieux jusqu'à ce qu'une remarque d'un congénère semble devoir justifier son intervention immédiate. Il le coupa et se levant de sa chaise, pointa son doigt dans la direction de Philippe...

Personne n'avait remarqué son entrée. Il s'était dissimulé derrière un mur de livres en restant à genoux, le regard furetant entre les étagères en prenant bien garde à chaque respiration, retenant son souffle au milieu des silences qui traversaient la pièce de temps à autre. Il était bien prêt de paniquer lorsque le geste de Cormo désigna l'endroit exact où il se cachait. Une longue larme de transpiration dévala son dos. Il ne tarda pas à suer de tous ses membres en voyant le professeur et l'homme dont il avait coupé la parole, s'approcher de son étagère. Cormo en tira un livre qu'il parcourut avant d'en désigner un passage à l'homme qui l'examina, acquiesça de la tête et regagna sa place sans plus de commentaire.

Le silence s'était maintenant emparé de la pièce et Philippe observait toujours l'assemblée avec un mélange d'intérêt et de crainte, redoutant que l'on ne le découvre d'un moment à l'autre, tant sa cachette était proche de la table et de ses occupants. Mais ceux-ci étaient bien trop occupés par leur débat pour prêter la moindre attention de son côté.

Cormo se leva et prit la parole :

- Mes chers amis et honorables membres du conseil, je vous remercie de votre venue ce soir et profite de l'occasion pour vous soumettre une requête à laquelle il va de nos intérêts à tous que vous donniez votre entière approbation. En un mot, je vous demande d'accepter d'être débarrassé du vieux à Sydney.

Un murmure parcourut l'assistance qui évolua en de brefs signes d'acquiescement et des hochements de têtes significatifs. Des mains commencèrent à se lever puis ce fut toute la tablée qui se prononça en faveur de « l'élimination du vieux » comme la définissait Cormo. Celui-ci, satisfait, se rassit en ramenant contre lui les pans de sa veste. Mais des têtes s'étaient peu à peu tournées vers la femme. Elle avait en fait été la seule à ne pas se prononcer en gardant sa main baissée lors du vote. Les regards se faisaient durs et interrogateurs, bien que demeurant silencieux. Elle dit sur un ton de défense :

- Je n'ai pas à me justifier. Je n'ai pas à donner mon approbation pour ce que j'ai le regret d'appeler un meurtre pur et simple.

Sa sortie provoqua des protestations assez vives. L'un d'eux se leva et dit qu'à l'avenir il refuserait de siéger à la même table que ce membre qui compromettait leurs affaires en ayant recours à de vagues prétextes moraux qui n'avaient manifestement pas droit de cité dans leur organisation. Elle quitta la table sans se retourner puis emprunta le même chemin que celui par lequel Cormo avait pénétré dans la pièce.

Une vague de commentaires vindicatifs suivit :

- Elle se soucie davantage de la vie d'un vieillard condamné de toute façon, que des impératifs de notre communauté ! S'indignait l'un.

- Nous avons toujours conservé notre solidarité dans les moments importants ! Soulignait l'autre.

- On ne peut se permettre de tolérer de telles offenses surtout venant d'un membre dont le dévouement n'a jamais été complètement prouvé, argumentait un autre.

Le professeur les apaisa, proférant quelques paroles habiles et pleines de promesses sur une prochaine résolution, visant à résoudre de telles manifestations d'insubordination à l'égard de l'ordre, dont ils étaient tous au même titre que lui, les garants au sein de leur groupe. Il fit appel à leur sens commun et eut évidemment tôt fait de conquérir leur patience. Mais ce n'était que partie remise et gageons qu'une fois prochaine, la femme devrait se méfier de ce que les membres tenteraient pour la dissuader de se livrer une nouvelle fois, à un acte de désobéissance.

Ils quittèrent tous la salle en serrant la main de Cormo au passage. Celui-ci se retrouva seul avec Philippe, toujours derrière son étagère, mi- agacé par la longueur de son attente, mi- intrigué par ce dont il venait d'être le témoin. Sa surprise atteignit cependant son comble lorsqu'il entendit distinctement le professeur lui demander de se montrer :

- Sortez de derrière ça, Ormandy, je vous entends souffler d'ici…

Il s'exécuta et Cormo esquissa un rire en le voyant.

- Mes hommes vous ont vu vous faufiler par le haut du quai, dit-il. Vous êtes un malin Ormandy, mais je crains que vous manquiez malheureusement de la plus élémentaire prudence. Peu de gens ont vu ce que vous voyez en ce moment, hormis ceux qui nous ont laissé il y a quelques instants.

Philippe avait repris son assurance :

- Très bien Cormo, et qu'est-ce que vous faites des autres ? Je veux dire de ceux qui voient ce qu'ils ne sont pas censé voir ?

Un peu de patience et vous serez aux premières loges...

- Vous n'avez pas compris que je reste complètement insensible à vos menaces autant qu'à vos propositions louches ?

- Je ne suis pas si mauvais bougre que vous le pensez ; je vais vous donner une sorte de sursis en renouvelant ma proposition : travaillez pour moi Ormandy, je vous promets que vous n'aurez que des raisons de vous en féliciter.

- La seule chose dont je me féliciterai en ce qui vous concerne c'est de trouver un moyen de boucler votre tête de cinglé à l'ombre !

- Épargnez-moi les menaces. Vous n'êtes certainement pas en position d'en proférer la moitié d'une seule à mon encontre.

- Pour une fois je vous donne raison. Mais j'aimerais que vous satisfassiez ma curiosité sur un point : qu'est-ce donc que cette assemblée d'hurluberlus ? Le sommet du Singapore club ou je ne sais quoi ?

- L'honorable confrérie que vous avez espionnée tantôt est affiliée à la non moins honorable *Merlion Society*, une organisation visant à mettre en commun et à faire fructifier les profits de la plupart des richesses de ce pays.

- La *Merlion Society* ? En tout cas ça m'a l'air d'être tout sauf un club de golfeurs qui se réunissent le dimanche. Est-ce que le terme « élimination » fait partie du jargon financier ou est-ce que j'aurais raison d'y voir une menace sur une personne en particulier ?

- Les décisions que nous prenons et quelles qu'elles puissent être sont toujours destinées à sauvegarder ou à augmenter nos intérêts. C'est la règle d'or ici, Ormandy. Et lorsque ceux-ci se trouvent menacés par des intrusions malvenues comme la vôtre, on a toujours recours à des méthodes définitivement salvatrices...

Philippe, cherchant à gagner du temps, désigna les rayonnages qui les entouraient :

- Ce n'est pas tellement une atmosphère propice pour entreposer des livres ici, n'est-ce pas ? Vous auriez pu trouvez mieux, non ?

Mais Cormo ignora sa question et l'apostropha sur un ton équivoque :

- Vous me devez un bateau, Ormandy...

- Et une bibliothèque Cormo, ne l'oubliez pas. Allez donc porter plainte aux autorités, ça me donnera l'occasion de leur raconter comment j'ai échappé à votre tentative d'assassinat.

- Vous avez provoqué l'incendie !

- Allons, pas de dette entre nous, je m'engage à vous rendre ce que je vous dois, en contrepartie vous me laissez foutre le camp d'ici. Ce repaire de millionnaires en goguette commence à me sortir par les yeux. Je me fiche de vos petites combines, Cormo, vous le savez bien. Vous pouvez éliminer ce que bon vous semble, vous et votre bande de conspirateurs nantis. La seule raison qui m'oblige à respirer le même air que vous se trouve dans le testament de Roland Meursault.

- Et vous avez sans doute assisté au cocktail ce soir pour profiter de l'agrément que vous procurait la présence de mes invités, auxquels vous n'avez à ma connaissance, même pas adressé la parole. Excepté cette pauvre femme qui vous cherche encore sur toutes les terrasses de la propriété... Ne vous moquez pas de moi, Ormandy. Vous êtes venu fouiner dans l'espoir de dénicher je ne sais quoi pour vous mettre sur les traces de l'héritier de Meursault. Mais sachez que c'est bien chez moi que vous avez le moins de chance de trouver quoi que soit à son sujet. J'effacerai avec joie toute trace qui pourrait conduire à lui, si toutefois il en subsistait la moindre...

Philippe baissa les bras en signe de résignation.

- Le fait est que je n'ai rien trouvé. Je n'ai commis aucune infraction, j'ai juste surpris quelques palabres sans importance de la part de votre charmante compagnie... Mais puisque vous étiez au courant de ma présence ici, pourquoi ne pas l'avoir révélée plus tôt, et en présence de vos camarades de table ? C'est moins moi que vous, que vous cherchiez à protéger, n'est-ce pas ? Auriez-vous peur de ces gens, Cormo ? Sont-ce eux qui vous manipulent et tirent dans l'ombre les ficelles de votre projet charitable ?

Cormo prit une mine sombre et tira une chaise qui reposait contre la grande table et s'y laissa tomber.

- Vous ne comprenez pas, Ormandy. Cet argent, je veux parler de celui de Meursault, ils le considèrent un peu comme le leur. Ils l'ont laissé s'enrichir et prospérer ici, mais cette tolérance avait une condition à laquelle il ne s'est jamais soumis. Une sorte d'impôt souterrain dont il a toujours refusé de s'acquitter.

- Vous voulez dire une sorte de racket...

- C'est la règle ici. Personne n'y coupe ; qui veut profiter des ressources économiques de Singapour doit reverser une part de ses profits à la *Merlion Society*. Moi-même en tant que membre, y laisse des millions chaque année...

- Je comprends maintenant pourquoi vous êtes si apprécié par ici. Dites-moi, que contiennent ces ouvrages ? demanda Philippe en prenant un livre au hasard sur un rayon placé devant lui.

- Oh ça, ce sont autant de fidèles comptes-rendus de mon activité de praticien. Des confessions de patients, des notes que j'ai prises sur leur état en pleine évolution. Les réactions de leurs familles, de leur femme, de tout leur monde proche affecté par leur condition de malade. Il y a de nombreux cas insoutenables dans les dossiers que vous avez sous les yeux. Des cas critiques voués dès le début à une fin inévitable. D'autres émaillés de guérisons miraculeuses bien que très rares. Quelques expériences positives malgré tout dans l'immense majorité de traitements uniquement destinés à prolonger la vie de quelques années, voire de quelques mois... Toute la souffrance humaine, ou plutôt une fraction misérable devrais-je dire, infinitésimale même, se trouve enfermée dans ces cahiers de notes. Il y a matière à pleurer pour plusieurs vies sur le sort de nombreux pauvres diables que la maladie en s'emparant de leur corps, a réduits à adopter une sorte de condition fatale de sous humains, tout entiers à la merci du moindre symptôme qui transforme leur vie et celle des gens qui les aiment, en esclaves du diagnostic. J'ai parfois consigné des conversations téléphoniques avec des épouses dévastées de larmes ou des enfants noyés de chagrin, tous inconsolables et à jamais marqués par les tentatives du corps médical pour sauver ceux qu'ils aiment... en l'occurrence il s'agit de mes tentatives. De mes espoirs si souvent déçus sur tel ou tel de mes patients qui s'en remet à mes bons soins avec un dévouement presque religieux. Vous voyez ces mains, Ormandy ? Et bien sachez qu'elles ont tenu entre leurs doigts plus de vies et d'espoirs que vous n'en aurez jamais idée...

Philippe demeurait les yeux rivés sur les mains du professeur. Posées devant lui sur la table; soumises à l'examen que Cormo avait suggéré en gardant la tête baissée. C'étaient des membres peu banals, la paume petite et courte était absolument imberbe sur le dessus et terminée par des doigts aux phalanges étroites et épaisses en forme de tubes de granules homéopathiques. Mais Philippe n'aurait quand même pas aimé voir sa vie dépendre de leur adresse à manier le bistouri.

- Vous voulez me faire croire que tous ces livres ici contiennent le récit de vos exploits ? Vous avez vraiment pris la peine de mettre par écrit les confessions de vos patients ? J'y vois quant à moi une sorte de perversion, une manie malsaine, une façon de vous repaître de la souffrance d'autrui, à laquelle, tout bon praticien que vous soyez, vous n'avez jamais pu grand-chose... c'est une plaisanterie n'est-ce pas ?

- Je ne plaisante jamais à propos de mon travail, Ormandy ! répondit Cormo presque en criant.

- Alors, vous avez bien tenté de me liquider la dernière fois ; ça n'était donc pas une blague que vous vouliez me faire ? Répliqua Philippe de son ironie la plus parfaite.

- J'admire votre sens de l'humour mais je crains qu'il ne vous soit d'un maigre recours cette fois Ormandy...

- Détrompez-vous Cormo, l'humour sauve toujours n'importe qui de toutes les situations. Enfin, quand je dis n'importe qui, je veux parler de ceux qui savent en faire l'usage approprié.

- Et vous pensez tout naturellement être de ceux-là…

- Ne venez-vous pas vous-même à l'instant de le reconnaître ?

Philippe avait sans conteste marqué un point. Le professeur le regardait en trahissant une réelle perplexité ; il lui dit comme pour s'expliquer :

- Vous ne saisissez donc pas que si j'abandonne la fortune de Meursault, eux ne l'abandonneront jamais ; ils considèrent presque cet argent comme le leur car Meursault s'est grandement enrichi ici, et en partie grâce au dévouement des gens qui lui ont accordé leur confiance ; ce qui est rare à l'encontre d'un étranger.

- Les considérations de ce genre ne pèsent pas lourd pour moi. Des histoires aussi niaises, je m'en raconte le soir pour m'endormir. Vous n'avez pas l'intention de me faire gober ces sornettes, que même un poupon en plastique aurait du mal à croire ? Lui envoya Philippe sans mettre de gants.

- C'est de votre vie et de la mienne qu'il s'agit. On ne met pas son nez dans les affaires de ces gens-là !

- Je n'ai jamais pris ma vie assez au sérieux pour avoir peur de la perdre.

- Si vous ne prenez pas la vie au sérieux, alors qu'est-ce qui l'est donc à vos yeux, Ormandy ?

- Je ne sais pas, mais vous, me semblez en tout cas sérieusement idiot. Assez du moins pour tenter de me faire rester à l'écart de vos manigances. À propos, voudriez-vous me montrer lequel de ces albums relate la genèse du traitement de Roland Meursault, j'aimerais y jeter un coup d'œil par simple curiosité, demanda-t-il.

Le professeur se leva alors de son siège et éclata de son rire le plus gai qui trahissait en fait une pensée toute sarcastique.

- Mais oui, pourquoi ne pas vous reconduire chez vous dans une limousine avec chauffeur ? Vous faites un bel imbécile Ormandy !

Il appuya sur l'interrupteur du mur derrière lui et une obscurité complète s'abattit sur la pièce et ses deux occupants. Philippe agrippa la première étagère qu'il avait sous la main et la tira si violement qu'elle se renversa dans un fracas énorme. Il ne voyait pas à dix centimètres devant lui. Il cherchait à regagner la porte qui l'avait fait pénétrer ici, mais il se heurtait de toute part aux étagères de livres qui le cernaient de tous côtés. Il resta plusieurs minutes à s'interroger sur la solution à adopter, puis la lumière reparut. Cormo n'était plus là, ayant sans doute profité pour filer dans le noir. Philippe porta la main à son front en visière pour accueillir la clarté puissante des appliques et contempla le monticule de cahiers épars sur le sol devant lui. Il se baissa et examina le fouillis. Il porta la main à un ouvrage particulièrement volumineux et d'un état récent. Une chaussure s'abattit avec violence sur son poignet le forçant à lâcher prise. Il releva la tête et rencontra la face inexpressive et pincée du tatoué aux narines minuscules. Celui-ci ne lui laissa pas une seconde de réaction et l'empoigna directement par le haut de son col de chemise. C'était la seconde fois qu'on maltraitait son costume ce soir. Philippe commença à en être particulièrement ennuyé. Il balança une droite bien tassée devant lui, mais le tatoué l'esquiva d'un mouvement sec et nerveux de la tête. Il passa la main de Philippe derrière son dos et le poussa devant lui. Il tenta de se débattre mais en vain. L'asiatique avait immanquablement le dessus par la rapidité et la précision de ses mouvements. Ils sortirent tous deux par la porte du fond pour s'engager dans un large escalier de pierre, qui les ramena directement à l'intérieur de la maison, au sein d'un salon plus petit que celui dans lequel avait eu lieu la réception, mais qui aurait sans doute la taille requise pour l'activité à laquelle ils avaient l'intention de se livrer... Une fois-là, ils rejoignirent Cormo et l'autre tatoué qui attendaient les bras croisés.

Philippe, les siens maintenus fermement dans le dos par l'adresse de son escorte, s'adressa à Cormo d'un air plein de défi:

- Ça n'y changera rien, ça ne me fera pas renoncer ! Quel traitement vos débiles vont me faire subir ? Le tabassage de groupe ?

- Non, ça c'est du boulot trop raffiné pour eux. Mais j'ai l'équipe qu'il faut pour ce genre de traitement. Il désigna de la main ouverte par un geste d'accueil amical les gros gorilles français qui venaient juste de faire leur apparition dans la pièce.

Philippe eut un long frisson mais il se montrait toujours offensif:

- C'n'est pas possible, il doit y avoir des prix de gros sur les têtes à claques en ce moment. Vous les achetez toujours par deux vos abrutis ?

En guise de réponse, le mastodonte qui l'avait déjà molesté dans la voiture, lui envoya le plus formidable coup à l'estomac qu'il n'ait jamais reçu. Il se plia en deux aux pieds du second qui lui fit goûter le plat de sa semelle sans plus de cérémonie que n'en avait employé son collègue à son égard. La bouche de Philippe se mit à saigner abondamment. Il toucha une dent avec sa langue et poussa un cri de douleur.

- Je t'avais bien dit que j'aurai le plaisir de t'en filer une bonne ! S'esclaffait Musclor au-dessous de lui.

Alors suivit un ballet ininterrompu de coups au gré desquels Philippe valsait des bras d'un tortionnaire à l'autre. Ivre de douleur et de rage, il avait tenté à plusieurs reprises de se défendre, mais il avait renoncé lorsqu'il s'était vu incapable de se mesurer aux deux montagnes qui continuaient de l'abreuver de claques monumentales, en piétinant ses mains recroquevillées lorsqu'il se trouvait à terre en rampant. Mais il n'avait nulle part où échapper aux coups qui pleuvaient et pleuvaient sans discontinuer sur son visage tuméfié et bientôt couvert de sang. Il n'y eut pas une partie de son corps qui ne reçut un horion quelconque. La respiration lui manqua soudain sous les assauts répétés dans ses côtes et sa poitrine et il perdit connaissance. Les deux continuèrent de le frapper jusqu'à ce qu'il se réveille à nouveau, du sang plein la bouche et une buée de larmes dans ses yeux gonflés de cocards monstrueusement violacés. Il ne sentait plus vraiment les coups, ni son corps meurtri de toute part. Il gisait sans résistance au sol et recueillait tant bien que mal les coups de pieds de l'un et les sauts déments de l'autre sur son dos et sur ses jambes. Son costume était entièrement couvert de sang, si bien qu'on l'aurait dit originellement de couleur rouge. Les deux asiatiques qui n'avaient pas bougé depuis le début, se débarrassèrent de leurs vestes et se mirent de la partie. Les deux colosses, les mains ensanglantées et leur face rouge de l'effort et du sang qui s'était répandu en giclées sur eux, reprirent leur souffle un instant puis se remirent à l'ouvrage consciencieusement. Lorsque Philippe ne fut plus qu'un déchet souffrant couvert d'ecchymoses, ils cessèrent peu à peu en ralentissant la cadence de leurs caresses, pour finalement s'arrêter enfin après l'avoir fait rouler une dernière fois du pied.

Ils quittèrent la place ensemble, tous les cinq, laissant Philippe mariner dans son jus…

Il ne pouvait plus bouger ; chacun de ses membres pesait une tonne et se mouvoir lui demandait à peu près le même effort que s'il avait dû se porter lui-même dans les bras. Il resta ainsi étendu pendant des heures, la face dans son sang séché qui lui avait bouché le nez et collé les yeux. Puis finalement il étendit un bras devant lui et commença à ramper vers le mur. Il l'atteignit au bout de plusieurs minutes d'efforts intenses. Il voulut s'y appuyer pour se mettre debout, mais il échoua de nombreuses fois avant de rencontrer de la main, une veste qui pendait là accrochée au bout d'une patère en fer. Il s'y agrippa et elle tomba sur lui, le couvrant comme un drap mortuaire. Il en inspecta les poches et dans la deuxième, il en sortit un papier plié. Une adresse y était inscrite : 17 George Street Sydney. Dans son esprit accaparé par la douleur, une mince raie de mémoire s'immisça et il comprit que la veste était celle du tatoué et que cette adresse, sur ce papier qu'il avait vu Cormo leur remettre, était le lieu exact où résidait le pauvre hère qu'ils comptaient éliminer. Il mémorisa le contenu du papier avant d'en faire des confettis qu'il remit bien à leur place, dans la poche où il les avait trouvés. Il lui fallait sortir d'ici, à tout prix. A tout le moins avant que les forcenés reviennent. Il ne savait pas exactement quelles étaient leurs intentions à son égard mais à la façon dont ils l'avaient arrangé, il suspectait qu'elles n'étaient pas des mieux disposées…

Dans son état, atteindre la porte fut toute une expédition, mais après plusieurs tentatives il se retrouva à faire jouer la poignée. Bien entendu, elle était fermée à clef. Une autre expédition le conduisit à la fenêtre qu'il ouvrit à grand renfort de gestes désespérés. Il rassembla les forces qui lui restaient et se laissa tomber au travers pour atterrir deux mètres plus bas dans le gazon. Le jour se levait à peine et il accueillit avec bien-être la rosée qui couvrait l'herbe fraîchement taillée lorsqu'elle cingla son visage tuméfié, abreuvant les hématomes de sa douce et odorante humidité. Moitié rampant, moitié boitant, il regagna la route alors que le soleil apparaissait, chaud et impitoyable, mordant son corps recouvert de toute la sollicitude dont on avait récemment fait preuve à son égard. Il se tint à l'écart de la route plus d'une heure, progressant à peu près aussi vite qu'une limace sur une plaque de verglas, faisant trois pas en arrière pour un pas en avant, titubant sous le fardeau de son propre poids, étreint par un épuisement physique et une douleur que la chaleur rendait insoutenable. Il était prêt à s'allonger pour le restant de ses jours dans le bas-côté, quand une voiture vint à sa hauteur en ralentissant. Un coup de klaxon et une portière ouverte plus tard, il se retrouva assis sur le siège passager ou plutôt avachi et soulagé de voir qu'il n'avait plus à marcher pour avancer. Et la voiture roulait à belle allure, et son conducteur n'était autre qu'une conductrice qui lui était rien moins qu'inconnue, puisqu'il s'agissait de la femme aux yeux noirs ayant quitté l'assemblée quelques heures plus tôt en provoquant une protestation générale. Elle tourna la tête vers lui et desserrant à peine ses lèvres minces, elle dit :

- La fête a un peu trop durée pour vous à ce que je vois. Vu l'état de décomposition avancée dans lequel vous êtes, il doit s'agir d'autre chose que d'une simple gueule de bois, non ? La soirée a été du genre fracassante pour vous, n'est-ce pas ?

- Et si on passait le chapitre des suppositions tordues et que vous me rameniez au Raffles, qu'en dites-vous ? En plus, ça vous épargnera de la salive…

- Je ne veux pas m'immiscer dans vos petits secrets, monsieur…

- Si on vous demande qui je suis et d'où je viens, répondez que vous ne le savez pas et qu'on s'en fout de toute façon, ok ?

- Moi c'est Sin Yee, mais permettez-moi de vous dire que ce n'est pas une manière de traiter les gens ; surtout ceux qui vous ont ramassé au bord de la route en train de rendre votre dernier souffle.

- J'ai encore assez de souffle pour vous dire d'aller vous faire voir ! Prononça Philippe avec virulence et en se tournant complètement de son côté. Elle donna un grand coup de frein, aussi sec que les reflets fixes du regard chargé de reproches qu'elle lui adressa en posant ses deux mains sur le volant.

- Si vous n'êtes pas content, retournez agoniser et foutez-moi la paix ! Vociféra-t-elle pleine d'une fureur aussi charmante que spontanée.

- Bon, ma petite dame, on se fait petite une minute et on m'écoute. J'ai passé un mauvais quart d'heure avec une bande de types peu portés sur la rigolade, qui m'ont mis dans l'état que vous avez sous les yeux maintenant. Toute l'histoire est bien trop longue et je ne crois même pas qu'elle vaille la peine d'être contée, ni qu'elle suscite le moindre intérêt de votre part, alors épargnez-moi les questions et conduisez-moi à mon hôtel... S'il vous plaît, ajouta-t-il après un silence.

Elle réprima un sourire et enclencha une vitesse en accélérant si brutalement que Philippe fut collé à son siège.

- À voir le résultat, il se pourrait bien que je connaisse les auteurs de ce travail hors pair... dit-elle entre ses dents en gardant les yeux sur la route.

Il allait répliquer quelque chose mais elle l'interrompit d'un geste.

- C'est bon, je vous conduis au Raffles mais uniquement parce que votre tête de touriste amoché m'est sympathique.

- Je voudrais bien qu'elle soit sympathique à davantage de gens…

A la vérité, il mourait d'envie de l'interroger en détail sur Cormo et sa clique de conspirateurs dont en un sens, elle faisait partie. C'est par ailleurs la raison pour laquelle elle aurait pu lui être d'une utilité des plus efficaces, pour remonter jusqu'aux premières lueurs d'indices sur les traces de l'héritier.

Elle le déposa devant le Raffles en faisant crisser les pneus sur les graviers blancs du seuil. Philippe se traîna hors de la voiture mais avant de refermer la portière, il suggéra à sa sauveuse de se joindre à lui pour le dîner, une fois qu'il aurait récupéré un peu de forces et apaisé ses bleus lancinants qui réclamaient à grand renfort de picotements désagréables, les bons soins d'un baume antidouleur. À sa grande surprise, elle accepta sans se faire prier. Ils convinrent de se retrouver à neuf heures dans le hall de l'hôtel.

Rendez-vous avec Sin Yee

É vitant les regards curieux et choqués du personnel de l'hôtel, Philippe s'en fut directement à sa chambre. Il n'eut pas plus tôt ouvert la porte que Virginie se rua sur lui.

- Où étais-tu ? Qu'est-ce qui s'est passé ? Je t'ai attendu toute la soirée !

- Je t'en supplie ne me touche pas, j'ai mal partout, fut la seule chose que Philippe pu lui répondre.

- Mais tu t'es vu ? Tu te rends compte dans quel état tu es ? Insista-t-elle.

- Qu'est-ce que tu crois ? Je l'ai senti passer figuretoi... Lui répondit-il en allant dans la salle de bain.

- Alors c'est Cormo qui... Elle s'arrêta, confuse, hésitante, ne sachant manifestement pas comment tirer les vers du nez de Philippe qui restait silencieux, tandis qu'il quittait ses vêtements en grimaçant de douleur. Il revint vers elle en caleçon, son torse couvert de gros hématomes de sang coagulé. Il s'était lavé le visage au prix de quelques cris étouffés. Il se planta devant elle. Elle avait pris place sur le lit et ramené une couverture sur elle. Elle l'avait peut être attendu toute la nuit.

- Écoute, lui dit-il très calmement, j'espère que tu as passé une bonne soirée. Quant à moi, ce n'est pas particulièrement le cas. Je peux me débrouiller avec le devant mais j'ai besoin d'assistance pour le dos, lui demanda-t-il en désignant les blessures multiples qui couvraient véritablement tout son corps. Jusqu'aux jambes qui n'avaient pas été épargnées. Elle courut hors de la chambre pour revenir un instant plus tard en agitant une trousse de secours sous le nez de Philippe, qui se débattait avec un sachet de coton en plastique récalcitrant. Elle avait mis dans le mille, c'était exactement ce dont il avait besoin.

Elle prit soin de lui avec une attention toute particulière, ce qui le toucha plus que de raison et lui fit du même coup renoncer à lui poser des questions sur la nuit passée. Mais elle, au contraire, ne cessait de le harceler :

- Alors, qu'as-tu découvert ? Y a-t-il la moindre piste qui pourrait nous rapprocher de l'héritier ?

Il décida finalement de ne pas l'ignorer plus longtemps et de satisfaire sa curiosité bien que ce fut par une constatation bien décevante.

- Non, rien de nouveau en ce qui concerne notre héritier. En revanche, tout confirme l'implication de Cormo dans une ou plusieurs sales histoires concernant l'héritage. Si seulement j'avais pu mettre la main sur un de ces satanés bouquins ! se dit-il comme à lui-même.

Il lui conta alors ce dont il avait été témoin en pénétrant dans la cave. Il s'abstint de mentionner l'adresse qu'il connaissait et où devait avoir lieu « l'élimination ». Il n'était pas encore sûr de pouvoir y faire quelque chose et surtout d'y arriver à temps. Et puis après tout, il n'était pas même certain que tout ceci ait le moindre rapport avec l'héritage. Il devait attendre d'en avoir touché un mot à Sin Yee, la femme providentielle qui l'avait reconduit jusqu'au Raffles. Le comportement de Virginie en revanche, ne laissait pas de l'étonner. Elle prenait soin de lui comme jamais il ne l'aurait soupçonnée capable de le faire. Il en était tout désemparé. Mais la connaissant, il ne pouvait s'agir que d'une manœuvre pour endormir sa méfiance après son attitude au cours de la soirée. Il décida de jouer franc jeu avec elle.

- Allez, dis-le moi carrément, lui dit-il soudain en levant la tête vers elle, alors qu'elle badigeonnait délicatement ses bleus de pommade. Avoue que Cormo t'a demandé d'être gentille avec moi pour être sûr de rester au courant de ce qui se passe !

Elle appuya dans un geste d'exaspération sur un hématome qui ressemblait à une carte du fond des mers, arrachant un cri assourdissant à Philippe, qui lui attrapa dans le même temps le bras en le serrant si fort, qu'elle ouvrit la bouche mais ne put émettre aucun son distinct. Elle ne trouva pas mieux que de coller ses lèvres aux siennes, pour se dégager de l'étau qui lui broyait son membre devenu rouge, et qu'elle frotta doucement comme pour remettre les plis de sa peau malmenée par l'étreinte rageuse de Philippe. Il la plaqua sur le lit, ses cheveux dessinant des vagues fines et éparses sur le drap blanc qui faisait jaillir d'autant mieux ses épaules bronzées cerclées par les bretelles fines de son soutien-gorge, soudainement apparues sous la rudesse du traitement que Philippe lui infligeait. Il la maintenait contre le matelas d'une main sur sa gorge à moitié dénudée, tandis que d'une autre il lui avait pris la sienne en lui parlant doucement à l'oreille.

- Je ne sais pas quel jeu tu joues, mais j'aurai tôt fait de le comprendre ; ne cherche pas à m'endormir, c'est tout ce que je te demande.

Il se redressa, la laissant s'échapper et remettre son chemisier en place.

- Je ne vois pas de quoi tu parles, lâcha-t-elle. J'ai toujours été franche avec toi. Et si Cormo t'a fait arranger comme ça, ce n'est sûrement pas pour me demander d'être gentille après coup.

- Mais qu'est-ce que vous avez fait toute la soirée ? Il t'a conté fleurette puis quand il s'est lassé de tes soupirs incertains, il s'est soudainement rappelé de me commander une tête au carré chez ses sentinelles décérébrées ?

- Non, il m'a invitée sans équivoque à vivre avec lui, c'est vrai. Mais j'ai refusé.

- Et l'argent ? Ne me dis pas qu'il ne t'en a pas reparlé ! hurla Philippe.

- Je ne lui fais pas confiance, voilà tout… ça n'est pas que je ne sois pas tentée, bien au contraire mais…

- Tu as peur qu'il te rende inoffensive, d'être à sa merci, une fois qu'il aura perçu l'héritage, c'est ça ?

- Ça serait bien facile pour lui, tu sais. C'est la raison pour laquelle j'ai toujours besoin de ton aide, Philippe. Notre recherche a un sens. Tu as vu ce qui se passait chez lui, non ? Il est au centre de ce club, la Merlion society qui rançonne les commerçants, qui fait son beurre sur le dos de toute l'activité financière de Singapour.

- Mais à quoi sert cet argent ? Il ne lui laissa pas le temps de répondre. Donc, tu savais à propos de cette organisation secrète et tu ne m'en as jamais touché un mot. Ni toi, ni Framard d'ailleurs.

- Nous n'étions sûrs de rien. Mais ton aventure est une preuve en tout cas, dit-elle en baissant la tête d'un air pensif.

- Allons, arrête ton cinéma de suite avant qu'on reçoive un coup de fil de l'Académie des césars. Tu me prends pour une poire ou je ne sais quel légume sans fibre ou quoi ? Lui envoya Philippe hors de lui. Tu veux me faire croire que tu pars en croisade contre le crime organisé et la corruption en même temps ? Tu es après l'héritage de Meursault et c'est déjà bien assez. L'ennui c'est qu'on est en train de remuer une eau pas très claire et que si le nid de têtards du fond remonte à la surface, ça va faire quelques bulles…

- Oh, ce n'est pas fini un peu ? Le débarquement des grenouilles c'est pour quand ? S'esclaffa-t-elle.

- Dès que le crapaud en aura fini avec elles ! lança-t-il en éclatant de rire à son tour.

Ils se regardèrent et rirent encore pendant cinq bonnes minutes tout secoués de spasmes jusqu'aux larmes. Virginie la première retrouva son sérieux :

- Tu as raison, je ne veux rien négliger en ce qui concerne l'héritage. Et ça m'est bien égal que cette bande de conspirateurs de la haute continue à saigner tout ce qui profite de l'embellie économique de Singapour. Mais à ce que je sache, nous n'avons pas beaucoup plus progressé en direction de l'héritier que nous ne l'avons fait pendant les onze mois qui ont précédé ton arrivée.

- Peut être que si... prononça mystérieusement Philippe.

Il s'arracha brusquement aux bons soins de Virginie pour bondir vers la salle de bain.

- J'ai un rendez-vous important ce soir, lui dit-il en passant devant elle. Elle se mit en travers et lui barra le passage.

- T'as vraiment rien dans le crâne ! Tu t'imagines que tu vas te balader comme si de rien n'était après la trempe que tu t'es ramassée chez Cormo ? Mais ils doivent déjà être devant l'hôtel en train de t'attendre espèce d'inconscient !

Elle criait à poumons ouverts, sa poitrine en avant comme deux invites irrésistibles, certaine de gagner la partie engagée. Philippe réfléchit un instant. Il avait jugé préférable de ne pas la mettre au courant de son entrevue avec Sin Yee car il ignorait encore ce qu'il pourrait en tirer. Il aurait souhaité un entretien avec le notaire, mais il avait auparavant un besoin pressant d'y voir clair en faisant le point sur les événements de la nuit passée. Sa confiance en Virginie s'étant quelque peu émoussée depuis ces derniers jours, il se borna à acquiescer aux recommandations pour éviter d'avoir à lui en dire plus long sur sa prochaine initiative. Mais elle avait semblait-il décidé de tout faire pour le retarder. Elle passa les bras autour de son cou et le poussa vers le mur. Ses lèvres sur les siennes, elle couvrait son visage de petits baisers espacés par des ronronnements inintelligibles de chatte en chaleur. Philippe n'y comprenait pas grand-chose, si ce n'est que ce revirement à son égard n'était pas sans avoir éveillé ses soupçons et c'était avec toute sa vigilance en alerte qu'il répondait au soudain besoin d'affection de Virginie, qui prolongeait son grand numéro de « je te veux même si tu ne me veux pas », à grand renfort de soupirs évocateurs du plaisir qu'elle était prête à recevoir et à donner… Philippe n'était pas du genre à résister à des avances aussi prometteuses, cependant son esprit accaparé par les méandres de l'affaire Meursault, ainsi que son corps meurtri, l'aidèrent à remettre ces ébats spectaculaires à la prochaine occasion, se disant que l'attente pourrait à tout le moins, contribuer à accroître les besoins libidineux d'une Virginie, exécutant pour le moment une danse amoureuse digne des insectes les plus évolués.

Après être enfin parvenu à se défaire d'elle et alors qu'elle eut franchi le seuil de sa chambre, Philippe se glissa dans son lit pour dormir aussitôt d'un sommeil sans rêve.

Il s'éveilla un peu après huit heures à moins de quarante minutes de son rendez-vous avec Sin Yee. Il franchit d'un saut l'espace le séparant de la penderie, enfila un costume, jeta un coup d'œil à ses cicatrices dans le miroir et s'arracha à la contemplation du désastre en grimaçant de désespoir. La douleur était toujours présente et le lançait dans tout le corps, mais un impératif repoussait les limites de sa souffrance. Il avait recueilli l'adresse où allait être commis un faux-pas de Cormo ou du moins de ses hommes. C'était l'occasion qu'il attendait pour avoir enfin une charge contre lui et contrer ses agissements. Cette opportunité n'était pas à laisser échapper.

Il dévala les escaliers et s'assit à l'écart dans un coin du hall qui lui permettait de garder un œil sur l'entrée de l'hôtel.

Elle fit son apparition à neuf heures tapantes. Habillée d'un tailleur élégant de simplicité calculée, elle arborait le même air froid et préoccupé que la veille lors de la réunion avec les membres de la Merlion society. Cela aida Philippe à la reconnaître. Il l'invita du regard à le rejoindre. Ce qu'elle fit sans surprise et en prenant son temps. Elle s'assit en face de lui, posa un sac de velours bleu foncé sur le guéridon à côté d'elle, en tira une cigarette qu'elle porta dans la foulée à sa bouche en regardant Philippe droit dans les yeux.

- Vous récupérez vite à ce que je vois, dit-elle en actionnant un briquet en or qu'elle garda à la main.

- À mon avis, vous vous fiez un peu trop à ce que vous voyez, lui répondit Philippe. Sans ça, vous éviteriez d'assister aux petites réunions clandestines de Cormo.

- Qui êtes-vous ? Pour qui vous prenez vous pour donner des conseils ? lui demanda-t-elle calmement.

- Je ne suis rien ni personne. On passe sur le petit jeu des questions et je vous dis enfin pourquoi je vous ai fait venir ici. Vous devez mourir d'envie de le savoir, non ?

- Ça dépend, dit-elle en lâchant une longue traînée de fumée qui atteignit Philippe sous le menton.

- N'ayez aucune crainte, mes intentions sont plus qu'honnêtes. J'ai juste besoin d'aide. De plus, je suis en mesure de vous informer de quelque chose de capital vous concernant.

- Ah oui ? Et quoi ?

- Je veux d'abord que vous m'assuriez de votre collaboration en acceptant de répondre à quelques questions restées sans réponse à propos du professeur Cormo.

- Pourquoi le ferais-je ? Je ne sais pas même d'où vous sortez et vous voulez me faire parler sur un sujet aussi délicat que celui-ci. J'en suis perplexe.

- Ne prenez pas vos grands airs avec moi, ok ? Je vous ai vue hier tenir tête à tout le monde à l'annonce de l'assemblée concernant l'élimination de quelqu'un à Sydney !

- Ça ne vous autorise absolument pas à croire que je vais vous cracher le morceau pour autant, dit-elle en souriant à demi.

Philippe se demandait si elle ne jouait pas avec ses nerfs en lui résistant ainsi. Après tout, elle avait accepté son invitation, non ?

- Je n'essaie pas d'être convaincant, je vous demande votre aide, c'est tout. Je suis sur une affaire... une affaire importante.

- Une affaire d'héritage ? lui demanda-t-elle d'un ton malicieux.

- Qu'en savez-vous ? lui rétorqua Philippe l'air incertain.

- J'ai bien connu Roland Meursault, si vous voulez savoir... Je l'ai même mieux connu que la plupart dans ses dernières années.

- Ah, très bien. Et de quelle nature étaient vos rapports ?

- J'étais sa secrétaire personnelle...

- Je vois... Et naturellement, par la grâce d'une telle fonction vous en êtes arrivée à faire partie de l'intimité de votre patron. Tout ce qu'il y a de plus naturel en somme.

- Épargnez-moi vos sarcasmes, Ormandy. Vous ne savez rien et sans moi, vous resterez à jamais l'ignorant que j'ai face à moi en ce moment.

- Très bien. Alors je vous écoute. Envoyez la déclaration, je n'ai pas besoin de prendre de notes, j'ai une mémoire excellente.

Elle lâcha encore trois bouffées de fumée au-dessus d'elle et commença son histoire :

- J'ai rencontré Meursault il y a trois ans lors d'un entretien de recrutement pour son poste de secrétaire. Vous n'imaginez pas tous les tests auxquels j'ai été confrontée. Il voulait la meilleure, mais pas une de ces super diplômées sorties de l'université en emportant leurs préjugés et leur ignorance dans un chignon comme bagage. J'ai finalement eu le job, mais je compris bien vite que mon rôle ne se bornait pas uniquement à rédiger des contrats ou à taper son courrier. Une fois qu'il fut convaincu de ma compétence, il commença à solliciter mon avis sur certaines prises de positions ou d'initiatives et pas uniquement sur le plan marketing, mais quelquefois aussi à propos de grandes décisions. Lesquelles, je le confesse avec fierté, furent prises après qu'il m'eut consultée. C'est de cette façon, que j'ai commencé peu à peu à me rapprocher de lui. Il était un patron exigeant mais je n'en ai jamais eu de plus juste. Il mettait un point d'honneur à traiter ses collaborateurs avec la loyauté la plus raffinée et la plus approfondie qu'il m'ait été donnée de voir. Et croyez-moi, j'en ai vu...

Il me montrait de plus en plus d'intérêt et j'en étais je dois dire flattée, car de tous les hommes qui me gravitaient autour à l'époque, il était sans conteste le plus à même de satisfaire mes exigences... oui, car je suis du genre exigeante avec tout ce qui touche aux questions sentimentales... bref, il m'emmenait au théâtre, à l'opéra, aux concerts. Pendant des semaines nous écumâmes tous les lieux de culture de Singapour puis du monde entier, car nous ne pouvions soudainement plus nous contenter des salles et des interprètes locaux. Il nous fallait le faste, le décor glorieux de l'histoire qui avait servi d'écrin aux génies de l'Europe. De Paris à Vienne, passant par Salzbourg et Bayreuth, j'eus le privilège de le suivre dans ses périples de mélomane extravaguant et passionné. Nous voyagions toujours dans des conditions de luxe exceptionnelles. Des wagons de première, des cabines de bateaux privées, des suites de palaces dorés à l'or des siècles fameux ayant côtoyé les plus grands créateurs de tous les temps. Chaque ville, chaque grande étape sur notre chemin du ravissement était traversée dans une euphorie si tendre et si exaltée que mon cœur ne peut que se serrer en songeant à ces moments uniques, qui m'ont donné l'inestimable privilège de partager un peu du temps de cet homme extraordinaire. Je n'exagère en rien. Roland Meursault était en tout point un spécimen digne d'admiration. Mêlée à la crainte qu'il inspirait à certains, cette émulation se mua chez moi en attachement. Pour tout dire, je l'aurais suivi au bout du monde... C'est d'ailleurs là où il avait l'intention de me conduire. Rivalisant d'originalité dans ses attentions à mon égard. Il ne s'est jamais permis aucun geste déplacé ni aucune allusion au fait que nous voyagions seuls et qu'il payait les frais en totalité. Mais notre situation était de celle à l'issue prévisible. Il savait que je ne résisterai pas longtemps à un tel déploiement de générosité fastueuse. Il le savait mais n'en profitait pas pour autant avec une assurance qu'un être de sa condition eut jugé déplacée. Il me donnait l'impression d'un mécène généreux et attentif, qui retranché dans sa légitimité charitable de pourvoyeur de fonds, ne s'impose jamais qu'au moment du règlement des frais, mais laissant tout le reste de l'activité aux bons soins de ceux qui en ont la compétence. Il me dorlotait, me cajolait même, de sa tendresse exclusive et un brin paternelle. Il me gratifiait d'une bienveillance si merveilleuse, de trésors d'attention si touchants que j'en étais totalement comblée, submergée par les vagues mirifiques de notre existence oisive, mais riche de découvertes et de plaisirs intellectuels. Si bien que je souhaitais en mon for intérieur mener ce genre de vie pour toujours. Je voulais demeurer ainsi, la disciple éternelle croulant de gratitude pour son initiateur bien-aimé auquel elle se donnait entièrement... et je me donnais il est vrai, complètement, avec toute la ferveur de ma reconnaissance pour les soins dont j'étais l'objet bienheureux. Il eut été trop beau, trop accompli et surtout trop conforme à mes désirs, qu'une telle période durât. Nos relations étaient indescriptibles de joies et de partages. Je n'étais pas toujours de son avis et il ne m'en respectait que davantage. Moi qui l'avais toujours connu d'une humeur étale qui s'apparentait à de la morosité plus ou moins adroitement dissimulée, il m'arrivait fréquemment de le voir succomber à des accès de fou rire, il se laissait aller avec moi, il était tout à coup à plus de soixante ans, secoué de gaieté, pris dans les remous d'une jeunesse à rebours, dont il ne recueillait que les avantages exempts de la stupidité inhérente aux emballements juvéniles. Je peux vous le dire sans nulle crainte de trahir sa mémoire, il m'aimait... oui à cette période-là il m'aimait avec une fougue et un espoir inédit que personne y compris moi, ne lui avait jamais connu... jusqu'à l'arrivée de cette lettre... Cette missive maudite qui m'a arraché à jamais les seuls moments de bonheur accompli de ma vie ! Qui a piétiné l'intimité presque sacrée que j'étais parvenue à établir avec l'homme que j'aimais, pour qui j'avais enfin sauté le pas, décidé de renoncer un peu à moi-même... car il m'en a coûté croyez-le, de faire face à la réalité d'une vie où mes ambitions n'auraient plus la primeur. Mais j'étais piégée. Encerclée par la chaleur de l'amour qui réchauffait mon existence esseulée depuis si longtemps...

Elle se mit à sangloter. Elle faisait tous les efforts du monde pour garder son calme mais elle avait ravivé des souvenirs trop pénibles ; qui lui avaient, semblait-il, déjà trop coûté de larmes et de plaintes amères, pour y rester insensible en les confiant. Même à un inconnu ; même à un parfait inconnu comme Philippe, qui était évidemment touché de son récit mais n'en pouvait plus d'en connaître l'issue. Elle avait fait mention d'une lettre. Quel genre de courrier propre à briser une relation cela avait-il pu être ? Et surtout, par qui pouvait-il avoir été envoyé ? Comment un homme tel que le vieux Meursault aurait-il pu en être affecté ; lui sans doute plus habitué que quiconque à subir toutes sortes de pressions ? Ou alors était-il particulièrement vulnérable sur le plan sentimental ? D'ailleurs qui était-il vraiment ? Cette question, Philippe n'avait eu de cesse de se la poser depuis le début de son enquête ; se disant qu'une grande part du mystère entourant sa mort et la piste menant à son héritier, devait résider dans ce à quoi il n'avait jamais eu l'occasion de trouver un élément de réponse. Mais voilà que cet élément de réponse, il l'avait maintenant sous les yeux en la personne de Sin Yee. Elle avait été son dernier amour et à l'en croire un amour passionné. Pas une passade. D'ailleurs quelle différence cela pouvait-il faire qu'il ait aimé cette femme dans le feu d'un entraînement charnel excluant toute vue d'avenir, ou parce qu'elle s'était simplement trouvée au croisement de son âge en mal de compagnie ou parce qu'elle-même avait les prédispositions requises à s'enticher d'un personnage comme Meursault ? Ça ne ferait de toute évidence, pas davantage progresser ses déductions. En attendant, Sin Yee demeurait muette, s'abandonnant au chagrin provoqué par l'évocation de son bonheur brisé. Il fallait donc qu'elle y eut vraiment cru à ce bonheur se disait Philippe, en cherchant un moyen de ramener la conversation sur le sujet douloureux qu'elle avait abandonné sous les convulsions retenues de ses pleurs silencieux. Elle avait tiré un mouchoir de son sac et s'en tamponnaient les yeux et le nez en gardant la tête baissée. Philippe se mordillait les lèvres, moitié par compassion moitié sous les assauts de son impatience, qui le pressait de l'interroger au sujet de la lettre ayant été l'instigatrice de son malheur. Mais les vestiges de l'amour déçu dévastaient le pauvre cœur de la femme qui lui faisait face. Elle redoubla de sanglots en mordillant le mouchoir qu'elle tenait à hauteur de sa bouche, figée dans la grimace impudique de la peine que ses confidences avaient épanché quelques instants plus tôt. Il lui exprima ses regrets les plus sincères et lui proposa d'aller dîner, espérant tenir le moyen de prolonger leur entretien, et comptant sur le fait qu'octroyer un peu de distraction à son interlocutrice, l'autoriserait à aborder encore le sujet bouleversant qui avait affecté sa vie ces dernières années. Il lui offrit son bras. Son ton, provocateur une demi-heure auparavant, s'était volatilisé et elle s'adressait maintenant à lui avec un timbre de voix enroué, en tripotant toujours le mouchoir qu'elle gardait serré dans sa main tremblante.

Il la conduisit à la salle à manger du Raffles Grill. À peine passé le seuil, il eut la désagréable surprise de tomber sur Virginie et Framard en grande conversation. Occupant une table du fond, isolés du reste de la salle, ils remarquèrent pourtant tout de suite Philippe, ayant décidé de rebrousser chemin en poussant devant lui Sin Yee, mais il était trop tard. Framard lui fit signe. Il lui rendit son salut, installa la femme à l'autre bout sur une banquette au tissu pourpre. Ne se laissant plus aller à toute l'incontinence de son malheur, elle semblait reprendre ses esprits. Philippe, quant à lui, s'en fut droit serrer la main du notaire. Il aurait voulu éviter d'être vu en compagnie de Sin Yee et surtout échapper aux interrogations de Framard sur les cicatrices et les bleus de son visage, mais il devait composer avec leur présence. Virginie laissa échapper un petit rire rauque plein d'ironie.

- C'est ça ton rendez-vous ? Elle n'est pas de première fraîcheur ta compagne ! lui lança-t-elle en pouffant. Elle a un peu dépassé l'âge limite !

- Ça me change des écervelées dans ton genre, vois-tu, je goûte à la sérénité des femmes mûres et je dois dire qu'elles méritent en tous points l'attention qu'elles recherchent, argumenta Philippe en lançant un sourire éclatant à l'adresse de Framard, qui avait du mal à saisir le comique de la situation.

- Cette femme est-elle en mesure d'apporter quelques éclairages susceptibles de nous mettre sur la voie de l'héritier ? À propos, que vous est-il arrivé mon vieux, vous avez eu un accident ou quoi ? dit Framard en se raclant la gorge.

- Rien de bien fâcheux, ce sont juste les séquelles d'une gentille conversation avec notre ami Cormo, lui expliqua Philippe en cessant de sourire. J'aurais juré qu'on vous aurait déjà mis au courant, ajouta-t-il en lançant un regard à Virginie qui, elle, ne quittait pas Sin Yee des yeux. Le notaire, lui, semblait perplexe.

- Joignez-vous à nous, Philippe, j'ai à vous parler. Il me semble que vous faites un peu trop cavalier seul d'un coup.

- Si vous voulez parler des renseignements que vous m'avez fournis depuis que je suis sur l'affaire, leur abondance et leur qualité m'aident à progresser aussi vite qu'une tortue marine échouée dans un bac à sable ! Alors vos impressions, elles peuvent trouver toutes seules le chemin pour vous chatouiller là où je pense !

Le notaire se leva de son siège.

- Dites donc, n'allez pas trop loin Ormandy !

- Avec vos instructions, ça ne risque pas. J'aurais moins de mal à monter une exploration lunaire, que de trouver la bonne direction pour rencontrer votre héritier extra-terrestre. Mais écoutez-moi, je vais vous le trouver moi, je vais le dénicher cet échappé des contrées imaginaires, ce pauvre hère victime du destin tordu de ses géniteurs ! Même si je dois faire deux fois le tour de la planète et en inspecter tous les trous perdus infestés de vermines corrompues, comme votre professeur Cormo doré sur tranche, que je me ferais un plaisir d'envoyer lire ses comptes rendus dans la cellule capitonnée d'un établissement spécialisé dans la conservation des spécimens de tordus psychopathes, à tendance sado-compatissante !

Il acheva sa tirade en se servant un verre du vin fraîchement débouché trônant à portée de sa main sur le guéridon. Il le vida d'un trait et, d'un geste nonchalant le laissa tomber sur le sol aux pieds de Virginie qui s'écarta, serrant sa jupe autour de ses jambes, pour ne pas recevoir les éclats du verre qui s'était brisé dans un bruit cristallin et pur, ayant de ce fait, bien entendu, attiré l'attention de tout le restaurant. Ce fut peine perdue, elle ne trouva pas son équilibre et chuta de sa chaise, les quatre fers en l'air, sa culotte bordée de dentelle fine en représentation. Elle se réajusta du mieux qu'elle put, mais il s'en fallut de loin que la gent masculine présente ait échappé à cette vision aussi délicieuse qu'insolite ; qui ne resta pas sans éveiller d'autres appétits que ceux qu'ils étaient venus satisfaire au fameux Grill du Raffles. Rouge de honte et aussi confuse qu'une collégienne subissant une déculottée en pleine cours de récréation, elle s'enfuit sous la table à la prétendue recherche de son sac qui était pourtant bien en évidence, à côté du notaire sur le tabouret de cuir noir placé à cet effet par les bons soins du service. Les rires commencèrent à fuser ; Philippe en profita pour prendre Sin Yee par le bras et la conduire vers la sortie.

- Venez, il n'y a pas de bonne compagnie qui ne se quitte, cette charmante explication m'a coupé l'appétit…

Il la poussait devant lui, en évitant les convives tordus d'hilarité qui se retournaient sur son passage. Ils atteignirent la porte qu'un maître d'hôtel ouvrit sur eux, mais ils ne purent en franchir le seuil, car ils se heurtèrent aux deux tatouages de Merlion qui les bousculèrent vers l'intérieur. Ils devaient être de sortie. Sapés comme le prince de Monaco un soir de réveillon, ils se tenaient les bras croisés devant l'entrée du restaurant, bouchant le seul horizon et espoir de sortie de Philippe et de sa compagne muette d'étonnement. Philippe n'était pas moins surpris qu'elle, mais il reprit vite le dessus.

- Ah, nous n'attendions plus que vous ! Je disais justement qu'il n'y a pas de soirée réussie sans vos sales fioles toutes en angles aigus pour y assister !

Les narines de taupe enrhumée se déridèrent et prononcèrent doucement de manière à ce que seul Philippe entende :

- Mon ami et moi on n'a pas beaucoup apprécié le coup des confettis dans la poche...

- Quel dommage, vous auriez pu vous en servir pour carnaval ! lui dit Philippe l'air désolé.

- Le professeur Cormo lui non plus n'a pas tellement aimé apprendre que l'adresse qu'il nous a confiée, a séjourné entre vos mains poisseuses de fouineur en sursis. Vous allez être gentil et coopératif en nous suivant M. Ormandy.

- Oh, vous donnez dans le « monsieur » maintenant. On se la joue respectueux devant témoins. Eh bien, ça tombe bien que vous soyez venus, parce que j'ai un message de haute priorité pour votre patron. Dites-lui qu'il s'épargne la peine de me faire chercher par les gueules tordues qui lui cirent les pompes, je quitte Singapour par le premier avion demain... Oui, je vous laisse à vos petites affaires messieurs, maintenant si vous voulez bien m'excuser...

Ils s'écartèrent pour le laisser passer, Sin Yee lui emboîtant le pas, mais se remirent en position devant elle, lui barrant ostensiblement le passage.

- La petite dame reste avec nous... dirent les narines de taupes décidément en verve ce soir.

Elle lança un regard désespéré à Philippe qui hésita un instant. Il venait de trouver la parade qui l'avait temporairement soustrait aux deux tatoués, mais elle c'était une toute autre histoire. Elle venait d'être prise en flagrant délit de coopération clandestine et même si elle ne lui avait rien révélé qui eut pu faire progresser ses recherches, elle n'en serait pas moins suspectée d'avoir vendu la mèche sur des sujets compromettants. Ce qui était, à en croire les clauses de l'association dont elle était un membre actif et reconnu, passible de lui valoir un sort contrariant de la part de ses camarades. Elle ne survivrait sans doute pas aussi bien que Philippe au genre de traitement qu'ils lui avaient infligé. C'est à la menace qui planait sur elle qu'il songeait tandis qu'il l'abandonna -faute d'un meilleur choix- derrière lui...

CAVALIER SEUL

Dès ce moment, ayant regagné sa chambre, Philippe décida de faire selon l'expression judicieusement employée par le notaire à son égard, cavalier seul. Il avait à présent un certain nombre d'éléments lui permettant de reconstituer avec un minimum de vraisemblance une version s'approchant au mieux de la vérité. Les rideaux ouverts sur la nuit recouvrant une cours intérieure du Raffles, il laissait ses yeux vagabonder le long des façades blanches, jusqu'aux toits en pente de tuiles rouges, tout en repensant à la manière dont il pouvait ordonner les faits appartenant à l'affaire Meursault.

Il y avait tout d'abord le fait qu'il ne savait rien ou pas grand-chose au sujet de la dernière période de la vie de Roland Meursault. Il n'avait pas réussi à recueillir la moindre information valable sur ses derniers moments auréolés d'un mystère curieux, le conduisant à penser que ces moments recelaient quelque chose de crucial en eux-mêmes. Et le récit de sa fin inconnue, ainsi que tous les détails entourant sa disparition, se trouvaient consignés par la maniaquerie du professeur Cormo, dans un de ses cahiers de notes qu'il avait eu l'occasion de tenir en main lors de sa dernière visite. Même si ces preuves demeuraient pour le moment hors d'atteinte vu les circonstances, elles n'en existaient pas moins et un de ces jours lorsque cela serait devenu nécessaire, il saurait y recourir pour accabler Cormo si nécessaire.

Dans un deuxième temps, il y avait cette confession qu'il avait recueillie de la part de cette femme, Sin Yee. Une autre preuve de l'opacité ayant entouré la mort de Meursault... Elle avait cependant été un témoin privilégié de la fin de sa vie. Qu'adviendrait-il d'elle lorsque Cormo apprendrait qu'elle avait été en contact avec lui ? Philippe ne voulait pas y penser maintenant, risquant de monter un réseau d'inquiétudes fallacieuses, qui n'auraient fait qu'entraver ses réflexions. Le courrier qu'elle avait évoqué, celui responsable de sa rupture ou du moins du revirement brutal de la nature de ses relations avec le défunt, constituait en soi une énigme requérant davantage de temps qu'il n'en avait eu pour la percer à jour. L'obscurité entourant certains fondements capitaux de cette histoire, était en grande partie responsable de l'impasse dans laquelle il se trouvait depuis le début. Avec toute l'inintelligibilité avec laquelle Cormo s'était employé à lui présenter les choses, il ne pouvait que nourrir quantité de soupçons sur la probité de ce pourtant très estimé notable de la région. Car Cormo avait bien réussi au travers de ses manœuvres et de ses bonnes figures à s'implanter au beau milieu de cette société un tantinet figée bien qu'ouverte - en ce qui concernait les sources de profit du moins - aux intervenants extérieurs, moyennant bien entendu une substantielle rétribution. Celle-là même à laquelle Meursault s'était, du propre aveu du professeur, soustrait de son vivant. Selon toute logique, si Meursault s'était opposé aux agissements occultes de toute une frange des pivots de l'activité de Singapour, alors il n'eut sans doute pas manqué d'être confronté aux représailles d'usage à l'encontre des récalcitrants du genre de Sin Yee... Et s'il avait de ce fait eu maille à partir avec la confrérie de la *Merlion Society*, sa mort pouvait n'être qu'une façade dissimulant une volonté précise qui l'avait orchestrée dans le seul but d'évincer un perturbateur si puissant, qu'il menaçait l'équilibre même de leur communauté. Cormo ne lui avait-il pas confié que leur assemblée agissait toujours pour la sauvegarde de leurs intérêts ? De quelle sorte d'actions s'agissait-il ? Et pouvait-on y inclure le passage à tabac qu'il avait expérimenté le jour d'avant ? Autant de questions à la résolution improbable pour le moment. De tout ça, une seule chose était certaine, c'est qu'il n'y avait pas la moindre trace d'un soupçon d'indication concernant l'héritier qui restait pourtant le motif de sa présence ici et de son implication.

Une des raisons pour laquelle il tenait fortement à s'affranchir de la tutelle inefficace de Virginie et de Framard, était leur manque de franchise à son égard. Il apparaissait clairement qu'ils lui avaient dissimulé certains aspects peu reluisants de leurs rapports avec Cormo. Car il était évident qu'ils connaissaient plus ou moins les pratiques de cette société secrète au sein de laquelle œuvrait tout un réseau d'intrigants, n'ayant d'autre but que d'assurer ou d'accroître leurs ressources et leur patrimoine.

D'un autre côté, il y avait la nature des rapports ambigus qu'il avait depuis le début entretenu avec Virginie. À vrai dire, il ne savait plus très bien où il en était avec elle. Elle faisait partie de ces femmes qu'il avait connues dans un accès de passion fulgurant, constituant par sa brièveté même un épisode plaisant mais sans véritable lendemain. Il aurait souhaité qu'il en soit autrement la concernant, mais le méritait-elle vraiment ? Avait-elle toujours été franche avec lui ? N'avait-elle pas ouvertement affiché un penchant pour le professeur Cormo, l'homme par l'intermédiaire duquel elle pensait pouvoir être en mesure de s'approprier la fortune de Meursault ? Il n'y avait en effet que deux moyens d'y parvenir ; pour elle comme pour tout autre : Épouser Cormo qui allait bientôt en être le bénéficiaire légal, ou retrouver l'héritier légitime, descendant de Roland Meursault, ce rejeton perdu et introuvable qui était l'objet de tous les efforts de Philippe. Or, elle n'était, pour le moment, absolument pas en mesure de compter sur la deuxième solution ; donc elle s'était logiquement rabattue sur la résolution matrimoniale ; et ceci avec un mépris affiché pour la sincérité indéniable des sentiments que nourrissait Cormo à son égard. Ce qui n'était pas sans provoquer un total dédain de la part de Philippe, regrettant amèrement de s'être investi dans sa relation avec elle en lui ayant laissé croire qu'il l'aiderait à retrouver l'héritier. Elle avait ainsi démontré qu'elle ne lui faisait simplement pas assez confiance pour le laisser opérer de manière autonome. Mais c'était précisément de cette autonomie dont Philippe avait besoin pour progresser ; étant de plus, pressé par le temps qui les rapprochait inexorablement du moment où Cormo hériterait du pactole, pour en camoufler l'usage dans son gigantesque leurre en forme d'institution de charité.

Quant à Framard, que penser de sa calme bonhomie, de son flegme enjoué alors que ce même pour quoi il avait fait venir Philippe, était en train de lui échapper avec une plus grande certitude chaque jour, que lorsqu'il n'était pas encore dans la course ? Le notaire ne voulait pas être l'ennemi direct et affiché de Cormo. Son ancienne amitié le lui interdisait. En revanche, il ne reculerait devant rien pour lui soustraire l'héritage de Meursault qu'il jugeait indigne de ses manœuvres et de son penchant douteux à la charité. Il ne faisait aucun mystère pour lui que l'argent ne servirait pas à pourvoir aux besoins des véritables nécessiteux, victimes d'un handicap, mais irait bel et bien servir d'autres desseins mystérieux, dont seul Cormo et la *Merlion Society* connaissaient l'aboutissement véritable.

Ayant compris qu'il ne pouvait tirer davantage de ressources à Singapour, Philippe s'était résolu à quitter la place. De plus, sa retraite stratégique laisserait croire à Cormo qu'il avait abandonné tout espoir de mettre la main sur l'héritier. Ce qui était pourtant très loin d'être vrai. Il était du genre à ne jamais renoncer. Sa patience, bien que pouvant comme celle de n'importe qui, se trouver éprouvée par les événements, ne connaissait cependant pas de borne lorsqu'il s'agissait d'une chose sur laquelle il avait jeté son dévolu.

Il resta ainsi, employant toute les ressources de la logique pour reconstituer un tant soit peu la chronologie des évènements de l'affaire Meursault. Car il savait qu'au beau milieu de l'un d'eux, viendrait se glisser quelque piste conduisant à l'héritier. Comment retrouver un être humain dont on ignore le sexe ? Il y avait là une difficulté majeure. Ce n'était certes pas la seule, mais elle constituait le premier obstacle sérieux à toute tentative d'identification. S'il avait pu au moins remonter jusqu'aux parents... La mère de cet enfant avait disparu de la vie de Roland Meursault des années auparavant. Dans quelles circonstances ? Et comment dans ce cas avait-il pu être mis au courant d'être le père de son enfant ? Avait-elle de son côté donné naissance à d'autres enfants ?

Les questions se bousculaient dans sa tête comme des quilles sur le point de se renverser, s'entraînant mutuellement, basculant d'un côté puis d'un autre, dans une valse-hésitation sans fin. Son esprit était pris au piège des pièces manquantes. Il résuma une fois de plus les faits dont il était à peu près certain : Roland Meursault, persuadé d'avoir un héritier, rédige un testament en sa faveur puis engage des frais considérables pour le retrouver, mais sans succès. Dans le même temps, malade des reins, il subit l'opération de son chirurgien et ami, le professeur Cormo. Intervention malheureuse, fatale à sa faible constitution. Il reste handicapé des membres inférieurs. Diminué et affaibli, abandonnant tout espoir de revoir son enfant de son vivant, il se résout à rédiger un autre testament en faveur de l'homme qui l'a pourtant rendu infirme par le manque de précision de son diagnostic. Ce faisant, il adhère à une noble cause puisque les fonds versés serviront à alimenter une institution de charité tenue par cet homme. Comme assurance de l'application de ses dernières volontés, il choisit légitimement son notaire Maître Framard, à qui revient l'honneur de veiller sur elles. Seulement ce même notaire de son côté, ne peut souffrir de voir une telle fortune se répandre dans le néant opaque des comptes d'un homme, dont il semble connaître les véritables intentions, s'accordant bien peu avec les vœux généreux de son client. M. Meursault vient à mourir, sa fortune revient au professeur Cormo. Enfin pas tout de suite. Il y a cette condition qui témoigne des espoirs de Meursault jusque dans ses derniers jours, qui donne un délai d'un an à quiconque sera capable de ramener l'héritier sur le devant de la scène, en prouvant sa réelle parenté avec le défunt. Comme motivation à un projet aussi tordu et impossible, il adjuge la moitié de ses biens -rien que ça !- à celui qui s'investira assez dans la course, pour rétablir la filiation légitime entre lui et son enfant. Son notaire, se lance dans la course avec l'aide de son assistante. En espérant retrouver la trace de l'héritier de Meursault, avant qu'il ne soit forcé de mettre en application les clauses de son testament. Mais il doit opérer avec discrétion pour ne pas froisser un personnage aussi influent que Cormo, qui compte par ailleurs au nombre de ses relations depuis des années. Son enquête piétine, il fait du surplace jusqu'à ce qu'une proche relation excédée de voir son manque de résultat, lui suggère d'engager les services d'un professionnel en la personne de Philippe Ormandy, lui-même... Celui qui se creusait en ce moment le crâne pour trouver une direction sensée vers laquelle se diriger pour se rapprocher de l'héritier ; qui seul pourrait lui permettre de doubler tout ce joli monde pour se voir -cerise sur le gâteau- gratifié d'une fortune comblant les lacunes d'une retraite trop mince. Bien trop mince en vérité pour prolonger son séjour dans des hôtels du standing du Raffles...

Philippe songea qu'il lui fallait prendre un nouveau départ. Il lui fallait agir à partir des éléments nouveaux qui lui étaient récemment apparus. Comme l'adresse à Sydney, comme cette lettre qui avait changé le cours de la vie de Sin Yee, une des dernières personnes à avoir partagé l'intimité de Roland Meursault avant qu'il ne meure. Le fait d'avoir en apparence capitulé devant les envoyés de Cormo, ne manquerait pas de lui faciliter la tâche. Du moins, le croyait-il. Ne leur avait-il pas dit qu'il s'apprêtait à quitter Singapour le lendemain ? Et c'était bien ce qu'il avait l'intention de faire. Mais ce ne serait certainement pas à destination de Paris, mais de Sydney qu'il se rendrait. Pour ne pas perdre de temps au rendez-vous que Cormo avait fixé à ces comparses pour l'élimination de quelqu'un dont Philippe ignorait tout, jusqu'à l'existence, mais son intuition lui laisser penser qu'il ne pouvait qu'être en rapport étroit avec l'héritage. Sans cela, comment Cormo aurait-il pu prendre une décision aussi expéditive ? Il serait là-bas avant eux… Il les devancerait et s'il n'y avait aucun rapport tangible avec son affaire, il aurait au moins la satisfaction d'avoir prévenu la victime potentielle du professeur, avant qu'elle ne subisse le même genre de soin que celui qu'il avait eu l'occasion d'expérimenter précédemment.

Ses douleurs revenaient maintenant. Il était onze heures du soir passé. Se rendant compte qu'il avait consacré plus d'une heure et demie à ses réflexions, il décida d'appeler la réception de l'hôtel pour réserver son billet pour Sydney à bord du premier vol disponible. Le concierge lui demanda de patienter pour finalement lui dire qu'il le rappellerait afin de confirmer sa réservation. Philippe raccrocha le téléphone. Il était exténué par la tension nerveuse et par la souffrance causée par ses blessures. Tout était silencieux autour de lui dans sa chambre, aussi n'eut-il pas de mal à entendre une respiration contenue derrière sa porte. Retenant lui-même son souffle, il se leva de son lit en évitant le moindre grincement de matelas. S'approchant de la porte, la respiration se faisait de plus en plus audible. Il jeta un œil au judas : personne. Se tenant de côté, il ouvrit la porte en grand et Virginie s'étendit de tout son long sur le tapis qui ornait l'entrée de sa suite. Elle se releva, ne le quittant pas des yeux, lui servant son regard de biche prise par le remord d'avoir fait transpirer le chasseur qui la pistait.

- Je t'ai entendu, tu nous quittes donc... Pas très loyal de ta part, je dois dire, monsieur l'idéaliste. L'homme sur le retour aux nobles intentions, le champion des causes perdues et indéfendables...

Elle le raillait de tout son charme, de tout le persiflage mesquin et racoleur dont sa rouerie de femme inconstante savait se servir. C'était d'ailleurs une des rares choses dont elle savait user avec pertinence. Philippe était mal à l'aise. Il avait espéré ne pas la voir et quitter Singapour sans emmener avec lui des regrets stupides et infondés, qui l'enchaîneraient à cette fille ne représentant pourtant plus rien pour lui. Il voulait se le faire croire avec toute la bonne volonté dont il était capable. À la vérité ; et cela était flagrant à présent qu'il se trouvait de nouveau face à elle, dans les ombres douces de sa chambre, qui jetaient leurs reflets tentateurs jusque dans les yeux éperdus et moqueurs de Virginie ; elle signifiait bien quelque chose pour lui. Elle signifiait le désir. Et comme justification, c'était suffisant pour sa faiblesse. Il lui prit les deux bras dans ses mains et l'attira à lui. Elle résista, manière de dire qu'elle n'était pas venue pour ça.

- Virginie, lui dit-il la voix fatiguée et traînant sur chaque mot, je dois partir. Je dois quitter Singapour avant qu'il ne se produise un incident dont ni toi ni moi ne pourront contrôler la portée.

Cette fois-ci elle se dégagea vraiment, poussant d'un geste las et brusque à la fois, les mains accrochées de Philippe.

- Pourquoi cherches-tu à me tromper ? Je sais que tu n'abandonnerais pas comme ça ! Affirma-t-elle.

- Je ne peux rien te dire pour le moment. Je le sais à peine moi-même. Mais tu dois me faire confiance, il le faut. Il nous reste si peu de temps pour réussir. Tu l'as dit toi-même, tu t'en souviens ? Nous voulons la même chose. Enfin, ça n'est pas tout à fait vrai, car moi vois-tu, je ne m'y prendrai pas de la même manière que toi. Mais peu importe, tu es là et je veux te dire que si je compte pour toi, alors nous pouvons faire en sorte de voir au-delà de ce qui se passe ici. Nous pouvons nous retrouver où tu voudras et faire autre chose que de servir d'intermédiaires à tous ces malades. Laisse-les courir après leurs chimères, nous valons mieux, nous méritons mieux. Je suis retraité, j'ai une bonne pension en France, et ce qui n'est pas négligeable, j'ai du temps pour moi... et pour toi, si tu le veux... Nous pourrions tellement l'un pour l'autre. Il me semble que ma vie vient juste de commencer, tu m'as ouvert des horizons nouveaux ou c'est peut-être le fait de voyager, je ne sais pas, mais je crois que je vivrai d'une manière différente que lorsque je t'ai connue. Tu n'as qu'à dire un mot et on laisse tout tomber. Tu es d'ailleurs la seule pour laquelle je ferais l'effort d'abandonner cette histoire.

Il avait parlé à cœur ouvert, ce qui est toujours une erreur avec les femmes. Son manque d'expérience, sa solitude prolongée était sans doute redevables de cette faute imprudente.

- Tu dérailles mon pauvre, soupira-t-elle. Tu me demandes de choisir entre l'héritage de Meursault et ta misérable petite vie de retraité ? Qu'est ce qui te fait croire que je pourrais avoir l'idée de faire partie de ça ?

- Parce que tu ne fais partie de rien ! Il avait crié sans s'en rendre compte. Parce que tu es un jouet, une poupée dont le maquillage ne vaut pas mieux qu'une peinture de guerre, servant à un pantin désarticulé qu'on exhibe dans l'espoir de tromper un ennemi imaginaire. On se sert de toi, et tu es si bête que tu crois contrôler la situation. Tu penses que tu manipules ton monde avec ton charme et tes sourires mais c'est l'inverse. Personne ne veut rien d'autre de toi que la chose à laquelle tu te résumes, c'est-à-dire à ton corps ; à cette beauté qui est aujourd'hui ton alliée mais qui sera demain ta pire ennemie, lorsqu'elle t'aura retiré les avantages dont tu jouis maintenant, lorsque tu auras fatigué ses faveurs, elle te renverra sa récompense sous forme de rides et de cheveux blancs qui t'éloigneront définitivement du seul sentiment authentique que tu aies jamais provoqué, le mien...

Le rire rauque et éclatant de Virginie, illuminant le silence du soir comme les lueurs d'une chandelle vacillante, transperça Philippe. Il sentit ses nerfs le lâcher, le prendre en traître comme il y avait longtemps que ça ne s'était pas produit. Il regagna son lit et s'assit la tête contre le bois peint. Virginie l'observait, les séquelles de son rire résonnaient encore dans toute la pièce. Elle le rejoignit sur le lit et se coucha à ses côtés. Il avait mal partout mais il se serra tout contre elle, comme pour étouffer la douleur dans ses bras nus et parfumés. Ils ne jouaient plus à présent. La décision leur appartenait, ou plutôt elle lui incombait à elle. Et elle avait ri. Elle avait brisé sa proposition dans la rumeur sarcastique d'un rire cruel. Philippe n'avait jamais cru lui faire renoncer à sa course après l'héritage, mais il voulait au moins libérer sa conscience en lui offrant une échappatoire. Une possibilité de la détourner de son but fragile, pour lequel elle devrait sûrement consentir au sacrifice d'épouser Cormo, si Philippe ne retrouvait pas l'héritier avant, bien entendu... Ce qu'il était, par ailleurs toujours résolu de faire. Plus que jamais après avoir essuyé ses moqueries.

Étendus, ils se taisaient, laissant le silence s'installer entre eux comme une déflagration de promesses hâtives destinée à les rassurer. Philippe n'en demandait pas plus pour le moment. Il goûtait à cette paix, qu'il avait maintes fois essayé d'installer avec elle depuis le début de leur rencontre. Il ne pouvait cependant cesser de penser. Qu'allait-il faire d'elle ? Que devait-il lui dire de ses véritables intentions ?

Elle se redressa, plongeant son regard dans le sien, le fixant étrangement, laissant la fascination agir telle une levure dans de la pâte à brioche. Philippe ne pouvait se défaire de son regard. Une étrange et soporifique impression qu'il avait déjà ressentie, s'empara de lui. Lorsqu'elle le senti totalement en son pouvoir, elle commença à l'interroger :

- Où vas-tu demain ?

Philippe, en bon sujet, trempant dans l'imposture de la recette hypnotique, lui répondait les yeux mi-clos, sous l'emprise efficace du pouvoir de Virginie :

- Je vais à Sydney, en Australie.

- Que vas-tu y faire ?

- Je me rends à l'adresse 17 *Georges street*, pour prévenir un inconnu des risques qu'il encourt. J'ai entendu les menaces dont il est l'objet à la réunion de la *Merlion Society* chez Cormo.

Virginie le quitta un instant, écrivit l'adresse sur un carnet qu'elle tira de son sac, puis reprit sa place sur le lit auprès d'un Philippe en plein délire de vérité.

- Virginie, tu es la seule qui mérite de vivre à mes côtés, nous ferions tant de choses ensemble… nous pourrions même voyager de temps en temps…

La sonnerie du téléphone retentit, tirant Philippe de son engourdissement. Virginie avait décroché ; il lui prit l'appareil des mains :

- Oui ?

- Ici la réception Monsieur Ormandy, je vous confirme votre réservation pour le vol de Sydney, demain à neuf heures trente-cinq. Je fais monter vos billets dans un instant.

- Entendu, je vous remercie.

Il raccrocha et se tourna vers Virginie.

- Tu m'as encore fais dormir, n'est-ce pas ? Qu'est-ce que je t'ai dit ?

Il la secoua mais elle garda le silence.

- Très bien, ça n'a de toute façon aucune importance.

Mais en fait, c'en avait une suffisante pour justifier l'intrusion de Virginie et sa planque derrière sa porte. Philippe ne s'en inquiéta pas outre mesure. Elle retrouva sa langue pour lui demander :

- Qu'est-ce que je suis supposée dire à Framard ?

- Rien que de plus simple, tu lui dis que j'ai été ravi de travailler sous ses instructions, mais que maintenant je préfère la jouer solo, pour ne pas interférer avec son amitié pour le professeur Cormo.

- Tu es sérieux ?

- Non, j'essaye d'écrire un sketch, alors je m'entraîne à être drôle…

- Tu te moques de moi, maintenant ? demanda-t-elle écarquillant les yeux.

- Vois-tu, j'ai toujours su que tu étais une fille intelligente, mais quand tu es perspicace comme ça, tu m'épates. Répondit Philippe en soupirant.

- Alors fini le romantisme, finies les propositions de vie à deux, les promesses champêtres dégoulinantes ! S'écria Virginie, moitié sérieuse, moitié rieuse.

- Et oui, que veux-tu, il y a un temps pour tout. Un temps pour se faire avoir, un temps pour sauver sa peau et encore un autre temps pour ne pas passer pour un imbécile. Qu'est-ce que tu veux ? Ou plutôt que veux Cormo ?

Le revirement de son ton, qui de tendre était devenu soudainement agressif, troubla Virginie.

- Cormo veut que tu oublies l'héritier et même l'héritage. Elle hésita un moment puis dit enfin : et moi, c'est toi que je veux…

- Mais je suis tout à toi ma vieille… du moins jusqu'à ce que tu me doubles à la vue de l'héritage ou de l'héritier, au choix…

- Pas si tu te retires de la course…

- Alors ça, c'est le genre de suggestion dont je peux me passer. Je fais une fleur à ta pauvre petite cervelle bouleversée, car je vais lui éviter la peine de se tracasser plus longtemps pour trouver une solution qui ne me concernera pas. Voilà ce qui va se passer : moi je disparais de la circulation et toi tu retournes bien au chaud sous les couvertures du professeur Cormo si ça te chante. On s'est compris ?

Elle sauta hors du lit et se campa devant, les mains en arrière, criant presque :

- Tu n'as pas le droit de me traiter comme ça !

Ce à quoi il répondit, citant de mémoire :

- Tu sais, les droits appartiennent à ceux qui savent attendre le moment pour se les octroyer.

Virginie se tue, interdite ; il lui semblait avoir déjà entendu une telle phrase...

Philippe la lui avait servie dans le but de laisser transparaître l'ironie que lui inspirait son comportement versatile, à côté duquel celui d'Arlequin aurait pu sembler d'une inoffensive naïveté. Il voulait seulement être à présent débarrassé d'elle et dormir ; espérant trouver un peu de répit à la douleur, grâce au lourd sommeil qui s'abattait soudain sur lui. Mais Virginie n'était pas du genre de celles dont on se débarrasse aisément. Elle sentait intuitivement que Philippe lui échappait. Elle se rendait compte qu'il avait pris des dispositions dont elle ne faisait pour le coup cette fois-ci, nullement partie. Et cela la tracassait plus que de raison. Elle se démenait dans le genre charmant pour rester à ses côtés pour la nuit.

- Laisse-moi passer ces derniers moments avec toi... tu peux être sûr, tu ne le regretteras pas...

- Mon avion est à neuf heures demain matin, je suis épuisé, il faut que je dorme...

Philippe tentait vainement de la convaincre de lui épargner le coup des adieux et des regrets par ailleurs si visiblement feints, qu'ils ne pouvaient le tromper. Après tout, il commençait à savoir à qui il avait réellement à faire. Virginie pourtant, insistait d'une manière qu'elle espérait assez habile pour le gagner à sa cause.

- Que veux-tu, lui demanda Philippe, tu m'as déjà soutiré les informations dont tu avais besoin, n'est-ce pas ? Tu sais où je vais, non ? Ça devrait te suffire.

Elle le balaya de son regard, une fois encore, façon fixe et intense, l'habituel prélude à une séance d'hypnose gratuite. Mais ça ne prenait plus, Philippe détourna ses yeux avec effort et froideur, déterminé à éviter de lui donner une seconde chance de le transformer en pantin discipliné. En dernier recours, elle commença à retirer ses vêtements. Faisant glisser sa chemise fine, déboutonnant sa jupe avec la lenteur d'une effeuilleuse, elle cherchait à produire un effet dont malheureusement Philippe n'avait pas besoin pour succomber à la fatale attraction qu'elle exerçait sur lui. Mais cette fois, les choses étaient différentes. Il la regarda faire, souriant, son imagination captive esquissant de délicieuses variations sur la mélodie de son désir en éveil, puissant et tortueux comme un orage contenu qui charrie les prémisses d'un cataclysme. Lorsqu'elle abaissa sur ses épaules lisses et charnues les bretelles fines de son soutien-gorge de satin rose, il comprit qu'il était temps de reprendre les choses en main, avant de sombrer dans une faiblesse dont son instinct lui disait qu'il aurait ô combien l'occasion de se repentir plus tard...

Promptement, il se leva du lit ; la poussa devant lui et, la soulevant d'un mouvement du genou ; il l'accompagna à la porte et la mit dehors en si peu de temps, qu'elle ne put que croiser les bras sur sa poitrine à moitié découverte. Il poussa du pied ses vêtements et claqua la porte en soupirant de soulagement.

C'était donc possible ; il venait de se prouver à lui-même qu'il pouvait contre-attaquer et ne pas se contenter d'être seulement une pauvre victime de la persuasion féminine.

De l'autre côté de la porte en revanche, Virginie trépignait de rage. Ce qui était en soi bien compréhensible ; surtout lorsqu'elle vit le chasseur portant le billet d'avion de Philippe rester interdit à la contempler dans son irrésistible tenue débraillée, qui aurait donné des idées à un troupeau de pèlerins sur le chemin du retour. Le temps de s'acquitter de l'objet de sa visite, le chasseur lui donna le temps de battre en retraite en regagnant sa chambre.

Après la réception de son billet pour Sydney, Philippe s'endormit avec la satisfaction d'avoir fait un premier pas dans sa résolution de faire cavalier seul...

UNE NOTE SALÉE

Au matin, devant le bureau en bois sculpté de la réception du Raffles, Philippe eut un mouvement de recul face à sa note. Sa retraite allouée par le ministère de la défense était confortable, mais il se rendait compte tout à coup, après l'euphorie de la nouveauté, qu'il ne pourrait pas assumer une telle vie. À son plus grand regret d'ailleurs, car il commençait à s'habituer aux services et aux soins dont il était l'objet ici.

Faisant un pas en arrière, il tomba sur Framard qui s'était approché de lui, sans le moindre bruit. Il arborait sa mine grave et autoritaire des jours où il voulait se donner de l'importance.

- Je suis peiné de votre départ, Ormandy. Aussi, en connaître les raisons serait pour moi une sorte de consolation. Où allez-vous ?

- Demandez-le à Virginie. On a passé une partie de la nuit les yeux dans les yeux à jouer aux devinettes. Elle est très forte à ce jeu-là…

-Vous n'êtes pas trop mal non plus, il me semble. Et le reste de la nuit vous l'avez passé comment ? À jouer à saute-mouton ?

-Oui, si bien qu'on ne savait plus très bien qui sautait qui ! En quoi ça vous concerne d'abord ?

- Faites bien attention Ormandy, je ne vous laisserai pas me manquer de respect plus longtemps. Vos petites facéties de bureaucrate miteux m'amusent encore dans le hall du Raffles, mais il se pourrait bien qu'un jour vous ne dérapiez un peu trop. Vous finiriez par baisser dans mon estime... ce qui n'est pas de très bon augure, croyez-moi...

- Permettez-moi de vous dire que je me fous du niveau que j'occupe sur l'échelle de votre estime, mon cher maître. Ça ne m'a pas beaucoup fait avancer d'être dans vos bonnes grâces jusqu'ici, n'est-ce pas ?

- Je ne vous donne pas tort, mais que voulez-vous, je ne peux pas m'occuper de tout à la fois.

- C'est juste. Et peut-on savoir à quoi êtes-vous précisément occupé ? Je ne vous ai pas vu faire autre chose que brasser de l'air, depuis que je suis à Singapour.

- Il y a une chose que j'aime en vous malgré tout, c'est votre franchise. Vous ne l'abandonnez jamais, c'est une qualité rare. Mais si tout le monde faisait de même, on ne pourrait plus vivre en société. Si les rapports de pure franchise étaient de rigueur entre les gens, ça se changerait en tuerie sanglante ! On ne peut pas compter sur la franchise pour pacifier les choses Ormandy, souvenez-vous de ça.

- J'en prends note. Ça me fera un bon sujet pour trouver le sommeil ce soir...

Il y eut un long silence entre eux. Ils se tenaient face à face devant la réception. La note salée de Philippe traînait toujours sur le comptoir.

- Pourquoi m'avoir fait venir à Singapour, M. Framard ? Lui demanda Philippe.

- Je voulais que vous fassiez un peu de bruit, j'espérais qu'en mettant un peu de désordre dans les agissements de Cormo, il se trahirait. Que ça lui mettrait une pression suffisante pour qu'il fasse un faux pas.

- En somme, vous m'avez utilisé ? J'ai pris des risques inutiles et vous, au chaud dans votre coin, attendiez qu'on me retrouve réduit en cendre, ou avec la tronche comme un masque de carnaval, sous prétexte qu'il fallait un guignol pour perturber Cormo !

- Je vous avais prévenu de la dangerosité de votre mission. Mais vous abandonnez le navire lorsque nous sommes proche des résultats après lesquels j'espère depuis des mois.

- Ah oui ? Quels résultats ? Le professeur renonce à l'héritage en votre faveur ? Vous avez gagné à la loterie et l'idée de percevoir la moitié des milliards de Meursault est devenue obsolète ?

- Tout d'abord, s'il arrivait que je puisse accéder à la moitié de l'héritage ; je partagerai équitablement avec ceux qui m'auront aidé à y parvenir, mettez-vous ça dans le crâne Ormandy !

- Qu'est-ce qui me le prouve ? Jusqu'ici je n'ai rien vu de bien prometteur sur le plan financier. Mais je vais vous donner une occasion de vous rattraper. Vous voyez cette note d'hôtel ? Elle est pour vous ; réglez ça et vous n'entendrez plus parler de moi -Philippe se tut un instant, le notaire le dévisageait réfléchissant à sa proposition- du moins jusqu'à ce que je vous amène l'héritier... reprit Philippe en le regardant dans les yeux. A ce mot, le notaire sursauta :

- Que voulez-vous dire ? Vous êtes sur une piste ?

Philippe désigna du doigt la note, carré blanc sur l'échiquier de leur négociation.

- Ça va, ça va, je me charge de votre douloureuse si vous consentez à me dire où vous en êtes. Après tout c'est pour ça que je vous ai engagé, non ?

- Rassurez-vous, je compte respecter les conditions de notre accord. Mais il s'avère que je suis en passe de ne plus avoir besoin de vous, mon vieux. Je me rends à Sydney, j'ai une affaire à traiter là-bas.

- C'est tout ? Quel genre d'affaire ?

- Une de celles qui ne souffrent aucun délai. C'est la raison de mon départ précipité. Il me faut arriver là-bas avant que les experts de la dérouillée en groupe ne mettent en pièce notre dernière chance de retrouver l'héritier.

Le notaire poussa un petit cri de joie contenu, il frétillait comme un poisson rouge tombé de son bocal.

- Alors ça y est, on tient enfin quelque chose...

- Si vous le permettez, je rectifie. JE tiens quelque chose. Et je vous en ai déjà trop dit. Il vaut d'ailleurs mieux pour votre sécurité, que vous en sachiez le moins possible. Je vous téléphonerai dès que j'aurai du nouveau.

Maître Framard l'agrippa par la manche :

- Souvenez-vous encore d'une autre chose Ormandy, vous aurez besoin de moi. Il baissa la voix. Vous aurez besoin de moi pour faire rentrer vos agissements dans la légalité.

- Il n'a jamais été dans mes intentions d'enfreindre la loi, maître.

- Vous aurez probablement l'occasion de le faire cependant, croyez-moi...

- Je vous ramènerai cet héritier de malheur !

- Pour moi c'est plutôt l'héritier-bonheur ! Il rit de bon cœur tandis que Philippe déchira la note avec autant d'application qu'il en avait mis à confectionner les confettis avec l'adresse qu'il avait trouvée dans la poche du tabasseur.

- Mettez ma note au nom de ce monsieur généreux qui prend en charge mes frais de logement à Singapour. Votre sens de l'hospitalité m'a fait une forte impression, je reviendrai ; dit Philippe s'adressant au concierge de l'hôtel, un moment choqué par le déchirage inattendu dont il venait d'être témoin.

Dîtes-moi Framard ajouta-t-il, si j'avais su que vous soyez en pleine période de donation, je vous aurai aussi fait payer mon billet d'avion...

Le notaire était sur le point de lui répondre, lorsque Virginie fit son apparition presque en courant vers eux. Elle semblait aussi bien réveillée qu'une marmotte en pleine hibernation, mais elle faisait quand même des efforts visibles pour garder les yeux ouverts tandis qu'elle criait à l'adresse de Philippe :

- J'en étais sure, tu pars sans prendre la peine de me dire au revoir !

- Je pensais l'avoir déjà fait hier soir… lui répondit Ormandy sans sourciller.

Le notaire s'interposa :

- Qu'est-ce que ça veut dire ?

Il se tourna vers Virginie, roulant ses yeux creusés de vieux balourd. Puis il fit quelque chose qui n'échappa pas le moins du monde -ça n'était d'ailleurs pas son intention- à Philippe, qui était pourtant assez pressé pour les ignorer tous deux et s'en aller. Framard mit sa main épaisse et velue sur les fesses de Virginie qui avait l'air de trouver ça tout naturel. Philippe eut tout à coup une nausée à lui faire vomir l'âme. Il avait compris. Un instant, un geste tel que celui-ci ne saurait prêter à confusion. Framard l'avait sans doute commis dans le but de dissiper définitivement tout malentendu. Il était clair à présent que Virginie était ou avait été sa maîtresse. Ils étaient probablement toujours ensembles, même si elle s'autorisait des intermèdes divers comme elle le ferait -si ce n'était pas déjà le cas- avec Cormo, en ayant des liaisons à droite à gauche. Et lui, Philippe Ormandy, le sans attache, le laissé pour compte de l'amour, le sans domicile du sentiment, il avait participé et avait été la dupe de cette… un mot ordurier traversa son esprit mais comme il ne le trouva pas assez fort pour elle, il s'abstint de le lui lancer en pleine figure. D'ailleurs par quoi pouvait-elle bien être blessée ?

Il plongea son regard dans celui de Framard qui dégoulinait d'un rictus concupiscent et lui dit :

- Prenez soin d'elle ; elle pourra vous consoler lorsque vous verrez l'héritage de Meursault vous passer sous le nez…

Sur quoi il se tourna vers la sortie et s'apprêtait à les planter là mais le notaire le retint par le bras en l'empoignant avec rudesse:

- Ne me faites pas croire que vous êtes jaloux !

Philippe se fendit d'un sourire.

- La jalousie est l'arme des gens sans lumière, lui répondit-il en repoussant la main de Framard, celle-là même qui avait caressé le délicieux derrière bombé de Virginie.

Philippe, prit de dégoût, resta cependant devant lui à dévisager cet homme qui croyait le tenir par la rage parce qu'il avait partagé la même femme que lui.

- C'est plutôt vous qui devriez l'être, jaloux, vous êtes bien loin d'être le seul sur le coup mon vieux... lui dit Philippe d'un ton qu'il voulait détaché et presque indifférent, mais qui ne pouvait cependant pas masquer sa réelle émotion.

- Je me fiche pas mal qu'elle couche avec d'autres hommes ! s'écria le notaire. On a nos moments à nous et ceux-là, personne ne pourra me les prendre !

C'était une parole sensée, mais qui ressemblait trop à de la résignation pour être sincère.

Virginie se tenait en retrait, silencieuse mais présente, avec son beau regard embrasé de sommeil. Le charme étincelant qui se dégageait de son corps, n'était aucunement entravé par sa mise désordonnée. Elle avait à peine pris le temps de s'habiller et ses jambes nues sur lesquelles tombait son peignoir éponge semblaient si douces, si lisses, que Philippe préféra détourner son regard, redoutant d'emporter d'elle un si précieux souvenir. Il ne daigna pas la regarder mais il lui dit cependant :

- On se reverra, je te rapporterai les regrets que tu n'as pas aujourd'hui, pour te tenir chaud en lieu et place de l'héritage que je vais empocher...

Elle bondit sur lui mais le notaire s'interposa en l'entourant de ses bras courts, comme un crabe serrant un brocoli sur un buffet de fruits de mer.

- Tu ne feras pas ça ! Laissa-t-elle échapper aux prises avec l'étreinte de Framard.

- Faites-moi plaisir, gardez-la à distance ; la vermine est encore contagieuse de nos jours... Dit Philippe à l'adresse du notaire. Belle initiative de votre part de vous jeter sous ses crocs...

- Ne faites pas l'imbécile et tenez-moi au courant de l'évolution de votre enquête, lui glissa Framard, essuyant les attaques féroces de Virginie qui luttait pour se dégager de l'imposante obstruction qu'il lui prodiguait toujours.

- Je vous enverrai une invitation à la soirée que j'organiserai en l'honneur de l'héritier. Histoire d'être poli et de me rappeler à votre bon souvenir tous les deux.

- Une dernière fois, je vous préviens, méfiez-vous Ormandy, dans la vie il y a ceux qui réfléchissent, puis ceux qui agissent.

- Il y a aussi ceux qui réfléchissent avant d'agir et en général, ce sont eux qui tirent les marrons du feu ! Lança Philippe par-dessus son épaule en s'éloignant de la réception pour se diriger vers la sortie.

Il les quitta là-dessus, franchissant d'un bond léger les marches en pierre du Raffles, se retrouvant sur le seuil de cet hôtel magnifique au charme légendaire qui venait d'abriter les prémisses de sa mission.

Plus que le jeu stupide de la rivalité que Framard avait joué avec lui, plus que l'infernale spirale vicieuse dans laquelle sa relation avec Virginie l'avait entraîné, il venait d'acquérir dès ce moment une certitude aussi forte et aussi solide que sa soif de revanche sur eux.

Il le savait maintenant, lorsqu'il passa sous les arches blanches du porche, lorsqu'il regarda un instant derrière lui, respirant à fond les senteurs humides des palmiers et de toutes les fleurs bigarrés qui l'entouraient ; qu'à présent une chose comptait pour lui plus que tout le reste : retrouver l'héritier de Meursault.

DESTINATION SYDNEY

Singapour s'éveillait à peine. Son taxi conduisait Philippe à l'aéroport de Changi. Une mélodie à la fois douce et acerbe s'échappait du poste de radio qui lui renvoyait en échos saccadés les variations irritantes des proches événements. Il laissait derrière lui Singapour, son organisation immaculée, son caractère de profonde rigueur et c'était bien la seule chose sujette au moindre regret de sa part. Quittant le Raffles, il roulait sur *Nicoll highway* longeant les rues droites bordées de bâtiments à l'allure aussi neuve et propre qu'une sculpture venant juste d'être coulée. Les lumières embuées du matin humide caressaient les façades de leurs rayons timides. Philippe se surprit à rêver, regardant les voitures autour de lui. Il se demandait où le conduirait son prochain voyage. Il avait bluffé devant Framard et Virginie, pour leur laisser croire qu'il était après quelque chose de précis, mais rien n'était moins sûr. Sa démarche, une fois de plus, ne lui était dictée que par une intuition aiguë et pénétrante qui lui avait enjoint de suivre la piste de l'adresse qu'il avait trouvée dans l'habit du tatoué. Il ne pouvait cependant laisser de côté l'éventualité d'une redoutable perte de temps. Et du temps, il en avait de moins en moins à mesure qu'il pataugeait dans les eaux brouillées de cette histoire. Il lui fallait devancer les deux acolytes au visage de fouine, avant qu'ils ne fassent le boulot dont le professeur Cormo les avait chargés. Avec un peu de chance, il arriverait avant eux. Mais la chance était bien la dernière des choses sur laquelle il comptait. Dans sa vie, il n'avait d'ailleurs vraiment jamais compté sur quoi que ce soit ou qui que ce soit d'autre que lui-même. Ça lui avait évité bien des déceptions. Il y avait en lui cette sorte de désinvolture, de détachement blasé qui affecte ceux qui n'attendent plus rien de la vie. Son travail avait toujours pris la majeure partie de son temps et ce depuis si longtemps maintenant... il s'était embarqué dans cette affaire un peu à la va-vite sous l'impulsion incontrôlable des évènements. Il ne le regrettait pas mais les choses avaient pris un tour différent que celui qu'il avait espéré. Les menaces puis les coups dont il avait été l'objet, n'avaient en rien émoussé son désir de venir à bout de l'énigme entourant l'héritage de Meursault, mais lui avait confirmé l'âpreté de la lutte autour de cette fortune. La plupart des protagonistes semblaient impliqués de manière indirecte dans un secret qui lui échappait pour le moment, mais il avait bon espoir de le percer à jour à la première occasion. Le témoignage de Sin Yee en ce sens était une bonne entrée en matière. Elle lui avait confié ses relations avec Roland Meursault, se soulageant de sa peine auprès de lui mais en le laissant sur sa faim après qu'elle eut mentionné cette lettre venue interrompre la chaleur de ses rapports avec Meursault. Quelles sortes de liens pouvaient d'ailleurs se créer entre deux personnes d'une si grande différence d'âge ? Ceci était en soi un des mystères entourant la vie du milliardaire.

Le taxi s'arrêta devant le terminal des départs. Alors qu'il le réglait, sortant son portefeuille, Philippe sentit une présence derrière lui. Se retournant, il fit face au professeur Cormo qui le dévisageait, la mâchoire serrée des mauvais jours en front de ligne. Philippe le dépassa sans un mot et s'en fut droit devant lui vers les portes automatiques qui s'ouvrirent sous son pas rapide. Cormo le suivit. Ils s'arrêtèrent tous deux côte à côte.

- C'est dangereux de sortir sans vos machines de guerre, professeur. Après la raclée que vous m'avez fait mettre, je pourrais avoir un peu de rancune contre vous et vous en flanquer une bonne. Juste pour équilibrer les choses… lui dit Philippe sans desserrer les dents

- Laissez tomber les discours de vengeance, vous êtes un agneau et vous allez bientôt manger dans ma main. J'ai à vous parler, vous avez bien un peu de temps devant vous.

- J'ai toujours une minute pour vous dire d'allez-vous faire voir, vous et votre clique de gros bras sans cervelle !

- Il est presque huit heures mais vous n'embarquez qu'à neuf heures n'est-ce pas ?

- Comment le savez-vous espèce de…

- Ne gaspillez pas le peu de salive qu'il vous reste, vous allez en avoir besoin pour notre petit bavardage de mise au point.

Cormo se mit en travers de son chemin, le bras en avant qu'il posa carrément sur l'épaule de Philippe, qui fit un mouvement brusque pour se dégager. Un agent de sécurité les regardait avec une attention plus que fortuite.

- Ça n'est certes pas le moment de s'attirer des ennuis, n'est-ce pas Ormandy ? Objecta Cormo un demi sourire déformant son visage durcit.

- Rangez vos grimaces, je vous accorde une demi-heure avant mon enregistrement. Lui répondit Philippe, plus agacé que véritablement agressif.

Il avisa un *coffee shop* devant eux parmi toutes les boutiques de *duty free* plus attrayantes les unes que les autres qui occupaient les espaces accueillant de Changi. Ils s'installèrent à une table au bord des allées en moquette soyeuse sur lesquelles déambulaient les passagers en partances pour les vols internationaux.

Philippe commanda un thé à la vanille puis il commença à flâner autour du chariot à pâtisserie. Cormo manifestait une impatience qui ne lui était pas coutumière. Philippe n'avait aucune intention de lui parler le premier, aussi dut-il rompre le silence en lui demandant :

- Qu'allez-vous faire à Sydney ?

- Je vais en Australie, simple visite touristique, mon oncle vit là-bas. Je n'ai pas eu de ses nouvelles depuis si longtemps…

Évidemment, tout ça n'était que pure diversion et autre mensonge pour décourager Cormo de poser des questions indiscrètes.

- Ne jouez pas à ça avec moi, les réponses pour les imbéciles ne me sont pas destinées, précisa-t-il à Philippe.

- Pourtant celle-là l'était bien, je vous le garantis !

- Vous ne comprenez pas que j'essaie de vous prévenir ? De vous éviter de subir un sort un peu plus contrariant que celui auquel mes gars vous ont fait goûter il y a peu…

- Vos menaces sont un peu dépassées vous ne croyez pas ?

- Cette fois c'est du sérieux ; j'ai pris sur moi de vous avertir. Si vous ne voulez pas m'écouter, ça vous regarde…

- Que voulez-vous que je fasse ?

- Rentrez chez vous, Ormandy. Rentrez en France, vous ne savez pas dans quoi vous avez mis le pied en venant ici.

-Je le sais fort bien, j'ai marché sur vos plates-bandes, abîmé quelques fleurs sur les bordures, me suis enfoncé dans une bouse fraîche et puis suis soudain tombé sur un vieil os récalcitrant qui m'a foutu une tannée. Je continue la visite du jardin ou ça vous suffit ?

- Une fois la machine en route, je ne pourrais pas l'arrêter mais je vous aurais prévenus...

- Vous vous prenez pour un tracteur maintenant ? Le labourage devra attendre un peu, je suis encore sur la brèche mon vieux. Vous pouvez dire à votre assemblée de bouseux en costard du dimanche qu'ils peuvent voter mon élimination s'ils le veulent, j'irai jusqu'au bout, ne vous en déplaise...

- Cette décision m'appartient et soyez sûr qu'elle sera prise et appliquée avec soin ! dit Cormo pour conclure leur entretien.

- C'est un plaisir de parler avec vous, les gens civilisés m'ont cruellement manqué à Singapour ! Lui envoya Philippe jamais à court d'ironie.

Le professeur s'en fut d'un pas rapide et préoccupé. Philippe le suivit du regard jusqu'à ce qu'il franchisse le hall de l'aéroport.

Cette fois les choses étaient claires. Cormo venait de montrer son jeu. Il allait se servir de la Merlion Society pour le mettre hors d'état de nuire. Philippe était brave, surtout en paroles... mais un frisson lui parcourut l'échine tandis qu'il finissait son thé.

Une fois à bord de l'avion, il résolut de se plonger dans un journal parlant des nouvelles locales de Sydney, mais c'était trop demander à son esprit de se concentrer après ce qu'il venait de vivre récemment. Il ne pouvait plus rien pour arrêter le flot continuel qui traversait son cerveau préoccupé. Les pensées grandissaient en lui comme des colonnes de granit obsédantes aux parois rugueuses d'amertume et de larmes refoulées. Il pensait à Virginie, à son corps d'abord, à ses seins gracieux qui tombaient comme des outres transportant l'eau d'un ravitaillement dont sa vie dépendait. Il mourrait d'envie d'être avec elle, de la serrer, de toucher et sentir ses cheveux, même de l'entendre lui reprocher n'importe quoi. Tout ce qu'elle voulait, elle pouvait le lui balancer maintenant ; il s'en fichait, il était à ses pieds, dévoué comme un jeune chiot perdu en quête d'affection. Si seulement il avait jamais connu autre chose que le même genre de rapport en perdition totale, si seulement il y avait autre chose à espérer que la souffrance et le déchirement relatifs à ses relations avec les femmes... il souhaitait ne pas l'avoir connue, ne pas avoir été contacté par cette larve de Framard pour tomber dans cette histoire stupide qui était en passe de se terminer mal pour lui, s'il en croyait le récent avertissement de Cormo... Tout défilait devant ses yeux clos tel un mixage faisant mousser un cocktail de fruit. L'assemblée de la Merlion society votant sa mort à l'unanimité, le notaire et virginie nus et couchés l'un sur l'autre, les mains du professeur Cormo autour de son cou cherchant à l'étrangler, Sin Yee dégoulinante de larmes au-dessus de lui. Il se vit soudain attaché et condamné à regarder Virginie retirer ses vêtements sans jamais qu'il puisse l'approcher... les pleurs de Sin Yee se changèrent en une transpiration abondante qui le réveilla de son cauchemar hallucinant.

Une hôtesse toucha son épaule et tout son corps recroquevillé se tendit. Il ouvrit les yeux, jeta l'un deux au hublot et vit les balises rouges de la piste de *Kingsford Smith* illuminées. Il comprit qu'il venait d'atterrir à Sydney et en éprouva une excitation qui dissipa en un instant l'angoisse irrépressible qu'il avait subi au cours de son sommeil pendant le vol.

VIRGINIE APRÈS PHILIPPE

Tandis que Philippe s'éveillait à huit mille kilomètres de Singapour de son sommeil peuplé de hantises, Virginie et le notaire finissaient de dîner en silence dans la salle à manger du Raffles. Une légère tension obstruait la cordialité coutumière qui avait toujours été de rigueur entre eux. Bien sûr, ils couchaient ensemble, mais au regard de Virginie, il s'agissait juste d'une formalité professionnelle dont elle s'acquittait de bonne grâce, avec la générosité consciente d'une femme préoccupée de sauvegarder de manière sûre ses intérêts...

Framard, la bouche pleine, se servit un verre d'eau et dit à Virginie, qui finissait de dépecer de ses doigts minces un biscuit qui lui avait été servi pour accompagner son café:

- Il faut que tu ailles après Philippe. Je veux que tu le suives et que tu ne le lâches pas d'une semelle. Il va nous doubler et on en sera pour nos frais ! Cria-t-il, abattant son poing sur la table. Le biscuit sauta des mains de Virginie dans sa tasse de café, éclaboussant son chemisier d'un jet marron qui produisit une tache aux contours artistiques. Elle recula sur sa chaise, ses yeux lançant des éclairs et poussant de petits grognements :

194

- Je le sais, figure-toi ! Je le savais depuis le début, ce gars-là est trop malin pour nous. Nous avons fait une drôle d'erreur en faisant appel à lui... Dit-elle en se frottant le buste nerveusement.

- Il est trop tard pour le regretter, il a sûrement appris quelque chose l'autre jour à la soirée chez Cormo et cela a motivé son départ pour Sydney.

- Il a peut-être l'intention de remonter à la source de la mort de Roland Meursault. Je sais qu'il aimerait en savoir plus long là-dessus. Personnellement, je ne pense pas que ça puisse nous conduire bien loin de lire le rapport précis établissant son décès.

- Surtout si c'est notre ami Cormo qui l'a rédigé... toussa Framard.

- Comment a-t-il pu aboutir à un résultat si vite ? Ça fait plus de onze mois qu'on gravite autour du professeur, sans lui avoir jamais soutiré rien d'autre que des sourires et des promesses bidons de commission mirobolante, quand il percevra l'héritage ! S'énerva Virginie.

- Il s'y est pris d'une manière différente, il a foncé dans le tas. Il s'est vraiment mis en travers du chemin de Cormo. Sans doute aurais-je du faire la même chose depuis longtemps, dit le notaire pensivement.

- Je suis d'accord, répondit Virginie, je suis d'accord pour aller après lui... je le suivrai, où qu'il aille...

- Je pense bien que tu es d'accord, as-tu cru un instant avoir le choix ? L'apostropha le notaire d'un ton brusque.

Virginie plongea son nez dans sa tasse de café. Maître Framard se confondit en excuse.

- Je te demande pardon, ma puce, je n'ai pas voulu être dur avec toi... tu comprends, moi je suis à cran avec cette histoire. J'en peux plus ! On n'avance pas d'une demi-longueur pendant des mois et voilà qu'on se fait souffler une information de première importance par le gogo qu'on a engagé pour nous la fournir...

- Ce n'est pas un gogo, comme tu dis... répliqua Virginie d'un air las.

Le notaire se leva brutalement de sa chaise et la prit entre ses mains énormes pour la balancer derrière lui. Elle atterrit au milieu d'une table voisine en renversant les verres et les serviettes.

- Il y a eu quelque chose entre toi et ce type ! s'écria-t-il.

Sa violence avait quelque chose de ridicule dans le silence feutré de la salle à manger déserte. Il s'en rendit compte et se reprit. Il prit cependant Virginie par les épaules mais elle ne réagit pas et le dévisagea d'un air de défi. Elle restait indifférente, mais elle n'avait sans doute jamais vu le notaire aussi contrarié.

- Comment fais-tu ? Lui demanda-t-il. Comment parviens-tu à trouver ton compte dans toutes ces histoires ? Il y a moi et puis Philippe ; et je ne sais combien d'autres... et puis Cormo... Dis, tu ne vas pas épouser Cormo, n'est-ce pas ?

- Je vois que tu as un bon informateur en la personne de Philippe au moins, c'est déjà quelque chose... Ça m'éviterait de courir après Philippe pour un héritage qui pourrait être mien dans deux semaines... Qu'en penses-tu ? Que ferais-tu à ma place, si l'héritière de Meursault te proposait le mariage ? Que deviendraient tous tes stratagèmes ridicules pour retrouver le vrai héritier ? Lui dit Virginie les yeux remplis d'une convoitise flamboyante.

- Mais si nous ne faisons rien, Cormo est et sera l'héritier de Meursault... est-ce cela que tu veux ? Est-ce donc pour cela que nous nous sommes tellement battus ? Tous les espoirs que nous avons partagés n'étaient donc qu'une parade, pendant que seul l'héritage en lui-même t'intéressait et pas moi... se lamentait Framard, en pensant tout haut.

Elle mit ses bras autour de son cou en simulant un engouement qui eut paru dégoûtant ou déplacé à tout autres yeux qu'à ceux du notaire, trop occupé à garder les siens dans le décolleté échancré d'une Virginie à la poitrine parfumée, dont la blancheur laiteuse se dévoilait au gré de ses mouvements gracieux méprisant toute pudeur. Pour le plus grand plaisir de l'homme qu'elle serrait contre elle, noyé dans la volupté irrésistible de cette chair molle et tiède qui s'abandonnait dans ses bras brûlant de désir. Elle le dominait maintenant de son savoir-faire et de son charme auquel peu d'hommes auraient résisté. Mais ça ne lui suffisait pas de savoir le notaire -pourtant un homme de raison qui possédait une intelligence remarquable- à sa merci ; non, il lui fallait de surcroît l'abreuver de ces promesses mensongères que Virginie susurrait à l'oreille de Framard ; lequel, étourdi de plaisir et peut-être même n'étant pas entièrement dupe de son manège, éprouvait néanmoins une sorte de volupté masochiste en la voyant ainsi le posséder, par des moyens aussi puérils et éculés.

Elle jurait les grands dieux qu'elle n'épouserait pour rien au monde Cormo, même pour avoir le privilège de partager avec lui l'héritage de Meursault. Elle voulait mériter cet argent, elle voulait demeurer dans la droite ligne de leur cheminement à tous les deux. Leur projet était sacré à ses yeux et elle ne saurait revenir sur sa parole de retrouver l'héritier pour empêcher Cormo de remporter le magot spectaculaire, qu'ils rêvaient de s'approprier depuis la mort de Meursault. Elle resterait avec lui, elle ferait son bon plaisir car elle aimait mieux attendre et se ronger d'incertitude, plutôt que d'envisager une seconde de partager la vie de cet infâme chirurgien, comme elle l'appelait. Il y avait dans sa déclamation quelque chose de pathétique et de faux, qui n'échappa bien entendu pas au notaire. Mais celui-ci trouvait plaisant et flatteur la considération que lui témoignait Virginie, et puisqu'elle était dans un de ses bons jours, autant en profiter se disait-il. Il aviserait plus tard de la position à prendre lorsqu'elle foncerait la tête en avant sur ses objectifs. La prochaine fois qu'elle aurait une crise d'égoïsme aiguë, il s'emparerait d'elle et de sa langue double pour la confondre. C'est ce qu'il se plaisait à se faire croire pour garder sa fierté, mais en réalité il se doutait bien que pour confondre des femmes telles que Virginie, il fallait faire appel à d'autres notions que celles qui concernent l'honneur d'une parole reprise. Elle n'était pas le genre à s'embarrasser pour si peu, et la perspective même de commettre quelque chose d'immoral aux yeux d'autrui, eut pu constituer un motif suffisant pour la projeter dans une spirale machiavélique où elle aurait achevé d'étouffer le moindre soupçon de regret. S'il lui en restait encore…

Mais pour l'heure et comme il l'avait déclaré à Philippe, il la tenait dans ses bras et c'était tout ce qu'il souhaitait.

- Je pars demain lui dit-elle en reposant sa tête sur son épaule. Je vais après Philippe et je le ramènerai ; l'héritage avec, espérons-le…

- Il a peut-être bluffé pour se débarrasser de nous, suggéra Framard en lui caressant les cheveux.

- C'est bien possible, mais même dans ce cas, il sait quelque chose que nous ne savons pas. Il n'est pas le genre à se déplacer pour rien. N'oubliez pas que c'est un fonctionnaire, sa démarche est guidée par la logique, répondit une Virginie au sommet de son rôle d'enquêtrice concernée.

- Oui, fit le notaire, et bien moi je ne compterai quand même pas trop sur son sens de la logique...

- Tu as tort de sous-estimer cet homme-là, il est brillant, bien qu'un peu irréfléchi, je dois dire. Mais en tout cas, si nous savons rester à une distance respectueuse, il nous conduira à l'héritage. Le tout est d'être présent à temps pour le recueillir. Tu n'as à t'inquiéter de rien puisque je me charge de tout...

Et elle fit en effet, comme si elle se chargeait de tout. Elle prit le premier vol pour Sydney le lendemain et se prépara à « rester à une distance respectueuse » de Philippe pour mieux appréhender ce qu'il avait derrière la tête, autant d'ailleurs, que pour anticiper le moindre de ses mouvements.

DEUXIÈME PARTIE

UN PAYS ET UN CONTINENT

L es rivages immenses -en ce temps-là sauvages- de l'Australie, furent abordés pour la première fois par un Anglais, le flibustier William Dampier, en 1688. Quelques expéditions hollandaises avaient, au cours des cinquante années précédentes, déjà exploré les environs, qu'elles jugèrent trop inhospitaliers pour y entreprendre des reconnaissances terrestres. Dampier ne fut pas davantage désireux d'investir l'intérieur de cette terre nouvelle, mais il n'en relata pas moins les détails de son voyage dans un ouvrage, qui lui valut une certaine reconnaissance de la part de la couronne. Celle-ci lui confia le commandement du Roebuck, un navire avec lequel il explora en détail la côte Nord-Ouest de l'Australie. Il fit naufrage dans l'Atlantique au retour et rapatrié en 1700, fut condamné pour sa cruauté envers son équipage. Plus d'un demi-siècle plus tard, l'Angleterre, forte de sa position de première puissance maritime du globe, envoya le capitaine James Cook pour une reconnaissance des mers du Sud à bord de l'*Endeavour*. Il débuta son périple en 1768. Deux ans plus tard, ayant poussé plus vers le Sud que prévu, il prit possession, au nom du roi George III, de la côte Est australienne qu'il baptisa Nouvelle-Galles-du-Sud. En 1788, la Première Flotte, deux vaisseaux de guerre et neuf bateaux de transport, atteignit la *Sydney Cove*. À cet endroit, le 26 janvier de la même année, jour qui est célébré chaque année comme « l'Australia Day », le capitaine Arthur Phillip dirigea la cérémonie de salut au drapeau, qui marqua de manière officielle la fondation de la colonie. Sur Loftus Street, près de la Custom House, un mât porte toujours le drapeau britannique, l'Union Jack. Une politique de peuplement fut dès lors entreprise, en premier lieu à cause de la perte des colonies d'Amérique et de la surpopulation des geôles anglaises.

C'est à l'emplacement actuel de ce qui est devenu l'une des plus belles cités du monde moderne, que ce peuplement a commencé. Dans le port de Sydney affluèrent des centaines de milliers d'émigrants qui formèrent la première mouture du creuset australien. D'abord à majorité européenne, puis en provenance du continent asiatique, ces vagues d'immigration contribuèrent à faire de Sydney une agglomération cosmopolite, un peu à la manière d'un New York de l'hémisphère austral.

L'Australie est plus qu'un pays immense aux paysages aussi divers et variés que ses reliefs contrastés, où alternent les forêts humides du Queensland et les étendues désertiques de l'Outback. C'est un véritable continent, aussi vaste que les États-Unis ou l'Europe, dont la population reste encore minime en proportion du gigantisme de ses espaces inhabités. Près de neuf Australien sur dix vivent dans les grandes villes des côtes. Sydney, l'une d'elles, est la plus peuplée, avec près de quatre millions d'habitants.

Philippe connaissait un peu les environs pour y avoir séjourné durant sa jeunesse. Il adorait l'endroit. Cette sensation d'espace nouveau et à conquérir planait encore dans l'air de Sydney, comme si elle venait à peine de recevoir ses premiers colons. En elle-même, la ville recèle une sorte de beauté croisée due au mélange des styles et à la richesse de son architecture.

En sortant de l'aéroport de *Kingsford Smith*, Philippe monta dans un taxi et prit le chemin de l'Intercontinental, un des hôtels de la prestigieuse chaîne située près du quartier des rocks, où sont amarrés les ferries à destination des plages et autres superbes stations balnéaires qui abondent le long de la côte de Sydney. Il sentait au cours du trajet une sorte d'excitation irrésistible, comme s'il se rapprochait d'un élément capital qui lui ouvrirait enfin la voie en jetant quelques éclaircies sur les recoins sombres de son affaire. Roland Meursault était mort à Sydney et devait forcément y avoir été inhumé. Philippe gardait cela à l'esprit, en se promettant de trouver où avait eu lieu la cérémonie. Peut-être serait-il en mesure d'y glaner quelques infos substantielles quant aux réelles circonstances de sa disparition. Peut-être même serait-il capable de reconstituer une liste de ceux ayant participé à la cérémonie. Il échafaudait mille combinaisons pour trouver la meilleure manière d'avoir accès à ces éléments sans jamais avoir à mentionner ses intentions réelles, qui étaient maintenant claires. Tout d'abord connaître les circonstances et les causes du décès du milliardaire, puis suivre cette piste brûlante jusqu'à ce qu'elle rencontre celle qui le mènerait à son héritier. Une fois celui-ci déniché, il le confronterait à des tests de parenté avec le défunt et lorsque la filiation serait établie, il le présenterait comme sur un plateau au notaire qui lui remettrait, selon les volontés de Meursault, la moitié de la somme gigantesque que ce dernier réservait pour son enfant. Comme tout paraissait simple vu sous cet angle-là…

Philippe laissa échapper un soupir, tandis qu'il s'avançait dans le hall de l'Intercontinental qui lui parut plein de cette hospitalité raffinée qui est l'apanage des établissements de ce type. Il se résolut à y passer une nuit paisible dans un lit confortable, et à être en pleine possession de ses moyens pour mener à bien ses recherches le lendemain dès la première heure.

Au petit matin, il se doucha, descendit avaler un café et un croissant au bar de l'hôtel ; puis s'en alla au pas de course à l'adresse indiquée sur le bout de papier, dont il avait si talentueusement fait des confettis.

George Street n'était pas difficile à localiser. À proximité du port, elle se prolongeait derrière le musée d'art contemporain jusqu'aux extraordinaires rives qui entourent la *Sydney Cove*.

Il parvint au numéro 17 et s'arrêta un moment devant la façade de l'immeuble. Construite dans cette sorte de style victorien des dernières années, qui avait été importé en Australie directement sous l'inspiration des canons de l'architecture anglaise de l'époque, elle laissait apparaître sur le haut de chacun des deux piliers qui l'encadraient, une représentation d'une scène de la mythologie grecque où Zeus dispute une mortelle à son époux légitime. Tout un symbole...

Il n'y avait pas de nom près de la porte qui eût pu indiquer le ou les occupants des lieux, aussi sans plus hésiter, il franchit le seuil et s'engagea dans les escaliers. Il grimpa sept étages en prenant soin de vérifier les noms auprès des appartements, mais la plupart n'étaient que des bureaux qui semblaient déserts... Il parvint à une imposante porte d'entrée. Son intuition lui disait qu'il s'agissait bien de l'endroit recherché. Il frappa trois coups assez vifs. Il n'obtint aucune réponse et pas un bruit ne lui parvenait de l'intérieur, qui eût pu témoigner de la présence de qui que ce soit. Philippe attendit près de cinq minutes sans bouger, retenant même sa respiration et collant de temps à autre son oreille à la porte, dans le but de surprendre des indices d'une éventuelle présence, mais rien, pas le moindre murmure. « Je ne suis pourtant pas venu pour rien », se disait-il, demeurant perplexe et ne sachant quel parti prendre. Pendant que son esprit incertain se perdait dans l'échafaudage de théories abracadabrantesques sur la valeur de sa prochaine initiative, un grognement d'abord imperceptible, puis de plus en plus distinct, lui parvint. Il colla son oreille contre la porte. Le grognement n'était en fait qu'une toux sonnant étrangement humaine. Il fit jouer la poignée mais elle résista. Il prit de l'élan en calant son dos sur le mur d'en face et, le pied en avant, se jeta contre la porte. Elle céda au bout de la deuxième tentative et il se retrouva à l'intérieur, à quatre pattes. Un peu étourdi par son acrobatie, il balaya du regard la pièce tout en se relevant. C'était en fait un vaste living-room au sol moquetté. Un grand sofa en cuir ainsi que deux fauteuils assortis participaient à l'ameublement avec style. Une large bibliothèque couvrait toute la surface du mur sur le côté droit. Une baie vitrée immense s'ouvrait sur une terrasse avec une vue magnifique sur le fameux jardin botanique de Sydney. Elle laissait justement filtrer, au travers de son verre ultra-propre, les rayons d'un soleil d'automne aux reflets bruns et ocres, qui promenait sa chaleur douce et suave sur les feuillages des plantes occupant la jardinière suspendue au balcon. Un coin de la pièce cependant, demeurait dans l'ombre. De là, de cette frange obscure, s'échappait une fumée épaisse et embaumante comme un encens. Une braise de cigare brilla, comme un feu de détresse dans le brouillard. À la faveur d'un de ses mouvements, Philippe distingua enfin les traits d'un homme qui fumait, assis sur une chaise roulante. Il parla le premier. Sa voix râpeuse et tonitruante plongea le salon tout entier dans une atmosphère lugubre et saisissante.

- Qui êtes-vous ? demanda-t-il avec calme.

Philippe, d'un ton qu'il voulait offensif malgré l'intimidation, lui répondit :

- Non, vous, qui êtes-vous ? Cria-t-il en reculant cependant.

L'homme demeurait immobile, tel un monolithe sacré dont l'emplacement renferme une signification ésotérique. Philippe ne le quittait pas des yeux et lui posa encore une fois sa question en insistant, d'une voix qui prétendait refléter une confiance et une légitimité totales. L'homme surgit alors de l'ombre, tel un revenant pâle, les yeux creusés de tristesse :

-Je suis Roland Meursault, dit-il.

ÉPAISSI OU ÉCLAIRCI

C'était la deuxième fois que Philippe se trouvait face à quelqu'un qui était supposé être mort ; il en éprouva une sensation bizarre, comme s'il était revenu lui aussi d'entre les morts... Il vit les mains sèches et ridées s'agripper aux cercles de fer qui actionnaient les roues du fauteuil pour handicapés. Par de petits mouvements nerveux, le vieil homme les fit se mouvoir vers l'avant, ce qui lui permit de rouler vers Philippe, encore plus près, jusqu'à ce que les flammes offensives baignant au milieu de ses yeux larmoyants, ne fussent plus que des éclairs instables qui trahissaient une perplexité totale. Car notre homme s'attendait bien peu à recevoir une visite de la sorte.

Philippe, quant à lui, demeura plus surpris qu'une Norvégienne accouchant d'un black aux cheveux frisés. Une foule de questions voisinant avec un sentiment d'incompréhension proche de le rendre fou, s'empara de son esprit dans un assaut aussi gigantesque que confus.

- Mais vous êtes mort, j'ai parlé à votre notaire, maître Framard ! Votre fortune et vos biens font l'objet d'une sorte de lutte ambiguë pour respecter les conditions de votre testament à moitié tordu !

- Hélas, quelquefois je souhaiterais être mort... cela serait tout aussi bien... même mieux, pour tout vous avouer, répondit Meursault avec l'air de celui qu'il est difficile d'arracher à ses propres réflexions. Comment va ce cher Framard, au fait ? reprit-il, un demi-sourire relevant le coin de ses lèvres minces.

- Il est désespéré de savoir votre héritage pratiquement aux mains du professeur Cormo.

- Je le suis autant que lui... pour mon malheur...

- Mais n'avez-vous pas choisi d'en faire votre héritier par défaut dans le cas où il serait impossible de retrouver votre enfant ?

- C'est une longue histoire et je crains que nous n'ayons que peu de temps devant nous pour rentrer dans les détails. Dites-moi donc à votre tour qui vous êtes et le pourquoi de votre venue ici.

Sentant qu'il n'y avait pas lieu de le tromper, ni de lui dissimuler ce qui l'avait conduit à défoncer sa porte, Philippe résolut de lui raconter la façon dont il avait été entraîné dans cette histoire et les moyens qui lui avaient permis de découvrir son adresse, ainsi que le but de sa venue à Sydney. Son récit ne prit qu'une quinzaine de minutes. Il en vint alors à la mise en garde qui était somme toute la raison majeure de sa présence en ces lieux.

- Il y a pas mal de choses que j'ai besoin de comprendre concernant cette affaire, mais avant cela, une nécessité impérieuse m'a conduit ici, monsieur Meursault. J'ai surpris une réunion de la *Merlion Society*, au cours de laquelle fut clairement établie la décision d'éliminer physiquement une personne résidant à l'adresse où nous nous trouvons en ce moment. J'ai fait aussi vite que j'ai pu et me voilà. Mais je dois dire que je m'attendais à tout, sauf à vous trouver, vous ! L'homme ou la femme dont je me suis mis en quête est cet enfant supposé que vous dites avoir eu à Singapour.

Cette réflexion sembla éveiller l'attention du vieil homme qui se tortilla sur son fauteuil.

- Alors ? Avez-vous appris quoi que ce soit à son sujet ?

- Non, rien de bien solide, j'en ai peur. Votre témoignage est la seule chose dont nous disposons malheureusement. Ce qui est, convenez-en, bien maigre pour retrouver un être perdu de vue depuis tant d'années. Mais je vous en prie, j'ai besoin d'entendre votre version pour m'éclaircir les idées. Si vous êtes vivant, il n'y a plus d'héritage ; donc plus aucune raison de se presser !

- Si vous n'êtes pas pressé, quelqu'un l'est. Car ma mort officielle remonte à près de douze mois maintenant. Et ce quelqu'un ou ses envoyés, sont déjà en route pour faire enfin de ma mort autre chose qu'une imposture. Je vous dirai tout ce que vous avez besoin de comprendre, Philippe ; je vous le dirai même bien volontiers, car je sais ce qui m'attend et j'ai le pressentiment que vous êtes la dernière personne à qui j'aurai l'occasion de parler. Vous connaissez ma vie par bribes et encore ces bribes ne vous sont parvenues que de la bouche de ceux qui m'ont le moins bien connu. Mais il y a une condition à cela, pour laquelle je demande votre parole d'homme. Pas celle de l'homme qui s'est engagé dans cette course furieuse après mon argent, mais celle de celui qui connaît la souffrance d'un cœur solitaire. Celui qui réalise la peine d'un père qui a manqué la vie de son enfant de son vivant et n'a d'autre recours que de faire face à la mort, espérant voir en elle l'occasion d'être enfin le bienfaiteur d'un être qu'il a inconsidérément amené à l'existence. Ce regret est la tache indélébile, le sceau inviolable qui lie mon âme au malheur. Je n'ai pu améliorer le sort de mon enfant, ni même m'y impliquer, et c'est ce qui me conduit aujourd'hui à vous faire promettre, qu'au-delà des buts que vous poursuivez dans cette affaire, je souhaite avant tout que vous agissiez dans l'intérêt de cet être, auquel les mystérieuses lois de la vie m'ont soustrait pour ma grande infortune. Je veux, quoi qu'il arrive, que vous voyiez en toutes occasions son intérêt et ce qui sert son avenir. Je veux qu'il accède, grâce aux moyens qu'une existence entière consacrée aux affaires m'a permis d'amasser, à une instruction décente, si ça n'est pas déjà son cas. Je veux qu'il profite de tout cela comme si ça lui appartenait en propre et qu'il l'eût reçu de moi-même. J'ai confiance, d'après ce que j'ai entendu de votre histoire, en votre jugement et j'ose croire que vous en ferez bon usage en ce qui le concerne. Je veux que vous me promettiez de retrouver mon héritier pour le rendre à l'héritage qui est le sien, celui auquel j'ai travaillé toute ma vie... Prenez ma requête au sérieux, c'est celle d'un vieil homme qui n'a plus rien à attendre le concernant, mais c'est de son unique enfant qu'il s'agit, alors...

Il se replia d'un coup sur lui-même et versa quelques sanglots étouffés qu'il voulait dissimuler à la vue de Philippe, qui acquiesça d'un signe de la tête, attestant ainsi sa promesse mais ne sachant plus du coup si le mystère en lui-même s'était éclairci ou au contraire épaissi. Son émotion lui fit garder le silence, en vue du récit que le vieillard s'apprêtait à faire malgré les remous éprouvants de son chagrin.

- Comme vous le savez sans doute, j'ai, pendant de nombreuses années, activement recherché Connie, la femme que j'avais autrefois connue à Singapour, ainsi que l'enfant auquel elle avait donné naissance. J'avais pour cela usé de toutes mes relations. Je m'étais entouré de toute une cohorte d'enquêteurs spécialisés dans les cas de disparitions particulièrement épineuses. Je leur avais livré tous les détails concernant mon histoire. Je ne suis cependant pas certain que ces détails soient connus de vous. Aussi, vais-je brièvement vous les exposer, afin que vous puissiez suivre le processus qui m'a conduit à reprendre contact avec la mère de mon héritier.

C'était au milieu des années soixante-dix, j'étais alors un négociateur plein de succès et je traçais un chemin fructueux au milieu de la faune sauvage de la finance internationale. Je m'étais engagé pour un projet d'envergure basé à Singapour et qui concernait l'achat ainsi que l'emménagement de nouveaux terrains regagnés sur la mer à l'intérieur de la baie, et qui étaient -grâce à de nouveaux procédés d'émersion- destinés à accueillir des entrepôts supplémentaires pour faire face à l'expansion rapide du port. Évidemment, les nombreuses démarches et transactions inhérentes à ce dessein, me conduisirent à séjourner à intervalles réguliers à Singapour. Je fis bientôt la connaissance, de manière tout à fait fortuite, d'une serveuse travaillant dans un restaurant du quartier chinois sur la rive Sud de la *Singapore river*. Notre relation fut initialement de celles qui peuvent se produire entre un homme dans la situation qui était en ce temps-là la mienne, et une jeune femme de condition modeste à l'esprit aussi simple que le traditionnel uniforme de service chinois qu'elle portait à l'époque. Elle n'était pour moi, du moins au début, qu'une distraction plaisante et même à bien des égards rafraîchissante, surtout compte tenu de la pression qui pesait sur mes épaules concernant le plan dont je m'occupais. De son côté, elle me voyait comme une vraie curiosité. Non pas tant parce que je m'intéressais à elle, ce qui, au regard de sa surprenante beauté, ne pouvait lui laisser aucun doute sur les raisons qui m'y avaient conduit, mais parce que je la traitais avec un respect et une déférence auxquels, de par sa condition, elle demeurait totalement étrangère. Je la voyais à chacun de mes séjours et nos retrouvailles se faisaient plus belles et plus excitantes, à mesure que nous faisions davantage connaissance l'un de l'autre. Nos rapports étaient chargés de cette inestimable joie de la découverte, qui créa entre nous des liens faits d'une attention passionnée, jouxtant une dévotion aussi sincère que réciproque. Nous nous aimions alors, de cet étrange attachement qui envahit votre vie, sans même que vous y soyez préparé. Mais il n'y pas d'argument ni de délai à opposer à l'amour lorsque votre heure est là. Lorsque c'est votre tour de succomber aux naïfs enchantements qui remplissent votre cœur d'élans aussi fugaces que consolateurs. Je n'avais pas de raisons de me soustraire à cela et je ne nourrissais pas encore d'amertume en ce qui concerne les relations avec les femmes. Probablement parce que je n'avais jamais vu plus loin que le reflet étriqué des plaisirs attachés à leur compagnie. De plus, elle était pour moi bien différente de toutes celles que j'avais connues jusqu'alors. Et pour cause, elle prenait au sérieux mon attitude envers elle et les attentions que je lui prodiguais. Elle aimait à se convaincre que notre histoire aurait l'issue qu'elle entendait bien lui donner. Vous aurez compris qu'elle espérait me voir l'épouser et être enfin assurée que les privilèges dont elle jouissait en ma compagnie, seraient siens pour le restant de son existence, qu'elle n'envisageait pas une seconde de passer sans m'avoir à ses côtés. Ma jeunesse, mon orgueil et l'importance des activités dans lesquelles j'étais impliqué, sont sans doute responsables de mon entêtement à lui refuser ce bonheur simple et cette sécurité qu'elle m'implorait de lui accorder. Tout ceci au fond aurait pu se terminer de la manière la plus banale, s'il n'y avait eu au beau milieu de notre désaccord croissant, l'ombre de l'enfant qu'elle portait. Elle en fit tout d'abord un instrument de chantage entre nous. Elle me menaça à plusieurs reprises de fuir au loin pour l'élever seule, si je ne me rangeais pas à ses conditions qui se résumaient à une seule obsession : le mariage. Si je consentais à l'épouser, elle ne me priverait pas de mon enfant. Tel était l'instrument de ses pressions, l'objet avec lequel elle torturait ma conscience. Car sachant avoir impliqué un être dont la naissance était devenue un tel enjeu entre deux amants imprudents et déchirés, je me sentais responsable et à vrai dire, l'idée qu'elle puisse mettre sa menace à exécution m'emplissait de crainte. Une hantise asphyxiante me dictait de plier, mais d'un autre côté j'étais soucieux de préserver mon indépendance. Je passais plus de la moitié de sa grossesse à jongler entre mon indécision et les prérogatives du marché indigne que Connie me proposait et qui avait fini par me la faire apparaître comme la pire des manipulatrices. Je lui avais sans doute, dans la fougue des sentiments qu'elle avait fini par m'inspirer, trop accordé de moi-même. Elle me savait affublé d'une sorte de faiblesse, due en majeure partie à la perspective de perdre le contact avec ce que je désirais ardemment en ce temps-là : un enfant. L'idée d'établir un foyer était vraiment de celles qui me comblaient et j'aurais consenti à sacrifier une part importante de mon temps, pour la consacrer à l'édification d'une entité chaleureuse qui m'aurait attaché pour toujours l'amour d'une femme et de notre enfant. J'en aurais fait le pivot de ma vie, le havre reposant qui aurait recueilli, au seuil d'une vie harassée de travail, le financier ambitieux que j'étais, pour l'aider à relâcher la pression des engagements que mon activité professionnelle me faisait prendre. Au cœur de ce désir pourtant, gisait une forme d'ambivalence secrète qui me faisait regretter ma liberté, avant même qu'aucun engagement ne m'eût soustrait à son horizon euphorique, dont les reflets brûlaient ma jeune vie, à coups de soirées et de mondanités plus spécieuses les unes que les autres.

Connie ne m'accorda, hélas, pas davantage de temps pour me décider. Survint une dispute, où je fis montre d'un peu plus de détachement qu'à mon habitude en écoutant ses supplications, qui n'étaient en réalité que les sommations désespérées d'une mère sur le point de donner la vie à un enfant, sans les sacrements d'un mariage qui en eût consacré la légitimité. Car il me semble que c'était avant tout ce qui importait à ses yeux : faire rentrer notre formidable relation dans une forme légale qui lui aurait ensuite assuré un statut privilégié auprès de mon entourage. Suite à cette altercation que nous eûmes et qui acheva de la convaincre qu'il lui serait impossible de me faire fléchir -à tout le moins avant la naissance de notre enfant- elle disparut complètement de la circulation. Je n'avais jamais pris la peine d'établir le contact avec sa famille, ni de m'enquérir de ses relations ou amis à Singapour. Aussi n'eut-elle aucun mal à se fondre hors de ma portée, emmenant pour toujours cet héritier dont la vie allait désespérément être séparée de la mienne jusqu'à aujourd'hui. Je n'eus de cesse, au cours des années qui ont suivi, de tout tenter pour les retrouver, ces deux fantômes qui avaient jeté leur spectre de regret et de frustration sur le restant de mes jours. En vain. Comme châtiment, juste retour d'une désinvolture m'ayant fait verser dans un atermoiement aveugle, qui avait provoqué une réaction extrême de la part de cette femme qui ne désirait de moi, qu'une confirmation du bonheur pour lequel elle était prête elle-même à se dévouer ; je n'eus plus jamais de relation assez importante pour la voir se conclure par l'heureux évènement, dont les prémices m'avaient coûté tant de souffrances et de tergiversations. Et je restais donc sans héritier, sans femme, sans famille…

Mais je n'ai jamais complètement accepté l'ironie du tour que le sort m'avait joué et je ne désespérais jamais de reprendre contact avec Connie. Les années passèrent pour se joindre entre elles, décennies de chagrins mâtinées de jouissances futiles. Puis il y a un peu plus d'un an, à la faveur d'un contact au département immigration de Londres, j'appris qu'une dénommée Connie Xnan Tseu avait fait la requête d'un visa de résident permanent sur le sol anglais. J'avais à de nombreuses reprises fait circuler son signalement dans toutes les ambassades des pays où j'avais des intérêts, et par là même les connexions suffisantes pour recueillir ce genre d'informations. C'est cette notice, soumise à la connaissance d'un membre de la direction du bureau de l'immigration, qui avait enfin porté ses fruits, après tout ce temps… Surexcité et anxieux à la fois de ce résultat plus de vingt-cinq ans après, je décidais de rester prudent et de ne pas divulguer mon identité tout de suite. Ayant obtenu son adresse, je lui écrivis à trois reprises sous des motifs divers, depuis Singapour où je m'étais entre-temps établi. J'avais prétexté un recensement de la population ayant quitté l'île pour les statistiques de l'institut économique, ayant même fait approuver l'initiative par le parrainage de l'université d'Édimbourg, un de mes bons amis écossais s'étant chargé de fournir le cachet, ainsi qu'une note d'explication enthousiaste ne laissant aucun doute sur le caractère officiel de ma démarche. C'était sans compter sur sa perspicacité. Elle eut sans doute tôt fait de deviner qui j'étais, et ce qui me conduisait à renouer avec elle. J'attendis un mois après l'envoi de mes lettres, auxquelles elle ne daigna jamais répondre, déchiré entre l'impatience qui me pressait de me rendre simplement auprès d'elle et la nécessité de conserver un regard critique, me gardant de précipiter les choses, au risque de faire échouer mes tentatives pour retrouver la trace de mon unique enfant.

Vous avez à présent une idée des évènements qui ont précédé la réapparition de Connie. Je dois établir ici une courte parenthèse qui a cependant une grande importance pour la suite, Monsieur Ormandy. Vous m'avez dit avoir rencontré Sin Yee et lui avoir parlé. Elle vous a confié la nature de nos rapports à la même époque, si ma mémoire, ainsi que ce que vous m'avez dit, est exacte. Sachez qu'elle a en tout dit la vérité. A une chose près, c'est que sa démarche ne relevait en aucune façon du hasard. Elle s'est faite délibérément engager au poste de secrétaire personnelle, dont j'avais grand besoin pour mettre de l'ordre dans mes affaires, pendant que je spéculais sur les moyens à employer pour approcher Connie avec toutes les précautions possibles. Elle était parfaite et faisait montre de toutes les compétences pour le poste, aussi je ne voyais aucun délai ou obstacle à signer son contrat dans la foulée de son mois d'essai, au cours duquel nous eûmes, après avoir fait plus ample connaissance, le sentiment réciproque que notre relation évoluerait sous des auspices plus chaleureux qu'une simple approche professionnelle. L'avenir nous donna raison et au cours d'un voyage en Europe, sous l'irrésistible charme du raffinement d'une soirée à Vienne, où nous avions assisté à une représentation du *Don Giovanni* de Mozart, nous devînmes amants... Oui, mais j'ignorais à ce moment qu'elle était un agent d'Interpol chargé d'infiltrer la *Merlion Society* pour inspecter de plus près ses agissements occultes, ainsi que la pression financière que l'organisation exerce sur les grandes compagnies basées à Singapour, pour leur permettre de prospérer sans ombrage au sein de la spirale ténue du monde des affaires de l'île. Sa première initiative avait été de me mettre le grappin dessus, pour s'assurer de ma coopération et pour avoir accès à mes dossiers, comme preuves du gigantesque racket qui est de mise à Singapour, pour qui veut tirer profit de la manne ouverte sur le marché asiatique et à laquelle j'ai toujours refusé de me soumettre, avec une énergie protestataire qui m'a valu d'être cloué au pilori par toute la communauté de la Merlion Society. Car ses membres ne pouvaient se résoudre à me voir échapper à ce qu'ils considèrent comme un droit d'entrée légitime, une sorte de taxe souterraine prélevée clandestinement sur les échanges réalisés sur le sol de l'île.

Lorsque Sin Yee me confia son identité et sa mission, je fus tout d'abord impressionné et manifestai un vif intérêt en l'assurant de ma confiance et de mon aide -si elle était requise- au démantèlement de cette pratique et à la dissolution de la Merlion Society. Mais, pris dans les remous de la réapparition de Connie, je perdais peu à peu de l'intérêt pour ce combat et finis par désavouer ma participation en la quittant après avoir reçu une lettre de Connie qui me témoignait son bonheur de me savoir sur le point de venir la voir. Sin Yee ne vous a-t-elle pas dit que nos relations cessèrent brusquement suite à la réception d'un courrier dont elle ne sut jamais l'objet ? Eh bien, il ne s'agissait que de mon ancien amour qui refaisait surface comme un trésor englouti que l'on arrache au sommeil de l'oubli, tout recouvert du limon des siècles qui l'ont préservé du pillage, et dont la valeur n'a fait que croître sous l'action du temps. Car j'étais de nouveau habité par la même flamme, je revivais, à l'aube de mes vieilles années, une passion ancienne qui m'ouvrait un ciel plein de promesses et d'exaltations. J'avais tant de choses à lui dire, nous avions tant à partager, à redécouvrir, à nous raconter. Et toutes ces choses, je pressentais que je n'aurais pas assez de temps devant moi pour avoir le bonheur de les vivre à ses côtés et qui sait, peut-être auprès de mon fils également... Car elle m'avait enfin renseigné sur le sexe de notre petit, c'était donc un garçon auquel la cruauté du destin m'avait arraché. Ces vingt années écoulées avaient tissé un rideau sombre entre nous. Nous étions pourtant bien proche de le tirer pour admirer un horizon de pureté sans limite autre que celle de notre âge et de notre fatigue à tous deux, dévoilant à nos yeux l'amour qui n'avait cessé de nous relier malgré le temps et ses épreuves.

Je confiais donc la bonne nouvelle à mon ami le plus proche, le professeur Cormo, que vous avez déjà eu l'honneur de rencontrer. Dans le même temps, mes ennuis de santé devinrent un peu plus sérieux qu'ils ne l'étaient lors des dix années précédentes. J'avais cependant déjà suivi un traitement prescrit par Cormo pour un dysfonctionnement rénal qui s'annonçait, aux dires de mon « cher » ami, plus compliqué que je ne le croyais tout d'abord. Il me conseilla alors de remettre le voyage à Londres que je projetais afin de rencontrer Connie. Je lui faisais totalement confiance, aussi je décidais de suivre ses recommandations. Ce qui me conduisit à renoncer à ce déplacement qui compromettrait les soins qu'il me prodiguait pour tenter d'enrayer les progrès de ma maladie. En fait, comme je le compris plus tard, il avait été désigné par les membres de la Merlion Society, pour me freiner dans mon projet de rejoindre Connie. Pour la bonne et simple raison qu'ils ne voulaient pas me voir retrouver de mon vivant mon héritier. Ce qui m'aurait immanquablement conduit à réviser mon testament uniquement en sa faveur. Profitant de la nécessité imminente -selon ses dires- d'une intervention chirurgicale, le professeur Cormo, usant de toutes les ressources de son art, me rendit infirme ; dissimulant son acte ignoble en mentionnant la faiblesse de ma constitution et le pourcentage d'échec assez élevé de ce genre de traitement. Il parvint donc à dissimuler son crime aux yeux de toute la communauté médicale de Sydney. L'influence de la Merlion Society est si grande qu'il n'eut aucun mal à propager, par l'intermédiaire de la presse locale, l'annonce de ma mort au cours de cette opération en Australie. Le problème de la Merlion Society était clairement de trouver le moyen le plus efficace de me neutraliser. Elle ne pouvait pas me faire assassiner car j'étais protégé en permanence et j'avais déployé un dispositif de sécurité draconien dans mon entourage. Mais, aux mains de mon docteur et ami Cormo, j'étais complètement vulnérable. C'est donc cette faille qu'ils ont exploitée sans vergogne. Il faut dire que je redoutais leur acharnement, mais n'avais aucune raison de suspecter un ami aussi proche que Cormo… Celui-ci me persuada habilement d'en faire mon héritier, de sorte qu'il puisse mettre à profit les immenses ressources financières de ma fortune personnelle pour mener à bien son fallacieux projet d'institution charitable au bénéfice des handicapés du monde entier.

Roland Meursault s'arrêta un instant, reprenant son souffle écourté par la précipitation croissante vers laquelle l'entraînaient les événements qu'il relatait à un Philippe captivé. Celui-ci d'ailleurs ne pouvait détourner son regard du vieux Meursault, tant il était fasciné par le visage qu'il avait devant lui. Il était donc là, se disait-il, cet homme richissime, coincé dans un fauteuil roulant, vivant dans cette chambre obscure, frontière pitoyable de son monde, sans doute le dernier que la vie, dans sa cruelle ironie, lui permettrait d'habiter.

Le vieillard reprit :

- Vous pouvez avec pertinence vous demander d'où me viennent tous ces renseignements, je vous confierais que sans Sin Yee, je n'aurais probablement jamais su l'origine de mon sort funeste ni de quelle machination puissante j'ai été la victime. Elle me tenait au courant de l'évolution de son enquête, tant que nos contacts s'avéraient ne pas être trop dangereux et ne représentaient pas une menace directe pour elle, qui opérait de l'intérieur sous une identité cachée. Nous dûmes cesser tout rapport, lorsqu'elle fut admise à participer aux réunions d'urgence du conseil, où elle finit par siéger, ce qui lui donnait le droit de participer aux prises de décisions importantes.

- Comme celle de vous éliminer ! Je sais de quoi vous voulez parler, j'ai assisté justement à l'une de ces réunions ! Philippe avait interrompu le vieillard d'une manière abrupte et sans ménagement aucun pour les efforts visibles que lui coûtait son étonnant récit. Il s'en excusa aussitôt, ce qui provoqua manifestement une toux gênée de la part de Meursault. Cela ne l'empêcha cependant pas de poursuivre et il reprit de plus belle avec cette voix caverneuse aux accents profonds et rugueux comme les épreuves que lui réservait une fin de vie cruelle et affectée.

- Cormo profita de ma convalescence, durant laquelle je me trouvais dans un état de grande faiblesse morale et physique, pour m'installer dans l'endroit où vous m'avez trouvé aujourd'hui. Les murs de cet appartement sont les frontières de mon monde, et la vue sur laquelle donne ce balcon est mon seul horizon... Je compris alors que je ne marcherai jamais plus... Mon cher vieil ami Cormo a tout arrangé pour m'isoler de tout contact avec l'extérieur pouvant laisser supposer que ma mort n'a rien été d'autre qu'une mystification ! Les seules personnes que je vois, sont les deux Singapouriens maniaques qui viennent tous les jours m'apporter à boire et à manger...

- Attendez, l'interrompit une nouvelle fois Philippe ; l'un d'eux a des narines très serrées et l'autre, des yeux de fouine sournoise ! Ils portent tous deux un tatouage du Merlion sur le dessus du poignet ! Je connais ces gars-là, ils font partie de la garde rapprochée de Cormo, j'ai fait leur connaissance à Singapour. Un plaisir dont je me serais bien passé, entre nous...

- Je ne crois pas, ceux dont je vous parle résident ici, à Sydney, tout en étant liés à la Merlion Society, bien entendu... Mais qu'importe, de toute évidence la communauté se sert de Cormo pour mettre la main sur mon argent avec, en plan de façade, leur gigantesque œuvre de charité. D'ailleurs, c'est sur l'initiative du professeur, ayant compris que je me trouvais en quelque sorte assez près de retrouver mon fils, grâce au contact que j'avais réussi à renouer avec la mère, que la Merlion Society a pu opérer en détruisant toute preuve de son existence. Enlevant ainsi tout indice qui pourrait malencontreusement conduire à elle, pour le bonheur de ceux qui tentent de se mettre sur les traces de mon véritable héritier.

Roland Meursault étira ses membres, comme pris d'une gêne soudaine. Il glissa ses bras maigres derrière son dos, tâtonnant le siège de son fauteuil roulant. Agrippant le bord du tissu qui le recouvrait, il tira dessus et l'étoffe se souleva dans un scratch bruyant. Il en sortit une enveloppe blanche qu'il tendit à Philippe, un éclair de malice dans son regard fatigué.

Vous allez me promettre encore une chose, je suis parvenu à rédiger cette lettre à l'insu de mes geôliers. Remettez-la à Connie, il y a son adresse sur l'enveloppe. Je vous la confie. Comprenez bien qu'il s'agit de l'unique lien qui vous permettra de joindre Connie. Son adresse est sur l'enveloppe, répéta-t-il encore avec une expression paroxystique sur son vieux visage. Ne la perdez pas… Vous pouvez voir que mon dos repose sur le dernier espoir qu'il me reste de…

Ce n'était cette fois pas Philippe qui l'avait interrompu, mais le bruit que fit la porte d'entrée, ouverte par des têtes bien familières…

LA PROMENADE DE
ROLAND MEURSAULT

L es deux tatoués firent leur apparition sur le seuil du salon. Philippe eut à peine le temps de mettre la lettre dans la poche de sa veste, qu'ils brandissaient sur son visage le long calibre d'un silencieux. La terreur ne tarda pas à s'emparer de Meursault qui agrippa maladroitement, dans un geste désespéré, les cercles de sa chaise. Peine perdue, les narines de taupe attrapèrent les poignées à l'arrière du fauteuil et Meursault dut se résoudre à faire du surplace pendant quelques secondes, avant de se voir stoppé par le bras que le tatoué lui passa autour du cou.

- Je suppose que vous n'êtes pas là pour le ravitaillement… Dommage, moi j'aurais bien cassé un peu la croûte, leur dit Philippe, le nez collé au canon de l'arme avec laquelle les yeux de fouine le tenaient en joue.

- Non, nous on ne s'occupe pas des questions ménagères, lui répondit-il, affichant son sourire de réclame périmée. Nous sommes les préposés au bien-être de ce monsieur. Il désigna Meursault.

- Je sais tout ! Je sais qui il est ! Vous perdez votre temps, mes jolis crétins… Souffla Philippe. Il reçut pour toute réponse une pression douloureuse du calibre qui était maintenant braqué en plein milieu de son front.

- Nous, on est là pour les promenades, continua le tatoué en faisant un clin d'œil à son collègue. Et c'est l'heure de sa promenade au vieux… et si tu es sage, tu pourras même l'accompagner ! Ajouta-t-il en éclatant de son rire aigu de merle châtré.

Il rangea alors son arme et prit des mains de son acolyte les deux montants arrière du fauteuil. Meursault lança un regard plein de résignation à Philippe et lui dit :

- Adieu mon vieux, n'oubliez pas votre promesse… puis il ajouta, s'adressant à lui-même, adieu mon fils…

Lentement d'abord puis en accélérant le pas, le tatoué poussa le fauteuil devant lui vers la véranda, il prit son élan et au bout d'une brève course traversant le salon, il s'arrêta, non sans avoir donné une violente impulsion à la chaise qui se fracassa, elle et son occupant, contre la baie de verre du balcon qui fut bien inutile à retenir la chute de Roland Meursault dans le vide. Il admira, dans ses derniers instants, la vue majestueuse du port de Sydney qui assista, de son activité indifférente, à la promenade dont il ne reviendrait plus jamais…

Philippe, une main devant la bouche, retenant la nausée provoquée par cette vision d'horreur, s'enfuit en courant vers la porte, seule échappatoire lui restant pour ne pas finir lui aussi en une marmelade dégringolant sept étages sans parachute…

Serrant contre lui la lettre qu'il gardait à l'intérieur de la poche intérieure de son veston, il dévala les escaliers en moins de temps que son cœur ne mit à émettre deux battements. Il fonça droit devant lui et se retrouva sur *Circular Quay*, face à l'Opéra de Sydney dont les toits de coques d'orange luisaient sous le soleil matinal, mais déjà brûlant, de l'hémisphère Sud. Il ne réfléchissait plus, il courait. Il courait pour sauver sa vie, ayant finalement compris que les enjeux auxquels il avait tenté depuis quelques semaines maintenant de s'opposer, avaient plus de valeur aux yeux de certains, que son existence de retraité de la fonction publique. Ce n'était cependant pas seulement pour sa carcasse menacée qu'il parcourait au pas de course les quais du port de Sydney, mais également pour la promesse qu'il avait faite à un homme mourant… et qui était pour finir mort devant ses yeux.

Les ferries se dressaient, vulgaires navires condamnés aux courtes traversées, leurs couleurs, vert et jaune, lui rappelèrent celles de la jonque de style chinois qui l'avait recueilli quelques jours plus tôt, alors qu'il était naufragé dans la baie de Singapour. Amarrés sur le côté de la *Sydney Cove*, ils étaient bien le seul moyen qui lui permettrait de s'éloigner au plus vite de *Georges Street*. Il s'engouffra dans la file en direction de *Manly*, une plage très populaire de la région. Il reprit son souffle un instant, pensant avoir échappé aux deux singes qui avaient exécuté -il ne voyait pas d'autre terme- Meursault. Mais, jetant un œil derrière lui, en bout de file, il les vit tous deux le regardant fixement tandis qu'il achetait son billet. Sans prendre la monnaie que le vendeur lui tendait, il se dirigea promptement vers le tourniquet d'embarcation, le franchissant d'un bon, son ticket entre les dents. Ils l'avaient vu et venaient eux aussi de prendre leur ticket pour *Manly*. Une fois à bord du ferry, il lui serait difficile de leur échapper, ou du moins de se soustraire à leur surveillance. Mais il était trop tard maintenant. Philippe n'avait aucun moyen de les empêcher de monter à bord. Les deux hommes ne tenteraient probablement rien durant la traversée, pour ne pas attirer

l'attention sur eux, mais une fois à terre, il devrait jouer serré
pour leur filer entre les doigts. De toute évidence, Philippe
se disait qu'il était plus ou moins en sécurité au milieu de la
foule et qu'il lui fallait si possible éviter tout endroit isolé qui
laisserait à ses poursuivants le loisir d'agir... Que lui
voulaient-ils ? Simplement le neutraliser, ou bien lui faire
subir le même genre de sort funeste que la Merlion Society
avait réservé à Roland Meursault ? Philippe ne voulait
pourtant pas prendre le temps de le leur demander... Il
toucha une fois encore la lettre que le vieux lui avait remise.
Il était en possession, selon ses dires, du seul lien qui lui
permettrait de contacter la mère de l'enfant. C'était à
l'évidence un progrès significatif dans la recherche de
l'héritier de Meursault. Il songea tout à coup à Virginie et à
Framard. Il se demanda quel pouvait être le prix d'un tel
renseignement pour eux. Mais Philippe n'était plus dans la
perspective de monnayer les fruits de son enquête. Il prenait
à présent des risques que seule la moitié de l'héritage pouvait
dédommager.

LA PROMENADE DE PHILIPPE

Il prit place sur un des bancs en bois qui entouraient la cabine du ferry. De là, il se mit à admirer la vue. Respirant à pleins poumons la brise tiède, fermant de temps à autre les yeux pour mieux apprécier la fraîcheur des embruns que les vagues roulantes lui envoyaient en venant frapper la coque, il se surprit à se détendre et à oublier pour un temps la chasse dont il était l'objet. Il fixa un long moment le sillon laissé dans les eaux bleues du *Sydney Harbour*. Le ferry naviguait dans une sorte d'estuaire aux falaises verdoyantes où étaient accrochées, par on ne sait quel miracle, des maisons luxueuses aux vitres larges et transparentes laissant filtrer le spectacle inégalable de l'Océan Pacifique qui avait modelé l'intérieur de la baie de Sydney depuis des millénaires. Cette vision paisible fut de courte durée pour Philippe. Elle cessa à l'instant même où il vit le reflet de la face étroite et nerveuse du tatoué au travers de la fenêtre de la cabine. Les deux compères étaient assis l'un en face de l'autre, et ils ne cessaient de lancer des regards dans sa direction. Mais Philippe restait à l'extérieur, marchant sur le pont, toute sa réflexion en éveil, cherchant le moyen qui lui permettrait de se soustraire à ses poursuivants.

Il était à présent très clairement palpable que les deux tatoués l'épiaient de leur coin, attendant bien tranquillement l'occasion où Philippe se trouverait à l'écart. À travers les regards qu'il échangea plusieurs fois avec eux au cours de la traversée, il s'aperçut que ceux qu'il prenait pour deux instruments sans cervelle dévoués à la cause de la Merlion Society, pourraient bien à la vérité faire partie de ses membres les plus influents. Leur attitude glacée et ironique, faite de sang-froid et de cruauté mêlés, révélait une forte conviction qui cohabitait chez eux avec un fanatisme ayant atteint des sommets lors de l'exécution de Meursault. Philippe se sentait pris au piège. À mesure que le ferry se rapprochait des rivages de Manly, faisant apparaître les arbres immenses qui coupaient l'horizon de leur feuillage dense, il se rendait compte que ses chances de salut étaient de plus en plus minces. Non seulement les lieux lui étaient inconnus, mais de surcroît, il se trouvait être pourchassé par deux compères pleins de ruse qui n'avaient pas hésité à exécuter le vieux Meursault sous les simples injonctions de leur communauté.

La question de savoir s'il fallait débarquer avant ou après eux était d'importance pour Philippe, qui sentait pour la première fois -depuis son implication dans l'affaire Meursault- une réelle frayeur l'envahir peu à peu. Il arrêta d'aller et venir sur le pont pour pouvoir se concentrer un instant sur l'alternative cruciale qui venait de germer dans son esprit.

Il pénétra dans la cabine. Celle-ci s'étendait d'un bout à l'autre du bateau, sa surface recouverte de sièges pour les passagers qui, ce jour-là, étaient fort nombreux. Philippe s'avança droit vers l'endroit où les tatoués se tenaient assis. Ils se levèrent à son approche.

- Allons messieurs, je vous en prie ! Restez assis, je vous le demande ! Improvisa-t-il avec humour. Il serait bien impoli de continuer à nous croiser tous trois aux quatre coins du monde sans songer à faire les présentations ! Alors, moi c'est Philippe, leur dit-il en leur tendant une main qu'ils saisirent en même temps avec surprise. Les amis, c'est bon de vous voir ! Continua Philippe en prenant un air dégagé. Il prit le siège en face d'eux et commença à leur faire la conversation comme à de bonnes vieilles connaissances. Bien entendu, les deux n'y comprenant plus rien, restaient de marbre, se demandant à quelle sorte de jeu débile Philippe semblait vouloir jouer. Mais celui-ci ne jouait pas le moins du monde, il prenait une tangente originale pour sauver sa peau. Tandis qu'il continuait son badinage avec les deux tatoués, un couple assez âgé placé à quelques sièges d'eux, prenait le plus vif intérêt à leur conversation. Soudain, arborant une mine accueillante éclairant son visage tendu, Philippe s'adressa au couple du ton le plus amical qu'il fût en mesure d'employer.

- Permettez-moi de vous présenter mes deux amis, flic et flac, qui arrivent de Singapour. Il s'agit de leur première fois ici, et ils sont enchantés par la beauté du lieu, vous le pensez bien. Mais cependant, une chose fait défaut dans le plaisir qu'ils prennent à leur visite. Ils rêveraient d'avoir le privilège de découvrir la région avec l'assistance de VRAIS Australiens qui, n'écoutant que leur générosité et pour ne pas faillir à leur réputation d'hôtes exceptionnels, accepteraient de prendre quelques heures de leur temps pour leur faire visiter les environs. Qu'en pensez-vous ?

Le couple était enchanté et fut si surpris que Philippe ait pensé à eux, qu'ils ne prirent pas la peine de demander leur avis aux deux tatoués piégés, qui durent faire face aux commentaires infatués de nos deux autochtones durant le reste de la traversée. Philippe, sous le coup d'une affaire urgente, s'excusa poliment auprès d'eux et s'en alla au plus vite vers la sortie du ferry, non sans avoir au préalable dit au revoir à ses nouveaux amis, qui le regardèrent, une rage bouillante irradiant leurs faces pincées.

Le ferry accosta enfin la jolie marina de Manly. Philippe se tenait près de la passerelle, au milieu d'une foule dense qui le dissimulait pour le moment à la vue des deux tatoués. Mais, après avoir brutalement fait leurs adieux au couple d'Australiens qui leur avaient vanté avec tant d'enthousiasme les beautés diverses de leur pays, nos deux compères eurent tôt fait de se frayer un chemin parmi l'agglutinement de passagers ; ceux-ci n'ayant d'ailleurs pas d'autre choix que de céder leur place aux coups de coude et à l'allure décidée des deux tueurs. Durant les quelques minutes que prit le débarquement, Philippe fut assailli d'une dose d'adrénaline. Une bonne part de ses chances de s'échapper sans dommage de la chasse dont il était l'objet, résidait dans la rapidité avec laquelle il serait capable de quitter le ferry pour disparaître dans la cohue qui se déversait sur le quai d'amarrage de Manly. Il atteignit bientôt le bout de la passerelle et se rua en avant de toute la force que ses jambes pouvaient déployer. Alors, la course commença…

Fonçant droit devant, Philippe ne voulait pas prendre la peine de regarder derrière lui pour ne pas perdre une demi-seconde qui pût être fatale à son courage d'abord, puis à son souffle qui menaçait de lui manquer sous la pression continuelle de l'effort produit. Il avait, sans même y prêter grande attention, emprunté la rue principale de Manly, celle conduisant directement à la plage, car elle se trouvait juste en face de la sortie du port. Ses poursuivants, agiles malgré l'apparence rigide de leurs costumes, le suivaient à une courte distance, gardant le rythme en expirant à intervalles réguliers. Il était clair que Philippe ne tiendrait pas longtemps la distance. Être poursuivi, se sentir ainsi traqué, affectait grandement son moral, et même la perspective de courir pour sauver sa vie, ne suffisait plus à lui procurer l'énergie nécessaire pour aller de l'avant. Puis surtout pour aller où ? Une centaine de mètres plus loin, il trouva devant lui l'océan, d'un bleu éblouissant qui, dans son calme splendide, semblait se moquer de son désarroi face au danger qui l'attendait. Il ralentit le pas, exténué et essayant de reprendre son souffle.

La plage immense lui semblait un cercle à l'intérieur duquel il se trouvait enfermé, et dont la surface diminuait à mesure que les deux tatoués s'en rapprochaient. Visibles au loin, ils ne tardèrent pas à se trouver eux aussi à proximité de ce cercle qui se refermait peu à peu sur un Philippe aux abois. Sa promenade prenait fin ici. Il se trouvait au beau milieu d'une vaste étendue au bout de laquelle une falaise de plusieurs dizaines de mètres surplombait les flots scintillants du Pacifique.

-Alors, prêt pour rejoindre Meursault dans le club très select des adeptes de la chute libre sans espoir de retour ? Entendit-il soudain un tatoué ricaner à quelques pas de lui. Lorsqu'ils portèrent tous deux leurs mains au front en guise de visière, pour protéger leurs yeux du soleil qui brûlait avec ardeur au-dessus de leurs têtes nues, Philippe put voir encore une fois le tatouage du Merlion recouvrant comme un gant leurs mains de prédateur, auxquelles il faisait à nouveau face.

Ils étaient à présent seuls ; trois points immobiles formant le triangle magique de la lutte pour l'héritage de Meursault. Philippe occupait un espace plus qu'inconfortable : il tournait le dos, à peine à une dizaine de mètres, au bord de la falaise…

Il ne se sentait pas prêt à basculer d'un salto arrière pour le bon plaisir de sa charmante compagnie, qui le scrutait à présent comme si elle s'attendait à une initiative de sa part. Philippe, en désespoir de cause, leur lança :

- Que me voulez-vous ?

Le tatoué aux narines minuscules esquissa un ricanement avant de lui rétorquer :

- Trois fois rien ! Nous savons que Meursault était sur le point de visiter la mère de son enfant à Londres. Ceci n'est également plus un mystère pour vous, nous en sommes persuadés. La seule chose dont on ne soit pas certains, c'est qu'il ne vous ait pas éventuellement confié, au cours de votre petit entretien, l'adresse exacte à laquelle cette femme demeure.

Ils avaient vraiment mis dans le mille cette fois. Philippe sentit les coins de l'enveloppe que Meursault lui avait remise se tendre au creux de sa poche intérieure. Ils n'avaient qu'à le fouiller pour que l'adresse tombe entre leurs mains de cinglés machiavéliques. Mais Philippe ne voulait pas leur donner cette opportunité ; tout ça semblait bien trop facile. Il songea à la prudence de Meursault et aux manœuvres qu'il avait dû accomplir pour la leur dissimuler si longtemps. Cormo et ses hommes étaient perspicaces mais peu imaginatifs en fin de compte, puisqu'ils avaient négligé de fouiller la seule place que le vieillard ne quittait jamais…

- S'il subsiste quelque trace de cette adresse dans votre mémoire, je vous conseille de nous la servir maintenant en guise de dernières paroles, Ormandy ! Prononcèrent d'une voix forte les lèvres minces.

- J'userai de mon dernier mot pour vous envoyer tous au diable ! Lui répondit un Philippe sans recours, acculé de plus en plus vers le rebord de la falaise.

Narines de taupe sortit le silencieux avec lequel il l'avait déjà menacé tantôt pour le braquer, son œil vitreux dans le viseur.

233

Pour Philippe, les options étaient simples. S'il se rendait, le lien manquant entre la *Merlion Society* et la mère de l'héritier de Meursault serait établi et ils auraient désormais entre leurs mains une initiative, sans doute une fois de plus criminelle à accomplir. Les chances de Philippe de prévenir la mère en seraient, du même coup, réduites à néant. C'était bien la dernière chose qu'il pouvait se permettre. Sentant de surcroît qu'il avait perdu le soutien du notaire Framard et de Virginie, il se devait de résister seul pour garder secret le plus longtemps possible le lieu de résidence de cette mère surgie de l'oubli. Occupé à trancher parmi ces considérations, son esprit, en un quart de seconde d'inattention le fit reculer d'un pas de trop. Il perdit l'équilibre sans pouvoir agripper la moindre aspérité qui eût pu, sinon éviter, du moins ralentir sa chute dans les eaux du Pacifique, au sein desquelles il termina à son tour sa promenade…

DES NOUVELLES DE VIRGINIE

P ar une sorte de magie synchrone de la vie qui règle le sort de chaque être ici-bas, Virginie atterrit à Sydney au moment où Philippe faisait sa chute dans la baie agitée de *Manly*. Elle n'avait pas passé les services de l'immigration, que celui-ci trouvait le chemin d'une noyade aussi certaine et inéluctable que le geste pesant de l'officier qui tamponna le passeport de la jeune femme. Elle sauta peu après dans le premier taxi et lui donna la direction de *George Street*. La rue étant une artère commerçante très populaire de Sydney, Virginie ne s'étonna pas tout de suite de l'attroupement qui encombrait son extrémité, débordant même sur une partie de la chaussée. Ce n'est qu'une fois parvenue sur les lieux, réalisant se trouver au fameux numéro 17, qu'elle put se rendre compte par elle-même de ce qui avait provoqué un tel trouble. Au milieu d'un carré délimité par des barrières de sécurité gisait un corps recouvert d'un drap. La police, une ambulance, ainsi qu'un journaliste, crut elle remarquer, se trouvaient déjà sur place. Elle se fraya un chemin de manière à approcher autant que possible des barrières qui encadraient le lieu de l'accident. Elle questionna les autorités présentes, mais n'en tira que des réponses évasives sur l'identité de la victime. On lui précisa cependant que les détails de l'histoire seraient dans les journaux du lendemain. Elle n'eut donc pas d'autre choix que de se résigner à attendre. Elle chercha en vain un quelconque signe de vie au numéro 17, mais après plusieurs tentatives infructueuses sur la sonnette sans nom, elle renonça et prit le chemin de son hôtel. Elle était descendue au Park Hyatt, un luxueux établissement situé au bout de *Circular Quay* dans le quartier des Rocks. Sa chambre offrait une vue imprenable sur le port et le *Sydney Opera House*. Face à ce spectacle incomparable, elle ne put que s'arrêter un instant sur le seuil, fermant doucement la porte derrière elle. La sonnerie du téléphone vint l'arracher à sa contemplation. Le notaire était à l'autre bout du fil :

- Comment ça se passe ? Des nouvelles de Philippe ? demanda-t-il.

- Dis, tu ne crois pas que ça fait beaucoup de questions ? Je viens d'arriver, je te signale ! lui répondit-elle brusquement. Tout ce que je peux dire, c'est que j'ai une longueur de retard. Il semble que la personne menacée habitant *George Street* ait été victime d'un accident peu avant mon arrivée. J'ignore de qui il s'agit, mais j'attends les nouvelles de demain pour le savoir. C'est tout. Et elle raccrocha, songeuse.

Si, comme elle l'avait admis auprès du notaire, elle avait une « longueur de retard », qu'en était-il de Philippe ? Était-il arrivé à temps pour être témoin de « l'accident » sans qu'il n'ait été en son pouvoir d'intervenir ? Où était-il maintenant ? Il était bien improbable qu'elle pût retrouver sa trace dans une ville comme Sydney où elle ne connaissait personne. Il n'était évidemment pas question pour elle d'éplucher les listes des résidents des hôtels de Sydney…

Le lendemain, son petit-déjeuner à peine entamé, elle resta interdite devant la photo figurant en troisième page du *Sydney Morning Herald*. Celle-ci avait été prise moins d'une demi-heure après la chute de Roland Meursault de la terrasse de son appartement. Elle le reconnut instantanément. Elle mit plusieurs minutes à se remettre de sa surprise. Elle décrocha son téléphone et composa le numéro de Framard. Elle ne lui laissa pas le temps d'en placer une :

- Accroche-toi des deux mains au combiné, lui dit-elle d'un ton affolé, il n'y a aucun doute, je l'ai bien reconnu, le visage de l'homme est celui de Meursault !

Le notaire ne comprit pas tout de suite de quoi elle pouvait bien parler, puis faisant le lien avec son récit de la veille concernant l'accident, il ne put, lui non plus, dissimuler sa surprise.

- C'est impossible ! Tu veux dire qu'on a balancé par la fenêtre le vieux qui est mort depuis presque douze mois maintenant ?

- La police ignore son vrai nom. Il vivait ici sous une fausse identité, un nom allemand, je crois : Ernst Busholz.

- Ça me dit quelque chose. Il me semble que c'était le nom d'un ancien patient du professeur Cormo…

- Tu crois qu'il a quelque chose à voir là-dedans ?

- Et comment ! Tout ce qui touche Meursault prend sa source dans les plans tordus de Cormo. Il nous faut faire quelque chose, ce coup-ci il faut réagir. Tu as parlé à la police ?

- Pour leur dire quoi ? répliqua-t-elle, agacée. Je n'ai rien de plausible à leur présenter. Notre histoire est aussi compréhensible qu'un conte des Mille et Une Nuits en version originale. Personne n'y accordera le moindre crédit. Le seul qui pourrait apporter un témoignage crédible des agissements de Cormo, est malheureusement hors d'atteinte pour le moment.

- Tu veux dire Philippe, n'est-ce pas ? Je veux que tu te charges de le retrouver. Après tout, il travaille pour nous, non ?

- Je crains, hélas, qu'il n'opère plus qu'au nom de son propre intérêt à présent, souffla-t-elle à Framard, tout occupé à trouver une alternative au nouveau rebondissement qui l'avait laissé à court de ressource. Tout l'incitait à penser que Philippe était sur une piste en venant à Sydney. Il avait sans doute trop tardé, et les menaces avaient été mises à exécution sans qu'il pût intervenir à temps. Mais où était-il maintenant ? Maître Framard se perdait en conjectures sur les probabilités de le retrouver assez rapidement pour ne pas être privé de ses éventuelles découvertes.

Il parvint à convaincre Virginie de tenter ce qui était en son pouvoir pour retrouver sa trace tant il était peu probable qu'Ormandy ait déjà quitté Sydney. Elle se résigna, sans trop d'espoir cependant, à rester un ou deux jours de plus, au cas où...

DES NOUVELLES DE PHILIPPE

G lissant le long de ses jambes lourdes, toutes engourdies, raides et immobiles, qui croulaient sous le poids d'une fatigue incontrôlable, achevant de prendre le pas sur sa volonté fléchissante, des sangsues énormes et comme imbibées d'une huile épaisse -genre vidange longtemps repoussée- se cramponnaient à ses membres, avec une ardeur qui le plongea dans une horreur tremblante. De surcroît, comme pour donner davantage corps à sa terreur paralysante, des tentacules mouvants tombaient de ses cheveux détrempés, égratignant son visage de leurs dizaines d'alvéoles rugueuses et collantes. Il n'était plus lui-même, il avait été transporté dans quelque autre monde où il n'était plus qu'un étranger, et son entourage n'était qu'un sujet de craintes terribles et interminables, comme un supplice dont on connaît l'issue implacable. Sa peur n'était pas mesurable parce qu'indomptable. La situation menaçante dans laquelle il se trouvait ne lui laissait pas le moindre répit. Il pensa un moment avoir abandonné son corps, mais un sursaut de douleur lui fit comprendre qu'il n'en était rien. Son corps et la souffrance qui l'irradiait étaient toujours là, et il ne faisait toujours qu'un avec eux. Soudain, du plus profond de lui-même, jaillissant de son inconscient tétanisé par les affres sordides d'une incertitude totale, une lueur minuscule apparut. Au-dessus de lui, tourbillonnant telle une luciole dans les ténèbres, elle décrivait des cercles qui s'approchaient de plus en plus de ses paupières lourdes et scellées par sa fatigue insurmontable. Il ouvrit les yeux. La violente lumière d'un lustre éclairant une chambre à coucher, mettant fin à son cauchemar, le força à les refermer aussitôt. Moins d'une minute plus tard, il renouvela l'expérience en se redressant sur le lit où il était allongé. Ce fut pour se retrouver face à face avec un visage hagard qui le contemplait fixement. Il poussa un hurlement à réveiller deux cimetières et sauta hors du lit. Il retrouva un peu de son calme, lorsqu'il s'aperçut que la vision d'horreur qui l'avait effrayé, n'était que son propre reflet dans le miroir de l'armoire. Il atteignit l'interrupteur et fit disparaître l'éclat agressif des lampes. Il s'en fut vers la fenêtre, l'ouvrit, poussa les battants des volets qui s'ouvrirent sur une perspective à couper le souffle. Dans son regard effaré, l'océan injecta sa manne bleue aux reflets scintillants. Derrière lui, une voix semblant pourtant venir de bien plus loin prononça :

- J'espère que la vue vous plaît…

Il fit volte-face et se trouva nez à nez avec une jeune femme dont les cheveux blonds cendrés, poussés par la brise suave qui balayait la pièce, voletaient autour de son visage ravissant. Il venait de passer du cauchemar à une vision idyllique l'autorisant à penser qu'il rêvait encore. Il acheva de se convaincre qu'il était réveillé en se pinçant la cuisse sans ménagement. La vision -restée devant lui mi-souriante, mi-embarrassée- et une marque rouge, dissipèrent ses derniers doutes. Il était bien revenu à lui-même. La jeune femme ne lui laissa pas le temps de remettre de l'ordre dans son esprit. Elle lui demanda :

- Quel est votre nom ? J'ai fait sécher vos affaires, mais les pages de votre passeport sont restées collées. J'ai peur que l'eau du Pacifique ne leur ait fait aucun bien…

Il ne se souvenait pas de grand-chose mais son patronyme lui revint vite comme une réminiscence trop forte pour être oubliée.

- Je m'appelle Philippe Ormandy, lui dit-il simplement en tendant une main qu'elle serra aussitôt. L'étreinte, quoique brève, fut plus agréable à Philippe que la nuit de sommeil réclamée par son corps éreinté. Une fatigue intense pesait sur lui, ainsi qu'une perplexité extrême quant aux proches événements qui l'avaient conduit en si charmante compagnie. Il s'assit sur le bord du lit, se frottant le front comme pour éclaircir le contenu confus de sa mémoire.

- Je suis Daphné, dit son interlocutrice en souriant, je vous ai rencontré avant-hier en début d'après-midi, lorsque vous vous exerciez aux joies de la plongée en mer agitée sans équipement... Ce qui m'a amenée à penser que vous pouviez avoir besoin d'assistance, afin de ne pas finir rejeté sur la côte avec quelques litres d'eau salée dans l'estomac en guise d'apéritif... Vous êtes resté inconscient presque tout le temps depuis que je vous ai repêché. Je commençais à croire que vous ne réveilleriez plus ! Il est vrai que vous avez bu une sacrée tasse !

Philippe sourit lui aussi et, tout d'un coup, le souvenir déferla devant lui ses images troubles et agitées. La poursuite avec les tatoués dans les rues de Manly, la plage, la falaise, les menaces, la lettre confiée à ses soins par Meursault avant de mourir...

- La lettre ! Cria-t-il en faisant un bond. Avez-vous trouvé une lettre dans ma veste ? Elle devait y être, je suis tombé avec...

- Oui, oui, lui répondit-elle, calmez-vous. Je l'ai mise au sec, sans la lire, soyez tranquille.

- Dieu merci, dit-il dans un murmure, vous m'avez sauvé…

- Nous parlerons de ça plus tard, la salle de bains est par là, je m'occupe du déjeuner. Vous devez avoir faim, après 36 heures de jeûne. Pressez-vous, je meurs d'envie de vous entendre me raconter votre technique de la nage sous-marine en costume !

Elle le laissa à sa toilette, quittant la pièce en laissant derrière elle un parfum frais que Philippe, les yeux mi-clos, s'employa à humer pendant quelques dizaines de secondes.

Une odeur d'œufs et de bacon grillé emplissant la maison termina de mettre en train Philippe et son hôtesse, la jolie Daphné, qui se mirent chacun à leur tour en devoir de se confier mutuellement le récit des événements qui avaient précédé leur rencontre au sein des eaux tumultueuses du Pacifique.

En fait, la dénommée Daphné n'était autre que la propriétaire d'un club de surf qui donnait, entre autres activités commerciales liées à ce sport, des leçons d'initiation. Elle était l'avant-veille en plein cours pratique, juchée sur sa planche, glissant sur une de ces vagues idéales que l'on attend parfois toute une journée, lorsqu'elle vit le corps flottant à la dérive de Philippe, qui avait perdu connaissance sous le choc de sa chute soudaine de la falaise. Manly était quasiment désert, ce qui est rare, lorsque son accident survint. Les deux tatoués ne s'étaient pas attardés sur les lieux, certains qu'ils étaient que Philippe ne saurait échapper aux forts courants qui l'attendaient une dizaine de mètres plus bas. C'était sans compter sur Daphné et son sens de l'à-propos qui avait réagi immédiatement. Laissant ses étudiants parfaire leur technique, forte de ses qualifications de secouriste, elle avait administré les premiers soins à Philippe en le ramenant chez elle, c'est-à-dire tout près : à quelques brasses de la plage, sur une colline qui dominait la baie de Manly, sur laquelle Philippe avait ouvert sa fenêtre ce matin même.

- Vous m'avez sauvé, et je ne sais comment vous remercier, disait continuellement Philippe tandis que, drapé dans le peignoir rose que Daphné lui avait gentiment prêté, il finissait son petit-déjeuner.

Ils se trouvaient tous deux sur la terrasse rafraîchie par la proximité d'une mangrove assez dense, dont le feuillage frémissant bruissait sous le vent doux de ce matin que Philippe trouvait tout bonnement délicieux. Une question cependant ne laissait pas de l'intriguer. Il s'en ouvrit à Daphné avec franchise :

- Comment se fait-il que vous ne m'ayez pas remis aux secours, vous auriez pu éviter d'avoir à me recueillir chez vous ? Croyez bien que j'apprécie votre geste mais je suis en droit de me poser la question...

- Quelle suspicion ! S'indigna-t-elle, c'est décourageant pour moi qui me suis évertuée à vous épargner le traitement en milieu hospitalier, ainsi que des questions peut-être indiscrètes, ajouta-t-elle, un air de malice sur son beau visage...

Philippe la regarda droit dans les yeux.

- Que voulez-vous dire ? Articula-t-il lentement.

- Que votre présence de barboteur sans connaissance au pied d'une falaise de Manly n'est peut-être pas aussi fortuite qu'il y paraît.

Pour couper court au caractère mystérieux de ses propos, elle posa devant lui un exemplaire fraîchement déplié du *Sydney Morning Herald*. Philippe le prit posément sans la quitter des yeux.

- Page huit, dit-elle en finissant son jus de mangue.

Philippe n'eut aucun mal à trouver ce qu'il cherchait. Une photo de lui assez récente attira son attention. Un portrait de lui, de bonne taille, figurait avec la mention d'un avis de recherche. Le court article mentionnait une récompense pour tout renseignement qui permettrait de le retrouver. Les coordonnées à contacter pour de plus amples informations le firent sursauter. Il s'agissait de celles du cabinet du notaire Framard. Tout au moins de son bureau à Singapour. Parcourant le journal en détail, il y lut le récit de la défenestration d'un certain Ernst Busholz, déjà paru la veille. Cependant l'édition du jour contenait davantage de détails sur le tragique « accident ».

- Le journal précise que la police vous considère comme la dernière personne ayant aperçu vivant ce Busholz, victime de ce qui est pour le moment qualifié d'accident voire plus, après investigation des services d'ordre qui ont recueilli des informations sur un éventuel suspect qui se trouve être vous, dit la jeune femme, prenant tout à coup un air sérieux qui troubla Philippe.

- Comment est-ce possible ? s'écria-t-il. Je ne connais personne de ce nom... à moins que... A-t-on publié une photo du défunt dans l'édition précédente de ce torchon mal inspiré qui accuse à l'aveuglette ?

Elle quitta un instant la cuisine et revint en brandissant une feuille de journal arrachée. Philippe la lui prit des mains avec vivacité. Il y reconnut instantanément la figure marquée du vieux Meursault dont il avait été l'ultime confident l'avant-veille.

- Maintenant je comprends tout ! claironna Philippe. Écoutez-moi, dit-il à Daphné, tout ça n'est qu'une méprise, l'homme figurant sur cette photo répondait à une fausse identité car il était supposé être déjà mort... Tout ça est beaucoup trop compliqué à vous expliquer, mais, quoi qu'il en soit, je suis innocent et je connais les véritables auteurs de cet assassinat ! Philippe s'emportait, il s'était levé de sa chaise et, dans une parfaite posture théâtrale, clamait son innocence.

- Calmez-vous, asséna Daphné en criant un ton au-dessus de lui. Je ne sais pas quelles sont vos responsabilités dans cette affaire, mais ce dont je suis certaine, c'est que l'homme qui est mort en chutant de son appartement dans une rue de Sydney n'est pas Ernst Busholz.

Une étincelle de stupeur et d'incrédulité s'enflamma dans le cerveau de Philippe. Il demanda très calmement :

- Très bien, et comment le savez-vous ?

- Parce qu'il est mon père... Je m'appelle Daphné Busholz et je ne l'ai pas revu depuis près d'un an maintenant...

- Comment est-ce possible ? Philippe était stupéfait, mais un ressort pourtant venait de se détendre de manière heureuse dans sa vision du mystère entourant la mort de Meursault. Voilà donc pourquoi vous sembliez si intéressée par cette affaire. Dites-moi, votre père a disparu, c'est bien ce que vous voulez dire ?

- Oui, et je n'ai pas de recours car, pour être franche, nous n'étions guère proches, vous savez ce que c'est ; ainsi, je savais seulement qu'il était soigné par un grand chirurgien lorsqu'il a complètement disparu de la circulation. Sans entrer dans les détails, j'ai toujours soupçonné mon père de participer à des activités frauduleuses. Sa prospérité dans le milieu des affaires, en particulier en Extrême-Orient, n'était pas sans lui avoir attiré des ennuis avec certains lobbies très puissants dans ces pays-là, qui jouent un peu le rôle d'aiguilleurs sur le marché. Il y a des années, il m'avait confié que des menaces sérieuses avaient été proférées à son encontre. Je ne serais pas étonnée vu le caractère peu flexible et fier de mon père, qu'il n'ait été en fin de compte victime d'une organisation à laquelle il aurait refusé de se soumettre ou de fournir des compensations à ses yeux trop importantes.

La coïncidence étant trop forte pour que Philippe y résistât plus longtemps, il demanda en clignant des yeux :

- Avez-vous connaissance du nom de ce chirurgien qui traitait votre père à l'époque, Miss Busholz ?

- C'était un certain Formo ou plutôt Cormo, je crois…

Philippe ferma les yeux un instant. Il s'approcha ensuite de la jeune femme et lui prit les mains.

- Daphné, tout est clair à présent, je connais ce professeur qui était également le praticien qui a soigné l'homme qu'on a retrouvé défenestré dans George Street et dont le véritable nom était Roland Meursault. J'ai bien peur que la mort de votre père n'ait servi à couvrir le décès fallacieux de Meursault à Sydney…

- Vous voulez dire que mon père est… pour de bon ?

- Sa mort s'est superposée à la fausse annonce de celle de Meursault qui à l'époque était plus médiatique, ayant ainsi permis de réaliser l'imposture.

Daphné ne pouvait bien évidemment pas saisir la totalité de ce que Philippe lui révélait, mais elle venait de comprendre qu'elle avait perdu son père pour toujours, et le coup fut plus dur à encaisser qu'elle ne l'aurait pensé. Elle se tourna un instant face au mur. Philippe s'approcha derrière elle, mais elle s'enfuit à l'autre bout de la cuisine.

- Ne m'approchez pas ! Qui êtes-vous ? Qu'êtes-vous venu faire à Sydney ? Je ne crois pas un mot de votre histoire ! J'appelle la police ! On verra bien si vous saurez davantage la convaincre !

Elle sauta sur le téléphone et le décrocha du mur dans un geste sauvage. Philippe la regarda faire, immobile, appuyé au chambranle de la porte.

- Vous n'en ferez rien, Daphné ; commença-t-il très calmement. Je connais l'homme qui a provoqué la mort de votre père. La police l'ignore, ainsi que les circonstances réelles ayant précédé la mise à mort d'un autre protagoniste de cette histoire de dingue. Et elle continuera de ne rien savoir du tout si vous me livrez. Je suis le seul capable de vous servir de lien pour retrouver et amener cet homme à la justice. Je vous jure, comme j'ai juré à Meursault peu avant sa mort, que je vous aiderai à faire condamner le professeur Cormo. Mais, pour l'heure, j'ai besoin de vous… Aidez-moi, Miss Busholz, et je vous aiderais…

- Je n'ai pas confiance en vous !

- Pourquoi m'avoir sauvé alors ? Vous auriez dû me laisser finir noyé dans le Pacifique, plutôt que de me refuser votre assistance dans un moment crucial, qui vous permettra de mettre le grappin sur le meurtrier de votre père ! Philippe avait élevé la voix dans sa direction, et son souffle colérique avait quelque peu terrassé la jeune femme. Mais ses arguments s'avérèrent incontestables. Aussi ne mit-elle que peu de temps pour se ranger à la requête de Philippe, qui amorçait déjà un plan pour quitter l'Australie sans avoir à subir le contact amical des autorités…

L'APPARENCE FAIT LA FEMME

- À voir les coordonnées qui figurent sur le journal, je suppose que mon signalement a été en quelque sorte fourni par Virginie, l'assistante du notaire en charge de l'héritage de Meursault. La raison tient certainement à leur dépit d'avoir perdu ma trace et de ne plus être au courant de l'évolution de mon enquête. Virginie a lancé la police australienne sur mes traces en pensant que ça lui faciliterait ainsi la tâche de son côté. En effet, sachant que je suis parvenu à approcher Meursault de son vivant, elle est en droit de croire que j'ai recueilli des informations capitales sur la situation de son héritier. Ce en quoi elle n'a absolument pas tort, puisque Meursault m'a confié la lettre qu'il avait l'intention d'envoyer à son ancienne maîtresse, la mère naturelle de son héritier. Et cette lettre la voici ! S'exclama Philippe, examinant à la lumière le morceau de papier, boursouflé par son séjour dans l'eau, que Daphné avait sauvé après avoir naturellement regardé dans les poches de son naufragé, pour établir son identité. L'adresse londonienne de Connie Xuan Tseu y était encore très nettement visible, malgré le tremblement humide qui avait affecté les caractères de l'écriture nerveuse de Roland Meursault. Celle-ci résidait en plein cœur du *West End* dans le quartier de *Soho*, au numéro 32 d'*Old Compton Street*.

Philippe ouvrit précautionneusement l'enveloppe pour en extraire la lettre, ainsi qu'à sa grande surprise une sorte de pendentif en argent assorti d'une chaîne du même métal. Le motif représenté était clair et commençait maintenant à être plus que familier aux yeux d'un Philippe intrigué par la présence de ce collier, que Meursault lui-même n'avait jamais mentionné dans leur conversation. Peut-être faute de temps, d'ailleurs le saurait-il jamais ?

Il s'agissait d'une reproduction miniature du Merlion, similaire à celui de la statue sur l'esplanade de Singapour, arborant une allure fière et crachant devant lui un long jet d'eau dans la baie. Il le passa autour du cou de Daphné.

- En remerciement de tout ce que vous avez fait pour moi, lui murmura-t-il. Elle sourit et baissa les yeux.

Philippe, dans un élan de confiance mêlée de reconnaissance à son égard, entreprit de lui confier qui il était et les détails de son implication dans l'affaire Meursault. Elle en fut moins troublée que véritablement intriguée, et sembla d'ores et déjà prendre un vif intérêt à la course qu'Ormandy menait contre le temps. Il restait à présent une douzaine de jours seulement avant l'expiration du délai d'attribution de l'héritage. Malgré cette pression, son obstination était intacte. Daphné vint à point avec une remarque pertinente :

- Si la police réussit à prouver que vous êtes mêlé à la mort de celui qu'elle croit être mon père, elle ne vous lâchera plus.

- Vous avez raison, cependant je dois me rendre à Londres le plus vite possible pour rencontrer la mère et peut-être même l'héritier, sans quoi l'héritage de Meursault tombera entre les mains de Cormo, et tous mes efforts jusqu'ici auront été vains !

- N'empêche que vous aurez du mal à quitter l'Australie ; votre identité est connue des services de l'immigration, et ils ne manqueront pas de vous intercepter, dit-elle comme si elle pensait tout haut.

- Vous avez raison, et mon passeport est en piteux état. Je ne peux me risquer à un contrôle approfondi. Bon sang, il doit bien y avoir un moyen !

Daphné claqua des doigts.

- Il y en a un ! S'exclama-t-elle. Et c'est même le seul, mais je ne suis pas certaine que vous approuviez.

- Dites toujours, répondit Philippe à bout de ressource.

- Eh bien, voilà : vous ne pouvez pas voyager sous votre identité, n'est-ce pas ? Il vous faut donc en usurper une…

- Ah oui, excellente idée, ricana Philippe, et laquelle ?

- Mais ça me semble évident : la mienne !

Devant les yeux ronds d'un Ormandy en état de stupeur avancée, elle ne put qu'éclater d'un rire franc qui dut s'entendre jusque sur les bords de la *Sydney Cove*.

Ils passèrent le reste de la journée à mettre au point les préparatifs du plan audacieux de Daphné. Elle conçut un maquillage spécial pour dissimuler au mieux les aspects masculins du visage de Philippe, qui dut subir une sorte de ravalement intégral pratiqué à l'aide de toutes les ressources de la cosmétique moderne. Daphné le coiffa pour finir d'une de ses perruques brunes. Face au miroir, il contemplait sa métamorphose surprenante tandis que sa comparse laissait échapper de temps à autre un rire qu'elle avait le plus grand mal à contenir. Malgré son sens de l'humour, il ne participait que faiblement à cette euphorie, car il commençait à nourrir des inquiétudes certaines sur la probabilité de flouer qui que ce soit avec de tels artifices.

- Je portais ces perruques lorsque je prenais des cours de théâtre, je ne pensais pas les voir sur une autre tête que la mienne un jour, et surtout pas dans de telles circonstances ! Lui confiait Daphné, tandis qu'elle retouchait avec précision le fond de teint répandu en excès sur le visage crispé d'Ormandy.

- Oui, vous voulez dire que c'est une sorte d'hommage à votre vie d'étudiante, que je rends aujourd'hui en me coiffant avec ces espèces de réserves naturelles de naphtaline, ironisa Philippe.

- C'est ça, attendez un peu… Et voilà, c'est terminé !

Un air de triomphe sur son visage adorable, Daphné prit un peu de recul pour admirer son œuvre. Philippe quant à lui préféra s'éloigner du miroir pour ne pas céder à l'envie d'aller prendre une douche de démaquillant.

- Vous croyez que ça ira ? demanda-t-il, tentant de rendre le son de sa voix le plus féminin possible.

- C'est parfait, vous n'avez qu'à vous exercer un peu pour la voix au cas où l'officier vous poserait une question. Ah, mais j'allais oublier l'essentiel.

- Quoi encore ? Une robe ? Des talons-aiguilles ?

- Non, restez en pantalon, je vous prêterai des chaussures et un haut plus tard. Je voulais parler de la preuve légale de votre nouvelle identité…

Et elle lui tendit son passeport australien.

- Ça ne marchera pas, je n'ai pas l'accent d'ici, ça ne trompera personne, continua-t-il de se plaindre.

- Il y a une grosse proportion de gens d'origine étrangère ici. Ne vous en faites pas, vous n'avez pas besoin de vous lancer dans une justification de votre généalogie. Ayez l'air naturel, c'est tout.

Résolu à prendre un air naturel malgré son masque de crépi rose et sa moumoute synthétique, Philippe feuilleta le passeport de la jeune femme et s'arrêta net sur sa photo. Une erreur grossière lui sauta tout à coup aux yeux.

- Mais vous êtes blonde sur la photo, et je porte une perruque brune !

- Je suis également blonde dans la vie, au cas où ça vous aurait échappé ! Vous n'avez qu'à dire que vous vous êtes teinte récemment ! Toutes les femmes connaissent un jour ou l'autre l'envie de se voir différentes. Si ce n'est pas assez convaincant, vous pouvez faire de l'œil au gars qui vérifie les passeports, avec l'éclat sensuel que vous donne mon eye-liner, il ne s'en remettra pas...

Il resta interdit un instant devant elle. Leurs demi-sourires respectifs se changèrent en jappements d'hystérie. Entre deux saccades d'un rire compulsif qui les faisait se soutenir l'un l'autre, Philippe lui envoya une remarque qui redoubla son hilarité :

- En tant que femme, je peux me permettre de vous frapper, non ?

UNE ALLURE RECONNAISSABLE

Quelques heures plus tard, l'aéroport Kingsford Smith accueillait une femme à l'allure austère et au visage grave, malgré l'opulence d'un maquillage criard, qui aurait pu la propulser aux premières places d'un concours amateur de peinture abstraite sur modèles vivants...

Elle tenait serré dans sa main un passeport de couleur bleu, sur la couverture duquel apparaissaient les armoiries dorées de l'Australie. La démarche crispée, elle fila droit vers le comptoir d'enregistrement. Elle n'avait obtenu son billet qu'à la dernière minute, mais ce n'était pas là la raison de sa nervosité. Elle jouait un rôle dans lequel elle n'était visiblement pas à son aise. Une fois sa carte d'embarquement émise, elle se dirigea vers la porte numéro huit où elle franchit sans problème le contrôle de sécurité. Là, elle s'assit et attendit le signal annonçant le départ de son vol. Près d'elle, sur le siège voisin, une jeune femme charmante, et pour tout dire d'un style parfaitement opposé au sien, la dévisagea brièvement avant de se remettre à lire son journal. Cela sembla fortement déstabiliser la femme au maquillage forcé, qui lui tourna instantanément le dos. Moins d'une minute plus tard, la jeune femme baissa lentement son journal pour examiner sa voisine de haut en bas. Ce manège la plongea dans un désarroi tel, qu'elle se leva et alla s'asseoir à l'autre bout du hall, où elle trouva une rangée de sièges inoccupés. Mais cela ne sembla pas décourager son assaillante qui la rejoignit quelques instants plus tard et, se tenant debout devant elle, lui demanda avec douceur :

- Philippe, c'est toi ?

- Vous faites erreur, madame, s'entendit-elle répondre d'une voix qui se brisa.

Elle insista :

- Mais si, c'est toi ! J'ose à peine le croire !

Philippe, malgré toute la grâce féminine étudiée qu'il avait manifestée dans son comportement, était reconnu. Il mit un doigt devant sa bouche, invitant ainsi à se taire une Virginie en flagrant délit d'indiscrétion.

- Et dire que tout le monde n'y a vu que du feu, il a fallu que ce soit toi qui me reconnaisse ! fit-il en baissant la tête.

- Penses-tu, ton allure est assez unique pour être identifiable... Il faut dire que, comme déguisement, t'aurais pu trouver mieux, non ? Remarque, la perruque, ça te donne un style, disons, baroque, répondit Virginie, jouant l'ironie.

- Oh ! Ça va ! Les sarcasmes au rabais, tu peux les renvoyer d'où ils viennent ! La faute à qui, si je dois jouer les folles pour quitter ce pays, hein ?

- Je n'avais pas d'autre solution, Philippe. Crois-le ou non, j'ai agi sur ordre de Framard. Nous n'avions plus de tes nouvelles. Cet avis de recherche était le seul moyen à notre disposition pour te voir réapparaître.

- Dans ce cas, vous auriez quand même pu éviter de me balancer aux flics comme suspect numéro un et responsable de la mort de Meursault, ou plutôt de celui qu'ils croient être un certain Ernst Busholz. Qui c'est celui-là, au fait ? demanda Philippe, feignant l'ignorance.

- D'après maître Framard, il s'agirait d'un ancien patient du professeur Cormo. Je n'en sais pas plus pour le moment...

- Encore un chanceux qui a bénéficié des soins de Cormo, dit Philippe, baissant la voix pour se parler à lui-même après que Virginie lui eut confirmé à son insu le témoignage de Daphné.

- Que dis-tu ? L'interrogea Virginie, adoptant encore son ton doucereux, comme si elle avait pris du miel de montagne en intraveineuse tout l'après-midi.

- Non rien... Dis-moi plutôt ce que tu fais ici. Tu prends ce vol jusqu'à Singapour ?

- Je te suis à la trace, mon vieux ! Tu ne trouveras pas l'héritier de Meursault sans que je sois derrière toi pour lui serrer la main. Tu as rencontré le vieux, c'est certain, tu as recueilli des informations fraîches et tu vas me les confier pour que je puisse en faire un rapport complet à Framard.

Philippe eut un rire moqueur.

- Qu'est-ce qui te fait croire que je vais te déballer ce que je sais ? Tu es tellement têtue que tu en deviens naïve ! D'autant plus que je l'ai déjà fait et que ça ne m'a rapporté que des embêtements.

- Tu n'as pas été engagé pour nous faire des cachotteries, alors si tu as du nouveau, parle !

- Mais voyons, ma puce, cette histoire d'embauche, c'est du pipeau. Vous m'avez recruté, soit ; mis au courant de l'héritage, je suis d'accord avec tout ça. Mais vous n'aviez aucun élément tangible jusqu'à ce que je rentre dans la course, n'est-ce pas ? Vous m'avez choisi pour vous déblayer la piste, parce que vous saviez que j'étais honnête et que je ne risquais pas de vous doubler. Mais vous m'avez aussi cru stupide. Tout au moins suffisamment pour qu'une fois le gros du boulot accompli, je vous laisse empocher l'héritage en me contentant d'un pourboire pour couvrir mes frais. Je n'ai aucune sorte de garantie prouvant que la générosité dont fait preuve le notaire dans ses paroles, sera la même une fois que la moitié de l'argent de Meursault sera entre ses mains.

Philippe gardait son sourire éclatant, rehaussé du rouge à lèvres de Daphné, produisant un effet involontaire proche du ridicule, qui ne manqua pas d'exaspérer Virginie. Elle se leva de son siège, lançant un de ses regards furieux dont Philippe avait presque avait presque fini par perdre l'habitude.

- Si tu ne me dis pas tout de suite ce que tu sais et où tu vas, j'appelle le premier policier et je te dénonce comme l'homme qu'il recherche ! Fais ton choix maintenant : tu restes bloqué en Australie jusqu'à ce que tu réussisses à prouver ton innocence dans la défenestration de Meursault, perdant de ce fait tout espoir de toucher l'héritage ; ou tu te confies à moi et nous finissons l'enquête ensemble ! Asséna Virginie sans presque desserrer les dents, un air farouche animant tout son beau visage.

Philippe ferma les yeux un instant. Elle le mettait au pied du mur. S'il se confiait à elle, il le sentait d'instinct, une partie de ses efforts serait anéantie. C'était prendre un trop gros risque. Surtout maintenant qu'il se trouvait si près du but. Il fallait qu'il parvienne à Londres sans éveiller ses soupçons. Une fois qu'il aurait rencontré la mère de l'héritier et qu'il lui aurait appris la bonne nouvelle, il serait plus libre de mettre Virginie dans la confidence, si c'était nécessaire. C'est-à-dire si elle méritait vraiment qu'il lui accorde à nouveau sa confiance.

- Virginie, dit-il doucement en s'approchant d'elle pour lui prendre une main qu'elle lui refusa, crois-moi, c'est pour le mieux si tu ne sais pas tout pour le moment. Les hommes de Cormo n'ont pas hésité à tuer Meursault pour assouvir la vengeance de toute la *Merlion Society*. Tout ce que je peux te dire, c'est que je suis moi-même dans leur ligne de mire. Tu le seras aussi si nous prenons le même chemin. Si ça t'intéresse, sache qu'ils ont déjà failli m'avoir une fois... Et crois bien que je vais résister à l'envie de leur donner une autre occasion.

Une voix suave, sortant d'un haut-parleur placé au-dessus d'eux annonça l'embarquement de leur vol. Celui-ci faisait escale à Singapour avant de rejoindre sa destination finale : Londres. Il restait à Philippe une demi-heure pour convaincre Virginie de le laisser tranquille. Pourtant, il le savait, elle ne le lâcherait plus. Elle avait flairé une piste. Celle justement toute fraîche que se préparait à explorer Philippe. Celle qui l'attendait dans cet appartement d'Old Compton Street à Londres.

Le reste des passagers se dirigea à pas pressés, en une queue serrée et docile, vers le comptoir où, chacun à leur tour, ils exécutèrent le manège intense de la validation des billets.

Seuls Virginie et Philippe restèrent en retrait face à face et campant sur leur position respective. Dix minutes s'étaient déjà écoulées, et le petit jeu des négociations semblait perdu. Virginie s'était sensiblement rapprochée d'un officier de police qui patrouillait dans les allées de l'aéroport. De toute façon, cet agent n'était pas sans avoir remarqué leur attitude singulière au beau milieu du hall. Son regard était rivé sur Philippe qui, dans sa position de travesti, se sentait un rien déstabilisé. Il fit quelques pas dans la direction d'une Virginie immobile comme un roc qui le dévisageait avec son air de défi qui méritait un déluge de baffes ; que Philippe, en état de fureur avancée, n'aurait pas rechigné à lui coller. Préférant cependant remettre la correction à un futur indéterminé, il se contenta de jouer une dernière fois la carte de la conciliation :

- Qu'est-ce que tu veux ? Ma défaite sera aussi la tienne. Retenu ici, je ne serai plus utile à rien. C'est-à-dire à ce qui compte le plus pour toi : l'héritage. Cet argent est déjà aux trois quarts entre les pattes de Cormo. Me laisser les mains libres, c'est une assurance d'éviter le gros gâchis que Framard et toi redoutez depuis des mois.

- Ne me sors pas tes vieilles réclames périmées. Tu te crois à une foire au saucisson ou quoi ? Va vendre tes salades à quelqu'un d'autre ! s'exclama Virginie.

Philippe, n'appréciant guère d'être soudainement comparé à un marchand ambulant, finit par renoncer à l'idée de ramener Virginie à la raison. Il la devança sur le terrain de la délation, en prenant par le bras le policier qui leur rôdait autour. Il lui chuchota quelques mots à l'oreille, et celui-ci vint immédiatement à la rencontre de Virginie. Il lui indiqua poliment le chemin en disant :

- Madame, veuillez me suivre s'il vous plaît. J'ai besoin de vérifier votre identité.

Ses protestations ne firent qu'empirer la situation, car Virginie se retrouva bientôt à la merci de la poigne solide du policier qui la conduisit fermement au poste le plus proche. Ce stratagème donnerait à Philippe le temps d'embarquer. Il fit un signe amical de la main à Virginie lorsqu'elle se retourna vers lui, pleine de rage contenue et bavant des insultes, qui dégoulinèrent de son joli museau par-dessus l'épaule de l'officier qui la poussait devant lui.

Philippe l'avait prise à son propre jeu : il avait suggéré au policier la ressemblance troublante existant entre Virginie et les descriptions concernant le principal suspect de la mort de Busholz. Saisissant au bond l'opportunité de la trouvaille qui lui vaudrait la reconnaissance unanime de ses supérieurs, l'agent n'y avait vu que du feu et s'était avec empressement jeté sur sa proie, avec toute l'avidité de sa soif d'avancement.

Cette supercherie rafraîchissante acheva d'égayer l'humeur de Philippe et lui permit de prendre place à bord de son vol à la dernière minute...

TU ME MANQUES

Après avoir conduit Philippe à l'aéroport, et l'avoir abreuvé d'adieux l'encourageant à la tenir au courant de la progression de son enquête, Daphné s'était précipité sur la première cabine téléphonique. Scrutant les alentours comme quelqu'un qui n'aurait pas aimé être surpris, elle composa à toute vitesse le numéro de son correspondant. À l'autre bout du fil répondit une voix grave :

- Professeur Cormo, j'écoute...

Enfouissant son nez dans le combiné, Daphné se lança dans son explication avec la précision machiavélique d'un espion au service d'une armée ennemie.

- C'est moi, professeur, mission accomplie ! J'ai intercepté Ormandy, et il est en route pour Londres en ce moment. J'ai l'adresse de la mère de l'héritier, Connie. Elle réside au numéro 32 d'*Old Compton Street*.

- Décidément, ma jolie, tu es plus efficace que ces deux incapables ! Une fois de plus, tu ne m'as pas déçu, la félicita Cormo en jubilant de savoir Ormandy sous contrôle.

Daphné, la voix plus douce et comme pris de langueur, s'appuya contre la paroi vitrée de la cabine et murmura :

- Tu me manques… Quand se verra-t-on enfin ?

- Un peu de patience, ma belle. Dès que j'en aurai fini avec ces histoires, je te promets les plus beaux moments que nous ayons jamais passés… Tu comprends, si on ne stoppe pas Ormandy, il mettra tout en œuvre pour s'opposer à la création de l'A.H.M. Tu sais tout ce que ce projet représente pour moi… et pour nous…

- L'argent m'est égal, je vis très bien ici. Le club marche fort, et si tu voulais, tu aurais déjà laissé tomber toutes ces histoires louches pour moi ! dit cette fois Daphné avec une fermeté qui la surprit elle-même.

Le professeur se tut. Il n'avait pas d'argument à lui opposer. Ils s'étaient connus lorsqu'il avait pris en charge les soins de son père, Ernst Busholz, ex-grand argentier de la Merlion Society. Celui-ci était chargé, entre autres responsabilités, de gérer le montage juridico-financier orchestré par Cormo, ainsi que de récolter les sommes des multiples rackets perpétrés par la Merlion Society. Busholz était déjà très malade lorsqu'il avait fait appel à Cormo pour renforcer son traitement contre le cancer. Il n'avait d'ailleurs survécu que peu de temps aux prescriptions musclées de Cormo… Annonçant le décès de son père à Daphné, il en avait profité pour user de son influence afin de consoler la fille unique du financier. Il ne l'avait pas, à proprement parler séduite, mais la solitude et le choc de la disparition avaient laissé la jeune femme sans véritable défense. L'esprit « charitable » de Cormo étant bien connu, il n'hésita pas une seconde à offrir son soutien à Daphné qui, trop heureuse des avantages et de la proximité que lui procurait une telle amitié, s'était peu à peu rendue aux exigences du professeur.

Elle avait bluffé devant Philippe en lui parlant de la disparition de son père. Elle avait connaissance de son décès depuis près d'un an. Mais les réflexions d'Ormandy sur une substitution de la mort de son père avec celle de l'industriel bien connu, Roland Meursault, avaient éveillé chez elle des soupçons inavoués qui ne cessaient de travailler son inconscient. Elle ne pouvait s'en ouvrir directement à Cormo. Ne connaissant que vaguement ses activités et son implication dans la Merlion Society, elle ne pouvait se permettre de laisser apparaître la suspicion qu'avait suscitée chez elle sa rencontre avec Philippe. Pour elle, Cormo était juste un chirurgien incroyablement prospère, qui ne devait sa renommée qu'à sa clientèle internationale et à son indéniable habileté de praticien lui valant d'être sollicité dans le monde entier. Elle inventa donc un prétexte pour en découvrir davantage sur son amant :

- Très bien, puisque tu n'es pas disponible, je viendrai à toi. Je vais laisser le club pour deux semaines. Après tout, j'ai droit à des vacances de temps en temps moi aussi. Je t'appelle dès que je suis à Singapour.

Elle raccrocha, laissant Cormo sur les dents. Il n'avait vraiment pas besoin qu'elle débarque chez lui. Il venait d'envoyer son escouade en tandem qui avait récemment échoué à neutraliser Philippe, pour intercepter ce dernier à son arrivée à Londres. Mais, ayant quitté Sydney quelques heures après lui, ils ne devraient compter que sur la quasi-certitude de pouvoir le trouver au domicile de la mère de l'héritier de Meursault, dont l'adresse leur avait été habilement transmise par Daphné, dévouée à la cause du professeur, bien qu'ignorant ses véritables desseins. Il y avait également Virginie, pouvant revenir d'un jour à l'autre. Il ne voulait rien moins qu'une rencontre entre ses deux maîtresses pour couronner ses ennuis. Il se devait de trouver une parade pour tenir Daphné aussi éloignée que possible de la vérité de sa vie et de ses responsabilités réelles dans la mort de son père...

Daphné, résolue à s'inviter chez Cormo malgré lui, profita de sa présence à l'aéroport pour prendre son billet pour Singapour. Elle devait partir le jour suivant. Le temps de déléguer son emploi du temps des deux prochaines semaines à quelques membres de son personnel, trop heureux de lui prouver enfin leur autonomie, et elle se retrouva à boucler sa valise pour affronter la lourdeur humide de la jungle urbaine de Singapour.

TU EN SAIS TROP

L'avion de Daphné se posa à l'aéroport de Changi le jour suivant. Bien entendu, ayant cédé son passeport à Philippe, elle ne pouvait voyager sous sa vraie identité. Aussi avait-elle eu recours à un stratagème que lui avait enseigné Cormo. Munie d'une copie de l'original ainsi que d'une déclaration de perte signée des autorités administratives australiennes, elle avait passé sans trop de problèmes les services singapouriens de l'immigration.

Elle n'avait jamais mis les pieds à Singapour. S'étant fait promettre par Cormo de lui faire visiter l'île lorsqu'il serait disponible, elle n'avait eu de cesse de le harceler à petit feu pour qu'il la laisse venir. Mais, comme on le sait, Cormo, tout englué dans les méandres de l'affaire Meursault, se trouvait peu en position de recevoir un hôte de la qualité de Daphné qui, les yeux encore pris de sommeil, scrutait l'horizon de verdure qui s'offrait à son regard dès la sortie de l'aéroport, tandis qu'elle montait dans un taxi en lui indiquant la direction de Sentosa.

Sentosa est, on s'en souvient, cet îlot au Sud de Singapour abritant la demeure de Cormo, quartier général de la Merlion Society.

La nuit tombait déjà, claire et diffuse, projetant les reflets de ses ombres tièdes aux pieds des hévéas qui bordaient les routes de l'îlot de Sentosa. Daphné, baissant la vitre du taxi, respira lentement les agréables bouffés de chaleurs humides exhalées par la végétation environnante. Elle avait maintes fois arpenté les grandes étendues sauvages à l'Ouest de la Nouvelle-Galles du Sud en Australie, mais jamais elle n'avait éprouvé cette suffocation enivrante qui colla bientôt sur son front les quelques mèches de cheveux qu'une brise impromptue avait ramenées devant son visage. Elle se sentit peu à peu alanguie sous l'effet de ces vapeurs harassantes, pénétrant en elle comme les émanations d'un alcool flambant.

Tout ce qu'elle voyait autour d'elle lui plaisait. Sentosa, qui avait servi de base militaire aux Britanniques jusqu'en 1967, avait été par la suite aménagée pour accueillir les touristes en mal d'attraction. Le parc de loisirs que l'on y trouve aujourd'hui, malgré son côté artificiel, s'intègre bien au caractère de l'île, qui invite avant tout à la détente...

Cependant, Daphné, elle, n'était rien moins que détendue. Elle ignorait quel accueil lui serait réservé par son amant généreux qui l'avait pourtant négligée ces derniers temps.

La voiture ralentit peu à peu sur la route aux courbes accentuées, jusqu'à ce que la demeure splendide de Cormo se dressât au bout de cette allée coquette et ordonnée qui avait vu, peu de jours auparavant, Virginie et Philippe rejoindre une société huppée au cours de la réception organisée par un hôte plus que jamais attaché à éliminer les nuisances causées par l'intervention de Philippe...

Depuis le temps, rien n'avait changé ici. Les hautes grilles se dressaient toujours agrippées à l'enceinte entourant la propriété. Sans avoir le choix, le taxi laissa Daphné, puis redémarra doucement pour s'enfoncer dans l'épaisseur sombre de la flore recouvrant les environs. Elle sonna et, ne recevant aucune réponse, s'engagea sur le sentier, au-devant des grilles, qui s'écartèrent silencieusement sur son passage. Regardant un instant derrière elle, elle les vit se refermer sans un bruit. Elle continua d'avancer, fixant la porte d'entrée qui s'était mystérieusement ouverte sur Philippe lors de sa première visite en ces lieux, et qui s'ouvrit pour elle également. Elle ne distinguait personne dans l'obscurité qui régnait dans tout le jardin. Seule une lampe incurvée tournait sa lumière tamisée vers la façade. Daphné avait à peine pénétré à l'intérieur, que la porte se referma dans un claquement sec qui la fit sursauter.

- Le professeur vous attend dans son bureau, mademoiselle, entendit-elle soudain derrière elle.

Un majordome sorti de nulle part lui montra alors le chemin d'un air grave, en la précédant. Ils traversèrent en silence la maison qui semblait déserte. Ils mirent trois bonnes minutes à atteindre le bureau de Cormo, situé dans l'aile Nord. Après lui avoir ouvert la porte, le majordome s'effaça, et elle se retrouva dans la pièce de travail du professeur, face à Cormo lui-même, assis le dos tourné à l'unique fenêtre du lieu. Il mit moins d'une demi-seconde pour se jeter sur elle en la prenant dans ses bras.

- Alors, te voilà ! Quelle caboche, toi, quand tu veux quelque chose ! S'exclama-t-il.

- Je suis comme toi, quand je veux quelque chose, je me précipite dessus, lui répondit-elle, un sourire un peu crispé tordant ses lèvres délicieusement charnues que le professeur couvrit de baisers.

- Mais je suis très heureux de te voir ici ! Viens ne restons pas là ! Viens dans le salon ! L'invita-t-il en la prenant par la main.

- Lequel ? Il doit y en avoir au moins une demi-douzaine ici, non ? S'esclaffa Daphné.

- Tu vois, je ne t'avais pas menti. Que penses-tu de cet endroit ? Magnifique, non ? demanda Cormo, l'œil plein de fierté.

- Oui, tu ne m'avais pas menti à propos de la maison...

- Que veux-tu dire ?

Cormo s'était arrêté et il avait pris la tête de Daphné dans ses deux mains. Il la regardait dans les yeux, y cherchant visiblement un appui solide pour poursuivre la duperie dont elle était l'objet. Mais son examen resta infructueux. Essayant une fois encore d'user de son pouvoir sur elle, il ne parvint même pas à l'impressionner. Elle était venue pour se rapprocher d'une vérité confuse dont elle avait soif depuis des mois, depuis la mort de son père. Cette démarche lui donnait un courage et une légitimité, contre laquelle les manœuvres de Cormo ne pouvaient plus rien. Il répéta une fois encore :

- Que veux-tu dire ?

- Que j'en ai assez de me contenter de la version aseptisée. Qu'est-il arrivé à mon père ?

- Mais enfin, tu le sais bien. Je ne t'ai jamais rien caché à son sujet. Il est décédé suite à sa maladie. Un cancer comme le sien, en phase si avancée, laisse malheureusement peu d'espoir, même en ayant recours aux techniques les plus évoluées, dont je n'ai certes pas hésité à faire usage…

- Écoute, tes sornettes, cette fois-ci, moi, j'en ai marre ! Je veux la vérité, tu comprends ? !

Elle criait presque, et les quelques larmes qui apparurent au bord de ses jolis yeux, étaient autant dues à son désarroi qu'à la rage profonde provoquée par les paroles pleines de tromperie de l'homme qu'elle croyait aimer. Elle continua sur un ton qui indiquait clairement son intention de ne pas être interrompue par une autre salve hypocrite dont Cormo avait le secret :

- J'ai rencontré Philippe Ormandy, l'homme que tu m'as demandé d'intercepter. Il m'a fait comprendre qu'une méprise est à l'origine du décès de mon père. Sa mort ayant servi à couvrir celle d'un industriel très riche dont le testament n'a, semble-t-il, pas mis tout le monde d'accord. Sais-tu que ce même homme a été retrouvé il y a peu au bas de son immeuble, vraisemblablement à la suite d'une défenestration ? Au dire d'Ormandy, on l'aurait aidé à tomber… Il y a plus : la presse locale a mentionné le nom de mon père pour l'identifier. As-tu une explication plausible à me fournir pour tout ça ? Si je te disais tout ce que j'ai appris et la manière dont tu es impliqué dans la course à cet héritage, je ne pense pas que ça te ferait tellement plaisir d'entendre la manière dont ce Philippe m'a parlé de toi…

Cormo claqua la porte de son bureau et tourna deux fois la clef dans la serrure avant de la mettre dans sa poche. Il poussa Daphné des deux mains avec violence. Elle n'évita la chute qu'en heurtant le bord du bureau qui la retint douloureusement.

- Cet Ormandy est un imposteur, il n'en a qu'après l'héritage et rien d'autre. Peu importe ce qu'il t'a raconté, ça ne compte plus maintenant. Ton sort n'est plus entre mes mains. Tu en sais trop, murmura Cormo en lui jetant un regard fixe trahissant sa surprise et son ressentiment. J'aurai dû me douter que tout contact avec Ormandy serait nuisible, ajouta-t-il pour lui-même.

- J'ai compris, grâce à lui, le genre d'homme que tu es, répondit Daphné d'une voix calme, comme s'ils s'étaient effectivement trouvés dans le salon où le professeur avait renoncé à la conduire.

Cormo, lui, perdit son flegme habituel et se défendit avec emportement :

- Et quel genre d'homme crois-tu qu'il soit, lui ? Hein, dis-moi ! Il est comme tous les autres. Une somme d'argent énorme est en jeu, et il a risqué sa vie pour protéger des informations qui peuvent faire ma ruine !

- Il n'en veut pas seulement à l'argent, il veut tenir une promesse qu'il a faite à un homme mourant.

- Ce ne sont que des contes pour enfants dont il t'a abreuvée pour endormir ta méfiance ! Daphné, comprends-moi, les intérêts de cette affaire nous dépassent tous deux de bien loin. Je ne suis pas libre, mais je peux te couvrir et te permettre d'échapper à cette histoire de fous avant qu'il ne soit trop tard…

- Je ne veux plus rien de toi, laisse-moi sortir d'ici, c'est tout ce que je te demande, lui répondit Daphné à mi-chemin d'une imploration qui dévoilait sa crainte de se trouver à la merci de Cormo.

- Comme je te l'ai dit, cette décision ne m'appartient plus. Les membres du conseil décideront s'il est salutaire pour notre organisation de te laisser aller.

Cette fois, la peur grandissante qui se manifestait peu à peu, finit de s'emparer d'elle, et Daphné, plus craintive mais résolue que jamais, décida de jouer le jeu de Cormo. Juste le temps de trouver une issue possible à sa situation délicate.

- À quel genre de sort dois-je m'attendre ? Tu as le pouvoir de décider, alors pourquoi te plains-tu ? lui demanda-t-elle, toujours très maîtresse d'elle-même.

- Tu ne comprends pas… C'est faux, je n'ai pas tous les pouvoirs ici. Eux seuls décident, mais j'ai ma place parmi eux et je ne veux pas la perdre parce que tu es venue ici le crâne gonflé par les boniments d'Ormandy.

- Mais alors qui dirige ce beau monde ? S'étonna Daphné.

- Tais-toi, inconsciente ! C'est bien le genre de question qu'il faut éviter de poser par ici ! Je ne peux pas te laisser partir, je regrette…

Il se détourna d'elle un instant et, à la faveur d'un mouvement aussi vif que surprenant, il vaporisa un puissant soporifique juste sous le nez de Daphné, qui sombra aussitôt dans un sommeil profond auquel les bras de Cormo fournirent, juste à temps, un soutien indispensable…

Un beau visage ne vieillit jamais

Traversant la passerelle qui le conduisait dans un couloir de Heathrow, le gigantesque aéroport londonien, Philippe eut droit à un frisson spécial lorsqu'il fut interrogé par deux officiers de police postés à l'arrivée de son vol. Ils lui demandèrent s'il ne connaissait pas un certain Philippe Ormandy qui, selon un témoignage recueilli en Australie par les autorités de Sydney, était censé se trouver à bord de l'appareil. Il nia avec le plus grand naturel et acheva d'anéantir tout soupçon en exhibant le passeport de Daphné au nez et à la barbe de nos agents anglais - peu perspicaces, il va sans dire - qui eurent tôt fait d'orienter leurs investigations sur un suspect plus probable. Ce fut heureux pour Philippe qui se lassait déjà de son rôle de travesti. Aussi profita-t-il d'un passage aux toilettes de l'aéroport, pour se débarrasser de sa double identité. Il ne manifesta aucun regret lorsqu'il enfourna sa perruque au fond de la poubelle…

Sa première vision de la banlieue de Londres, qu'il n'avait pas vue depuis fort longtemps, le détermina à revenir le plus tôt possible et dans de meilleures conditions, pour goûter aux charmes attrayants de la verte campagne anglaise. Le « cab » noir dans lequel il avait pris place dès sa sortie de l'aéroport tentaculaire -exercice auquel il n'avait pas consacré plus d'une trentaine de minutes, un record...- longeait à présent la berge Nord de la Tamise. Cette impression d'étendue urbaine infinie qui caractérise les grandes métropoles, est en quelque sorte décuplée en ce qui concerne le Londres d'aujourd'hui. Ce qui faisait dire dès 1604 à Thomas Miles : « Tous nos ruisseaux vont à une seule rivière, toutes nos rivières courent à un seul port, tous nos ports touchent à une seule ville, toutes nos villes ne font qu'une cité, et toutes nos cités et faubourgs qu'une seule vaste Babel de construction encombrante et désordonnée, que le monde nomme Londres. »

Cependant, ce spectacle animé que Chaplin lui-même qualifiait de profondément humain, se déroulait devant les yeux captivés de Philippe : cette agitation intense, cette masse tourbillonnante d'êtres aux intérêts croisés, qui défilaient sans se voir, à la manière de soldats aveugles qui appartiennent cependant à la même compagnie, ce fleuve vivant qui charriait dans ses rues toutes les souffrances, les luttes et les expériences de l'existence moderne, concourrait à porter le témoignage alerte et plein de santé du quotidien intense qui se déroulait ici à l'infini. Philippe, lui, se sentait plutôt à l'aise au milieu de cette faune à la sauvagerie distinguée, aux appétits civilisés, à laquelle il aurait bien voulu se mêler le temps d'une déambulation insolite et sans but qui l'aurait conduit, comme autrefois, près de ces quartiers reculés du vieux Londres, qu'il appréciait tant pour leur facture moyenâgeuse inchangée. Mais il n'avait guère le temps de penser à flâner, alors que la mère de l'héritier se trouvait à quelques rues de lui. Qui sait si le légataire lui-même ne se trouvait pas à ses côtés... Cette éventualité lui aurait évidemment bien facilité les choses, et abrégé définitivement son inquiétude d'avoir vu son signalement transmis aux services de recherche de Scotland Yard. Pour le moment, le « cab » stylé, aux allures de voiture pour gangster en tournée de bienfaisance, s'arrêta sous les fenêtres d'un immeuble de l'Old Compton Street. Au pied de ce bâtiment historique du quartier de Soho, Philippe eut un mouvement de recul. Il regarda de tous côtés, se demandant s'il n'avait pas été suivi. Les deux tatoués le croyaient mort, il en était certain, mais il ne voulait pas laisser de côté l'éventualité extraordinaire qu'ils aient pu retrouver sa trace de l'autre côté du globe. On n'est jamais trop prudent, se disait-il, tenaillé par une intuition contraire qui lui faisait regretter son impatience de rencontrer Connie, l'ancien amour de Roland Meursault.

Il la trouva sur le seuil de son appartement, vêtu simplement d'un sarong et d'un t-shirt. Il sut instantanément qu'il s'agissait d'elle, son regard profond et gracieux le dévisagea un instant et elle sourit sans savoir quel était ce visiteur qui lui demanda avec vivacité :

- Are you Connie Xnan Tseu ?

Elle acquiesça d'un signe de la tête et l'invita à l'intérieur en refermant la porte derrière lui.

- Comment connaissez-vous mon vrai nom ? demanda-t-elle sans néanmoins trahir la moindre surprise.

Philippe ne savait pas par quoi commencer, il était si heureux de voir devant lui en chair et en os celle qui avait le pouvoir de résoudre l'équation de l'héritage de Meursault, qu'il garda le silence un instant, examinant la femme qui se trouvait à quelque pas de lui. Elle respecta semble-t-il ce silence, en l'invitant à prendre place sur le sofa du salon que Philippe avait traversé comme un somnambule, sans prêter la moindre attention à ce qui l'entourait. Connie était une femme d'âge mûr mais au charme pour tout dire demeuré intact, car l'expression qui animait son visage fin, empreinte de cette sérénité, de cette élégance contenue typiquement asiatique, l'avait en quelque sorte préservé des marques du temps et fit tout à coup songer à Philippe, qu'un beau visage ne vieillit jamais. Il y avait en elle le calme et la distinction de ceux qui ont laissé derrière eux tous les motifs inquiétants d'une vie éprouvée, comme l'avait cependant été la sienne. Le souvenir de Roland Meursault traversa l'esprit de Philippe et involontairement, il ne put s'empêcher de les réunir tous deux, l'espace d'un épanchement de son imagination, en se disant que le sort lui avait confié une tâche bien ingrate, en le faisant le messager désolé qui avait le devoir de lui apprendre le décès de son ancien amant.

- Voilà, commença-t-il abruptement, c'est au sujet de Roland Meursault.

Il vit Connie tressaillir et son sourire se crisper, restant suspendu en l'air comme la note trop haute d'un instrument désaccordé.

- Est-il à Londres ? S'empressa-t-elle de demander à un Philippe peinant à trouver le courage de lui apprendre le véritable motif de sa présence ici.

- Non, répondit-il en hésitant, il n'a pas pu se déplacer… a vrai dire, il m'a envoyé pour vous remettre ceci.

Il lui tendit la lettre de Meursault, songeant qu'il s'agissait des dernières nouvelles qu'elle ne recevrait jamais de lui. Voyant qu'elle examinait l'état de l'enveloppe, il la rassura :

- Ne vous en faîtes pas, cette lettre n'a jamais été ouverte. J'y ai personnellement veillé. C'est juste un court séjour dans l'eau qui l'a mise dans cet état…

Elle ouvrit d'un geste nerveux l'enveloppe et lut à mi-voix, tandis que la voix sépulcrale du disparu résonnait aux oreilles de Philippe :

MAINTENANT QUE JE T'AI RETROUVÉE…

*C*es mots sur ce papier que je touche et que tu toucheras à ton tour lorsqu'ils atteindront tes beaux yeux, sont comme une promesse que je voudrais te faire. Une dernière au présent pour conjurer celles que je n'ai pas tenues au passé… mais laissons ce qui appartient au passé reposer auprès de ces années d'absences qui nous ont séparés. Si je t'écris aujourd'hui, c'est pour te parler de l'avenir. Du tien, du mien et plus important encore, de celui de notre enfant. Je vous ai perdu tous deux et cette ombre de chagrin plane sur ma vie, telle une zone obscure sur un tableau, pour me rappeler les devoirs auxquels j'ai manqué. Car de toutes les choses qui affleurent à la surface de ma mémoire en sommeil, pour lui susurrer des regrets trop encombrants pour être écartés sans peine, ton souvenir demeure le bonheur tendre et indélébile qui colore mes vieux jours.*

Je suis malade Connie, sans cela et la folie sans doute aidant, je serais déjà à Londres à tes côtés. Je ne suis, crois-moi, plus attaché à grand-chose. Mais l'idée de te revoir toi et notre petit, comblerait au-delà du possible mes espérances, si je ne les avais pas déjà tant épuisées à retrouver ta trace…

Je ne suis pas sans savoir comme toutes ces années sans mon soutien ont dû être dures pour toi. Il n'y a pas de réparation suffisante pour se hisser à la hauteur des soins que je voudrais te prodiguer, pour endiguer le moindre ressentiment que la survivance du bonheur que je t'ai refusé, il y a longtemps déjà, te force encore à éprouver. L'avenir dont je te parlais plus haut ; la mort m'en grignote chaque jour un peu plus le passage, pour le recouvrir de sa nuit effrayante vers laquelle je me sens comme aspiré. Mais je ne partirai pas en laissant passer ma chance de contribuer à ton bien être et à celui de notre fils. La fortune qui est mienne, je veux qu'elle soit à présent vôtre. J'ai consacré ma vie à faire fructifier ce capital que je vous lègue aujourd'hui. Un tel patrimoine est suffisant pour vous permettre de vivre le restant de vos jours dans l'opulence.

Il y a de nombreuses propriétés que je te conseille de vendre, si tu n'es pas disposée à voyager ou si tu manques de disponibilité pour t'en occuper avec attention. En revanche, je te recommande de conserver le manoir de Branson dans la banlieue de Londres, si tu souhaites - comme je le crois- définitivement t'établir en Angleterre. C'est une maison très agréable que j'ai rénovée en l'équipant de tout le confort moderne. Le parc est délicieusement ombragé. C'est un véritable havre de fraîcheur l'été et ses allées dénudées aux haies gorgées d'humidité, offrent de bien agréables promenades en hiver. C'est un endroit dans lequel j'ai beaucoup vécu lors de mes séjours en Grande-Bretagne et tu y trouveras de ce fait, pas mal de d'objets et de livres dont tu disposeras comme bon te semblera.

J'ai été contraint, sur les conseils d'un ami, chirurgien de grand talent qui a pris en charge mes soins, de différer mon voyage jusqu'à toi. Sois certaine que dès que ma santé le permettra, je saurais être au rendez-vous que le destin a pris pour nous en me permettant de te retrouver...

Elle s'interrompit soudain, en jetant un œil sur Philippe qui écoutait, songeur, les dernières paroles écrites de Meursault en essayant d'amener la mauvaise nouvelle dont il était porteur. Connie lui tendit le feuillet sur lequel elle avait interrompu sa lecture. Il le parcourut un instant et à mesure que sa perplexité augmentait, il devint plus grave, se renfermant sur lui-même. Faisant suite à la lettre personnelle que Meursault avait destinée à Connie, un feuillet supplémentaire y était inséré comme une intrusion légale au sein de la tendresse déchirante de ce courrier. En termes précis et sobre, y étaient consignées les nouvelles conditions du testament de Meursault...

- Ce document est de la plus grande importance, permettez-moi de le conserver avec moi Connie, dit-il enfin.

- Oui, bien sûr, s'empressa-t-elle de répondre avec émotion. Alors, il va venir, c'est merveilleux, s'enjoua-t-elle aussitôt. Philippe évita son regard. C'est tellement merveilleux répéta-t-elle une fois encore.

Il plia le feuillet et le rangea soigneusement dans son portefeuille. Ce n'était pas le moment de lui apprendre la mort de Meursault. Mais il avait tellement besoin de lui poser des questions. Ne serait-ce que pour en finir avec cette histoire, qui à la vue du contenu du feuillet, ne le concernait presque plus...

- Écoutez Connie, se lança-t-il un peu troublé, je dois vous demander quelques éclaircissement quant à votre vie et à celle de votre fils bien entendu... Je n'ai aucun droit de vous interroger mais je suis ici pour remplir les volontés - d'un défunt songea-t-il- d'un ami en fait, prononça-t-il en hésitant. Alors si vous pouviez me renseigner, je serai plus à même de faire accélérer les choses, vous comprenez ?

Connie s'était visiblement assombrie.

- Roland veut des informations sur son fils ? Mais je ne suis pas en mesure de lui en fournir une seule... je ne l'ai pas vu depuis presque vingt ans ! S'exclama-t-elle.

Philippe encaissa le coup comme un punch du gauche auquel on ne s'attend pas.

- Attendez, attendez, dit-il, vous voulez dire que votre fils n'est pas avec vous, à Londres ? Il ne vit pas ici ?

- Ah ça bien sûr que non ! dit-elle avec étonnement. Je comprends… il pensait qu'en me retrouvant, il trouverait aussi son fils…

- Oui, c'est à peu près ça, insista Philippe ayant du mal à contenir son dépit.

- Je suis désolé monsieur, j'ai dû laisser mon fils derrière moi il y a si longtemps déjà ; mon dieu ! Elle enfoui son visage dans ses mains sèches et fines, qui enchevêtrèrent sa tristesse comme les branches en désordre d'un arbre mourant, venant s'abattre dans le lit d'un fleuve.

- Mais enfin, cet enfant où est-il ? s'écria Philippe.

- C'est une longue histoire, qui se confond un peu avec la mienne. À la suite de ma rupture avec Roland, je n'avais nulle part où aller. Je suis retourné chez ma mère, mais j'étais déjà enceinte de plusieurs mois lorsqu'elle me recueillit chez elle, et c'est une situation que nous ne tolérons pas facilement chez nous, vous savez. Bref, je ne pouvais compter que sur moi et j'étais absolument sans ressource. Aussi, à la faveur du départ d'une amie pour la Thaïlande, je décidais de la suivre en me disant que je pourrais mener une autre vie et elle m'avait d'ailleurs promis un travail sûr. Mais je compris bientôt de quoi il s'agissait, elle faisait partie d'un groupe de filles en partance pour Bangkok afin d'alimenter un club de massage qui s'avérait n'être qu'une maison de tolérance huppé ; un de ces fameux *àap op nûat* (bain vapeur-massage) qui pullulent dans la cité des anges. Croyez-moi, je n'avais pas le choix à l'époque et c'est ainsi que je me suis retrouvée faisant partie de la communauté féminine gérant le complexe de plaisir, connu à l'époque sous le nom de *Phâasîn*. Bien entendu, je ne fus pas obligé de « travailler »

dès mon arrivée à Bangkok mais en revanche, les frais
engagés à ma subsistance, ainsi que les soins nécessaire au
bon déroulement de ma grossesse, me mirent en devoir de
rembourser mes hôtes dès que mon état le permettrait.
Fàràng, mon fils, vint au monde deux mois plus tard.
Imaginez ma situation, coincée dans un pays qui m'était
étranger et avec un enfant à élever qui plus est... Après des
mois de cette vie misérable et avilissante, ayant dû
commencer à « œuvrer » aux côtés des filles de la maison, je
ne songeais plus qu'à fuir. Mais il me fallait assez d'argent
pour organiser mon départ. Si ma tentative échouait, j'aurais
été promise à un sort de paria. Déjà, mon refus de travailler
certains jours à cause de mon bébé, commençait d'être mal
vu. Je simulais aussi quelquefois la maladie pour échapper à
des clients qui me malmenaient. De plus en plus isolée au
sein de la maison, j'étais résolue à partir à la première
occasion. Ayant économisé la somme d'un billet de train
jusqu'à Hat Yai, près de la frontière malaise, je me résignais à
abandonner Fàràng, espérant qu'il serait mieux traité que je
ne l'avais été... Je n'avais pas le choix, il n'était pas question
pour moi d'emmener un nouveau-né pour un trajet si long.
L'avenir me donna raison. Le voyage pour rejoindre Hat Yai,
à quelques 933 kilomètres de Bangkok, fut des plus
éprouvants et je ne regrettais pas alors d'avoir laissé mon
enfant. Mais par la suite, ce fut une autre histoire. Je passais
plusieurs années en Malaisie avant de rejoindre Singapour où
je pus réintégrer ma famille. J'avais traversé une terrible
expérience dont je voulais tout oublier. Mais le souvenir d'un
être qu'on abandonne n'est pas de ceux auxquels on échappe
facilement. Je repris des études et décrochais un diplôme de
tourisme qui me permit de travailler dans divers hôtels de
Singapour, avant de rejoindre un département de
l'ambassade Britannique où je passais plus de quinze ans.
Puis, la demande que j'avais formulée d'être transférée à
Londres à l'ambassade de Singapour, me fut enfin accordée,
il y a deux ans. C'est d'ailleurs grâce à cette démarche que les
informateurs de Roland m'ont retrouvée. Je ne suis jamais

retournée à Bangkok, par crainte sans doute, que l'enfant que j'y avais laissé ne puisse me reconnaître. Il a dû grandir auprès de Sin Yee, l'amie m'ayant entraînée dans cette histoire. Elle voulait quitter Singapour depuis qu'elle était toute petite, une sacré fêlée celle-là quand j'y pense...

Une impression flamboyante de luminosité venait de s'abattre sur Philippe.

- Vous voulez dire, Sin Yee, une femme aux lèvres serrées, avec un air pincé et diablement sexy à la fois, et des seins magnifiques ? Sin Yee, l'agent d'Interpol en mission à Singapour pour démembrer la *Merlion Society* ? Asséna-t-il à toute vitesse.

Son charabia ne faisait manifestement aucun effet sur Connie.

- Il y a beaucoup de Sin Yee à Singapour, lui répondit-elle.

- Avouez que la coïncidence serait extraordinaire... Ainsi cette amie, selon vous, aurait pris en charge vôtre fils lorsque vous avez quitté la Thaïlande ?

- Je lui ai laissé une lettre lui expliquant les motifs qui me poussaient à partir. Je pense qu'elle ne l'a pas abandonné et s'est même sentit responsable. C'est un peu ridicule de ma part de compter sur le sens des responsabilités de quelqu'un d'autre, moi qui ai renoncé à prendre mon enfant en charge...

- Non, je comprends, dit Philippe après un silence. Alors, sur cet enfant vous ne pouvez rien m'apprendre de plus ?

- Hélas, si j'avais pu moi-même faire quoi que ce soit pour le retrouver... Il s'est écoulé pas mal d'années avant que je ne sois en mesure de pouvoir entreprendre à nouveau le voyage à Bangkok, mais lorsque j'en eus les moyens, je renonçais par crainte et aussi par honte, je dois l'avouer...

- Il n'est jamais trop tard ! Pourquoi renoncer à revoir celui qui vous doit la vie ?

- C'est bien là tout ce qu'il me doit, j'en ai peur. Non, je ne sais pas si cela serait une bonne chose, pour moi comme pour lui, d'ailleurs.

- Mais, et l'héritage ? S'écria tout à coup Philippe.

Il s'en voulut aussitôt.

- Peut-être que lorsque je verrais Roland, il saura me convaincre. Oui, nous pourrions aller là-bas et je lui montrerais où j'ai vécu... quelle folie de l'avoir quitté n'est-ce pas ? Que ne ferait-on pas lorsqu'on est jeune ! Mais pour notre malheur et parfois celui des êtres qui nous entourent, on ignore l'essentiel. Moi aussi, je ne savais pas ce qui comptait alors le plus à cette époque. Cela m'a coûté très cher... l'amour d'un homme n'a pas de prix auquel on puisse le racheter, une fois qu'on a subi sa perte.

Philippe pensa subitement que lorsqu'elle reverrait Meursault, elle ne serait plus en état d'aller nulle part...

- Connie, je suis désolé, je n'ai que très peu de temps, je dois malheureusement vous laisser... articula Philippe, essayant de prendre congé.

Il aurait voulu la convaincre de tout tenter pour retrouver son fils perdu, mais il sentait que de tels propos étaient vains et resteraient incompris. Sa marge de manœuvre était une fois de plus réduite. De surcroît, venant gâter son entretien tant attendu avec la mère de l'héritier, une impression de malaise le tiraillait. Il se demandait si les deux tatoués n'étaient pas dans le coin, en train de l'épier, à l'affût eux aussi de la moindre info qui eut pu définitivement leur permettre de le doubler pour de bon.

Ils étaient là, il le sentait dans chacun des grains de son épiderme. Une fragrance diffuse et subtile aux senteurs de mort emplissait la pièce. Ils allaient surgir, il ne savait pas davantage d'où qu'à l'accoutumée, mais cette fatale certitude l'obsédait, car il se savait également impuissant à protéger la mère ; pas plus qu'il n'avait été en mesure de sauver le père, quand ces diables avaient décidé d'en finir avec le pauvre homme.

- Attendez, reprit Connie ; je ne vous ai rien offert à boire. C'est que j'attends mon lait, ce matin. Je ne sais pas ce qu'ils font, c'est pourtant l'heure...

Moins d'une minute après ses récriminations, la sonnerie retentissante invita Connie à ouvrir la porte. La voyant se diriger dans l'entrée, Philippe la stoppa.

- N'ouvrez pas la porte ! s'écria-t-il.

- Mais enfin, pourquoi ? répondit Connie interdite.

Et elle entrouvrit doucement sa porte d'entrée sur deux livreurs qui la saluèrent. Elle signa le bon d'achat et empoigna les deux bouteilles de lait en les remerciant de leur ponctualité. Philippe, de son sofa dissimulant à sa vue une grande partie du vestibule, ne vit rien du haut du poignet du livreur qui tendit les bouteilles à Connie, toute pressée de recevoir son lait matinal. Il ne put, de ce fait, apercevoir le Merlion tatoué qui lui descendait jusque sur la main...

Connie s'en fut un instant dans la cuisine.

- Que pensez-vous d'un chocolat chaud pour contrer le mauvais temps de Londres ? Dit-elle avec enjouement en élevant la voix à l'intention de Philippe toujours enfoncé dans le canapé du salon, perdu au milieu de ses craintes indéfectibles.

- Ça sera très bien, merci… répliqua-t-il évasivement.

Plusieurs minutes s'écoulèrent, au cours desquelles il tentait de remettre un peu d'ordre dans le cours de ses pensées troublées par la teneur surprenante que les évènements venaient de prendre. Non seulement l'héritier n'était pas à Londres ; mais il n'avait jamais suivi sa mère plus loin que le pays dans lequel il était venu au monde, c'est-à-dire la Thaïlande. Il y avait donc de grande chance que cet orphelin se soit complètement évaporé dans la nature. Jamais il ne pourrait remonter la piste qui conduirait à lui. Tout au moins pas dans les deux semaines qui lui restaient avant l'expiration du délai testamentaire. Puis il y avait ce feuillet comprit dans la lettre adressé à Connie. Philippe le relut un instant et son désarroi s'accentua. Il y avait là-dedans, de quoi décourager tout le monde de courir après l'héritier de Meursault. Framard, Virginie et Cormo lui-même ! Il avait le pouvoir d'utiliser ce document pour suspendre la ruée mercantile de tout ce beau monde, y compris lui… Restait à savoir s'il ferait une telle folie. Cependant, il se mettait étrangement à rêver, à être animé d'une énergie féroce lui soufflant que tout était encore possible, qu'il lui suffisait de se rendre à Bangkok, de jeter un œil dans le registre des naissances pour retracer l'histoire et le parcours de l'héritier -à supposer que celui-ci soit resté dans la légalité- jusqu'à ce qu'il l'intercepte enfin ! Oui, il lui fallait partir et tout de suite. Il appela :

- Connie ! Connie, laissez tomber le chocolat, vous êtes gentille mais je dois y aller, prenez soin de vous, je vous contacterai…

Disant cela, n'obtenant pas de réponse, il se dirigea dans la cuisine.

Connie Xnan Tseu gisait sur le ventre, la tête tournée de côté, une grimace horrible et silencieuse déformant son visage. Près d'elle, une tasse de chocolat renversé dont le liquide échappé, ainsi que celui rendu par la bouche de la pauvre femme, s'étalait en une flaque brunâtre. Sur le bord de la table de la cuisine, une bouteille de lait débouchée, acheva de compléter le tableau de l'empoisonnement de Connie.

Philippe s'empara de la bouteille de lait et la renifla un instant mais ne put rien déceler. Il courut à la fenêtre, voir si les livreurs se trouvaient encore aux alentours. Peine perdue. Il avait envie de hurler et se rua sur la porte d'entrée pour vider les lieux au plus vite. Malheureusement, ce fut pour atterrir presque dans les bras de l'officier de police londonien qui, l'arme au poing faisait irruption dans l'appartement de la défunte.

- Police ! Reculez ! Hurla-t-il à la face de Philippe complètement dépassé, lui brandissant sous le nez son pistolet automatique.

Philippe fit trois pas en arrière et percuta le sofa sur son chemin. Un salto et une pirouette maladroite plus tard pour reprendre son équilibre, et il se retrouva à quatre pattes aux pieds des trois policiers qui avaient investi la place. L'un d'eux le prit par les cheveux. Philippe eut le temps de méditer quelques instants sur le savant motif qui ornait le tapis du salon, avant de se redresser sous l'invitation brutale qui malmena son cuir chevelu. Il ne mit que peu de temps à comprendre dans quelle sorte de guêpier on l'avait entraîné. Les lurons de la Merlion Society avaient encore frappé, mais cette fois-ci pour s'assurer le concours d'une personne efficace, ils avaient opté pour sa participation gratuite à la farce macabre grâce à laquelle, Connie, la mère, le seul lien vivant vers l'héritier restant, avait été forcée de finir son chocolat chaud dans un autre monde... Cette fois, le chapeau était encore plus facile à lui faire porter qu'avec Meursault. Pour commencer, ses empreintes se trouvaient sur la bouteille de lait ayant probablement contenu le breuvage mortel. Une question cependant le taraudait. Comment la police avait-elle pu se trouver sur les lieux aussi rapidement ? Il n'y voyait en définitive, qu'une initiative habile de la Merlion Society pour accélérer son implication et sa ruine.

Philippe prit également le temps de se poser une question supplémentaire, d'une importance au moins égale : comment échapper à trois policiers armés qui vous tiennent en joue et sont sur le point de vous passer le genre de bracelets de luxe apprécié des sadomasochistes en pleine réjouissance ? Heureusement, la réponse se présenta à lui sans délai. Il pivota violemment, envoyant valser sur le côté le brigadier avide de caresses, et se précipita sur la fenêtre les pieds en avant. Elle céda aussi bien que la baie de l'immeuble de Meursault à Sydney. Sauf que l'appartement de Connie était situé au premier étage. Ce détail, permit à Philippe de poursuivre sa nouvelle carrière de cascadeur, par une course effrénée dans les rues adjacentes de la capitale anglaise. Il prit à droite à l'angle de *Greek Street* et se retrouva sur *Shaftesbury Avenue*, évitant les klaxons et les beuglements peu flegmatiques des automobilistes, il s'engagea sur *Charing Cross road* jusqu'à la tube station de *Leicester Square*. La perspective ouverte par *King Street*, lui laissa apercevoir les toits au style antique du marché de *Covent Garden*. Il se mêla à la cohue flânant autour des étals, et se réfugia pour finir sous l'ombre d'un porche d'*Henrietta street*. Une fine pluie envoya ses gouttes tapoter le rebord des échoppes, donnant à Philippe le motif mélancolique sur lequel sa mémoire dessina le beau visage de Connie, gisant chez elle, à jamais figé dans la dernière expression de douleur qui l'avait emportée…

NOUS SOMMES CUITES…

L a transpiration dévalait le dos de Daphné comme une charge accablante dont elle ne pouvait se défaire. Elle ignorait combien de temps elle avait sommeillé ainsi, étendue sur ce sol grisâtre de pierres humides, les bras devant elle, reposant comme un nénuphar près d'éclore sur son marécage à la vase grouillante. Elle se releva enfin et, clignant des yeux, regarda autour d'elle. La pièce dans laquelle elle se trouvait, une sorte de cave malodorante et sombre, n'était guère plus grande qu'un réduit aménagé en cellule d'isolement pour intrus dérangeant, comme c'était la vocation de ce cloaque où régnait une chaleur à peine supportable. Elle reprenait peu à peu conscience, revenant au souvenir du professeur Cormo et de leur entretien récent. Si le but de sa visite à Singapour était d'être fixée sur les intentions réelles de Cormo à son égard, elle ne pouvait qu'être déçue d'avoir enfin compris qu'elle ne comptait pas plus pour lui que le pauvre homme dégringolé de sa terrasse, dont elle peinait à se rappeler le nom…

Elle ramena ses cheveux en arrière, lorsqu'une voix surgit derrière elle :

- Ah, vous émergez enfin !

Celle qui avait parlé ainsi, puisqu'il s'agissait d'une femme, avança soudain dans la raie timide de lumière filtrant au travers de la grille d'aération située sur la muraille à trois mètres du sol. Daphné, effrayée, recula.

- Mais qui êtes-vous ? demanda-t-elle dans un souffle.

- Mon nom ne vous dira rien ; quant à ce que je fais ici, la même chose que vous. J'attends qu'on décide de mon sort. À la différence que mon cas est un tantinet plus sérieux que le vôtre. Mais si on est amené à partager cette intimité plus longtemps, autant faire les présentations ; moi, c'est Sin Yee ; et vous ?

- Je m'appelle Daphné. Dîtes-moi, votre nom me dit quelque chose. Connaissez-vous un certain Philippe Ormandy ?

- Si vous voulez parler du cinglé qui joue les retrouveurs d'héritage en vadrouille, je pourrais bien avoir croisé sa route. Mais comment se fait-il qu'il ait croisé la vôtre ? Vous n'êtes pas du coin, à ce que je vois…

- C'est le moins qu'on puisse dire ; j'arrive de Sydney en Australie. Je suis la fille de Ernst Busholz, peut-être ce nom vous est-il familier ; mon père était assez connu à Singapour ; enfin, dans un certain milieu…

Sin Yee écarta grand ses yeux et prit une voix grave pour annoncer :

- J'ai bien connu votre père mademoiselle ; c'était un homme remarquable. Il m'avait parlé de vous, mais je dois dire qu'il tenait fortement à vous tenir à l'écart de ses activités à Singapour…

- Et pour cause, sa disparition fut un tel mystère, qu'il m'a fallu près d'un an pour réaliser avoir été l'objet d'une sorte de complot, pour m'écarter de tout ce qui le concernait. Et vous êtes, si je ne m'abuse, cet agent d'Interpol sous couverture...

- Ah, je vois qu'Ormandy vous en a dit long ! Plus long que vos jeunes oreilles n'en ont besoin d'entendre, en tous cas. Eh bien, laissez-moi vous dire une chose ma grande, c'est à cause de lui que je moisis ici ! Oui parfaitement ! Il est probablement responsable de votre venue à Singapour également. N'est-ce pas lui qui vous a mis le doute à propos de votre père ?

- Oui, précisément...

- Et bien, il vous reste à regretter de ne jamais pouvoir le remercier de vous avoir mise dans ce pétrin ! Car vous avez moins de chance de sortir d'ici que de prendre une douche en public sous le jet d'eau du Merlion sur l'esplanade !

- Vous croyez ? Balbutia Daphné, réalisant soudain la réalité de son incarcération.

- Je ne veux pas vous mettre un coup au moral, mais il s'avère que votre père a séjourné ici, avant que son sort n'atterrisse entre les mains expertes du professeur Cormo.

Daphné garda le silence près d'une minute avant de demander :

- Philippe m'a fait comprendre que vous en sauriez plus long sur Cormo, la Merlion Society et leurs agissements, que vous ne consentez à en dire. Est-ce vrai ?

- En un sens, oui. Mais j'ai échoué à atteindre mon objectif, qui était, comme vous l'avez appris, le démantèlement de cette confrérie surpuissante. J'étais parvenue à intégrer la communauté et à recueillir des informations de première importance. Hélas, tous mes efforts ont été anéantis lorsque les soupçons ont commencés à peser sur moi. À deux reprises, j'ai tenté de m'opposer à des projets purement criminels, car en ma qualité de membre, j'en avais pleinement le droit. L'une de ces opérations, qui sont une pratique courante au sein de la *Merlion Society*, consistait à éliminer Roland Meursault... Mais je suis persuadé qu'Ormandy vous en a beaucoup appris à ce sujet. Ce qui n'est pas en soi un problème. Non, en fait le véritable problème, c'est que nous soyons coincées ici, ce qui n'est déjà pas bon signe ; mais le temps qui nous rapproche de l'échéance testamentaire continue de s'écouler, ce qui constitue définitivement un signe défavorable pour notre futur à toutes les deux...

Voyant que Daphné demeurait pensive, elle ajouta :

- Cormo vous a relogée ici parce qu'il vous croit une menace sérieuse à la poursuite de ses plans.

- Mais que va-t-il faire de moi ? De nous ? demanda vivement Daphné.

- J'ignore ce qui nous attend ; mais ça n'est certainement pas un tour gratuit autour de Sentosa Island, un cornet de glace à la main... en ce qui me concerne, ils veulent m'interroger sur les tenants et les aboutissants de mon infiltration chez eux. Quant à vous, j'ignore où vous en êtes sur l'échelle de leur critère. Ce que je sais en revanche ; c'est que si leur implication dans la mort de Meursault peut être prouvée -comme je l'espérais avant d'être ici- cela marquera la fin de l'existence secrète de la *Merlion Society*. C'est une affaire que toutes leurs connexions au sein du gouvernement ne suffiront pas à étouffer. Mon rôle était d'aider à cette révélation, pour que les autorités puissent prendre le relais et terminer la lutte, une fois ma mission parvenue à son terme. À présent, notre seule chance de sortir vivante de ce trou, c'est de coopérer avec Cormo. Tout spécialement vous, d'ailleurs... Je connais la nature de vos relations avec lui. C'est un sentimental, alors n'hésitez pas, mettez le paquet ! Gagnez son pardon et espérons que ça abrégera notre séjour ici...

- Je ferai ce que je pourrai, indiqua Daphné, mais je ne vous garantis rien. En plus d'être sentimental, c'est un rancunier de tout premier ordre.

- Ça ne fait rien, vous avez toujours, j'en suis persuadée, suffisamment de prise sur lui pour lui rendre la nostalgie de vos meilleurs jours...

Sentant une note d'ironie dans sa dernière remarque, Daphné fut piquée au vif et se défendit :

- Nous n'avons jamais été si proches ! Simplement il était l'unique lien avec la mort de mon père. C'est la seule raison qui nous a rapprochés !

- Oui, il en faut toujours une...

- Dîtes donc, vous vous êtes posé moins de questions au cours de votre liaison avec Meursault, si je ne me trompe !

- Eh ben, y a-t-il encore une chose que vous ignoriez à mon sujet ? Si je remets la main sur Ormandy, je lui ferai regretter son indiscrétion, c'est moi qui vous le dis ! Fulmina Sin Yee.

- Au contraire, il vous faudra le remercier copieusement de s'être suffisamment intéressé à votre cas, pour me parler de votre implication dans cette affaire. Sans ça, et les soupçons qu'il a fait naître, je ne serais pas là ! Ce dont je n'aurais aucune raison de me plaindre, au regard des perspectives qui s'annoncent… Toujours est-il, qu'il a su m'ouvrir les yeux sur Cormo et je lui en suis redevable. Dit-elle pour finir, en baissant la voix.

La porte de fer s'ouvrit brusquement. Le cuir des chaussures de Cormo claqua sur les pavés lorsqu'il s'avança à l'intérieur.

- Et tu ferais mieux de les garder grands ouverts, tes yeux ! Dit-il sarcastiquement en s'adressant à Daphné. Car je ne voudrais pas que tu manques une miette du spectacle qui va suivre !

Il ouvrit le passage aux deux portiers français dont Philippe avait fait l'aimable connaissance, quelques semaines auparavant. Daphné avait reculé contre le mur, la frayeur sur le visage. Elle esquissa une grimace vers Sin Yee et lui dit :

- Pour le numéro de charme, je crois que je vais laisser tomber…

Sin Yee acquiesça de la tête.

- Que ça ne t'empêche pas d'être gentille, ma belle, lui murmura Cormo dans l'oreille, en lui caressant le visage d'une main tremblante de rage contenue.

- Il serait bien stupide de votre part, de lui infliger le moindre mal, Cormo, proféra Sin Yee. Je suis la seule trouble-fête ici ; elle n'est pour rien dans nos histoires.

- Son père y était pour quelque chose…

- Autant que je sache, là où il se trouve aujourd'hui, il ne peut plus vous nuire, non ?

- Ne prenez pas ce ton avec moi ; je vais vous le faire payer très cher ! Cria Cormo.

- Oh, je tremble de peur ! Mais qu'est-ce que vous croyez ? J'en ai vu d'autres ! Je ne parierais pas trop sur votre futur, si j'étais vous, Cormo. Car si Ormandy est aussi bon que je le crois, il doit être en ce moment sur le point de prouver toutes vos affreuses combines. Je vous verrai bientôt mordre la poussière ! Vous qui l'avez tant faite mordre aux autres. Vous vous traînerez à mes pieds ; vous me supplierez d'alléger les charges contre vous ! Alors, avant qu'il ne soit trop tard, ne chargez pas inutilement la liste de vos forfaits. N'ajoutez rien à votre longue suite de crimes. Vos activités médicales frauduleuses seront bientôt démasquées, il ne vous restera rien sous quoi abriter le pleutre cruel que vous êtes !

- Ma pauvre Sin Yee, vous nagez en plein délire. Ormandy vient d'être interpellé par la police de Londres pour le double meurtre d'Ernst Busholz et de son ancienne maîtresse, Connie Xnan Tseu ! Grâce aux efforts conjugués des autorités australiennes et britanniques, qui ont pu intercepter ce malfaisant, vos menaces restent lettre morte. Il insista sur le mot « morte », laissant ainsi penser que c'était tout le bien qu'il souhaitait à son interlocutrice.

La pièce sombre avait pris une atmosphère sinistre. L'irruption de Cormo et des gorilles qui gardaient le silence, les bras croisés, avait fait monter la température. Sin Yee avait subi un choc. La nouvelle de l'arrestation de Philippe n'était pas sans avoir démesurément ébranlé son assurance factice, à laquelle elle n'avait eu recours que dans le but d'impressionner le professeur ; ce qui, manifestement, venait d'échouer.

Daphné, repliée dans son coin, ne disait mot ; fortement troublée, elle aussi, par la nouvelle de Cormo.

« Si Philippe a été arrêté, nous sommes cuites ! » Pensa-t-elle.

Les deux singes, rois du costume pas cher, se ruèrent en un instant sur Sin Yee. Elle étouffa un cri. Ils commencèrent leur numéro en la faisant valser de tous les côtés ; se la jetant de l'un à l'autre en la rattrapant aux détours de claques et de coups dans le ventre. Après une minute de ce préambule soigné, Sin Yee commença à se sentir un rien malmenée. Alors, elle se plia en deux pour éviter les horions qui pleuvaient sur elle, comme une ondée agressive s'abat sur une fleur fragile. Cormo, l'air réjoui, prenait visiblement plaisir à cette démonstration de lâcheté. Calé contre la paroi de pierre tiède et suintante, il cessa de sourire et ordonna aux mastodontes par un geste, de mettre leurs manières galantes sur pause pour un instant.

- Donnez-lui une minute pour reprendre son souffle messieurs ! Dit-il avec fermeté et cette pointe de contentement sadique dans la voix, qui n'appartenait qu'à lui. Vous m'avez demandé de laisser Daphné tranquille, vous voyez comme je vous obéis ; ma chère ! Ajouta-t-il en s'adressant à Sin Yee.

Elle était à quatre pattes, haletante, et la douleur se propageait dans son corps plus vite qu'elle ne l'aurait pensé. Elle trouva cependant assez de souffle pour lui envoyer :

- Vous n'avez même pas le courage de faire le boulot vous-même ! Il vous faut l'assistance de vos deux danseuses bourrées aux hormones pour venir à bout d'une femme !

- Vous avez raison, Sin Yee ! Les gars, administrez-lui un traitement plus féminin, voyons ! répliqua Cormo, prenant un air faussement outré.

Les deux montagnes cessèrent leur cours de valse pour débutantes adeptes de la méthode dérivée de la branche boxe à la thaïlandaise ; et se mirent en réserve pour quelques instants. Ils ôtèrent ensuite leur veste et comme Sin Yee, toujours à terre, ne semblait pas en posture de les imiter, ils se mirent en devoir de l'aider. L'un l'agrippa par derrière, tira sur les manches de sa chemise, la dégrafant avec violence. Sin Yee se retrouva torse découvert, la dentelle noire de son soutien-gorge couvrant encore son buste proéminent, qui jaillit en une vision insolite, écrin de sensualité au beau milieu de la maltraitance qu'elle subissait.

- Mettez-la à son aise, les gars ! Murmura Cormo, s'adressant à ses énormes sbires.

Obéissant à l'injonction de leur patron, l'un des deux prit entre ses mains la mince lanière sur laquelle était cousu le fermoir de la lingerie à balconnet, et le déchira d'un « crac » sec qui augmenta encore, s'il était possible, la sévérité de la scène. Les beaux seins de Sin Yee se trouvaient maintenant à nus. Elle les prit maladroitement au creux de ses mains, comme si elle avait voulu ainsi les emporter loin d'elle ; pour leur éviter les dommages inévitables auxquels les exposaient ce traitement indélicat. Nos deux champions allumèrent tous deux une cigarette sur laquelle ils tirèrent de tous leurs poumons, avant de relâcher un nuage de vapeur que n'auraient pas désavoué les premières locomotives. Puis, l'un coinça les bras de Sin Yee dans son dos, la forçant du coup à lâcher sa poitrine opulente, dont les deux formes gracieuses s'affaissèrent aussitôt sur son ventre mince, pour finir à la merci des pattes avides de la sentinelle dégoulinant de concupiscence. Il tâta, pinça, caressa et même frappa du revers de la main les deux attributs mammaires de Sin Yee, qui se débattait rageusement sans pouvoir échapper à la poigne de l'autre compère qui la tenait serrée contre lui, la main remontant son menton, créant une sensation d'étouffement qui augmentait encore son malaise. Poursuivant les réjouissances, ils commencèrent d'appliquer les bouts incandescents de leur cigarette autour de ses mamelons pointés, ce qui la fit gémir de douleur. Ce fut d'abord une brûlure, puis deux, puis toute une série qui se succédèrent sous leurs assauts forcenés. Horrifiée, Daphné observait la scène ; retranchée dans son coin de la pièce, ses jambes repliées sous elle. Elle vit Sin Yee manquer plus d'une fois de s'évanouir, terrassée par le choc de la douleur que les cloques rougeâtres recouvrant ses seins provoquaient.

- Vous ne sortirez pas d'ici sans avoir livré les conclusions de vôtre enquête, annonça Cormo. Ne vous en faîtes pas, on mettra le temps qu'il faudra et mes gars ont encore tout un paquet de cigarettes à fumer…

Il ordonna à ses hommes de la lâcher et Sin Yee s'affala sur le sol de la cellule. Le contact de la pierre, froide et dure sur son torse couvert de brûlure, lui arracha un cri. Daphné sortit de sa réserve et apostropha Cormo durement :

- Ormandy a vu juste, tu es un monstre !

- Ton Ormandy n'est plus en posture de voir quoi que ce soit de juste, si ce n'est la gravité du sort qui l'attend. Alors, ne fais pas trop la maligne, si tu ne veux pas toi aussi, voir tes mamelles servir de cendrier à ces messieurs.

Les deux pouffèrent en renfilant leur veste.

- Nous repasserons bientôt pour la deuxième séance de persuasion. D'ici là, réfléchissez, mais pas sur vos chances de sortir d'ici ; pensez plutôt à me faire le rapport détaillé des raisons et de la finalité de votre intrusion au sein de la *Merlion Society,* ajouta Cormo, avant de pousser vers la sortie les deux pratiquants émérites de la brûlure sur mesure.

LE PASSAGE DU MERLION

D aphné se précipita sur Sin Yee et, l'aidant à se relever, lui posa sa veste sur les épaules.

- J'ai peur qu'il ne s'écoule du temps avant que vos nénés revoient le bout d'un morceau de sous-vêtements...

- Épargnez-moi l'humour australien mademoiselle, je ne suis pas sûre d'y survivre dans l'état où je me trouve. En revanche, pour ce qui concerne le temps qui nous reste pour foutre le camp d'ici, il vaut mieux le réduire au minimum. Regardez le mur là-bas. Non, plus haut ! Voilà, vous voyez la grille ?

- Vous ne voulez tout de même pas qu'on escalade, non ?

- Non, pas du tout ; d'ailleurs vous pouvez rester ici si ça vous chante, quant à moi la méthode de dépistage du cancer du sein à la cigarette m'a définitivement prouvée que je n'avais pas besoin d'une autre séance.

Elle retira ses chaussures à talons et usant de l'excroissance inconfortable qui faisait habituellement toute son élégance, elle commença d'attaquer le métal de la grille d'aération de la cave, où il faisait encore moins bon vivre que lors de leur arrivée…

Daphné ne fut pas bien longue à prendre une décision. Elle aussi se déchaussa, et usa de ses outils avec énergie pour percer la grille qui résista mal au travail de nos deux prisonnières motivées. En deux minutes elles purent dégager le côté métallique ; puis elles l'arrachèrent pour finir avec une rage triomphante.

- Par ici la sortie ! Exulta Daphné.

- Ne t'emballe pas trop ma jolie, qu'est-ce qui te fait croire que tu vas réussir à passer ta viande de l'autre côté avec ta taille mannequin pour obèse décomplexée ?

- Non mais vous ne vous êtes vraiment pas regardée ; puis oser me dire ça après le régime de folie que j'ai fait cet hiver !

- Oui, ben si j'étais toi, je l'aurais prolongé pendant l'été, histoire d'être sure… Grimpe la première, je t'aiderai. Dans le pire des cas, si tu n'y arrives pas, je t'enverrai du secours…

- Vous ai-je permis de me tutoyer ? Pas à ce que je sache !

- Après ce qu'on a vécu, on a intérêt à être copines ma vieille ! Et ce n'est pas encore fini, alors ne perdons pas de temps et fonce-moi là-dedans, je te soutiens.

Daphné n'était pas à proprement parler, un de ces fils de fer qui se pavanent en couverture des magazines pour femmes jalouses du corps des autres ; mais l'abondance de ses formes généreuses aurait pu compromettre son passage dans le chemin de l'évasion. Heureusement, Sin Yee poussa avec conviction vers l'extérieur ses quelques kilos en trop, qui avaient pris refuge dans la partie postérieure de son anatomie, et elle traversa avec seulement quelques égratignures l'embouchure providentielle. Sin Yee, prenant appui sur une des pierres saillantes du mur, la suivit de près. Elle boutonna sa veste trois quart en réprimant une grimace de douleur.

- Je suis désolée, c'est vraiment horrible ce qu'ils vous ont fait. Essaya Daphné pour lui témoigner son soutien.

Vous devez certainement penser que je le mérite, alors ne vous fatiguez pas à jouer les pleurnicheuses compatissantes.

Daphné mit sa bouche en rond pour toute réponse et garda le silence.

Sin Yee scruta les environs. Devant elle, le jardin de la propriété de Cormo lui jetait ses senteurs au visage ; derrière elle, la maison de tortures dont elle venait de s'échapper. Elle n'hésita pas sur la direction à prendre. Daphné trottinant derrière elle, elle allait droit devant, courant presque, faisant montre d'une énergie peu commune après l'épreuve qu'elle venait de subir. Cette attitude forçait le respect de Daphné. Elles n'avaient cependant pas le choix, si elles voulaient avoir une chance d'échapper à l'alerte qui serait donnée lorsque Cormo aurait découvert leur fuite.

Elles évitèrent l'allée principale qui menait au portail et se dirigèrent plus bas, vers les quais du canal emprunté quelques jours plus tôt par Virginie et Philippe. Mais il n'y avait cette fois, aucune embarcation de disponible. Sin Yee connaissait bien les lieux. Cela faisait des mois qu'elle faisait des repérages pour une éventuelle équipe d'intervention prévue pour les cas d'urgence. Mais depuis son arrestation au Grill du Raffles en compagnie de Philippe, elle n'avait plus aucun contact avec l'extérieur. Il leur fallut rebrousser chemin. De toute évidence, elles étaient au beau milieu du piège qui se refermerait bientôt, si elles ne trouvaient pas un moyen de se faire la malle d'ici. Elles savaient déjà quel genre d'hospitalité les attendait le cas échéant. Elles continuèrent d'évoluer quelques minutes dans les allées du jardin, puis durent se rendre à l'évidence : pour déguerpir au plus vite et laisser derrière elles le danger suspendu, elles n'avaient d'autre choix que d'emprunter la sortie ; c'est-à-dire le grand portail. Sin Yee fit part de ce projet à Daphné, celle-ci se montra rien moins qu'enthousiaste :

- Je ne suis pas tellement pressée de revoir nos sentinelles, voyez-vous. N'y a-t-il vraiment aucun autre moyen de sortir d'ici ?

- Il y'en aurait bien un, mais je crains qu'on ne puisse y songer... répondit Sin Yee entre ses dents.

- Dîtes toujours, on verra bien.

- Et bien, nous sommes à quelques centaines de mètres du Fort Siloso, le dernier bastion des britanniques durant la seconde guerre mondiale. C'est aujourd'hui un musée, mais ça n'est qu'une couverture. Sentosa, l'île sur laquelle nous nous trouvons a servi de base militaire jusqu'en 1967. Et le fort Siloso possède toujours une série de canons, dont les emplacements sont reliés par des tunnels souterrains. Et je sais que l'un de ces tunnels se prolonge, pour rejoindre le grand Merlion qui domine la scène de la fontaine musicale, où se déroule un spectacle de son et lumière. Il est employé par les officiels pour rejoindre clandestinement les réunions de la Merlion Society, durant le show. Ça leurs évite d'éveiller les soupçons en se rendant directement chez Cormo. Je tiens ce renseignement de la bouche de feu Meursault lui-même...

- Autant dire que c'est du solide alors...

- N'ironises pas trop ma colombe, c'est notre seule chance de déguerpir de la place sans demander la permission aux deux têtes à claques qui gardent la propriété de votre ancien Jules...

- Si vous faîtes encore une fois allusion à ma relation avec Cormo, qui est terminée, je hurle pour qu'on vous ramène vous faire raboter ce qu'il vous reste de seins ! C'est compris ? Lâcha Daphné furieuse.

Le jardin silencieux n'était troublé que par les murmures chamailleurs de nos deux fugitives. Lorsqu'elles cessèrent leurs invectives, les environs leurs parurent gorgés de ce mystère paisible qui habite la nature. Pas un souffle d'air ne caressait les feuillages, pas une plante ou un arbre ne craquait. Elles se regardèrent un instant et se trouvèrent stupides de perdre ainsi le peu de temps que leur fuite, encore clandestine, avait mis à leur disposition. Elles se remirent en route, sous l'impulsion de Sin Yee, qui retrouvait au fur et à mesure, la direction du Fort Siloso.

Elles ne mirent pas plus de dix minutes pour apercevoir le pont qui faisait le lien avec le repaire de Cormo. Elles le franchirent et pénétrèrent à l'intérieur du Bâtiment.

Ce fort de réserve datait de 1880, du temps où Singapour était la plus puissante base navale des britanniques en Extrême-Orient. L'invasion de la Chine et de la Mandchourie en 1937 les avait conduits à y implanter un arsenal destiné à fermer l'accès au Japonais. Ils furent attendus au Sud mais ils déferlèrent par le Nord, via la péninsule malaise et Singapour tomba le 15 février 1942 pour n'être libérée que le 5 septembre 1945.

Le fort semblait désert. La nuit profonde et calme en faisait un dôme menaçant, un bunker assoupi aux murs anguleux et vigilant menaçant de se réveiller d'un moment à l'autre. Mais Sin Yee et Daphné n'étaient pas d'humeur à se laisser impressionner. Elles traversèrent vaillamment la cour et le portique arqué de l'entrée qui les conduisit un étage plus bas au sous-sol ; là où se trouvaient entreposés les canons rescapés, témoins immobiles de la résistance anglaise face à l'expansionnisme conquérant du Japon de la deuxième guerre mondiale. Ironie de l'histoire, lors de la percée Japonaise à l'intérieur de Sentosa, ces pièces d'artilleries sensées repousser l'ennemi s'avérèrent toutes tournées dans la mauvaise direction...

- Nous y sommes ; précisa Sin Yee en posant la main devant la bouche du canon sans que celui-ci ne formule la moindre objection...

- C'est ici qu'on est supposées trouver un passage ? Demanda Daphné.

- Précisément.

- Mais où ? Quoi ? Un passage secret vous voulez dire ? Vous devez être victime d'une overdose de Reader's Digest ; c'est ça qui vous rend imaginative...

- Taisez-vous ! J'ai entendu du bruit ! Venez par-là, cachons-nous.

Et Sin Yee l'attira derrière un canon, dans l'ombre épaisse que projeta sur elles l'imposant mur de pierre, au coin duquel elles se blottirent l'une près de l'autre, comme deux brebis égarées fuyant l'appétit d'un loup sauvage. Elles tendirent l'oreille, guettant le moindre trouble mais le rythme contenu de leur propre respiration, fut le seul écho qui revint vers leur sens apeuré. Sin Yee en profita pour inspecter le mur près d'elle. Elle savait que les salles où reposaient les canons étaient reliées entre elles par des souterrains. Mais aucune de ces voies ne les conduiraient vers la sortie. Il lui fallait trouver le passage connu des seuls membres de la Merlion Society. Celui grâce auquel ils assistaient aux réunions du conseil Chez Cormo. Daphné décida d'y mettre de la bonne volonté et se mit elle aussi, en quête d'un signe quelconque qui eut pu trahir la présence d'une issue secrète. Imitant Sin Yee, elle tâtait la paroi avec conviction, quand soudain une forme en relief attira son attention.

- Vous avez du feu ? demanda-t-elle à Sin Yee à voix basse.

- Ça n'est pas le moment d'en griller une, voyons ! Lui répondit-elle sèchement.

Sans un mot, Daphné lui prit la main de force et la plaqua à l'endroit même où elle avait rencontré une sorte d'aspérité pierreuse. Sin Yee fouilla instantanément dans la poche de sa veste et craqua adroitement une allumette de la boite qu'elle en retira. Elle promena la flamme autour de l'endroit désigné et poussa un soupir.

- Enfin ! Tu vois, jusqu'ici je te prenais pour une gourde au breuvage périmé ; mais sur ce coup-là, y a pas à dire, tu t'es surpassée ! Affirma Sin Yee, un sourire au coin de la bouche qui sembla détendre, l'espace d'un instant, ses lèvres constamment crispées.

- Oui, merci quand même ; pour la gourde, je veux dire...

- Oh, ne me la joue pas susceptible, hein ; tu serais encore en train de dorloter Cormo, s'il ne t'avait pas foutu en cage avec moi ; alors les mimiques outrées, garde-les pour les réjouissances illusoires que tu réserves aux hommes...

- Ah, mais ça y est ! Je viens enfin de comprendre ! J'ai affaire à une frustrée ! C'est bien ce que vous êtes, n'est-ce pas ? Une vieille bique déçue qui a roulé sa bosse un peu partout, qui a sauté de bras en bras comme on danse la faribole, et qui maintenant se permet de jouer la donneuse de leçons. Et bien laissez-moi vous dire qu'il y a longtemps que j'ai arrêté de prendre des cours de conduite ! Tout spécialement de la part des tordues dans votre genre.

- Ce n'est ni le moment, ni le lieu, pour trouver ce qui pourrait te clouer le bec une fois pour toute, mais je te promets qu'une fois hors d'ici, je te servirai comme il le faut, c'est juré !

Pendant qu'elles échangeaient leurs politesses, l'allumette de Sin Yee s'était consumée et lorsque la flamme mourante toucha ses doigts, elle se répandit en injures qui, même si elles n'étaient pas directement destinées à Daphné, achevèrent de geler définitivement l'ambiance entre elles.

Le bref éclairage avait révélé un motif de pierre saillant à mi-hauteur de la paroi, et qui avait la forme d'une mini statuette représentant -je vous le donne en mille- le fameux Merlion. Cette figure sembla familière à Daphné, mais elle ne parvint guère à se souvenir où elle l'avait aperçue. Voyant que Sin Yee faisait mine de l'ignorer, elle voulut briser la glace et elle demanda abruptement :

- C'est quoi ce truc ?

- Ça ? C'est une serrure et en voici la clef !

Elle tira de son pantalon une fine chaîne en or à laquelle pendait un médaillon spécial qui n'était autre qu'une énième reproduction du même Merlion. Daphné fit aussitôt le lien avec le collier qu'elle avait reçu des mains de Philippe, à l'ouverture de cette lettre confiée à ses soins par cet industriel décédé à l'héritage démesuré. Elle porta la main à son cou et elle constata qu'elle portait le bijou, bien que celui-ci soit dissimulé par le boutonnage serré d'une chemisette légère, mais ne révélant que très peu les charmes d'une Daphné toute troublée des révélations qui s'offraient tout à coup à elle. Car si elle aussi se trouvait en possession du même pendentif, elle était également en mesure d'en user…

Sin Yee introduisit le médaillon du Merlion dans la gueule de la statuette qui l'accueillit comme s'ils avaient été moulés ensemble. Effectivement, la muraille se mit à pivoter latéralement en ouvrant devant nos deux fugitives ébahies, un étroit passage qui découvrit le seuil d'un escalier de pierre, s'enfonçant ténébreusement dans la nuit. Sin Yee fit signe à Daphné de la suivre et elles s'apprêtèrent à descendre. À ce moment, une main ferme l'agrippa à l'épaule et une voix qui la glaça de terreur prononça tranchante comme un pic :

- Vous me quittez déjà ?

Elles firent toutes deux volte-face pour se retrouver sous le regard fixe et menaçant du professeur Cormo, planté devant elles, une main dans la poche et l'autre toujours serrant d'une force démentielle, l'épaule de Sin Yee.

- Je n'ai pas tout de suite soupçonné que vous connaissiez ce passage, Sin Yee… Vous en savez donc bien plus long que je n'osais le supposer. Lui dit-il froidement. J'ajouterai que Meursault a été bien stupide de vous confier ce médaillon. Rendez-le-moi !

Sin Yee était tétanisée. Immobile, figée de surprise et de découragement ; elle tendit d'une main tremblante le pendentif du Merlion à Cormo, qui s'en empara rapidement.

Le bruit qu'elle avait perçu, n'était donc rien d'autre que celui des pas de Cormo pénétrant dans le fort…

- Cette fois-ci, vous n'irez plus bien loin, ricana Cormo en repoussant la paroi qui coulissa pour se refermer sans un grincement.

Sin Yee jeta un coup d'œil à Daphné et celle-ci pu y lire son impuissance et sa fatigue conjuguées, qui lui empêchaient de trouver un mode de réaction approprié à leur situation critique.

Cormo colla son téléphone portable à son oreille et marmonna :

- Je les ai retrouvées, dépêchez-vous de rappliquer. Oui, au fort Siloso…

Profitant de ce bref moment d'inattention, Daphné ouvrit discrètement le fermoir de son collier, le fit glisser le long de son ventre, le récupéra d'une main sure, et le planta dans la gueule du Merlion-serrure en tournant. Cela ne prit pas plus de cinq secondes. Le mur pivotait déjà, lorsque Daphné empoigna Sin Yee sans ménagement et la propulsa à l'intérieur. Une autre demi-seconde lui fut nécessaire pour décrocher son pendentif et elle repoussa la muraille sur Cormo, qui venait à peine de raccrocher son coup de fil…

À l'intérieur du passage, l'obscurité était complète. Sin Yee craqua quelques allumettes qu'elle laissa tomber sur les marches devant elle. Cela les conforta à avancer et elles dévalèrent rapidement l'escalier pour évoluer dans une galerie étroite, le tunnel décrit plus tôt par Sin Yee qu'empruntaient les membres de la *Merlion Society*, pour rejoindre les réunions. Quelques mètres plus loin, une lumière douce propagée par des néons suspendus aux parois du tunnel, rendit leur évolution plus aisée. Puis ce fut enfin l'issue, à mesure qu'elles se rapprochaient d'un porche au sein duquel une trappe en bois leur apparut comme le lien salvateur qui s'ouvrirait sur leur liberté. Elles venaient d'échapper à Cormo et à ses méthodes d'interrogation pleines de civilités ; ce qui n'était pas sans avoir répandu un certain enthousiasme. Sin Yee savait ce qu'elle devait à l'initiative hardie de Daphné. Elle garda le silence tout le long du trajet à l'intérieur du tunnel, mais une fois qu'elles eurent soulevé le bois épais de la sortie, elle lui serra la main.

- Merci ; j'avoue que de voir surgir Cormo de manière si imprévisible m'a fait un peu perdre les pédales, bafouilla Sin Yee. Mais vous me devez quelques explications. Que faites-vous avec le pendentif de Meursault ? Savez-vous qu'il avait fait faire deux exemplaires spéciaux de ces pendentifs ? Un en or qui m'était destiné, celui resté entre les mains de Cormo ; l'autre en argent, qui vous a permis de nous arracher au pire.

- C'est un présent d'Ormandy pour me remercier de l'avoir soustrait à une noyade certaine. Ne me demandez pas comment, mais il était chargé de remettre une lettre à l'ancienne maîtresse de Meursault. J'ai sauvé le courrier des eaux et lorsque nous avons ouvert l'enveloppe pour le sécher, nous avons trouvé le collier. Je ne regrette pas son geste... il vient à son tour de me sauver la peau...

- Oui, on peut dire que ce n'est pas la pire idée qu'il ait eu... Dit pensivement Sin Yee.

Daphné lui fit un sourire et elles purent jeter un œil détendu aux alentours. En fait, elles étaient tout bonnement sorties de la statue géante du Merlion, située au sein de la fontaine musicale, une des attractions les plus en vogue de l'île. Du haut de ses 37 mètres, dans la lueur bleuté du ciel matinal émergeant, ce Merlion avait des allures de monstre fantastique. Elles restèrent plusieurs minutes, impressionnées, à contempler la silhouette fabuleuse qui se dressait, régnante et majestueuse au-dessus de Sentosa, leur offrant une vue impressionnante sur l'île. Elles aperçurent notamment les rivages de *Palawan Beach*, une plage aménagée au Sud où un môle conduisait sur un îlot, sorte de lunule isolée entourée d'une attrayante bande de sable.

- Si nous nous dirigeons sur la route vers le Nord pour rejoindre le *Causeway bridge*, nous y rencontrerons sûrement Cormo. Il doit avoir posté du monde sur toutes les voies d'accès. Et il est trop tôt pour penser prendre le téléphérique. Je propose que nous attendions que le jour se lève ; expliqua Sin Yee en montrant la direction de la plage.

Elles prirent donc le chemin de *Palawan Beach*, espérant y effectuer une étape de sommeil, car après les émotions de la nuit dernière, elles ne pouvaient souhaiter mieux que de profiter de la fraîcheur du matin pour s'étendre sur une plage déserte.

LA PROMENEUSE DE PALAWAN BEACH

Sous un ciel aux vapeurs brumeuses, dans l'humidité harassante qui achevait de naître avec le jour, Sin Yee et Daphné s'étendirent en retrait sur la plage, près d'un groupe de palmiers qui servirait à dissimuler leur présence.

Mais après plusieurs minutes de repos introuvable, Sin Yee tournant et retournant son inconfort dans le sable, se leva et fit quelques pas autour de leur campement improvisé.

- C'est quand même incroyable de savoir qu'Ormandy a rencontré Meursault ! Ne trouves-tu pas ? Demanda-t-elle à Daphné, qui, recroquevillée et les yeux clos, cherchait désespérément une base pour son sommeil de récupération.

- Je n'en sais rien… je ne sais même pas qui c'est… ou qui c'était, marmonna Daphné sans même ouvrir les yeux.

- S'il a vu Meursault, s'il lui a parlé, ça veut dire qu'il a pu le mettre sur une piste, continua Sin Yee, pensant tout haut. Dans ce cas, si Cormo a dit vrai et que Philippe a bien été arrêté à Londres, c'est qu'il était sur le point de découvrir l'héritier. Mais une chose m'échappe, que vient donc faire Connie là-dedans ?

- Oubliez cet héritage une seconde, voulez-vous ! Il a déjà failli nous coûter la vie, n'est-ce pas suffisant ? La seule chose qui m'intéresse, c'est de déguerpir d'ici ! Alors, je sens que je vais faire l'impasse sur vos énigmes Carambar. En plus, vous m'empêchez de dormir, là !

Sin Yee s'agenouilla auprès d'elle et lui dit d'une voix douce, mais convaincue :

- Tu ne comprends pas que ton père a été assassiné, que sa mort n'a eu d'autre but que de couvrir le faux décès de Meursault ayant été retenu prisonnier à Sydney jusqu'à ce que la Merlion Society décide de le supprimer pour de bon ! Ne saisis-tu pas que c'est sur cette base cruciale que nous pourrions faire condamner le professeur Cormo et par là même, signer la fin de la Merlion Society ?

- Évidemment, vous, c'est votre métier de faire condamner les gens. Mon père a trempé sa vie durant, dans de sales affaires. Il s'occupait de blanchir les innombrables pots-de-vin amassés par la Merlion Society. Ça n'est pas un métier très sûr, non ?

- Ernst Busholz touchait des commissions en plus de son activité déclarée de conseiller financier et cet argent, tu en as bénéficié aussi, à ce que je sache !

- Que voulez-vous dire ?

- N'est-ce pas ton père qui a financé l'ouverture de ton club de surf ?

Daphné garda le silence. Elle s'était redressée et écoutait désormais assise, la révélation de Sin Yee.

- Alors, c'était vrai ! Vous avez bien connu mon père ! Dit-elle enfin.

- Il n'était pas très fier ni très enthousiaste sur sa position au sein de la communauté, mais ses compétences et son implication lui interdisaient de se retirer brutalement. Il comptait le faire, mais progressivement. Il n'a jamais su vraiment quels étaient mon rôle et ma mission, mais nous avions noué des relations assez bonnes pour qu'il me confia ses intentions en toute confiance. Malheureusement, son projet ne put rester longtemps un secret parmi les membres du conseil qui s'empressèrent de voter une solution au problème Busholz. J'ai besoin de ton aide, Daphné. Mon enquête est terminée, cela est certain. J'ai atteint les limites au moment où ma sécurité commence à être menacée. Mais je veux contribuer à refermer ce dossier par la condamnation de Cormo et de certains des membres de la *Merlion Society*, ainsi qu'au démantèlement de celle-ci. J'ai, en tout premier lieu, besoin de ton témoignage pour la séance de torture dont j'ai été l'objet. Nous pouvons gagner, Daphné, nous le devons ! Termina Sin Yee en se rapprochant soudain du visage contrarié de Daphné.

- C'est vrai que mon père a mis ses moyens à ma disposition, lorsque je lui ai confié mon désir d'ouvrir le club. Je réalise maintenant que cet argent lui a coûté la vie. Je me doutais, à l'époque, de la provenance illégale du financement, mais je m'en foutais. Aujourd'hui, c'est différent. Si je peux vous aider dans votre job, je le ferais volontiers, car je sais que d'une certaine façon, je servirais la volonté de Papa. Mais ça ne me le rendra pas de risquer ma peau en m'engageant dans votre croisade !

- Ça n'est pas une croisade ! J'ai été chargée par ma hiérarchie de purger Singapour de cette organisation et j'irai jusqu'au bout ! Avec ou sans toi, d'ailleurs !

Sin Yee avait presque crié et Daphné lui mit alors la main devant la bouche en lui indiquant une silhouette de femme qui s'avançait au-devant d'elles en s'enfonçant dans le sable au gré de sa progression incertaine.

- Fichons le camp d'ici ! Suggéra Sin Yee, prenant Daphné par la main.

- Non, attendez une seconde ! Non, ça ne peut pas être possible ! Lui souffla Daphné en la retenant par le bord de sa veste.

La femme qui marchait vers elles n'avait pas, à première vue, une allure des plus banales. Elle se dandinait au gré d'enfoncements comiques dans le sable et par-dessus tout, sa mise outrageante aurait pu passer pour le comble d'une excentricité assez étudiée si son accoutrement pénible au regard n'avait été en fait, que le résultat malhabile d'un mauvais goût spectaculaire. Cependant, à mesure qu'elle se rapprochait, cette silhouette ridicule devint de plus en plus familière à Daphné. La femme, enfin, le mannequin hirsute au déguisement criard, ne fut bientôt plus qu'à quelques pas d'elles. Elle dépassa le cadre rigide de l'incongruité dans laquelle les deux femmes apeurées ne voulaient cependant pas se complaire, lorsqu'elle les salua de la main alors que les deux s'apprêtaient à fuir son approche insolite. Mais Daphné, les bras grands ouverts, de surprise ou de cette rage enthousiaste qui la prenait parfois, se mit à crier, s'adressant à l'inconnue :

- Il ne manquait plus que vous ! Qu'est-ce que vous faites ici ?

La promeneuse retira alors sa moumoute qui aurait même fait déguerpir une marmotte en mal d'affection, et la jeta au loin.

- Je suis en repérage pour une destination de vacances. Alors, j'ai pensé qu'un coin infesté d'intrigues comme ici pouvait faire l'affaire, répondit Philippe, puisqu'il s'agissait de lui, occupé à gommer le maquillage ou plutôt les graffitis qui faisaient de sa figure un monument sophistiqué de laideur poudrée.

- L'incognito aux allures de folle ! C'est pour faire couleur locale ? Lui lança Sin Yee, à peine revenue de sa surprise.

- Non, c'est pour draguer les mémés perverses dans votre genre ! Lui renvoya Philippe, saisissant l'occasion de la malmener un peu.

- C'est ça la dernière mode à Londres ? Le questionna Daphné en désignant les fringues artistiquement dépareillées que portait Philippe.

- En tous cas, c'est ce qu'on trouve de moins cher chez Marks & Spencer... Et puis, vous, taisez-vous ! C'est votre faute aussi ! Vous m'avez initié à ce genre de procédés, si mes souvenirs sont exacts ! N'est-ce pas ?

- Si j'avais su que ça deviendrait une manie, je me serais abstenue. Je dis ça pour vous, mais si vous n'avez pas peur du ridicule, alors...

- Ma peur du ridicule, elle s'est guérie quand j'ai accepté de mettre un pied dans cette histoire. Arrêtons les mondanités si vous le voulez bien, et écoutez-moi toutes les deux. Je suis recherché pour meurtre aux deux extrémités de la planète. Je vous passe les détails, gardons-les pour les longues soirées d'hiver à venir. Vous êtes les deux seules personnes pouvant apporter la preuve de mon innocence. Vous, Daphné, savez que je n'ai pas tué votre père, car j'ignorais jusqu'à son existence avant de vous rencontrer. Vous, Sin Yee, pouvez témoigner en ma faveur sur les agissements de la Merlion Society à laquelle je n'ai jamais appartenu. C'est donnant, donnant. Je vous aide à coincer Cormo et on fait justice à la mort de Meursault ainsi qu'au père de mademoiselle. De votre côté, vous récoltez les preuves qui nous manquent pour garantir l'évidence de la personnalité criminelle du professeur. Il faut s'attaquer à lui en personne avant d'en venir à l'organisation. Ça n'est que de cette manière qu'on coincera tout ce beau monde. Je compte sur vous ! J'ai repris ce déguisement alors qu'il me fallait quitter Londres sans me faire remarquer. Ma première initiative a été de revenir ici où je ne pensais pas vous trouver, car je souhaitais m'introduire, une fois encore, au sein de la bibliothèque de Cormo. Vous savez, celle où il conserve les archives de son activité médicale. Des milliers de dossiers et de comptes rendus émaillés de notes personnelles sont là-dedans. Il y en a plus qu'il ne faut pour le mettre derrière les barreaux jusqu'au passage de la prochaine comète. Mais puisque vous êtes là, mes toutes belles, vous allez vous en charger. J'avais décidé de me concentrer sur l'unique sauvetage de ma peau en péril, mais votre présence change tout. Ça me ménage un espace pour m'occuper de notre heureux héritier.

Ce mot fit sursauter Sin Yee :

- Vous voulez dire que vous l'avez retrouvé ?

- Je suis sur une piste un peu foireuse certes, mais pas plus que ne l'ont été toutes celles que j'ai suivies jusqu'ici. Peu importe ! Si ce bonhomme est vivant, je lui tiendrais moi-même la main pour signer la passation des biens et l'ouverture de son nouveau compte en banque.

- Oui, et du vôtre par la même occasion, ça facilitera les transferts n'est-ce pas ? Ironisa Sin Yee.

- Figurez-vous que de ce côté-là, il y a du nouveau. Je ne peux vous en dire plus pour le moment, mais j'en connais quelques-uns qui pourraient recevoir la déception de leur vie.

- C'est quoi ce numéro d'anticipation mystérieux que vous nous faites ? Il n'y a plus d'héritage, c'est ça ? S'énerva Sin Yee.

- Pas du tout ! Il y en a bien un, mais pas pour tout le monde. Assez là-dessus ! Vous avez bien compris ce que j'attends de vous ?

Daphné ricana :

- Vous croyez qu'on va retourner là-dedans pour se faire cramer le bout des ... Sin Yee lui fit à ce moment signe de se taire, puis elle s'adressa à son tour à Philippe.

- Si j'ai bien suivi, vous nous demandez de prendre des risques énormes pour vous aider à sauver votre peau menacée, alors que la nôtre vient juste de se tirer d'un péril supérieur à celui d'être appréhendé par les équipes de gendarmes en balade qui vous ont laissé filer de Sydney, puis ont récidivé à Londres ?

- Exactement ! Remerciez-moi ! Sans ma présence providentielle, vous ne pouviez pas faire tomber la Merlion Society. C'est bien ce que vous souhaitez, non ?

- Mais vous délirez mon pauvre vieux ! Ça fait des mois que j'enquête sous couverture sur le terrain et vous pensez que je ne dispose pas d'éléments pour mettre au tapis cette clique de malfrats sur le déclin ?

- Je ne dis pas que votre dossier n'est pas assez riche pour retenir l'attention de votre hiérarchie. Je ne dis pas que ce pour quoi vous avez risqué votre vie ne va pas réussir à trôner sur le bureau d'un mandaté débordé, qui prendra au minimum, une paire de mois pour en achever la lecture. Non, je ne dis pas que les risques que vous avez pris ne seront pas payés d'ingratitude lorsqu'on attribuera des médailles pour les missions courageuses, mais inutiles, qui ont contribué à creuser le déficit budgétaire de l'organisme qui vous emploie. Je ne dis pas que votre travail sera devenu aussi périmé qu'un fromage de l'Ardèche respirant à l'air libre, lorsque l'intervention des équipes concernées frôlant l'indigence, se heurtera à des éléments inconnus au regard des délais écoulés depuis vos dernières reconnaissances. Enfin, je ne dirais pas votre sentiment en songeant l'an prochain, aux moments passés en compagnie de Cormo qui n'ont servi à rien d'autre qu'à augmenter votre taux de résistance face à l'impuissance de votre position.

Sin Yee marqua un temps et immobilisa son regard dans celui de Philippe. Il put y lire une soif intense de justification qui s'accrochait au sien dans une sorte de désespoir incrédule.

- Comment savez-vous tout cela ? Articula lentement Sin Yee.

- J'ai travaillé ma vie durant pour les services de renseignements français. Je connais les joies du décalage plaisant qui existe entre la bonne volonté de l'investissement des agents en missions, et les retards de la machine administrative, ainsi que les justifications pleines de tempérance des responsables lorsque vous avez donné votre possible pour voir une affaire aboutir. Mais je n'ai jamais opéré sur le terrain ! Dit Philippe d'une voix qui se brisa tout en soutenant toujours le regard captivé de Sin Yee.

- En tous cas, si vous n'avez jamais opéré sur le terrain, comme vous dites, vous vous êtes depuis largement rattrapé ! Ainsi c'était donc vrai ! Framard avait donc bien embauché un agent... murmura-t-elle, songeuse.

- Il y a encore autre chose, poursuivit Philippe. Je tiens à vous faire mes excuses, Sin Yee, pour vous avoir laissée entre les mains des tatoués à la sortie du Grill du Raffles ; mais c'était nécessaire sur le moment. J'ignorais alors qui vous étiez et absolument tout de votre mission, croyez-moi.

Il ne la laissa pas lui répondre et enchaîna en se tournant vers Daphné :

- Une chose m'échappe jusqu'ici : je suis persuadé qu'après mon départ de Sydney, Cormo a dû être mis au courant de ma destination. Ses sbires étaient déjà sur place et connaissaient l'adresse de Connie, la mère de l'héritier de Meursault. Quelqu'un doit bien y être pour quelque chose, n'est-ce pas ? Je ne vous ai pas quittée lors de mon séjour à Sydney après avoir bu la tasse à Manly.

Daphné se troubla et elle évita le regard de Philippe, ce qui était suffisant comme aveu. À l'évocation de Connie, le visage de Sin Yee se tendit et elle demanda à voix basse :

- Vous avez retrouvé Connie ?

- Pas moi. C'est Roland Meursault qui y a passé la moitié de sa vie. Il a fait le plus gros du travail, si j'ose dire. Je n'ai eu qu'à me déplacer pour la cueillir, juste avant qu'elle ne boive un chocolat chaud de trop, servi avec les compliments empoisonnés des deux croque-mitaines travaillant pour Cormo. Ils ont tenté une fois encore de m'impliquer dans ce nouveau meurtre et de m'en rendre responsable auprès des autorités anglaises.

- Vous avez donc rencontré le vieux Meursault ? S'exclama Sin Yee.

- Tout juste. J'ai également parlé à Connie et je connais votre passé commun, ma chère. Vous vous étiez si bien débrouillée depuis, que vous ne teniez pas à ce qu'elle refasse surface pour révéler votre ancienne activité de prostituée à ses côtés. N'est-ce pas ? C'est ainsi que vous avez mis un zèle tout particulier à intercepter les résultats obtenus par les contacts de Meursault lorsque vous étiez encore sa secrétaire. Est-ce vrai ? Rendez-vous compte le temps qu'il aurait pu gagner si vous n'aviez pas déployé tous ces efforts dans le but de lui dissimuler votre ancienne existence ? Il aurait même eu une chance de revoir son amour de jeunesse une dernière fois ! Je sais que vous l'aimiez aussi et qu'il s'est brutalement désintéressé de vous lorsqu'il a enfin, par chance, repris contact avec Connie. Je sais également que, ne vous intéressant pas à l'héritage, vous n'avez jamais pris la peine de faire mention des éléments capitaux en votre possession qui auraient pu être d'une grande aide à la progression de l'enquête. Mais aujourd'hui, c'est différent ! J'ai compris pas mal de choses à travers mes rencontres avec Roland Meursault et Connie, et je vous garantis que j'aurai bientôt fait la lumière sur les zones encore obscures de cette affaire. J'ai néanmoins une question importante à vous poser : qu'avez-vous fait de Fàràng, le fils de Connie et Meursault ? Ne vous a-t-elle pas laissé des instructions le concernant, lors de son départ ?

- J'ai eu sa lettre. Bien entendu, sur le moment, je lui en ai voulu de nous abandonner ainsi. Mais j'étais responsable de notre venue ici. De sorte que je compris parfaitement la teneur désespérée de son geste. Si elle a abandonné Fàràng, c'est uniquement dans le but de se sauver elle-même, gardant l'éventualité de le sauver lui, à l'occasion. Malheureusement, cette occasion-là ne se présenta jamais ; elle n'en fit, pour tout dire, même pas la démarche lorsqu'elle en eut la possibilité. Ce qui illustre assez bien son caractère, je dois dire.

- Nous ne sommes pas là pour la juger ! S'énerva Philippe. Elle n'est plus de ce monde. Peu importent les erreurs qu'elle a commises. Elle a laissé derrière elle un enfant dont elle vous a confié la responsabilité. Est-ce vrai ?

Sin Yee baissa la tête.

- C'est la vérité. Seulement, ce fut bientôt mon tour de quitter la place, sans regret aucun, cela va sans dire.

- Vous faites une belle paire de mamans toutes les deux, ironisa Daphné.

- Ne te mêle pas de ça, toi ! Souffla Sin Yee entre ses dents.

- Je vous propose que l'on garde le crêpage de chignon pour le prochain carnaval, mesdemoiselles, dit Philippe, gardant tout son sérieux. Un dernier point cependant, Sin Yee. Vous avez donc laissé vous aussi cet enfant derrière vous, sans aucun souci de ce qu'il pourrait devenir ?

- Je l'ai confié à la garde de la patronne du lieu, une certaine Nattaporn Mongkonsin. Si ça vous intéresse, elle doit être dans l'annuaire, acheva-t-elle en se fendant d'un rire sarcastique.

Philippe nota aussitôt le nom sur un bout de papier et reprit à leur intention :

- Voyez-vous, Connie et Meursault sont déjà froids, mais nous trois avons encore assez de courage pour vouloir que justice soit faite. N'est-ce pas ?

Il leur jeta à toutes deux des regards pleins d'assurance et de fermeté. Ça n'était pas une question qu'il leur posait ; c'était juste une manière de tester leur détermination à le suivre dans sa démarche. Daphné, qui n'avait pas prononcé une parole depuis son intervention vindicative, demanda soudain à Philippe :

- Qu'allez-vous faire ?

- Il me reste environ une semaine pour retrouver l'héritier et l'amener devant le notaire Framard. Ça ne me laisse que peu de temps pour vous conter fleurette. Alors, rentrons tous gentiment au Raffles pour une bonne douche et nous déciderons d'un plan d'action pour vous infiltrer une dernière fois au cœur de la forteresse de Cormo !

RETOUR AU RAFFLES

L e Raffles était toujours là, immuable dans son écrin d'ombres élégantes, bercé par les effluves lumineux du jour naissant qui renvoyaient contre sa façade immaculée de blancheur, toutes les nuances d'un lever de soleil équatorial.

Philippe avait pris cette fois, une chambre moins spacieuse que la suite qu'il avait occupée lors de son séjour précédent. Quelque chose lui disait qu'il ne devait à présent compter que sur lui-même pour couvrir ses frais. Il s'était enquis auprès de la réception de la présence du notaire Framard dans l'établissement, occupant toujours le même appartement. Virginie figurait également dans le registre de l'hôtel. Une aubaine pour Philippe ! Leur présence à tous deux pouvait le tranquilliser sur un point : ils ne savaient rien de son avancement ni de ses découvertes. N'ayant aucune intention de leur en apprendre davantage, Philippe prévoyait pourtant de les informer de son bref séjour ici. Une sorte de politesse insolente pour leur prouver qu'il était bel et bien toujours sur la brèche et qu'il fallait plus que jamais, compter avec lui.

Il s'était débarrassé de son déguisement d'épouvantail à moineaux et après une toilette délassante dans le confort des installations feutrées du Raffles, il se mit à penser avec agitation à la manière d'optimiser le temps qui lui restait pour résoudre l'insoluble et inextricable affaire qui reposait à présent entre ses mains. Entre ses seules mains pouvait-il même se dire, puisque aucun des protagonistes ne possédait sur le sujet autant d'éléments que lui, qui avait parcouru des dizaines de milliers de kilomètres pour les recueillir tous. Cependant, aujourd'hui qu'il se trouvait si près de conclure, ce n'était plus à Cormo ou à ses sbires tatoués qu'il fallait se confronter. C'était au laps infime de temps qui lui restait pour voir ses efforts enfin récompensés. Pas plus d'une dizaine de jours ne le séparait de l'échéance testamentaire selon laquelle la fortune de Meursault irait compléter l'avoir bancaire du professeur Cormo.

Ayant rencontré Cormo à plusieurs reprises, ayant expérimenté ses méthodes violentes de près ; Philippe Ormandy ne pouvait douter du caractère malsain de cet homme, non plus que de ses intentions tout bonnement malhonnêtes. Cependant, une impression vague, mais insistante, s'était cristallisée en lui. Il avait peu à peu été confronté à des données qui renvoyaient un témoignage de scepticisme vis-à-vis du professeur. Il était la figure de proue de la *Merlion Society*. Il n'y avait rien à redire à cela, ni à émettre le moindre doute sur l'importance du rôle qu'il jouait en son sein. Mais ce constat dégoulinant de simplicité ne satisfaisait point l'esprit tatillon de Philippe, qui voyait là une façade trop évidente pour être acceptée sans recul. Aussi ne se lassait-il pas de confronter les témoignages divers qu'il avait recueillis afin d'y déceler la plus infime partie d'un indice qui lui aurait permis de s'orienter différemment. Mais pour l'heure, la priorité demeurait l'héritier. D'après le récit de Connie, elle avait laissé son enfant derrière elle lorsqu'elle avait quitté la Thaïlande, émoussée par la condition humiliante que lui avait fait partager Sin Yee. Celle-ci, devenue par la suite l'agent de renseignement que l'on sait, ignorait tout de l'existence de son ancienne amie qui avait partagé, pour un temps assez court, le milieu sordide des « maisons » thaïlandaises. Et pour cause ! Étant désireuse d'effacer cette période de sa vie, sinon de sa mémoire ; elle s'était résolue à opposer un veto aux recherches des informateurs de Meursault, faisant ainsi obstacle à une résolution probable du vivant du vieil homme. Philippe se devait donc de continuer ses recherches à l'endroit même où elles auraient dû être initiées, c'est-à-dire : Bangkok. Compte tenu de sa famille d'accueil et du milieu dans lequel cet enfant avait évolué en grandissant, il y avait bien peu de chances qu'il ait quitté le pays. Même dans le cas où il aurait échappé à ses protecteurs, il n'aurait pu subvenir à ses moyens aisément, et de ce fait, encore moins se permettre de voyager hors des frontières de son pays d'accueil. Ce dernier point redonnait du courage à Philippe. Il se disait obstinément que si l'héritier de Meursault était encore en Thaïlande, rien ni personne ne pourrait s'opposer à ce qu'il le ramène avec lui.

Il n'eut pas à déranger le notaire pour lui apprendre son retour au Raffles. Il le croisa quelques heures plus tard, attablé devant un cocktail dans un des salons parallèles qui jouxtent l'entrée de l'hôtel, face à Virginie qui manqua de s'étrangler avec le reste de son Singapore sling, lorsque ses yeux croisèrent ceux de Philippe alors qu'il descendait avec nonchalance le large escalier de bois. Il se planta devant eux et les salua. Le notaire porta immédiatement sa serviette à sa bouche, ayant vraisemblablement l'intention de se lever. Philippe l'en dissuada d'un hochement de tête.

- Ça tombe bien que vous soyez là tous les deux ! Ça m'économisera de la salive, commença Philippe en restant aimable. Je ne suis que de passage, ne vous dérangez pas pour moi. Mais vous ne serez peut-être pas indifférents au fait que seulement neuf jours nous séparent de l'expiration du délai testamentaire. J'aimerais connaître vos commentaires là-dessus.

Le notaire quitta définitivement sa chaise en la repoussant derrière lui, émergeant de sa table comme un hippopotame sort d'un bain de boue. Il cherchait visiblement à entraîner Philippe à l'écart, le poussant dans une enclave reculée du salon, vers un divan immense où il prit place le premier, un peu essoufflé.

- Où en êtes-vous Ormandy ? Figurez-vous que ça fait des jours qu'on s'interroge à votre sujet. Où étiez-vous donc passé ?

- Très réussi le numéro du lourdaud un peu niais, dépassé par les événements, murmura Philippe en guise de réponse. Seulement, si vous voulez que je tombe dans le panneau, il va falloir y mettre un peu plus de conviction. Ce n'est pas bien gentil de votre part de tenir Virginie à l'écart de notre conversation. Surtout après tout ce qu'elle a fait pour me retrouver. J'ai d'ailleurs oublié de la questionner sur ses vacances en Australie…

- Que voulez-vous Ormandy ? Qu'attendez-vous de moi ? L'interrompit le notaire, visiblement irrité.

- De vous, plus rien. De moi, tout encore. Vous m'avez engagé pour retrouver l'héritier de Meursault avec comme seule motivation le partage de sa fortune, au cas où je vous le ramènerais dans les délais impartis, correspondant aux exigences testamentaires de feu Roland Meursault. Est-ce vrai ?

- Vous le savez bien. Quoi encore ? S'impatienta le notaire.

- Je voulais juste m'assurer de la validité du testament avant l'échéance qui s'annonce.

- Mais que voulez-vous dire ? S'énerva Framard pour de bon.

- Qu'il existe une probabilité selon laquelle une autre version du testament, plus récente celle-là, annulerait simplement les modalités de celle qui fut déposée chez vous par Meursault.

- Mais à quoi faites-vous allusion au juste ? Je suis l'exécuteur testamentaire légal de Meursault. Il n'y a pas d'autre version ! Si c'est encore une de vos manigances pour vous approprier l'héritage, n'y comptez pas ! L'essentiel de l'avoir de Meursault est déposé principalement dans deux banques suisses dont je suis le seul à connaître les coordonnées. L'accès aux divers titres de propriétés de son patrimoine repose également bien au chaud dans un coffre sécurisé de l'une de ces banques. Tout cela ne peut être accédé que muni de documents officiels lors de la passation légale que je suis le seul à pouvoir orchestrer.

Il fixait à présent Philippe de ses yeux ronds comme des noisettes attendant d'être fendues.

- C'est bien ce dont je voulais m'assurer. Merci pour ces précisions. Où doit avoir lieu la fameuse passation ?

- À Londres, à la fin de la semaine prochaine. Pourquoi ? Souhaitez-vous y assister ?

- Ainsi, je vois que vous n'avez pas ménagé le plus petit espace pour l'héritier, le vrai, n'est-ce pas ? Répondit Ormandy par une autre question.

Le notaire se tut un instant. Puis, il se pencha en avant vers Ormandy en reniflant.

- Je ne vois vraiment pas où vous essayez d'en venir.

- Vous le saurez en temps voulu, mon cher maître. Maintenant, si vous voulez bien m'excuser, je dois m'occuper de régler les détails de mon prochain voyage.

Philippe se leva et fila droit vers la réception où, sans avoir commencé à formuler sa requête, il trouva un concierge plein de déférence et fin prêt à la satisfaire. Il prononça alors très distinctement, et d'une voix assez forte pour laisser ses propos évoluer jusqu'aux oreilles avides et tendues du notaire qui avait déjà marché sur ses talons, jusqu'à se trouver à présent à ses côtés, touchant presque le comptoir de la réception :

- Veuillez effectuer une réservation sur le prochain vol à destination de Bangkok, s'il vous plaît.

Satisfait de voir que Framard n'avait pas perdu une miette de sa demande, il le salua poliment avant de reprendre avec calme, le chemin de sa chambre. Il fut au passage happé par une senteur si familière qu'il en oublia sur le moment l'origine. Mais évoluant sous les arcades menant à Palm court, hypnotisé par la fragrance raffinée qui le conduisait ainsi au mépris de son intention première de se reposer avant son vol, il retrouva peu à peu ses esprits. Au détour d'un passage étroit dans lequel il s'engouffra tout frémissant de curiosité, il tomba sur la nuque qui exhalait le parfum envoûtant l'ayant littéralement drainé jusqu'ici. Il s'agissait de celle de Virginie, qui, appuyée contre un pilier, contemplait fixement l'eau qui s'écoulait dans la fontaine. Son air absent frémit pendant une seconde lorsque Philippe parut devant elle. L'air du soir s'engouffrait toujours dans ses cheveux comme une caresse tiède et elle semblait plus belle que jamais. Il s'accouda près d'elle, sans dire un mot. Alors, Virginie dut parler la première. Le regard perdu vers la cime d'un palmier, elle prit une voix aux accents qu'elle souhaitait détachés pour l'inviter à la discussion.

- Je m'en suis bien tirée à Sydney. Ils ne m'ont fouillée que deux fois. Tu me dois des explications. Tu peux faire des cachotteries à Framard, si ça te chante, mais moi, tu me dois la vérité !

- Tu la connais pourtant la vérité. Tu veux l'argent d'un héritage qui ne peut se percevoir qu'en retrouvant un héritier qui n'existe pas... du moins pas encore ! Ni Framard, ni toi, ne le ramènerez jamais sur le devant de la scène. C'est une tâche qu'il incombe à moi seul d'accomplir. Tu le sais, et Framard le sait aussi ! C'est pour ça que vous avez paniqué tous les deux en me voyant aujourd'hui.

- Mais tu délires ! Tu vas retrouver l'héritier en une semaine, produire les preuves de sa parenté avec Meursault, te présenter à Framard et demander ta part sur les sommes débloquées le jour de la cérémonie de création de l'A.H.M.

- On dirait que la fortune est déjà acquise à la cause philanthropique de notre brave professeur. J'espère que tout est bien organisé, je n'aime pas trop l'imprévu, ricana Philippe entre ses dents. Ça ressemblera sans doute à une de ces sauteries de luxe dont Cormo est friand.

- Pourquoi te crois-tu plus malin que la moyenne ?

- Je dois être bien en dessous de la moyenne, puisque je t'adresse encore la parole. Ça n'est pas ma faute si vous autres n'êtes même pas dans le classement de tête des bipodes à neurones.

Virginie fit mine de se tourner sur le côté, comme pour l'ignorer, et en profita pour lui décocher une gifle magistrale qui résonna tout autour d'eux comme un éclatement aux échos charnels. La surprise fut grande pour Philippe, mais la flèche perfide de ce geste violent n'atteignit pas son orgueil et n'entama en rien sa fierté, car il savait à quel genre de femme il avait à faire.

Il resta muet une demi-minute, puis se décida à la planter là, tandis qu'il aperçut Daphné flânant dans le jardin à quelques mètres de lui. Il la rejoignit et lui prit le bras en regardant droit devant lui. Virginie plissa ses yeux exaspérés, tout remplis de colère et de rage mêlées qui, impuissants, les regardèrent s'éloigner.

Philippe et Daphné s'installèrent sans un mot dans la salle à manger du Raffles Grill. Il lui désigna le menu et dit en confidence :

- Prenez ce qui vous fait plaisir, nous sommes les invités du notaire Framard.

- Qui est-ce ? Demanda-t-elle, parcourant le choix d'exception que la carte des plats lui présentait.

- Il est ce que nous appellerions si nous étions au Moyen-Âge, un aumônier du testateur. Mais on a malheureusement dépassé l'époque et aujourd'hui, ce monsieur n'est autre que l'exécuteur testamentaire de Roland Meursault, l'homme que les membres de la Merlion Society ont supprimé en le faisant passer pour votre père, une autre victime de leur jeu de massacre, qui est en passe, rassurez-vous, d'être changé en mauvais souvenir, grâce aux efforts de Sin Yee, en particulier. Vous y avez également désormais votre part. Avant toute chose, j'aimerais que vous me rendiez mon passeport. J'en ai assez de jouer les poules coquettes de mauvais goût.

Elle s'exécuta en sortant de sa poche le document endommagé qu'elle avait conservé sur elle depuis sa dernière entrevue avec Philippe. Celui-ci lui tendit en même temps le sien en souriant.

- Merci, Philippe. Il faut tout de même que je vous avoue quelque chose, articula-t-elle lentement. Voilà, je vous ai trahi. C'est moi qui ai signalé votre itinéraire à Cormo lorsque vous avez rejoint Londres.

Philippe contrefit un air de surprise exagéré et continua en riant :

- Je m'en doutais. Pour tout dire, je ne sais pas si votre complicité avec Cormo ne m'a pas été, en fin de compte, de la plus grande utilité. Elle m'a aidé à comprendre un élément capital dans la stratégie de la Merlion Society à mon égard. Les deux sbires tatoués du professeur m'ont suivi partout où j'ai dû me rendre pour les besoins d'une enquête qui a été moins une investigation, qu'une course pour leur échapper. Ça m'a mis la puce à l'oreille, mais n'anticipons pas.

- Il y a également autre chose. Lorsque j'ai parlé à Cormo, à mon arrivée à Singapour, il m'a semblé troublé par une question que je lui ai posée au sujet du patron de la Merlion Society.

- C'est tout naturel. Vous saurez le moment venu ce qui est responsable de ce trouble. En attendant, il faut que vous me promettiez d'accomplir ce que je vous ai demandé tout à l'heure.

- Je vous dois bien ça ! Je sais comment pénétrer chez Cormo : en passant par le Merlion qui se dresse sur l'îlot de Sentosa au milieu de la fontaine musicale et grâce à votre médaillon qui actionne une ouverture dissimulée au cœur du socle de la statue.

- Très astucieux. C'est donc que Meursault a voulu nous donner un coup de main en nous confiant ce médaillon.

- Sin Yee possède le même. Enfin, possédait. Y a-t-il un rapport ?

Philippe garda le silence. Il ne se sentait tout bonnement pas d'attaque à se lancer dans la description des rapports houleux entre Sin Yee et le défunt Meursault. Il enchaîna sur une considération toute différente.

- Vous seriez en droit de vous demander pourquoi je vous ai donné ce collier qui était destiné à rejoindre Connie, dans le dernier courrier que Meursault lui a adressé. Pour être franc, je crois que vous le méritez plus qu'elle. Elle a abandonné son amant, le privant pour la vie de son unique enfant, lequel fut à son tour laissé à son sort dans un environnement misérable. Elle a fait le vide autour d'elle, en se débarrassant des seuls êtres qui auraient pu lui donner l'amour auquel elle a échappé toute sa vie.

- Cette Connie, la mère de cet héritier tant convoité, a donc préféré quitter le richissime Meursault et le soustraire à son enfant pour se prostituer et finalement, devoir l'abandonner ? Voilà le genre de décision qui ne peut venir que d'une femme !

- Je vous sais gré de cette remarque, ma chère. Elle vous fait apparaître sous un nouveau jour à mes yeux.

- Ne soyez pas ironique ! Je ne suis pas du genre à brandir l'étendard amer du féminisme.

- Vous m'en voyez ravi !

- Et puis, cessez de me vouvoyer ! Je ne suis pas votre patronne !

- C'eût été trop beau que TU le fusses...

- N'en faites-vous pas un peu trop, là ?

- J'en fais toujours trop. Sans doute la peur de ne pas en faire assez.

- Et sinon, à quel genre appartiens-tu, toi ?

- Moi ? Je suis du genre à geindre tout le temps, mais en silence ; ça évite aux gens qui sont autour d'avoir à me plaindre. Je dirais que les blessures d'ordre professionnel ne peuvent plus m'atteindre (vu que je suis à la retraite), et que celles que j'ai traversées n'ont pas tellement laissé de trace sur les parois de ma volonté, aussi monumentale qu'inflexible. Il fit une pause à ce moment, en souriant face à la moue moqueuse arborée par Daphné. En revanche, poursuivit-il visiblement concentré, le rejet sentimental dans lequel la vie m'a tenu si longtemps, cet isolement douloureux qui s'est agrippé à moi comme un désespoir corrosif, a favorisé la montée d'une frustration intense qui distille le venin d'une revanche que je souhaite totale et éclatante !

- En somme, vous êtes en colère contre la vie, contre les femmes !

- Aussi contre moi-même, parfois…

- Voyez-vous un remède contre cet état navrant ?

- J'en vois un à proximité, mais il me faut le tester d'abord. Je ne m'aventure jamais sur une prescription hasardeuse.

Elle le regarda droit dans les yeux et prononça distinctement :

- Monsieur Ormandy ?

- Oui ?

- Serais-je donc ce que vous appelez un remède ?

- Je ne parle jamais de ma santé avant le repas. J'ai toujours peur que ça me coupe l'appétit. Mangeons, si vous le voulez bien, ensuite nous...

- Moi, je prends toujours mes médicaments avant de manger, pas vous ?

- Si vous insistez... Ah ! Mais vous voyez ! Vous êtes repartie vous-même dans le vouvoiement !

- Excuse-moi.

- Ça ne fait rien. Vu mon âge, c'est tout naturel.

- Ah non ! Tu ne vas pas t'en tirer sur le registre du vieux célibataire délaissé !

- Non. En fait, je ne suis pas délaissé, je suis ignoré. Complètement et définitivement ignoré, comme si je n'existais plus du tout. Si bien que j'ai fini par y croire moi-même.

- Ça t'arrange bien ! Comme ça, tu peux continuer à jouer les insatisfaits notoires !

- Écoute. Est-ce qu'on peut commander maintenant ? J'ai faim. Gardons les disputes pour le dessert.

TROISIÈME PARTIE

DESTINATION BANGKOK

L e lendemain, à la première heure, Philippe se mit en partance pour l'aéroport. Comme il arrive parfois que l'on perde les espoirs de la veille dans les nuées ensommeillées du petit matin, il n'avait pas encore retrouvé toute l'énergie et la détermination qui l'animaient un jour avant. Cependant, à bord d'un taxi sur la route qu'il avait déjà empruntée quelques fois ces derniers temps, le souvenir de Daphné qui s'était levée ce matin pour lui souhaiter bonne chance et lui manifester son soutien, ne manquait pas de lui donner un surcroît d'assurance pour accomplir l'impossible pari qu'il s'était fixé. Elle s'était plantée devant lui en le toisant d'un regard ensommeillé et lui avait alors promis une escapade en surf, sur les rouleaux idéaux de la plage de Manly en Australie, lorsqu'il en aurait fini avec sa course improbable à l'héritier de Meursault. Mais le souvenir qu'il avait gardé de cet endroit, associé à sa chute malencontreuse, ne laissait pas de générer chez lui une certaine hantise. En revanche, il ne pouvait que s'attarder sur l'évocation de la demeure où Daphné l'avait recueilli. À vrai dire, il ne s'était pas passé un jour depuis lors sans qu'il ne se la rappelle avec une certaine nostalgie, ne devant évidemment rien aux circonstances qui l'avaient conduit en son sein.

Philippe Ormandy, n'ayant jamais vraiment vécu aucune sorte de vie en commun avec qui que ce soit, nourrissait par conséquent peu d'émotions particulières, relatives au partage et à l'attachement générés par un foyer. Cependant, il croyait que dans les lieux que l'on aime, habite à jamais cette partie de nous qui en a pénétré l'essence, comme une atmosphère diffuse et subtile au sein de laquelle on vient à puiser, lorsqu'éreinté par la vie ou par les marques ineffaçables d'un sort contraire devant lequel nous avons dû plier, nous venons alors nous y rassasier d'une jouvence apaisante et mystérieuse, nous rendant les forces nécessaires pour emprunter le chemin restant de notre existence ainsi régénérée.

Il revoyait donc la petite cuisine, la chambre dans laquelle il avait fait son court séjour ; et il leur trouvait ce charme sobre qui savait, à travers un style recherché, allier l'utilitaire à l'élégance. Le havre parfait pour la détente à laquelle il aspirait à présent. N'ayant pas eu le temps de profiter une minute de sa position de nouveau retraité, il ne cessait de se convaincre qu'une fois cette affaire réglée, il voguerait enfin sur un océan de tranquillité amplement méritée. Mais il n'était pas sans savoir que sur un océan, l'improbabilité est la règle dominante, et qu'il lui fallait dès à présent, compter avec elle pour accomplir son but. Le vol jusqu'à Bangkok ne dura pas plus de deux heures, au cours desquelles Philippe s'abandonna complètement à son insolite rêverie.

Le temps lui étant compté de manière plus que frustrante, il résolut de remettre toute envie de visite à son prochain séjour dans la capitale thaïlandaise.

La chaleur et l'humidité poisseuse du climat local l'empoignèrent dès qu'il eut franchi le hall climatisé de l'aéroport.

La Thaïlande a été, au cours du XVIIème siècle, le point d'équilibre stratégique des intérêts rivaux de la France et de l'Angleterre en Asie du Sud-Est grâce aux initiatives du souverain d'alors, le roi Phra Narai. Ce qui n'était encore que le Siam, allait devenir l'épicentre de la lutte pour la domination commerciale des ressources orientales. Les relations avec la France allaient être marquées par un curieux épisode : Constantin Hierarchy, un aventurier grec, avait gagné les faveurs du roi Narai sous le nom de Phaulkon, à son arrivée en Asie. Promu surintendant du commerce extérieur, il initia une alliance avec la France.

Une ambassade siamoise fut par la suite magnifiquement reçue à Versailles par Louis XIV en 1684. L'année suivante, en octobre 1685, une délégation française en mission se rendit à Ayutthaya, en ce temps-là la capitale du royaume. Le Siam accorda alors à la France, Mergui, dans l'océan Indien, à des fins commerciales. Le territoire de Bangkok, à l'embouchure du Ménam, fut également cédé. Septembre 1687 vit une escadre de six navires partie de Brest avec à leurs bords, 636 soldats qui mouillèrent dans la baie de Mergui. La garnison française s'installa donc à Bangkok qu'elle transformera en place forte de la région.

Un an plus tard, profitant d'une maladie du roi, une conspiration se fit jour, dont le premier méfait fut l'arrestation puis l'exécution de Phaulkon, peu de temps avant que le roi n'expire, laissant entre des mains ignorantes son projet de coopération avec la France. L'histoire n'en étant pas à une ironie de plus, ce fut l'ancien ambassadeur du Siam en France, Phra Phetracha, également aux nombres des assassins de Phaulkon, qui monta sur le trône. Son acharnement à ruiner l'héritage de son prédécesseur fut responsable du repli français sur Pondichéry.

Le visage offert par la Thaïlande moderne est empreint des contrastes les plus saisissants. Les temples bouddhistes y côtoient des autoroutes à voies multiples, les échoppes ancestrales survivent au voisinage de centres commerciaux climatisés ultramodernes. N'ayant en revanche, jamais eu à subir les contraintes de la colonisation, elle est demeurée une terre fertile en vestiges d'un passé aussi riche que mystérieux, prenant sa source dans les origines lointaines d'une tradition religieuse à la valeur inestimable, dont le rayonnement s'étend par l'intermédiaire de la sagesse bouddhiste, ne constituant pourtant qu'un pan de l'extraordinaire legs d'une culture plusieurs fois millénaire, qui brasse dans ses développements, une grande partie du destin de l'Asie tout entière.

S'étant débarrassé de quelques rabatteurs à touristes très actifs dans la salle de débarquement, Philippe sauta dans un taxi et intima en anglais au chauffeur, de rouler. Voyant que celui-ci ne réagissait pas, il se répéta. Sans succès ! Le chauffeur ne fit que tourner vers lui des yeux ahuris. Une révélation aussi soudaine que douloureuse investit tout à coup l'esprit de Philippe. Il réalisa, dépité, qu'il se trouvait dans un endroit non anglophone et que la communication allait s'avérer plus qu'hasardeuse. Il remercia le chauffeur d'un « thank you » qui se hissa tout de même au niveau de son entendement et il sortit de la voiture, la tête aussi basse que son moral. Il fit quelques pas devant lui en aveugle, tout concentré sur les improbables circonstances qui l'avaient conduit jusqu'ici. Lorsqu'il y songeait, il n'avait pas vraiment d'indications tangibles qui auraient pu confirmer les informations recueillies auprès de Connie. Car après tout, si elle avait quitté la Thaïlande en y laissant son fils, rien ne permettait d'affirmer qu'il s'y trouvait toujours. Mais même en imaginant le pire, il devait bien subsister une trace de lui quelque part, à Bangkok, le lieu même de sa naissance ! Le lien capital dont il disposait, et à vrai dire, sa seule réelle information, était cet *àap op nûat* mentionné par Connie lors de la visite de Philippe à Londres. Le nom de l'établissement était resté dans la mémoire de Philippe : *Phâasîn*, vocable sous lequel on désigne également l'habillement fait d'une pièce de tissus au motif parfois évocateur de scènes religieuses que les femmes thaïlandaises s'enroulent autour du corps. Il n'y avait pas à hésiter ! C'était bien le lieu duquel il fallait partir pour remonter vers l'héritier. Mais comment procéder au milieu d'une population qui ne lui serait d'aucun secours, vu son incapacité notoire à se faire comprendre d'elle ? Philippe n'avait à sa disposition que les rudiments moins que basiques du langage thaï pour touriste. En clair, il savait dire « bonjour » et « au revoir » et prononcer maladroitement « *chan long thaang* » pour signifier à son interlocuteur qu'il était tout simplement perdu.

La fatigue et la chaleur achevèrent de souffler sur lui un découragement dont il sentit qu'il ne pourrait pas se débarrasser avant d'avoir pris un bain, pour faire fondre la lassitude qui venait si inopinément de l'étreindre.

Il n'avait emporté que le strict minimum et avait négligé de réserver dans un hôtel, le temps passé à Singapour ne lui ayant pas permis de prendre de plus amples dispositions pour son séjour ici, qu'il souhaitait le plus bref possible. Encore fallait-il que la chance fût au rendez-vous. Mais la chance n'était jamais un élément intégré aux plans de Philippe. En l'occurrence, il aurait bien concédé une exception pour cette fois-ci, car ce qu'il lui fallait pour le moment, c'était plus que de la chance.

Il marcha encore une dizaine de minutes, puis, s'engonçant dans la fatigue telle une mouche dans du miel coulant, il se résigna à s'asseoir sur le premier banc qui se présenta sous lui.

Les voies extérieures, encombrées de véhicules, s'animaient dans un concert exponentiel plein d'une discordante cacophonie à laquelle Philippe voulait échapper au plus vite. Au milieu d'elle, les cris vrombissants d'un moteur de tuk-tuk venant à sa hauteur attirèrent son attention.

Le tuk-tuk est un moyen de transport typiquement thaïlandais. Sorte de triporteur à moteur, il est pourvu d'une nacelle bâchée contenant une banquette pouvant accueillir jusqu'à trois personnes. C'est la version motorisée du saamlaw ou samlor. Les performances spectaculaires accomplies par les conducteurs de ces engins pour échapper à l'interminable densité du trafic local mériteraient de figurer dans le palmarès des prouesses perpétrées par cette adresse surnaturelle dévolue aux inconscients, qui bravent avec nonchalance les périls routiers de cette mégalopole moderne.

C'était donc un de ces intrépides qui faisait maintenant signe à Philippe d'embarquer à bord de sa machine pétaradante qu'il avait garée juste sous son nez. Philippe lui rendit son salut et après avoir consacré une dizaine de minutes à lui mimer les facilités d'un hôtel, il convainquit le kamikaze de le conduire au plus proche d'entre eux. C'était méconnaître la motivation essentielle de ces avaleurs d'émissions d'hydrocarbure, qui n'ont de cesse de drainer les touristes vers les lieux potentiellement susceptibles de soulager leur portefeuille de quelques milliers de Baht, l'unité monétaire du pays. Celui-ci ne dérogea pas à la règle. Il freina devant une bicoque en bois dont l'activité, si l'on en croyait le panneau en mauvais anglais qui en ornait la devanture, était la confection de costumes sur mesure. N'étant guère d'humeur à alimenter la démonstration de stratégie commerciale du vendeur aux cheveux glycérinés qui s'avançait déjà le sourire fendu, il fit signe au chauffeur de continuer en grognant entre ses dents. Ce petit rudiment de conversation universel, acheva de convaincre notre conducteur de l'inutilité de sa pratique pour attrape-nigaud, et il sembla désormais déterminé à ne s'arrêter que devant l'hôtel que Philippe voudrait bien lui désigner. L'air lourd et surchargé de senteurs mêlées qui allaient de la nourriture en provenance des étals bordant les rues, aux émanations bleutées des gaz d'échappement, pesait maintenant de plus en plus sur Philippe. Il regarda sa montre. Il lui restait seulement six jours et quelques heures avant la fin du délai imposé par le testament de Meursault. Il se devait même de ménager une paire de jours nécessaires pour regagner Londres où, sur l'aveu du notaire Framard, devait avoir lieu l'inauguration de l'A.H.M., conjointe à la succession en faveur du professeur Cormo. Pour la première fois depuis son arrivée, Philippe commença alors à transpirer. Il devait se rendre à l'évidence. Il n'était qu'un amateur. Il s'était rendu coupable de la présomption la plus éhontée, en déclarant qu'il était sur la piste de l'héritier, alors qu'il n'agissait que sur la foi d'une intuition aberrante, même à ses propres yeux.

Chaque minute qui s'écoulait à présent, lui semblait aussi précieuse que les indications qu'il avait recueillies auprès de Connie. Car c'était leur impulsion que Philippe avait suivi en venant jusqu'ici, respirer l'air empâté qui le sonnait en ce moment d'une torpeur lascive qui coulait sur lui comme un déluge étouffant, enserrant ses nerfs tendus de liens agressifs, leur insufflant une lassitude contre laquelle il ne cessait de lutter. Il ne fallait pas céder au découragement. Il ne devait pas lui laisser gagner une miette de terrain sur sa volonté, autrement, c'en était fini de son projet. Il le sentait et cette pression continue qu'exerçait sur lui la conscience de son échec possible, décuplait sa résolution qui s'ingéniait à trouver des moyens cohérents pour suivre la piste engagée par les éléments en sa possession. Aussi maigres qu'ils étaient, ceux-ci n'en avaient pas moins posé les bases de ses recherches et il s'en fallait de peu qu'il ne leur doive le maigre espoir qui demeurait en lui, de retrouver l'héritier de Meursault.

Ayant quitté les quartiers de *Don muang* et de *Bang khen*, au voisinage agité de l'aéroport, le tuk-tuk traversa à bonne allure *Chatuchak* et *Din daeng*, pour rejoindre *Pratunam*, en plein centre-ville. Les voies express étant défendues d'accès aux tuk-tuk, celui de Philippe évoluait sur la route de *Phahonyothi*, le long de laquelle il aperçut les nombreuses et misérables bâtisses en bois de fortune, abritant des familles entières. Montées sur pilotis, d'aspect vétuste et même pour certaines insalubre, ces habitations abondent pourtant sur les rives du fleuve *Chao Phraya*, ainsi qu'en contrebas des grands axes autoroutiers qui permettent de juguler quelque peu le trafic tentaculaire de la capitale thaïlandaise. Le spectacle impitoyable de cette indigence qui s'offrait à lui avec toute son intolérable indécence, acheva de plonger Philippe dans ce courant neurasthénique qui le guettait depuis son arrivée à Bangkok.

À LA RECHERCHE DE NATTAPORN

L e quartier de *Siam Square* débordait d'une animation anarchique lorsque le tuk-tuk, dans le dernier toussotement de son énième décharge de plomb, fit halte à la demande de Philippe, devant une pension de la rue *Kasem San*. Il descendit, paya indifféremment son chauffeur d'une poigné de Baht et pénétra dans la place. L'endroit modeste mais propre, ne l'encouragea cependant pas à rester entre ses murs pour la nuit.

Il s'est produit une sorte de pullulement de ce type d'endroit. Une des retombées directes du tourisme à grande échelle dont Bangkok reste une des destinations les plus prisées. Principalement, d'ailleurs, en raison de son faible coût de vie. Ces hôtels constituent donc les refuges idéaux des visiteurs aux budgets modestes.

Une fois à l'intérieur, Philippe s'arma de toute sa patience et prit quelques instants pour inscrire sur un des blocs-notes de la réception, le nom du fameux *àap op nûat* en question : Phâasîn ; celui qui avait recueilli et vu œuvrer à l'époque, Sin Yee et Connie. Sa stratégie était claire, le quartier étant un vaste réservoir débordant de ce genre d'endroit, il espérait bien que l'évocation d'un des établissements, puisse éveiller chez les tenanciers locaux un souvenir quelconque, qui pourrait alors l'orienter efficacement. S'il retrouvait l'endroit, il retrouverait sans doute la patronne. Cette Nattaporn, dont le destin avait croisé celui de l'héritier et qui tenait entre ses mains certainement âgées, le sort et la réussite de Philippe.

Un petit homme ridé aux yeux clignotants et à l'expression placide le salua. Philippe lui tendit le papier. Il le parcourut un instant, fronça les sourcils, sourit, fronça à nouveau les sourcils en posant son regard sur Philippe. Son anglais, mâtiné d'un fort accent Thaï, lui permit cependant d'engager la conversation.

- Je recherche cet endroit, le connaissez-vous ? Demanda Philippe pour faire court.

- Je ne sais pas, je ne connais pas... Il termina par un sourire et s'inclina.

Philippe interrogea également d'autres membres du personnel mais sans succès. Dépité, il se résolut à quitter la pension.

Alors commença pour lui, au gré de sa déambulation à travers le quartier, une routine pesante de l'interrogation, au cours de laquelle, sur un mode répétitif et toujours accompagné de son morceau de papier où il avait également inscrit le nom de Nattaporn, il s'épuisa à recueillir la même expression d'ignorance polie. Il visita les échoppes, des marchands ambulants, des chauffeurs de Taxi, des passants au hasard, également des touristes, toutes sortes de commerçants implantés les uns au voisinage des autres. Jusqu'aux tenanciers de clubs et de bars eux-mêmes, qui ignorèrent sa demande, non sans l'avoir bien entendu gratifiés de ce sourire crispant, qui virait à l'équivoque. L'endroit avait-il donc disparu ? Vingt ans s'était évidemment écoulés depuis le recrutement de Connie et Sin

Yee. Si tel était le cas, la partie semblait bel et bien perdue. Lassé de recueillir toujours les mêmes sourires, Philippe, après une investigation infructueuse de plusieurs heures, qui l'avait mené jusque sur les rives de fleuve *Chao Phraya*, décida de descendre à l'hôtel Oriental pour la nuit.

Cet établissement au luxe raffiné, situé sur les berges du fleuve, distillait son atmosphère jusqu'aux abords de son embarcadère où étaient amarré des *long tail boat* destinés aux croisières fluviales. Philippe s'arrêta un instant pour contempler sa façade surannée, sur laquelle les ombres du soir achevaient de tisser le rideau sombre de l'obscurité naissante. La journée touchait donc à sa fin sans que ses recherches n'aient débouchées sur quoi que soit, et la résignation commençait à le serrer au plus profond de son être. Il n'était à vrai dire plus très loin de jeter l'éponge.

Il gravit sans enthousiasme les marches du perron et traversa le hall gracieusement surchargé de l'Oriental. Il posa sans conviction une fois encore les mêmes questions concernant le lieu et sa tenancière de l'époque, Nattaporn. Obtenant les habituelles dénégations maniérées, il soupira en demandant une chambre pour une paire de jours. C'était de très loin insuffisant pour procéder au ratissage des « clubs de massage » locaux, mais cependant assez à ses yeux pour prendre conscience de l'inanité de ses efforts, ainsi que de l'utilité si faible des indices en sa possession. Lesquels, vieux de vingt ans, n'offraient plus aujourd'hui aucune sorte de lien tangible avec l'objet de ses recherches.

Sa chambre donnait sur le fleuve duquel montaient les senteurs multiples des environs, chargées de cette humidité tropicale qui portait en son sein embaumé, cette fragrance diaprée alanguissant Philippe depuis son séjour à Singapour. Il y avait même dans le caractère obsédant de cette odeur, comme un dénominateur commun mystérieux qui précédait chacun des épisodes jalonnant son enquête, venant ici se heurter aux circonstances improbables, sous lesquelles elle semblait menacée de rester infructueuse.

Un long bain chaud plus tard, le sentiment de défaite dans lequel Philippe s'était installé achevait de se répandre, faisant progresser son travail de sape au rythme des minutes qui défilaient au cadran luminescent du réveil de sa table de chevet.

- Le temps est contre moi ! Se disait-il. Je prends ma retraite, encore jeune et en excellente santé, je m'embarque dans une histoire à dormir debout, et c'est comme si ma vie future venait à dépendre tout à coup de ce foutu héritier ! Pourquoi ne pas renoncer ? Pourquoi ne regagnerais-je pas Paris, puis Clermongie, sans ne rien devoir à personne ? Et Daphné ? Bah, je l'oublierais facilement comme les autres… Mais quand même tout ça pour rien, quel ridicule…

Les scrupules disparaissaient les uns après les autres, d'autant plus qu'ayant livré à Sin Yee tous les détails concernant ses fausses participations présumées aux meurtres de Busholz alias Meursault et de Connie ; elle serait en mesure de le disculper auprès des services d'Interpol ; le déchargeant définitivement des lourds soupçons qu'avait fait peser sur lui la Merlion Society tout en mettant sur son dos les polices d'Australie et d'Angleterre.

Oui, partir était la seule solution raisonnable qui lui restait. Il lui fallait d'ailleurs enfin user de sa raison, lui qui l'avait tant négligée depuis les prémices tortueuses de cette affaire. Il décida instantanément de joindre la réception par téléphone pour réserver une place sur le prochain vol pour Paris. La chose faite, il se sentit plus détendu. Il s'étonnait cependant de déceler en lui-même une lassitude inédite, qu'il préférait attribuer à cette sorte d'asthénie ayant dévalée sur lui à son arrivé à Bangkok.

Dans la chambre silencieuse, il s'allongea les yeux fermés ; la tête cependant pleine de calculs désordonnés sur l'issue décevante de sa quête. S'il s'accusait intérieurement de lâcheté, c'était en revanche pour mieux souligner l'absence lamentable d'un lien assurant la continuité de ses efforts. Il savait qu'il n'avait jamais été si proche de l'héritier et à la fois si éloigné du moindre indice de sa présence. Ce paradoxe frustrant rythmait ses réflexions dans un crescendo tendu qui élimina toute ses tentatives de trouver le sommeil. La journée avait pourtant été éprouvante, mais le concert d'autodénigrement qui se jouait à présent en son sein, ne portait nullement à la sérénité requise pour trouver l'entrée du royaume des songes.

Après maints tours et retours dans ses draps, il comprit qu'il était vain d'espérer s'endormir pour le moment. Il s'habilla et descendit dans le hall animé de l'Oriental. Le chassé-croisé d'une foule hétéroclite avait lieu sous son regard inexpressif. Il suivit un peu au hasard un groupe de trois ou quatre personnes qui se dirigeait vers le bar de l'hôtel, se soutenant mutuellement en versant autour d'eux de larges éclats de rire.

Il pénétra lui aussi dans le bar et s'assit machinalement à une table. Le lieu avait tout de l'atmosphère agréable au sein de laquelle on peut se laisser emmener vers un état d'ébriété avancé. Telle n'était pourtant pas son intention. Il commanda néanmoins un *lâo yaa dawng*, un alcool à base de plante aromatique réputé pour ses vertus prophylactique. Philippe n'était certes pas malade, mais il entendait ainsi se prémunir des risques inhérents à son séjour, autant que de trouver un prétexte pour déguster cette fabuleuse liqueur. Le nez dans son verre, humant à satiété le bouquet généreux de sa décoction, il s'immergea peu à peu dans une humeur pleine de joyeuse placidité. Il cessa de penser à l'affaire qui l'avait mené jusqu'ici, et ne concentra plus son attention que sur l'étonnante décoration du plafond au-dessus de lui. Il promenait son regard d'un bout à l'autre du savant enchevêtrement de poutrelles sculptées qui l'ornait si harmonieusement, et achevait en même temps de tomber dans une griserie agréable. Placé comme il l'était, un peu en retrait mais néanmoins sur le chemin que les clients devaient se frayer pour rejoindre le comptoir, il ne s'aperçut pas tout de suite que l'un d'eux, d'un certain âge et semblait-il lui aussi sur la pente douce d'une ivresse exubérante, titubait droit vers sa table. Les réflexes atrophiés de Philippe ne lui permirent pas d'éviter la chute insolite de l'homme au beau milieu de sa table. Son verre renversé alla se briser sur le sol. Il recueilli le vieil éméché tout étourdi dans ses bras. Philippe, trop surpris pour songer à paraître outré de la malencontreuse attitude de cet énergumène, le fit asseoir sur la banquette la plus proche. À demi-inconscient, l'homme s'affala de tout son long en grognant. Philippe se pencha un instant pour examiner son visage. Il vit une face rougeaude, témoignage évocateur des méfaits d'un alcoolisme chronique, surmontée d'une tignasse blanche ébouriffée aux mèches aussi désordonnées que la mise négligée du personnage ayant brusquement interrompu sa rêverie relaxante. Il allait se décider à le laisser là pour quitter les lieux, mais le soudard ouvrit soudain les yeux et agrippa Philippe par le bras avec une telle force, qu'il perdit l'équilibre et se retrouva sur ses genoux, le visage à quelques centimètres de l'haleine fétide de l'inconnu. Il tenta de se dégager d'un mouvement désespéré pour échapper à l'odeur insoutenable de son agresseur, mais le colosse d'une main ferme le maintenait face à lui dans une lutte plus qu'inégale. Ses yeux de butor à l'expression égarée s'illuminèrent tout à coup et il se fendit d'un rire rauque semblant venir du fond d'une caverne inoccupée depuis l'âge de bronze.

- Tu m'as sauvé, mon ami ! Tu es un vrai ami, tu as sauvé le colonel Perkins ! Le colonel n'est pas un ingrat, tu verras... Dieu soit loué qui t'a mis sur ma route !

Sous le coup de sa délirante exaltation, il relâcha quelque peu son étreinte, ce qui permit à Philippe de se dégager. Il fit demi-tour avec l'intention de s'enfuir au plus vite loin de ce fou, mais l'autre, aussi vif qu'une danseuse un soir de gala, fut aussitôt sur ses talons. Il l'agrippa de nouveau. Leur altercation n'était pas sans être passée inaperçue et quelques barmans s'avançaient déjà vers eux en les invitant au calme. Le colonel Perkins, tel qu'il s'était présenté lui-même, se cabra lorsqu'ils tentèrent de le raisonner et les envoya valser contre le mur d'un seul mouvement rageur. Alors deux videurs s'interposèrent assez rapidement. Ils s'en prirent à Philippe d'une manière surprenante :

- Que s'est-il passé ? Pourquoi avez-vous provoqué le colonel ? Nous n'admettons pas les fauteurs de troubles ici, monsieur ! Quittez la place sans histoire sans ça, nous appellerons la police ! Entendu ?

- Figurez-vous que je ne demande pas mieux, c'était justement mon intention…

Le colonel intervint alors, faisant montre d'une contrition aussi sincère que déroutante :

- Laissez-le tranquille, c'est mon ami ! Mon dieu, je suis désolé… il m'a empêché de trébucher, alors que je foulais le sol pouilleux de votre bicoque ! Laissez-le ou je ne remets plus les pieds ici !

Il criait et sanglotait tout à la fois, mais son braillement mit fin à toute hostilité. Il serra, d'une poigne à rendre jaloux un broyeur, la main de Philippe puis toutes celles qui traînaient à proximité. Grimaçant de douleur, Philippe ne souhaitait plus qu'échapper à cette assemblée d'hystériques. Mais le colonel, encore une fois, insista pour lui payer un verre.

- Allons, laissez-moi vous inviter mon bon ami...
tenez compagnie au pauvre colonel...

De comique, son sanglot, avait viré au pathétique. Il s'était mué en une plainte dégradante, provoquant chez Philippe une pitié sincère lui intimant de céder à l'invitation pleine d'une emphatique sollicitude du distingué ivrogne, qui le poussa peu à peu vers le bar. Il mit sous lui un tabouret et s'installa à son tour devant le comptoir massif.

Une musique aussi sirupeuse qu'indiscernable faisait entendre ses accords autour d'eux. Les lumières tamisées accrochées à la rampe retombaient en reflets incandescents sur le visage tourmenté du colonel. Ses yeux n'étaient plus que des noix exorbitées qui promenaient au hasard leur fixité inquiète ; ondulant d'hébétude de l'endroit où Philippe se tenait, puis jetant ses rayons presque éteints vers les quatre coins de la pièce.

- Vous m'avez sauvé, acceptez que je vous invite... Répéta plusieurs fois le colonel avant de verser lui-même un scotch bien dosé devant Philippe.

Apparemment le personnage était bien connu du personnel, car son comportement ne semblait pas provoquer la moindre objection. Si ce n'est que Philippe ne tarda pas à s'étonner de la surveillance discrète dont son compagnon faisait l'objet. Deux serveurs avaient en permanence l'œil braqué sur lui et ses moindres faits et gestes étaient de ce fait, soumis à un contrôle d'autant plus certain, que l'intéressé paraissait demeurer étranger à cette vigilance organisée.

Mais il se jouait d'eux ; car comme il le confia quelques minutes plus tard à Philippe, il n'était absolument pas dupe du manège dont il était l'objet.

- Les imbéciles ! Ils croient me tenir ; mais si je le voulais, je transformerais ce cloaque en ring de boxe ! Des naïfs je vous dis... Des lâches qui ne connaissent rien... J'étais un entraîneur réputé moi, mon vieux ! J'ai fait gagner tant de poulains en Angleterre quand j'étais en service ! L'armée britannique ne sait pas ce qu'elle a perdu en révoquant un homme comme moi...

Il sanglota à nouveau. Philippe prenait simplement son mal en patience. Il ne lui semblait pas opportun de quitter le colonel pour le moment. Celui-ci l'aurait sans doute alors suivi. Mais il lui faudrait bien trouver une issue pour se débarrasser de lui avant que le jour ne se lève. Pour l'heure, il gardait la tête baissée en examinant le fond de son verre avec plus d'attention qu'il n'en convient de le faire. Ce qui finit par irriter son interlocuteur, toujours déversant un fiel désabusé et rageur contre les autorités militaires de son pays natal.

- Dites donc, quand le colonel Perkins parle, on l'écoute ! Tu vas m'écouter oui ?

Il tira violemment Philippe par le haut de son vêtement, sans aucun égard pour les boutons de sa chemise qui restèrent dans le poing énorme du butor. Cette fois-ci, il cessa de trouver à son goût l'attention que le colonel lui portait. Il poussa en arrière le tabouret d'un geste vif, qui l'envoya direct au sol. Debout sur ses deux jambes en suspension, prêt à foncer, Philippe faisait face au mastodonte. Celui-ci répandit un éclat de rire qui fit trembler toute la salle.

- Ah, un bagarreur comme je les aime !

- Ça suffit colonel ! Je vais vous faire expulser tous les deux, si vous continuez !

Un homme élégant était sorti de derrière le bar. Sans doute le tenant des lieux. Son ton autoritaire permettait en tous cas de le supposer. Philippe en profita pour s'élancer en courant vers la sortie. Il l'aurait sans doute atteinte, s'il n'était venu buter sur un couple faisant son entrée dans la place, avec une démarche de pingouins en phase de migration hivernale. Ils étaient si lents, qu'ils n'eurent même pas un mouvement de recul lorsque Philippe les percuta de plein fouet. Il envoya la femme au tapis, reconstituer sa mise en plis, durement éprouvée par le carambolage dont elle venait d'être l'objet. Le bonhomme débordant de vulgarité et de ringardise, barra le passage à Philippe en exigeant des excuses. Philippe le repoussa avec lassitude, alors que le colonel était déjà derrière lui ; reprenant son harcèlement puéril d'ivrogne désabusé. Philippe décida d'en finir une fois pour toute avec lui. Il sortit du bar et traversa le hall de l'hôtel. Dehors, sur les berges du *Chao Phraya*, un calme majestueux emplissait les environs. Les pas vifs et décidés de Philippe ne suffirent pas à semer son poursuivant, toujours sur ses talons, maugréant des insultes en un anglais châtié pour retraité nostalgique de l'Empire. Ormandy s'arrêta alors brusquement et le colonel manqua de le renverser en venant buter contre lui. Son exaspération connaissait un nouveau seuil, mais il voulut encore se laisser tenter par une explication raisonnable, afin d'éviter toute confrontation nuisible qui ne pouvait qu'être soldée par des dommages physique inutiles…

- Allons colonel, soyez raisonnable, il est très tard à présent. Rentrez chez vous, je fais de même et séparons-nous bons amis…

Ses propos, qui se voulaient apaisant, eurent peu d'effet sur l'excitation pathologique du colonel. Celui-ci se mit à vociférer de plus en plus fort.

- Comment ? C'est ainsi, on abandonne le colonel lorsqu'il vous a payé un coup ! Ça n'est pas une manière de traiter un ancien officier de sa majesté !

- Je ne veux pas vous offenser, je suis juste fatigué...

Philippe commença à maudire l'idée qu'il avait eu d'entrer dans ce bar dans l'espoir d'y diluer sa persistante insomnie.

- Accompagnez-moi, ne me laissez pas seul...

Voilà que le colonel repartait dans une phase descendante pleine de regrets pleurnicheurs. Il tirait Philippe par la manche en le suppliant.

- Terminons la soirée ensemble, je connais un endroit, vous ne le regretterez pas ! Allons, vous n'avez tout de même pas l'intention de séjourner en Thaïlande sans goûter aux joies que les filles locales dispensent avec la plus dévouée des générosités...

Philippe se remit en marche. Il progressait, son quémandeur indécent derrière lui, le long des berges silencieuses, en cogitant sur un moyen de lui fausser compagnie sans dommage. S'étant peu à peu écartés du fleuve, ils gagnèrent les rues du quartier de *Silom*.

- Suis-moi, tu ne le regretteras pas...

Ne cessait de répéter le colonel à un Philippe affichant une indifférence grandissante. Après plusieurs minutes de cette promenade qui n'était, du moins pour Philippe, qu'une fuite déguisée, un taxi vint à leur hauteur et interpella le colonel.

- Colonel Perkins ! Hey !

L'intéressé s'arrêta net et salua de la main le conducteur, visiblement une connaissance. Il monta à bord, abandonnant Philippe d'une manière aussi surprenante qu'abrupte. Celui-ci ne songea nullement à s'en plaindre et regardait avec un évident soulagement le sourire béat que le colonel envoyait en sa direction.

- Tu ne sais pas ce que tu rates ! A la revoyure, pied tendre !

- Comme d'habitude colonel ? demanda le chauffeur, dont les propos s'échappaient de sa vitre ouverte du côté de Philippe.

- Comme d'habitude mon vieux, au club *Phâasîn*... lui répondit le colonel avant qu'il ne redémarre...

VUES DE SINGAPOUR

V ues de Singapour, les choses n'allaient pas exactement telles qu'elles avaient été prévues par Philippe. Le projet de s'introduire à nouveau au sein de la propriété de Cormo, orchestré par le tandem improbable que formaient Sin Yee et Daphné, semblait bien compromis. Les buts de Sin Yee ayant été percés à jour, il lui restait bien peu d'espace pour ménager une intervention qui ne devrait son éventuelle réussite, qu'à son entière discrétion. Or, elle ne pouvait plus approcher les environs, depuis que Cormo avait déployé sa garde rapprochée, tout autour de son lieu de résidence également quartier général de la Merlion Society. Les deux femmes avaient envisagé plusieurs plans pour déjouer la méfiance de Cormo, accrue cela allait sans dire, à l'approche de l'échéance testamentaire qui s'apprêtait à faire de lui l'heureux bénéficiaire de la fortune de Meursault. Mais aucune de leurs nombreuses élucubrations ne trouvait grâce à leurs yeux sceptiques. Elles rivalisaient de suggestions saugrenues et dénuées des plus élémentaires précautions, alors que le temps, inexorable, les rapprochait de l'échec probable de leur plan insolite.

Ne quittant guère leur chambre du Raffles, elles se rencontraient régulièrement depuis le départ de Philippe pour Bangkok, sans parvenir à se mettre d'accord sur les modalités de l'action à mener, pour ramener les preuves indispensables afin de confondre avec force le professeur et sa confrérie. Elles se démenaient d'invectives et déploraient dans le même temps, l'absence de nouvelle de la part de Philippe, dont elles se languissaient de connaître la progression.

- A l'heure qu'il est, il doit prendre le thé avec l'héritier ! Plaisantait Daphné, pleine d'optimisme, tandis qu'elle traçait des croix éparses au crayon sur une carte de *Sentosa Island*, dans le but d'envisager le meilleur itinéraire pour aborder la propriété de Cormo, gardée à n'en pas douter comme une forteresse.

- Tu dérailles, ricanait Sin Yee, si ce type trouve un parfait inconnu en sept jours et le convainc de se rendre au bout du monde à ses côtés, pour lui faire toucher la moitié d'un héritage venant d'un père qu'il n'a jamais connu ; moi je me fais nonne...

- Oui, et bien commence à tisser le voile, car je suis persuadée qu'il réussira. S'il est parti là-bas, ça ne fait aucun doute qu'il était sûr de son coup.

- Il était surtout sûr de tenter le tout pour le tout en se donnant une dernière chance d'explorer la piste entre ses mains.

Le scepticisme de Sin Yee était amplement justifié, mais Daphné préférait garder ses espoirs jusqu'au bout. Il n'y avait pourtant pas lieu de pavoiser. Elles devaient se rendre à l'évidence, il s'était écoulé deux jours depuis l'absence de Philippe et elles n'avaient aucun point d'ancrage pour une intervention, qui se devait pourtant d'être imminente. En effet, le professeur serait inévitablement présent à Londres, pour la création officielle de l'A.H.M. coïncidant avec les volontés de Meursault de faire voir le jour à la grande œuvre de charité, devant spectaculairement et durablement pourvoir aux besoins des handicapés du monde entier. Ça ne leur laissait donc pratiquement pas le temps de griffonner des stratégies improvisées, pour investir clandestinement la place forte du professeur.

Le deuxième soir suivant le départ de Philippe, elles étaient donc réunies dans la chambre de Daphné, devisant avec ironie du silence frustrant d'Ormandy, dont elles n'avaient pas même reçu un coup de téléphone en plus de 36 heures ; lorsqu'on frappa à la porte. Elles se turent instinctivement et Daphné colla son œil au judas, qui lui révéla l'identité de leur visiteur. C'était en fait une visiteuse. Sur le seuil, se tenait Virginie, le visage figé en une expression de politesse encourageante, pleine d'une civilité trompeuse, comme elle seule savait les arborer.

Elles décidèrent d'un regard de la laisser entrer. Daphné ouvrit la porte en s'effaçant pour la laisser s'avancer au milieu de la chambre, avec la même assurance qu'une inspectrice des douanes sur le point de confondre des fraudeurs imprudents. Elle les salua d'un sourire engageant, affichant toujours son air de sympathie truquée.

- Mesdemoiselles, je suis ici en amie. En tant qu'amie et collaboratrice non déclarée de Philippe Ormandy. Je suppose qu'il a dû vous parler de moi ?

-Ça oui alors, répondit Sin Yee en contrefaisant la mine bien disposée de Virginie.

- Bien, il sera donc plus facile pour moi de vous apprendre la nouvelle. Philippe a abandonné la partie. Il a quitté Bangkok hier soir. Il ne reste donc plus aucun espoir de retrouver l'héritier de Meursault. Par conséquent le professeur Cormo aura bientôt à sa disposition et de manière absolue, telle que mentionné dans son testament, la fortune de Roland Meursault. Il est inutile de me demander les motifs de son renoncement soudain. Je ne les connais pas. Ce qui est certain en revanche, c'est sa volonté de prendre ses distances avec toute cette affaire. Il a réintégré sa bourgade de Clermongie, à proximité de Paris et s'exerce probablement en ce moment sur le green attenant à son pavillon, à son sport favori ; j'ai nommé le golf.

Les propos de Virginie, prononcés sur un ton égal aux accents pleins de confidence, produisirent leur effet sur Sin Yee et Daphné. Elles furent si désemparées pendant une minute, qu'elles ne trouvèrent pas quoi répondre. Puis, se maîtrisant, Sin Yee lui fit part de son incrédulité et de sa surprise.

- Attendez, comment savez-vous que Philippe se trouvait à Bangkok ? C'est une chose que nous croyons connue de nous seule.

- Que voulez-vous, Philippe m'a tout naturellement informée avant de partir, nous avons mené cette enquête ensemble après tout...

- Ça ne lui ressemble guère... marmonna Daphné en gardant les yeux baissés.

- Il a sans doute pris conscience de la futilité de ses efforts à seulement quelques jours de l'expiration du délai prévu par le testament. Expliqua Virginie.

- Ça pour une nouvelle, c'est une nouvelle... souffla Sin Yee.

- J'ai pensé qu'il était de mon devoir de vous avertir. J'ai jugé nécessaire de vous ôter tout faux espoir, compte tenu du fait que nous avons quasiment atteint le seuil ultime, annulant à tout jamais la clause permettant à l'héritier direct de prétendre à l'héritage, précisa Virginie.

- C'est très délicat de votre part, surtout lorsqu'on songe que votre soi-disant collaboration avec Philippe n'a été qu'une façade, masquant votre implication dans les desseins du professeur Cormo de s'emparer de la fortune de Meursault... Articula fermement Daphné en braquant soudainement son regard dans celui de la messagère hypocrite.

- On vous aura mal renseignée, je n'ai fait que le seconder dans ses recherches. Ce que mes fonctions d'assistante auprès du notaire Framard rendent totalement légitime par ailleurs...

- Et si vous alliez vous y faire voir, ailleurs, justement... Suggéra judicieusement Sin Yee.

- Comme vous voudrez...

Virginie planta ses talons dans la moquette, ce qui l'aida à pivoter sans dommage, et elle quitta la place d'une démarche identique à celle dont elle avait fait usage pour y pénétrer quelques instants plus tôt...

- Elle ment, ça ne fait pas de doute. Je l'ai vue se disputer avec Philippe juste avant son départ. Par contre, j'ignore par quel moyen elle a appris qu'il se rendait à Bangkok... s'étonna Daphné en refermant la porte sur la colporteuse de mauvais augure.

- Elle ment sûrement, confirma Sin Yee. Et ça ne doit pas nous troubler. Mais si elle ne ment pas, alors...

- Alors, on est bonnes pour abréger les vacances… Compléta Daphné sur un ton ironique qui masquait mal son désarroi.

GENTLEMAN IVROGNE

Si Daphné et Sin Yee se perdaient en suppositions et bloquaient sur leur manque de perspective en l'absence de Philippe, tout en n'osant pas envisager son retrait de l'affaire Meursault. Lui, en cette nuit foudroyante, n'avait pas pris pas la peine de se poser la moindre question.

À l'évocation par le colonel du lieu qu'il cherchait en vain depuis deux jours, son corps avait été parcouru d'une décharge surpuissante d'excitation. Malheureusement son temps de réaction, ne lui avait pas permis de prendre place comme il l'aurait souhaité à bord du taxi transportant le vieil éméché. La voiture avait démarré en trombe sous ses yeux impuissants. Philippe avait passé un sale moment d'autopunition en se maudissant dix fois de ne pas avoir montré plus de coopération envers le colonel Perkins, qui aurait pu ainsi le mener au lieu dit *Phâasîn*. Mais il s'était ressaisi très vite. Hélant le prochain taxi disponible, il était monté à bord en lui intimant vivement la direction qu'avait prise son collègue, mais le chauffeur ne l'entendait pas ainsi. Prenant tout son temps pour redémarrer, sa lenteur avait porté Philippe au comble de l'exaspération. Sa voiture s'était bientôt retrouvé à rouler à vitesse moyenne sur une des artères dégagées de *Silom*. Le taxi et son occupant s'étaient fondus dans le dédale de ruelles serrées et pour la plupart piétonnes, au sein desquelles aucun véhicule n'aurait pris le risque de s'aventurer. Explorer le quartier aurait pu prendre des journées entières ; à supposer qu'il s'agissait du bon et que le colonel n'avait pas changé d'avis entre temps... La partie était plus que compromise pour Philippe qui s'était senti réellement fatigué. Il avait choisi de rentrer à l'hôtel, le dégoût faisant trembler tous ses membres. Un jour nouveau se révélait à lui, il pouvait en observer toute l'incertitude au travers de la vitre fumée du taxi qui faisait demi-tour.

Ayant regagné sa chambre de l'Oriental, il s'était endormi aussitôt.

À son réveil, son obstination avait repris le dessus. Il fit sa toilette, s'habilla et descendit dans le hall. Il fut immédiatement approché par un des réceptionnistes.

- Sir, pour votre billet à destination de Paris... ?

- Annulez-le ! répondit-il d'un ton bougon.

Il en profita pour donner la description du colonel à l'employé, en lui demandant dans quelle chambre il demeurait. Philippe avait plus d'une raison de croire que le colonel était un pensionnaire de l'Oriental ; sans ça, il eut été peu probable qu'il soit si bien connu du service. Le garçon obséquieux lui répondit qu'en effet le colonel Perkins, retraité ou révoqué il ne savait plus très bien, résidait bien à l'hôtel ; mais qu'il ne pouvait lui révéler dans quelle chambre. Cette discrétion était bien compréhensible mais dans un cas comme celui de Philippe, où le temps jouait un rôle crucial, il lui était difficile de s'y soumettre. Il lui fallait donc attendre que le colonel se manifeste. Philippe s'installa dans le hall et se fit apporter deux gros annuaires commerciaux. Il les feuilleta copieusement mais il ne trouva dans aucun la trace du club Phâasîn ; dont il aurait volontiers douté de l'existence, s'il ne l'avait distinctement entendu lui-même prononcé par la bouche du colonel.

Il jetait de temps à autre un œil sur la pendule sculptée suspendue au mur lui faisant face. Il était près de midi. Le décompte était mortel et donnait des sueurs à Philippe. Il n'avait plus que deux jours devant lui...

Vers une heure de l'après-midi, il vit enfin et à sa grande surprise le colonel Perkins en tenue des plus élégantes, traverser le hall jusqu'à la réception. Il passa carrément devant Philippe sans même lui jeter un regard. Pensant qu'il ne l'avait pas vu, Philippe vint au-devant de lui d'un air affable et lui tendit la main.

- Colonel, comment allez-vous aujourd'hui ? Je suis désolé pour cette nuit, mais je tombais de fatigue... vous comprenez...

Mais le colonel prit un air de surprise si sincère que Philippe en fut gêné.

- Que me voulez-vous monsieur ? Je n'ai pas l'honneur de vous connaître.

S'excusant, il laissa Philippe les deux jambes figées dans le tapis comme dans une dalle de béton refroidie, et il poursuivit de son pas tranquille son chemin vers la sortie. Était-ce bien le même homme ? Son air distingué et ultra propre, contrastait évidemment avec le rustre larmoyant et débraillé que Philippe avait côtoyé la veille. Son visage fier et ses yeux qui ne cillaient pas de trop, portaient le témoignage de son intrépidité. Le personnage tout entier dégageait une distinction et une fermeté qui ne restèrent pas étrangères à Philippe. Surtout pour le contraste que cela produisait avec l'individu dépravé de la nuit dernière. Mais il s'agissait bien de la même personne. De cela, Philippe en était certain. La voix était identique, le regard bien que dénué du voile terne qui le recouvrait quelques heures plus tôt, affichait la même résolution, la même froideur puissante et calculatrice. Ça ne faisait aucun doute, l'individu ayant achoppé sur sa table la nuit dernière, et le gentleman aux cheveux lisses plaqués en arrière qui venait de le planter dans le hall de l'Oriental, était un seul et même homme. N'ayant plus rien à perdre, Philippe se mit à le suivre. Le voyant évoluer auprès de lui dans la rue, en gardant la même allure, le colonel Perkins crut bon de devoir se retourner. Il dit d'un ton plein de patience qui ne pouvait faire douter de sa probité :

- Vraiment, je ne sais ce que vous avez après moi, monsieur, expliquez-vous…

- C'est très clair, j'étais avec vous hier soir au bar de l'hôtel ; vous ne vous en souvenez pas ?

- C'est possible, et après ?

- Et bien, vous m'avez invité et vous insistiez pour me faire découvrir un lieu. Malheureusement, je vous ai fait faux bond… Je voudrais vous présentez mes excuses aujourd'hui ; et si vous le voulez bien, j'aurais plaisir à vous accompagner ce soir même…

- Je regrette, je crains que ça ne soit pas possible…

- Pourquoi donc, vous sembliez tout à fait disposé hier à m'y conduire …

- C'est un endroit privé, réservé aux seuls membres, j'avais sans doute perdu la tête. J'étais ivre, alors si je vous ai causé du tort, j'en suis profondément désolé et je m'en excuse, monsieur…

- Ormandy, Philippe de mon prénom, ravi de vous avoir revu colonel Perkins. À propos, avez-vous déjeuné ?

- Non, pas encore ; à vrai dire je me réveille à peine...

- Et bien c'est parfait, moi non plus. Voulez-vous vous joindre à moi ? Cette fois-ci, c'est moi qui invite...

- Je suppose que ça ne se refuse pas...

- Tout juste !

- Vous êtes français dîtes-moi... ?

- De nationalité oui ! De langue également, administrativement ça correspond bien à quelque chose, mais pour le reste je suis un citoyen du monde...

- Good... Good...

Le colonel prononça encore quelques « *good* » d'approbation contenue, au cours du trajet qu'ils firent ensemble pour regagner l'Oriental.

Ils s'attablèrent dans un salon à l'écart de la salle à manger et commandèrent, en prélude à une ripaille destinée à faire honneur à la gastronomie thaïlandaise toute entière, quelques *dim sum*, une soupe aux ailerons de requins et un canard au vin. Philippe décida de jouer franc jeu avec le colonel. Il ne souhaitait nullement prendre le risque de se voir essuyer un nouveau refus de sa part pour l'introduire au sein de l'établissement Phâasîn. À la fin du repas, avant que le dessert et le fond de la bouteille du cru qu'ils s'étaient fait débouché n'aient disparu, il aborda une nouvelle fois le sujet sans guère plus de tact qu'il n'en avait fait preuve dans la rue moins d'une heure plus tôt.

- Colonel, je dois vous avouer qu'il est pour moi d'une importance capitale que je réussisse à pénétrer dans cet endroit. Il s'agit d'un club privé, j'en ai conscience ; je vous demande donc, si comme je le suppose votre qualité de membre vous y autorise, de m'introniser en son sein...

- J'ai déjà répondu à votre requête, par conséquent n'insistez pas. Je vous serais reconnaissant de ne pas faire de cet agréable repas l'objet d'un marchandage.

Et pourtant c'était bien d'un marchandage dont il était question, et dont l'enjeu représentait un sacré pactole. Philippe renonça à argumenter. Il raconta par le menu son implication dans l'affaire Meursault, en passant sur certains détails cela va sans dire. Mais il exposa sans aucune forfanterie l'impasse dans laquelle il se trouvait.

- Comprenez que si j'échoue à retrouver la trace de Nattaporn Mongkonsin, la tenancière de la maison à l'époque, dont je vous ai parlé, c'est la fin de mon enquête et son échec...

Le colonel, l'air grave et le port de tête élevé, tamponna ses lèvres charnues de sa serviette de linge fin. Son regard intelligent était à présent tout entier immergé dans celui de Philippe. L'éclat de sincérité et de détresse qui lui faisait face réveillait en lui le meilleur de l'homme d'action. Celui qu'il avait été toute sa vie. L'homme au service de sa nation également. L'homme ouvert à autrui qu'il était demeuré ne pouvait rester indifférent à une telle requête. Sa décision fut aussi abrupte que rapide. Il se leva de son siège, brandissant devant lui son verre en cristal, encore à demi plein du breuvage d'exception dont le bouquet délicieux chatouillait son esprit échauffé :

- Je bois à votre réussite, il ne sera pas dit qu'un ancien officier de sa majesté a failli à son devoir d'assistance !

Philippe se leva à son tour, le sourire éclairant pour un instant son humeur tendue, et fit tinter son verre contre celui du colonel.

- Il y a cependant une question que je dois vous poser, articula ce dernier. Je n'y ai pas attaché d'importance sur le moment, mais à la lumière des faits que vous venez de me conter, il me semble qu'il peut s'avérer utile de vous confier une rencontre que j'ai faîte ce matin. Deux hommes, qui j'en réponds ne sont pas des locaux, m'ont abordé alors que je rentrais à l'hôtel. Ma mémoire me joue des tours et ce souvenir n'est pas très clair, mais ils m'ont interrogé sur vous. J'en suis certain, ils ont mentionné un homme en compagnie duquel ils m'auraient soi-disant aperçu en quittant l'Oriental tard dans la soirée. Je ne leur ai répondu que par bribe ; voyant que j'étais peu en état de les renseigner, ils ont disparu. Je ne sais s'il y a un rapport entre eux et votre affaire ; en tous cas, il y a des gens ici qui vous connaissent et vous cherchent…

Philippe sentit une larme moite s'écouler lentement le long de sa colonne vertébrale.

- Avez-vous remarqué quelque chose de particulier ? Essayez de vous souvenir, colonel.

- Oui, maintenant que vous m'y faites penser, j'ai pu observer un tatouage assez criard qui couvrait le poignet de l'un d'eux. D'ailleurs le motif m'a impressionné à tel point que j'en ai rêvé la nuit durant… précisa le colonel Perkins, déconcerté.

- Ce tatouage est une reproduction du Merlion, le symbole de Singapour. Les deux olibrius qui vous ont interrogé me pistent depuis le début. Ils sont les yeux et les exécuteurs de basses œuvres de la Merlion Society. Je comptais bien sur leur venue ici, ça ne fait que renforcer certains soupçons que j'avais déjà à leur propos... Il nous faut agir vite. Du reste c'est vraiment ce coup-ci ma dernière chance. Si vous voulez en être, colonel, autant vous le dire, j'y trouverais une grande joie. Je ne vous oublierais pas, soyez sans crainte... ajouta Philippe en baissant la voix. Il nous faut attendre la nuit. Les deux gardes-chiourmes doivent probablement être aux aguets quelques part. Je vous propose de regagner chacun notre chambre séparément. Je suggère que nous dormions pour être complètement alerte ce soir. Et, ajouta-t-il quelque peu gêné, pas d'alcool avant de trinquer avec l'héritier ! J'ai votre parole, colonel ?

- Celle du gentleman ou celle de l'ivrogne ? Ironisa-t-il.

- Je demande simplement à l'un de contrôler l'autre, jusqu'à nouvel ordre... Répondit impérieusement Philippe.

Le colonel se mit au garde-à-vous avec humour et sortit le premier.

L'ANTRE DU PLAISIR

L a nuit projetait ses ombres autour des arbres de l'Oriental, venant tremper leurs ramures bruissantes dans les eaux paisibles du fleuve *Chao Phraya*. Philippe, après un repos sans sommeil de plusieurs heures, était le premier en bas ; marchant nerveusement le long des couloirs fleuris de l'hôtel. Il ne pouvait réfréner une précaution instinctive de se tenir sur ses gardes ; regardant de tout côté comme s'il se sentait épié par une force invisible et négative qui avait juré sa perte. Le colonel ne fut pas long à le rejoindre. Ils échangèrent un signe de tête silencieux et sortirent tous deux par l'entrée principale. Philippe suggéra de prendre un taxi mais le colonel le fit taire en lui intimant de le suivre sans un mot. Ils firent quelques pas, tout comme la veille lorsque ce dernier tentait de le convaincre de l'accompagner. Moins de trois minutes après, une voiture, en fait le même taxi que l'autre soir, vint à leur hauteur. Le colonel ouvrit la porte sur Philippe en l'invitant à monter le premier. Une fois à bord, le colonel Perkins lui donna quelques explications :

- J'ai pensé qu'il valait mieux faire appel à mon taxi habituel. Vous comprenez l'endroit est si secret qu'il existe un service spécial, qui organise en quelque sorte des navettes pour s'y rendre. Ce qui explique votre échec auprès des taxis locaux. Notre chauffeur est l'un de ceux qui sont mandatés par les propriétaires du lieu, pour acheminer les clients jusque chez eux. Ce club n'est pas comparable avec tout ce que vous pouvez voir ici, comme lieu où se pratique au grand jour une prostitution quelque peu sordide et misérable. Non, là-bas on regarde plutôt la chose comme un commerce haut de gamme ; par conséquent destiné à une clientèle en rapport. Bref, c'est un lieu de plaisir certes, mais pas destiné à tout le monde. En quelques décennies, l'organisation à sa tête est parvenue à se constituer un carnet d'adresses doré, constitué de personnalités richissimes et pour la plupart aussi célèbres que ce lieu est discret ; et tenant par ailleurs parfaitement à le rester, préservant ainsi l'anonymat de sa clientèle. J'en veux pour preuve que le nom permettant d'y pénétrer et connu des seuls fréquentant l'endroit, n'est pas celui qui figure officiellement sur sa façade. Le vocable Phâasîn est une sorte de mot de passe employé par les membres, clients réguliers de ce club prestigieux et sélect, apprécié des plus grands…

Le colonel s'interrompit, tandis que le taxi roulait à présent sur une allée aux graviers crissant sous l'allure ralentie du véhicule. Situé à l'écart de l'avenue principale qu'ils avaient suivie jusqu'ici, le lieu ressemblait à un de ces temples qu'on peut apercevoir dans *Sampeng*, le Chinatown local. Deux colonnes en encadraient une gigantesque porte sculptée en bois laqué, où divers motifs érotiques et religieux entremêlés avec style, étaient représentés. Au-dessus d'elle à peine visible, était tracée de lettres en fer peintes d'un vert très sombre, l'inscription *lair*, terme anglais signifiant tanière. Une tanière, murmura Philippe pour lui-même. Plus précisément un antre, l'antre du plaisir…

Le colonel paya la course et descendit, Philippe sur ses talons. Ils montèrent quelques marches pour atteindre un porche dallé, abritant l'imposante porte noire à laquelle le colonel vint apposer trois coups distincts. Une petite lucarne imperceptible s'entrouvrit alors, et sans que Philippe ne puisse rien entendre ni même comprendre des propos que le colonel échangea avec un interlocuteur invisible, il fut invité moins d'une dizaine de secondes plus tard, à entrer.

Un décor aussi riche qu'ostentatoire se laissait deviner dans la pénombre régnante de l'hémicycle faisant office de réception. Ils furent accueillis avec chaleur et cette pointe de déférence qui laissait à penser que le colonel était un membre et un client régulier de la maison. Il se mit en devoir d'expliquer à Philippe l'utilité des couloirs disséminés à quelques pas d'eux, offrant aux visiteurs leur perspective mystérieuse. Ils conduisaient tous à des loges privées réservées à l'usage exclusif des clients les plus importants. Au milieu d'un sourire entendu, il lui avoua également en posséder une à son nom. Précision inutile, Philippe ayant depuis le début pressentit combien son intercesseur était un familier des lieux. Deux hôtesses aux charmes savamment mis en valeur, leur offrirent aussitôt le bras. Le colonel accepta de bonne grâce et semblait courageusement prendre le chemin de l'alcôve qui lui était réservé, lorsqu'une voix jeune fit résonner la voûte sous laquelle ils se trouvaient.

- Fàràng !

C'était une sorte de cri, ou plutôt d'appel déclamatoire fait sur un ton laissant perler une certaine moquerie. Philippe, tétanisé, s'immobilisa sur place. Il n'avait pas rêvé, c'était bien le nom de celui qu'il cherchait ; et quelqu'un à proximité de lui, situé à, selon ses estimations, cinq ou dix mètres, venait de le lancer dans l'espace sonore dont il était devenu le centre immobile et aux aguets. Son cœur ne battait plus. Ses tempes s'étaient figées, cristallisant d'une sueur froide et dégoulinante ses joues, devenues soudain aussi blanches qu'une lumière halogène. Le colonel également marqua un arrêt et lui jeta un coup d'œil plein de surprise. Le cri se répéta à nouveau d'un ton encore davantage railleur que la première fois.

- Qu'y a-t-il ? Demanda le colonel.

- Entendez-vous ? Balbutia Philippe. On appelle quelqu'un…

Une trappe sur le sol s'ouvrit derrière eux et une jeune tête crasseuse à l'expression facétieuse, celle ayant proféré le cri, en émergea.

- Encore toi ! S'écria la partenaire du colonel. Disparais, avant que je dise tout à la patronne ; elle te ferait encore fouetter ! Charge-toi plutôt de ranger les caisses d'alcool qui traînent encore devant la cave !

Le jeune homme fit les yeux ronds et referma brusquement la trappe sur lui.

- Veuillez l'excuser messieurs, soyez sûr qu'il sera puni de cette insulte, nous y veillerons ; précisa l'hôtesse retrouvant un sourire à vous donner des idées pour les siècles à venir.

Voyant l'air perplexe et figé de Philippe, le colonel se décida à intervenir.

- Allons mon vieux, vous n'allez pas vous laisser impressionner pour si peu. Elles se sont excusées, et puis entre nous, c'est un peu à cause de vous qu'on nous appelle comme ça…

- Attendez colonel, il y a comme un blanc, je ne comprends pas ; de quoi parlez-vous ? Demanda Philippe ayant retrouvé l'usage de la parole.

- Mais de fàràng bon sang ! Vous n'êtes pas sans savoir que ce terme générique désigne les étrangers occidentaux en général ; même si en réalité il provient du rejet des troupes françaises entrepris sous le règne du roi Naraï. D'ailleurs le mot vient de *fàràngset* qui désignait en ce temps les français présents sur le territoire...

Ce point d'histoire éclaira suffisamment Philippe, mais il ne laissa pas de le plonger dans un désarroi plus grand encore que celui auquel l'avaient livré ses recherches incertaines. Comment pouvait-il espérer appréhender un individu qui portait le nom infâmant qui le désignait du qualificatif d'étranger dans son propre pays ? Il est vrai qu'il était des deux côtés d'origine étrangère mais tout de même...

Sur ces entrefaites, le colonel s'apprêtait, satisfait, à emmener la jeune femme qui se faisait de plus en plus câline, piaffant d'impatience et balançant des œillades suggestive à n'en plus finir.

- Un instant colonel, vous oubliez les motifs de notre visite. Avant de vous abandonner entres les mains expertes de la demoiselle, tenez votre promesse et introduisez-moi s'il vous plait auprès de la patronne.

- Mais certainement mon jeune ami, se reprit le colonel en concentrant ce qu'il lui restait de sérieux. Suivez-moi, dit-il encore à Philippe en lui désignant le chemin.

Ils traversèrent un autre couloir, plus spacieux celui-là et infesté de motifs décoratifs en tous genres, s'entrouvrant sur de petites portes devant lesquelles étaient suspendues de lourdes tentures en velours rouge, servant de paravents dérisoires à la grivoise comédie du désir qui se jouait toute proche d'eux.

Le bureau de la patronne était donc situé en bout de cette piste coquine, à l'extrémité de ce repère licencieux. Philippe remercia le colonel qui l'abandonna sur le pas de la porte, estimant avoir perdu assez de temps…

Philippe frappa, puis sur l'invitation d'une voix aussi sèche qu'un fruit abandonné, il pénétra dans la place, aussi excité et réticent qu'une soubrette la veille de ses noces. Il vit face à lui, défiguré par un halo de lumière rougeâtre provenant des appliques suspendues aux murs, un vieux visage de femme décharné, auquel seules les pupilles humides d'un regard apeuré, paraissait conférer un semblant de vie. Il s'excusa du dérangement et se présenta en même temps, assez maladroitement, tout chamboulé qu'il était par l'apparence sordide du lieu, dégageant un relent à peine supportable de poisson en état de décomposition avancé…

Il décida bravement de rester sur le seuil, espérant que l'air du dehors pourrait lui être utile à surmonter les effluves nauséabonds qui s'échappaient de la pièce. Abréger l'entretien, s'il devait avoir lieu, semblait une option plus que raisonnable, aussi décida-t-il de jouer franc-jeu.

- Vous êtes bien Nattaporn Mongkonsin, n'est-ce pas ? Commença-t-il en prenant l'air le plus engageant que sa grimace de dégoût lui permettait.

- Que me voulez-vous ? Articula la vieille tortue en se redressant comme s'il lui était difficile de sortir de sa carapace.

- J'aimerai vous parler d'une de vos anciennes pensionnaires, Connie Xnan Tseu. Vous souvenez-vous d'elle ? Il y a de nombreuses années qu'elle a quitté la place, mais…

- Oui, une pas grand-chose, pas moyen d'en tirer quoi que ce soit, elle n'est pas restée longtemps parmi nous d'ailleurs...

- Justement, elle a laissé un enfant derrière elle, n'est-ce pas ?

- Vous êtes le père ? S'écria presque la vieille dame, retrouvant une énergie que Philippe était loin de lui soupçonner.

- Non bien sûr, je vous demande simplement de me dire où il est, c'est très important pour moi, et pour lui...

- Que voulez-vous dire ? Dit-elle en haussant le ton. Ses lèvres avaient visiblement retrouvé un peu des couleurs d'antan.

Philippe était pris de court. Il n'avait rien à lui dire de plus. Mais ses minces espoirs de retrouver l'héritier, reposaient maintenant dans l'intention de la vieille luciole aux yeux luisant de convoitise, qui laissait le silence ayant fait suite à son interrogation, planer au-dessus d'eux comme une menace définitive.

- C'est pour un héritage, s'avança Philippe comme s'il évoluait sur une couvée d'œufs fraîchement pondus.

D'un bond, la vilaine fut derrière lui et referma la porte avec une promptitude surnaturelle. Elle lui désigna un siège craquelé et poussiéreux qu'elle poussa ensuite sous lui ; comme on remorque une épave dont on souhaite soutirer l'ultime valeur. Philippe comprit immédiatement de quoi il retournait.

- Vous voulez de l'argent, c'est ça ? Demanda-t-il carrément à la mégère intéressée.

- De l'argent, à mon âge, pensez-vous... Je n'ai pas besoin d'argent mon bon monsieur, mais ma maison elle, doit subsister et subvenir au besoin de ses membres. Laissez une de mes filles s'occuper de vous ; vous n'aurez pas à le regretter...

- Je ne suis pas là pour ça, je n'ai que très peu de temps ; dîtes-moi où se trouve l'enfant de Connie ! Il avait presque crié sans vraiment s'en apercevoir, fatigué sans doute de la tension nerveuse entretenue par son interlocutrice impassible.

Elle avait flairé l'impatience de Philippe et comptait bien sur son usure pour parvenir à ses fins.

- Quelle impatience ! Ronronna la chouette perfide. Il vous faudra plus que de l'impatience pour me convaincre de vous donner des éléments sur le mouflet que vous recherchez...

- Je n'ai plus le temps d'être patient. Je n'ai plus le temps de jouer aux devinettes, alors répondez-moi ou je mets le feu à votre baraque ! S'emporta Philippe, jouant à fond la carte de la persuasion agressive.

La vieille se déplaça à nouveau comme si elle flottait dans l'air. Seul le bruit soyeux de son vêtement trahissait ses mouvements. Elle fut bien vite à la porte et l'ouvrit en désignant la sortie à Philippe.

- Partez, je ne vous dirai rien de plus, débrouillez-vous ! Hulula-t-elle une dernière fois, avant de se refermer sur un mutisme aussi complet et efficace que celui de la porte qu'elle claqua derrière lui.

C'en était fini de tous ses espoirs. Cette porte qui venait de se refermer sur sa mission venait d'en sceller l'ultime échec, Philippe, hagard et dépassé erra dans les couloirs cinq bonnes minutes, ne pensant à rien ; ayant perdu la notion du temps et celle du lieu dans lequel il se trouvait. Il avait tenté d'aller au-delà des probabilités quasi nulles de voir son projet aboutir, et c'était moins l'échec que le souvenir de tant d'inutiles efforts, qui le plongeait dans cet état d'abattement ; bien légitime, quand on songeait aux difficultés qu'il avait traversées pour parvenir jusqu'ici, au seuil entravé du dernier lien en sa possession qui eut pu le mettre en rapport avec l'héritier de Meursault. Son désarroi était incommensurable.

Évoluant ainsi dans le dédale un peu glauque des chambrées de Phâasîn -cet endroit qu'il avait tant cherché, et qui venait de lui asséner le coup amer de l'espoir déçu- il se retrouva bientôt nez-à-nez avec une jeune fille à demi-nue, qui avait entrouvert sa porte ; sans aucun doute intriguée par la rumeur désœuvrée des pas de Philippe.

Elle resta ainsi, son visage comme suspendu dans le vide sombre de l'embrasure de la chambre ; concentrant son regard malicieux dans le sien, sans prononcer une seule parole. Cette apparition eut un effet douloureux sur lui ; venant lui rappeler comme un écho lointain toute sa frustration. Il soutint plus d'une minute le regard insolent de la jeune femme, sans penser à rien d'autre qu'au désir presque bestial qu'elle venait d'éveiller en lui. Il ne savait pas si elle était belle, il ne savait pas même si elle lui plaisait ; elle n'était plus que le vecteur violent de son instinct qui faisait résonner en lui un appel irrésistible.

Il voulut tout à coup se lancer dans une course folle à la satisfaction de ses sens endormis depuis longtemps. Il ne la voyait plus que comme un prétexte susceptible d'actualiser mille fantasmes restés flous mais persistants, dans le rejet intime d'une frustration ancienne, mais jamais éteinte, couvant sous une surface endurcie, couche superficielle au-dessus d'un volcan de passions sensuelles inassouvies. Il la poussa à l'intérieur et l'enlaça si fort qu'ils en perdirent tous deux l'équilibre, atterrissant mollement sur la couche souple s'affaissant sous le poids de leurs corps, comme les herbes d'un champ se courbent sous une rafale de vent inattendue. Il la parcouru de sa bouche puis de ses mains, œuvrant partout où elle le lui indiquait, guidant elle-même ses doigts ; son corps fiévreux de désir s'enroulant autour de lui telle une pieuvre serrant un roc de ses tentacules...

LA MAISON DE FÀRÀNG

P hilippe s'éveilla bien plus tard qu'il n'aurait dû. Enfoncé dans la soie lisse de sa couche, il réalisa avoir sombré dans un profond sommeil après son aventure brutale avec la jeune femme.

Il se redressa promptement, prenant sa tête entre ses mains pour s'assurer qu'elle demeurait toujours sur ses épaules. Une forte migraine se jouait en son sein, et il lui fallut près de cinq bonnes minutes pour réussir à garder les yeux ouverts, sous l'agression des rayons lumineux que la fenêtre devant lui filtrait à peine. Il sauta dans ses vêtements plus qu'il ne les enfila, et s'en fut aussitôt en courant à la réception. Il y retrouva les deux hôtesses de la veille ainsi que la compagne improvisée qui l'avait abandonné à son sommeil prolongé. Il s'était écoulé plus de dix heures depuis son arrivé au Phâasîn, comme il le constata en jetant un coup d'œil à la pendule de l'entrée.

- J'ai préféré vous laisser dormir, commença la jeune plante en fleur que Philippe avait butinée la veille.

Il l'en remercia tout en extrayant quelques billets de mille bahts de son portefeuille. Intuitivement, il comprit que tous ses remerciements ne seraient pas vraiment appréciés sans une rétribution solide.

Reprenant peu à peu ses esprits, il s'enquit du sort du colonel qui était, comme on l'en informa, toujours occupé dans son boudoir privé...

Ce brave colonel jouissait donc d'une santé de fer, se disait Philippe tout en rempochant son portefeuille. Il n'était certes pas guéri de son échec auprès de Nattaporn, mais il avait à présent acquis la certitude que son projet était fou et sans espoir d'aboutissement. Cependant, il ne put résister à l'éventualité d'un ultime sursaut, en interrogeant à son tour la fille en compagnie de laquelle il avait passé un si agréable - bien que trop court - moment.

- Je connais l'histoire, lui avoua-t-elle. Je n'ai pas connu Connie Xnan-Tseu, mais j'ai eu vent de son destin parmi nous et également de celui de son enfant...

L'intérêt de Philippe n'était pas loin d'atteindre son paroxysme, lorsque le garnement intrépide de la veille fit son apparition. Passant devant la réception, il bouscula Philippe, en maugréant de vagues excuses sans égard aucun pour la véritable agression qu'il venait de commettre à son encontre.

Philippe laissa passer la chose, tout pétri d'indulgence pour le pauvre bougre, mais deux des filles se ruèrent sur le garnement et le collèrent contre le mur. Il se débattit sans pour autant les impressionner. Elles le giflèrent plusieurs fois et l'une d'elles commença à le fouiller. Elle inspecta la poche intérieure de sa veste crasseuse, en extrayant le portefeuille de Philippe qu'elle lui tendit, en même temps qu'elle administrait une nouvelle volée à l'adroit mais malchanceux pickpocket.

Stupéfait, Ormandy ne put s'empêcher de considérer le garçon avec bonne humeur.

- La prochaine fois que tu dépouilles un client, tu ne remets plus les pieds ici, c'est bien clair ? Asséna avec fermeté celle qui venait de le corriger d'une manière outrageante.

Le voleur, ainsi transformé en victime, la regarda près d'une demi-minute d'un air si menaçant que Philippe ne put se retenir d'intervenir :

- Allons, ça n'est pas si grave, insista-t-il auprès des filles.

Il tendit alors un billet au garçon. Celui-ci le lui arracha des mains et disparaissait déjà vers la sortie quand Philippe le rattrapa au vol.

- Où vas-tu, mon petit gars ? lui demanda-t-il.

L'autre ne répondit rien et se contenta de serrer les dents. Philippe le laissa enfin partir. Il disparut en une seconde en empruntant la même trappe que celle qu'il avait soulevée la veille, créant la surprise que l'on savait.

Philippe invita la demoiselle à poursuivre son récit.

- Je ne peux rien vous dire de plus, Nattaporn ne le permettrait sûrement pas… D'ailleurs, si elle ne vous a pas renseigné là-dessus, comment le pourrais-je ? Devisa-t-elle en prenant un masque impénétrable.

Philippe commençait à en avoir plus qu'assez des réprimandes cachottières, visiblement de rigueur dans cette maison. Il préféra donc la quitter. D'au revoir en promesse de revenir très bientôt, il se retrouva sur le seuil du Phâasîn, puis dévala d'une traite les quelques marches du porche.

Alors qu'il s'engageait sur les bords gazonnés de l'allée, la tête aussi basse que son moral était dévasté, Philippe entendit plusieurs coups de klaxon. Il ne réalisa pas tout de suite qu'ils s'adressaient à lui, mais leur sonorité désagréable redoublant à son approche, il se résigna à jeter un œil derrière lui. Ayant dépassé l'angle de la rue qui conduisait au Phâasîn, un tuk-tuk le suivait de près en proférant toujours ses crispants appels cacophoniques. N'ayant aucune envie de céder à la pressante invitation que le conducteur lui lançait si impudemment, Philippe lui signifia par un signe négatif de la main qu'il refusait ses services. Mais le conducteur qui portait une casquette poussiéreuse et aussi encrassée que la jeune face qu'elle surmontait ne s'en laissa pas conter, il interpella carrément Philippe :

- Hé, fàràng ! Toi pas marcher longtemps, bientôt pluie venir…

Cette voix stridente qu'il avait entendue une dizaine de minutes plus tôt, lui fit faire volte-face. Le jeune énergumène qui avait tenté de le voler, tâtait donc aussi de la conduite sauvage pour agrémenter sa subsistance qui, si l'on en croyait l'état catastrophique de son apparence vestimentaire, n'avait pas l'air de s'inscrire dans la prospérité. Il était juché sur son engin et regardait Philippe d'un air insolent de défi.

- Moi connaître homme toi chercher…

Cette remarque, pour aussi incongrue qu'elle puisse paraître, figea Philippe dans un état de curiosité distante qu'il lui fallut satisfaire sur-le-champ.

- Toi dire vrai ? demanda-t-il au garnement.

- Toi donner argent, moi te conduire jusqu'à maison !

Philippe lui allongea instantanément le reste de billets de mille qui encombrait encore son portefeuille et grimpa à bord de l'engin.

Ils ne roulaient pas depuis cinq minutes, qu'une pluie fine commença à tapoter la nacelle bâchée du tuk-tuk.

La confirmation de sa prévision météo suffit à transporter d'hilarité le jeune excité qui se mit à vociférer pour couvrir le bruit de la circulation, criant à l'intention de son passager :

- L'avais bien dit, moi !

- Regarde plutôt la route ! Hurla Philippe, ses deux mains empoignant de leur moiteur effrayée les montants de la nacelle, qui semblait près de céder sous les assauts fréquents de la conduite imprudente du jeune chauffeur écervelé.

La bruine initiale s'était peu à peu changée en averse carabinée. De véritables trombes d'eau s'abattaient sur la chaussée, rendant la circulation très difficile sur les avenues surchargées du quartier de *Silom*. Les multiples zigzags de l'engin, au milieu des flaques abondantes, pour éviter les bouchons qui commençaient à se former ici et là, commençaient à devenir de plus en plus hasardeux et risqués. Penché, la tête sur son guidon, le gamin ne prenait plus la peine d'écouter les remontrances de Philippe. Il s'appliquait à échapper aux congestions du trafic qui allait croissant. De longues files de véhicules s'étaient déjà formées le long des avenues, et les carrefours ne parvenaient même plus à réguler le flot indiscipliné de voitures qui s'amoncelaient, ferrailles éparses entassées sur le réseau routier surchargé de la capitale thaïlandaise. Les éclaboussures n'atteignaient pas seulement Philippe, elles le submergeaient de douches successives aux saveurs pleines de boue et du limon qui recouvraient la chaussée.

Au beau milieu de cette équipée arrosée, surgit, juste à côté du tuk-tuk occupé par Philippe et le garçon, une limousine aux vitres fumées qui accéléra comme elle le put pour parvenir à leur niveau. Roulant ainsi côte à côte pendant moins d'une minute dans l'extraordinaire densité de la circulation, les deux véhicules avançaient à la même vitesse, décrivant un parcours identique pour trouver une issue à ce qui menaçait de devenir un monstrueux bouchon. Le jeune garçon connaissait bien ce genre de phénomène lié à l'incontrôlable et exponentielle croissance du parc automobile thaïlandais. La route c'était sa vie, son gagne-pain. Aucune des recettes, même les plus périlleuses, pour échapper aux multiples ralentissements d'une telle mégalopole, ne lui était inconnue. Il progressait avec une dextérité surnaturelle entre les voitures, manquant plusieurs fois de se renverser sous les coups brusques et précipités qu'il donnait avec son guidon, comme s'il jouait des coudes au milieu d'une foule pour se frayer un passage. Sans vraiment avoir le choix, Philippe subissait les audaces du jeune casse-cou sans broncher, sentant combien il était vain à présent de lui recommander d'être prudent, alors qu'une pression omniprésente les environnait de toutes parts.

La limousine, suivant leur exemple, prenait les mêmes risques, mais ceux-ci se trouvaient bien entendu décuplés par sa taille importante et les larges manœuvres nécessaires à ses mouvements. Une fois encore, elle parvint à hauteur du tuk-tuk et, d'un coup de volant aussi subit qu'inattendu, elle vint frapper de plein fouet le côté gauche de la nacelle. Philippe fut si secoué qu'il s'en alla buter contre l'autre bord. Quelques insultes thaïes, dont on pouvait apprécier la saveur vu le contexte, s'échappèrent de la bouche de son chauffeur qui crut sur le coup, tout comme Philippe d'ailleurs, à une manœuvre maladroite. Il n'en était rien, comme ils purent le constater moins d'une minute plus tard, lorsque à nouveau ils essuyèrent un nouvel assaut de la part de la grosse limousine. Au stade où il en était de sa mission, il n'y avait plus guère de hasard aux yeux de Philippe. Surpris et quelque peu choqué par la violente insistance de la voiture à les percuter ainsi, il lui prêta une attention plus soutenue. C'est alors qu'il aperçut, dépassant de la vitre arrière entrouverte, une main agrippée à la poignée rétractable. Sur cette main, clairement visible, s'étalait un tatouage qu'il connaissait maintenant de mieux en mieux : celui d'un Merlion...

Les tatoués étaient donc sur place comme le colonel l'en avait averti. Il ne lui fallut que très peu de temps pour statuer sur la seule initiative à prendre pour le moment : les semer.

- Toi aller plus vite ! Hurla Philippe devant lui à l'adresse du conducteur en se soulevant à demi de son siège.

- Quoi ? Moi aller trop vite ? répondit celui-ci sans même se retourner.

- Non ! Toi conduire plus vite, plus vite ! Réitéra-t-il sans trop d'espoir de se faire comprendre.

À ce moment, profitant d'un ralentissement, la limousine exécuta une habile queue-de-poisson au moyen de laquelle elle parvint à se ficher juste devant le tuk-tuk. En lui barrant le passage aussi soudainement, elle lui laissa à peine le temps de tenter une esquive qui se termina inévitablement par un accrochage. Alors, le jeune chauffeur, comme s'il venait de comprendre la nécessité vitale d'échapper aux occupants de la limousine, tenta une manœuvre audacieuse. Voyant les deux portières du véhicule qu'il venait de percuter s'ouvrir, il donna un bon coup de gaz à sa bécane et celle-ci, entraînée dans son élan, n'eut aucun mal à escalader d'une traite le capot de la grosse conduite intérieure noire. Sous les yeux ébahis des deux tatoués, étant sortis et à présent campés au milieu de la route, le tuk-tuk plana dans les airs pendant une à deux secondes, avant d'atterrir avec fracas de l'autre côté de la chaussée entravée par la carcasse maintenant figée de la limousine. Malheureusement, la nacelle reçut de plein fouet le contrecoup du choc et ne résista pas. Elle s'abandonna dans un crac aussi bref que le temps de réaction émis par Philippe, réalisant se trouver inéluctablement séparé du reste de son moyen de locomotion. Il quitta son siège et sauta maladroitement à l'arrière du squelette ayant échappé à la cascade, et agrippa par la taille son chauffeur de tuk-tuk réduit. Comme il ne s'agissait pas de s'attarder pour faire l'inventaire des dégâts, ils laissèrent ce soin à leurs poursuivants en continuant leur chemin pour disparaître au détour d'une ruelle toute proche...

Si Philippe avait eu les bras libres, il n'aurait pas rechigné à accorder un bras d'honneur aux deux ahuris, qui restèrent impuissants à regarder sa fuite incongrue. Mais il préféra réserver les démonstrations d'insolence pour le cas où il parviendrait enfin à la maison de Fàràng.

- Bien joué, petit ! cria-t-il juste dans l'oreille de son coéquipier.

En guise de réponse, celui-ci fit une fois encore jouer les gaz du tuk-tuk, transformé pour l'occasion en tricycle première génération.

À l'issue d'un long détour à travers les embouteillages et alors que le ciel achevait de déchaîner sur eux les ultimes soubresauts d'une colère diluvienne, ils parvinrent enfin au sommet d'un terre-plein en contrebas duquel s'étalait un gigantesque bidonville. À peine arrivé, le garçon coupa le moteur, cala son engin - ou plutôt ce qu'il en restait - contre une carcasse rouillée, puis s'engagea le premier, toujours sans rien dire, sur le sentier recouvert d'immondices de tous ordres qui menait droit au campement insalubre. L'orage était toujours de la partie et avait largement contribué à détremper le sol autour d'eux. Philippe, qui ne voulait à aucun prix perdre de vue son entremetteur, fit preuve de promptitude pour marcher sur ses traces. Cependant, les larges coulées anarchiques de boue qui ravinaient le chemin eurent aussitôt raison de son équilibre. Il glissa puis fit deux tentatives pour freiner sa descente, en vain. Il finit par atterrir sur son derrière et termina le trajet en se laissant dévaler comme sur une luge. Le garnement qui n'avait rien perdu de la scène ne retint pas ses rires moqueurs. Le costume de Philippe était ruiné et pour l'essentiel recouvert de l'épaisse boue que le chemin lui avait si cordialement cédée.

- Attends, toi ! Ragea-t-il, j'espère que tu ne m'as pas mené en bateau... murmura-t-il pour lui-même.

Il le rejoignit enfin, clignant des yeux sous la pluie épaisse et continue qui lui obstruait la vue. Le gamin lui tendit une feuille de bananier, la lui mettant au-dessus de la tête en guise de parapluie. Philippe le remercia et ne put s'empêcher de sourire. Il le regarda un instant avec attention, sans doute pour la première fois. La pluie avait en partie fait fondre cette crasse graisseuse qui lui assombrissait le teint. Ses yeux clairs ainsi que son expression malicieuse lui donnaient un air bien différent de ses congénères thaïs. Une émotion mystérieuse s'immisça en Philippe. Il tapota l'épaule de son guide et lui désigna d'un geste l'encombrement hétéroclite de cabanes de fortune qui les entouraient.

- Toi connaître Fàràng ? demanda-t-il d'une voix légèrement adoucie.

Pour toute réponse, le garçon le prit par le bras et le conduisit près d'une guitoune minuscule sur pilotis se trouvant un peu à l'écart. Des visages mi-souriants mi-inquiets, mais curieux et intrigués, commencèrent à apparaître sur le bord des fenêtres et dans l'embrasure des portes ouvertes discrètement sur leur passage. Philippe n'était rien moins que présentable, mais en parfaite adéquation avec la facture du lieu...

- Voilà maison de Fàràng... décréta le garçon.

Il tourna les talons et s'apprêtait à détaler. Philippe le retint avec douceur mais fermement.

- Toi connaître Fàràng ? lui demanda-t-il à nouveau.

- Fàràng très malheureux, pas de parents, pas de famille, tout seul ! Lui aller à l'école, mais tous les enfants contre lui parce que lui différent... lui pas vrai Thaï, lui différent et lui porter nom de la honte...

- Toi ami avec lui ?

- Non, moi pas ami mais moi bien connaître...

- Toi entrer et demander moi visiter Fàràng, OK ?

- Pas possible ! Fàràng pas ici...

- Mais toi jurer à moi, toi me conduire à lui... ! Toi prendre argent...

- Moi jurer à toi montrer maison, pas Fàràng...

À bout de ressources et de nerfs, Philippe se laissa tomber devant le seuil de la maison. Les bras en croix, il ferma les yeux face au ciel. Par sa bouche entrouverte, la pluie continuait de déverser le breuvage tiède qui prit bientôt pour lui le goût fielleux de son échec.

Le gamin s'agenouilla près de lui et voulut le tirer à l'abri sous un amas de tôles à proximité. Philippe ne bougeait plus, ni même ne donnait signe de vie. Il perdit connaissance. Le garçon le souleva par les aisselles et le traîna jusqu'à l'intérieur de la maison de Fàràng.

Il l'étendit sur une couche rudimentaire faite d'un matelas archi-usé. Philippe délirait. Il prononça indistinctement toutes sortes de mots et de noms en rapport avec l'affaire Meursault. Peu troublé par son charabia, le gamin s'empressa autour de lui. Il tâta son pouls plusieurs fois et lui appliqua une compresse d'eau froide sur le front. Le laissant un instant, il s'agenouilla à l'autre bout de la pièce et commença à rassembler quelques bouts de bois, qu'il cala dans une sorte de poêle de fortune. Une épaisse fumée et une forte odeur de caoutchouc se dégagèrent bientôt dans toute la pièce. Il tira sur une latte de la muraille vétuste pour laisser passer un peu d'air. L'atmosphère redevint respirable et la chaleur commença à se diffuser autour d'eux. Philippe ouvrit les yeux. Le visage du garçon était près du sien et répandait une aura intense faite de promesses et de désespoir entremêlés. Le garçon se releva enfin et lui tourna le dos.

- Tu es chez Fàràng, fàràng... Tu es chez moi... prononça-t-il lentement.

Philippe se redressa sur son matelas. Il pouvait entendre le mouvement sautillant de ses tempes enfiévrées de joie.

Il voulut se mettre debout, mais à cet instant une partie du mur derrière lui vola en éclats. Un coup de pied bien tassé était à l'origine de cette intrusion. Il fit volte-face et une main agile le saisit à la gorge. Sur cette main, un Merlion tatoué le nargua une énième fois…

ON HÉRITE DE CE QUE L'ON MÉRITE

D errière les hautes fenêtres du manoir de Branson, au cœur de la proche banlieue de Londres, les préparatifs enjoués d'une célébration achevaient d'occuper une vingtaine des membres d'un traiteur local. Cette équipe en effervescence mettait la dernière main à la mise en place, alors que paraissait peu à peu le comité chargé de présider à la création de l'A.H.M. Cette société, aux buts entièrement humanitaires, et constituée par un habile regroupement d'associations diverses déjà existantes, donnait une idée de l'ampleur des moyens mis en œuvre pour unifier l'action caritative, afin d'orienter les profits épars réalisés par les différentes œuvres à présent regroupées en son sein. Ces moyens, une véritable manne financière dont avait à peine parlé la presse anglaise et internationale, étaient pour l'essentiel constitués par un héritage fabuleux, celui de Roland Meursault, l'industriel décédé il y avait maintenant plus d'un an…

En ce jour tant attendu de la transmission des droits de succession sur la fortune de Meursault, l'ambiance était clairement festive. Le professeur Cormo, le bénéficiaire, tout pénétré de la conscience effective de son triomphe sur le point de rentrer dans les faits, déambulait gracieusement parmi les groupes d'invités qui s'étaient peu à peu formés au sein du grand salon principal. Tous les protagonistes de l'affaire Meursault étaient présents. Virginie, évidemment la plus ravissante de toute l'assemblée, évoluait dans le proche et ininterrompu sillage du notaire Framard qui, lui-même occupant la position stratégique de la caution officielle donnée à cette réception, ne demeurait jamais loin du papillonnage mondain pratiqué avec l'évidence la plus éprouvée par le professeur. Ainsi, tout ce joli monde gravitait en orbite plus ou moins large selon la stricte hiérarchie des liens entretenus avec Cormo. Car c'était lui le centre rayonnant de cette réception, son pôle émetteur qui exerçait une attraction telle, qu'il était bien difficile pour chacun des membres réunis ici pour l'occasion, de s'y soustraire ne serait-ce que l'espace d'un instant.

Cependant, se tenant volontairement à l'écart de cette compagnie dévouée et acquise au bon vouloir de la bonne cause dont on allait tantôt célébrer la victoire, deux femmes, invitées pour l'occasion par Cormo lui-même, s'étaient en outre vues offrir le privilège d'une compensation pour un dommage subi sous le motif d'une méprise, à propos de laquelle le professeur avait tenu à exprimer ses plus sincères regrets. Bien entendu, la teneur du préjudice avait été scrupuleusement tenue secrète. Les victimes elles-mêmes, pourtant désireuses de se départir d'une posture en forme de statu quo bien surprenante pour celles qui avaient, encore peu de temps auparavant, affiché une hostilité absolue à l'encontre de Cormo et de ses méthodes, ne s'étaient livrées à aucune sorte de protestation. Ce comportement apaisant avait d'ailleurs garanti leur présence à cette réunion, placée sous l'égide d'un double objectif. L'un étant de statuer définitivement sur l'attribution légale des biens financiers et patrimoniaux de feu Roland Meursault - dont ce manoir était l'un des plus beaux fleurons - ; l'autre d'instituer l'œuvre caritative selon le respect strict des conditions voulues par le défunt. À cet égard, la présence du notaire Framard, son exécuteur testamentaire et ami de longue date, trouvait ici son ample justification et lui donnait une autorité incontestable pour présider à la première mouture de l'association. Il était, bien entendu, acquis qu'il y prendrait plus tard une participation plus active.

Ces deux femmes, donc, se tenaient l'une près de l'autre dans une sorte de discret conciliabule que rien ne semblait pouvoir interrompre. Placées à proximité immédiate de l'entrée, cela leur garantissait un regard privilégié sur la venue des invités dont l'élégant défilé commençait à peine. Sin Yee et Daphné, puisqu'il s'agissait d'elles, s'étaient résignées à jouer la carte factice du mea-culpa, mais au fond d'elles-mêmes, elles demeuraient essentiellement crispées sur l'issue frustrante de cette affaire. Elles faisaient à présent jouer une solidarité totale, qui trouvait son meilleur exemple dans la réserve concertée qui était aujourd'hui la leur, envers l'entourage des laudateurs dégoulinants de partialité du professeur Cormo. Profondément affectées par l'annonce de la défection de Philippe Ormandy, elles n'avaient eu de cesse durant les quelques jours ayant précédé la date butoir, de s'interroger mutuellement sur la finalité de leur rôle à l'issue proche de l'affaire Meursault. Elles savaient pratiquement tout de l'enquête d'Ormandy et, même si ses conclusions leur demeuraient dans leurs grandes lignes accessibles, les preuves nécessaires à une prise de position radicale leur faisaient cruellement défaut. C'était bien pour pallier ce défaut que Philippe leur avait commandé l'expédition chez Cormo, laquelle avait été complètement torpillée par l'annonce de Virginie concernant son improbable retrait. Néanmoins, assistant en qualité de témoins résignés mais attentifs à la cérémonie d'aujourd'hui, elles se ménageaient un éventuel espace ouvert à toute initiative de leur part, pouvant leur permettre d'inverser le cours injuste pris par les proches événements.

Les buffets furent enfin prêts. Certains étaient constitués de monticules de victuailles, véritables monuments d'opulence, qui témoignaient de l'insolente largesse dont le professeur Cormo avait fait preuve pour l'occasion. Plus de quarante-huit heures s'étaient à présent écoulées depuis la fin du délai octroyé par le testament de Meursault. Par conséquent, une totale et légitime confiance planait dans les esprits sereins de Cormo et Framard, qui s'évertuaient pourtant à garder un semblant de sérieux, afin de contrebalancer l'euphorie qui s'était à juste titre emparée d'eux. La plupart des futurs commanditaires étaient présents. Virginie déployait tout son savoir-faire, glissant avec son habituelle désinhibition sur la piste enluminée de son charme le plus soyeux, se révélant être d'une efficacité redoutable pour dispenser la magie nécessaire parmi les acteurs fortunés de ce monde en effervescence. Bien entendu, les réjouissances ne pouvaient vraiment avoir lieu sans le sempiternel discours d'inauguration, dispensé avec toute la harangue savamment gluante de Cormo. Une estrade avait été aménagée dans le fond du salon, et c'est de là que le professeur s'apprêtait à répandre sa litanie démonstrative. Il agrippa le micro vissé à la tribune pour l'occasion, et, campé fermement sur ses deux jambes comme un boxeur prenant sa position de combat, il commença son laïus :

- Mesdames et messieurs, chers confrères ici présents, j'aimerais profiter de l'occasion qui nous réunit aujourd'hui pour vous exprimer ma profonde gratitude pour votre soutien tout au long de l'année qui vient de s'écouler. Je ne suis pas sans savoir combien nombre d'entre vous ont consacré leurs ressources et leur temps à la mise en place de cette association, l'A.H.M., que j'ai l'immense joie d'inaugurer aujourd'hui avec vous. Je puis d'ores et déjà vous promettre que ces efforts, vos efforts, n'ont pas été, bien au contraire, dépensés en pure perte.

Car ce sont eux qui nous autorisent aujourd'hui à nous rassembler pour célébrer leur fructueux aboutissement. Je me tiens en ce moment devant vous pour témoigner de leur succès, de votre succès, plus exactement de notre succès. Car c'est bien la combinaison extraordinaire de nos volontés conjuguées qui a permis la mise en place de cette mouture initiale, bien évidemment appelée à se développer dans un futur très proche. Mais bien plus encore, l'esprit qui conduira cette organisation, je veux qu'il soit empreint des mêmes intentions, aussi charitables que furent celles de mon regretté ami, Roland Meursault. Il est, et demeure à jamais le grand inspirateur de notre cause, et je demande à chacun de vous de ne pas l'oublier, même aux temps les plus rudes de notre engagement commun. Roland Meursault était tout à la fois un homme d'engagement et de dévouement. Il a tenu à léguer sa fortune aux mains les plus à même de poursuivre au-delà de sa vie terrestre, cette volonté généreuse qui inspira son élan vers autrui tout au long de son existence. C'est cette volonté qui repose aujourd'hui entre mes mains, entre nos mains…

À ce moment, au beau milieu du torrent verbal aux intonations majestueuses proféré par le professeur Cormo, un murmure d'applaudissements s'immisça au sein de la salle, pour finir par rebondir bruyamment sur le calme respectueux qui y régnait. On se retournait dans l'assemblée, curieux de dévisager le grossier personnage qui osait interrompre le discours du professeur si mal à propos. L'homme continua d'applaudir encore une bonne dizaine de secondes, puis la foule s'étant écartée de lui dans un seul mouvement circulaire, il s'en trouva tout à coup désolidarisé.

- Philippe Ormandy ! cria le professeur, du haut de son perchoir.

Car il s'agissait bien de lui, qui les lèvres closes, continuait à battre des mains dans le silence stupéfait de la salle...

Comme la foule continuait à s'ouvrir sur son passage, Philippe, l'air décontracté mais plein d'une détermination farouche, se dirigea droit vers un des buffets. Il piocha au hasard une mini-tartelette au citron et la fit disparaître avec gourmandise d'une seule bouchée.

- Je suis content d'être passé avant que les buffets n'aient été entamés, je déteste manger les restes... Tout comme vous, mon cher Cormo, je préfère avoir la part unique d'un gâteau qui n'a pas encore été touché, dit-il avec une sorte de désinvolture concentrée qui rendait la situation presque comique. Une certaine gravité avait fait son apparition sur le visage du professeur. Il aurait sans doute préféré se débarrasser sur-le-champ d'Ormandy, mais la présence de l'assemblée, par sa densité et sa soudaine curiosité, lui interdisait pour le moment d'entreprendre quelque action que ce fût. Il se sentit néanmoins le droit, du haut de sa chaire, de l'apostropher durement :

- Que voulez-vous, Ormandy ?

- Moi, pas grand-chose. Ou plutôt si, avoir le privilège d'assister à la culmination de l'entreprise générale de bernement que vous avez mise en place. Mais parlons plutôt de ce que vous voulez, vous, il n'y a là-dessus pas l'ombre d'un doute. Ce qui a fait l'objet de vos constants efforts ces dernières années et qui trouve finalement sa justification aujourd'hui, je veux évidemment parler de l'héritage de Meursault.

Le silence était revenu, souverain et même effrayant, parmi les membres de l'A.H.M. Ils étaient désormais attentifs aux propos d'Ormandy aussi bien qu'à ceux du professeur. S'étant éloignés de lui, ils avaient peu à peu gagné le fond du salon, tout près de l'endroit où se tenaient Daphné et Sin Yee, à peine revenues du choc que l'apparition de Philippe venait de leur causer.

- Dites-moi, reprit-il, c'est chaleureux ces réunions. J'avais sous-estimé votre sens de l'hospitalité, Professeur. Mis à part le passage à tabac et l'embrouille de haute volée, vous êtes un hôte des plus civilisé...

À cet instant, le notaire Framard, qui avait gardé jusque-là le silence, interpella Philippe avec virulence :

- Cessez de jouer les trouble-fête, Ormandy, vous n'avez rien à faire ici, cette réunion est réservée aux membres de l'A.H.M. dont vous ne faites d'ailleurs pas partie.

- Croyez que je le regrette bien, je n'aurais pas eu à retrouver le véritable héritier de Meursault pour accaparer - comme vous le faites aujourd'hui- sa fortune ! Répliqua Philippe sans aucune complaisance.

- C'est une honte ! Hurla quelqu'un.

- Ces accusations sont insensées. Dites quelque chose, Cormo ! crièrent certains membres choqués.

- Mes amis, ne craignez rien, cet homme est un imposteur aigri par l'échec de ses tentatives pour retrouver l'héritier de Meursault, tenta Cormo pour apaiser les murmures d'indignation qui commençaient de s'élever çà et là.

- Avant de parler de l'échec des autres, examinons le vôtre, Professeur, il pourrait s'avérer plus définitif que vous ne semblez le penser, lança Philippe en guise de réponse.

Quant au trouble-fête que je suis aujourd'hui, c'est un rôle qui me convient à merveille, car il correspond à celui que vous m'avez fait jouer depuis le début de cette histoire. Mais je ne suis pas ici pour régler mes comptes avec vous. Non, je veux simplement m'adresser à votre joyeuse et ignorante assemblée qui s'apprête ici à célébrer la création d'une association illusoire qui n'aura de toute façon pas lieu !

Philippe, en trois enjambées bien calculées, aussi précises que rapides, se retrouva sur l'estrade sous le nez de Cormo. Il le bouscula habilement et s'empara du micro :

- Honorables membres de l'hypothétique A.H.M., je ne mets pas en doute votre bonne foi et votre dévouement à la cause du combat mené par Roland Meursault de son vivant. Il y a cependant certaines choses qui, vous l'entendrez bientôt, méritent d'être portées à votre connaissance. Vous serez sans doute curieux d'apprendre comment j'ai été mêlé à cette affaire. Je suis un ancien agent des Renseignements français. J'ai été recruté par le notaire Framard, présent parmi vous aujourd'hui, afin de retrouver la trace de l'héritier légitime de Meursault. Celui mentionné dans son testament initial comme seul légataire universel. Vous n'êtes pas sans savoir, qu'une durée d'un an après le décès rendait possible l'attribution légitime de la fortune par voie filiale. Au passage, comme un évident défraiement compensatoire aux efforts dépensés pour les besoins de la cause, le défunt avait ménagé un tribut plus que convaincant : la moitié de ses avoirs financiers pour le veinard qui parviendrait à remonter la piste de son enfant perdu. Le notaire ainsi que son assistante n'ont pas ménagé leurs efforts pour faire ressurgir cet héritier, car pour eux il pouvait signifier une immense rétribution à la place de la commission sur les droits de succession, dont ils devraient se contenter au cas où l'héritier ne reparaîtrait pas. Mais ce fut en vain. En revanche, il en allait tout autrement en ce qui concerne le professeur Cormo, le bénéficiaire par défaut si j'ose dire, qui ne pouvait voir dans cet héritier qu'une menace réelle, bien qu'encore trop improbable, pour perturber ses plans. Et ses plans quels étaient-ils ? En vérité fort simples. Il s'agissait ni plus ni moins de s'assurer que l'héritier restât en dehors, et si possible dans l'ignorance la plus totale, des dernières volontés de son père.

Framard tenta une nouvelle fois de couvrir les paroles de Philippe en vociférant :

- Tout ça n'est que de la diffamation gratuite, vous n'avez aucune preuve de ce que vous avancez ! Vous en répondrez devant la justice !

- Il est encore un peu tôt pour en appeler aux forces de l'ordre, nous y viendrons bientôt, pas d'impatience, mon cher Framard, se contenta de répondre Ormandy très calmement, avant de poursuivre : sachez, messieurs, que votre rassemblement d'aujourd'hui est illégal et hors de propos. Illégal parce que situé en dehors des véritables conditions du testament de Meursault, et hors de propos, parce que pas un d'entre vous ne verra la couleur de sa fortune !

Il y eut soudain un grand silence dans l'assemblée. Une perplexité galopante se lisait sur tous les visages. Puis, comme une vague qui grossit, des clameurs insistantes se firent entendre. La protestation générale était à son comble mais Philippe, du haut de son perchoir, regardait tout ce beau monde avec amusement, affichant un rictus insolent comme témoignage de sa confiance insolite.

- Inutile de préciser que vos protestations ne serviront en rien les desseins illusoires qui président à ce rassemblement, précisa-t-il, sans même essayer de ramener le calme au sein du parterre surchauffé qui lui faisait face.

À cet instant, Cormo conservant son sang-froid objecta :

- Vous n'avez aucune preuve et vos allégations sont scandaleuses, je vous donne trois secondes pour quitter les lieux, sans quoi mon service de sécurité s'en chargera...

- Ne lâchez pas encore vos Dupond et Dupont version XXL, j'ai déjà eu affaire à eux.

En fait, les deux étaient déjà en embuscade tout près de l'entrée à côté de Daphné et de Sin Yee, tout prêts à intervenir à la moindre injonction de leur patron.

Un homme assez âgé, un des commanditaires anglais comme son accent le laissa deviner, s'adressa à Cormo :

- Laissez cet homme s'exprimer. De quoi parle-t-il ? Quelles sont donc les nouvelles qu'il prétend nous apprendre ?

Le professeur dut battre en retraite et Philippe se cala à nouveau devant le micro en remerciant son intercesseur.

- Il serait évidemment fastidieux de vous conter les péripéties qui ont jalonné mon implication dans cette affaire au cours des dernières semaines. Comme vous le savez, la mission qui m'a été confiée par le notaire Framard était de retrouver la trace de l'enfant de Meursault. Car sans lui, sans cet héritier légitime, Cormo rentrait en possession de la totalité de l'héritage sous couvert de la création de l'A.H.M. Notre ami le notaire, lui, se serait bien contenté de satisfaire aux exigences testamentaires de feu Roland Meursault, ce qui lui aurait ainsi permis d'empocher la moitié de l'héritage...

Mais commençons par le commencement. Il y a un an de cela, le professeur Cormo, éminent spécialiste des maladies rénales, chargé des soins d'un patient peu ordinaire, le dénommé Roland Meursault, profite de ses vieux liens d'amitié avec son patient pour lui faire réviser son testament colossal, en faveur de la création d'une association à but humanitaire, l'A.H.M. Suite à quoi, l'opération rendue nécessaire par l'état dégradé de Meursault échoue. Je ne possède aucun détail me permettant de prouver la nature criminelle de cette intervention. Une perquisition dans les archives du professeur vous en apprendra davantage... Toujours est-il que le pauvre Monsieur Meursault en est sorti gravement diminué. Handicapé des membres inférieurs, il doit ainsi passer le restant de ses jours dans une chaise roulante. Parallèlement à cela, il a révisé son testament auprès de son notaire, Maître Framard, y incluant cependant une clause selon laquelle son héritier légitime, fils naturel né d'une mère disparue et faisant l'objet d'actives recherches de la part du défunt, est en droit de réclamer son dû pendant une période d'un an après le décès de son père. Roland Meursault a passé vingt années de sa vie à rechercher son héritier et sa mère. Il y était presque parvenu. Il a même envisagé de rejoindre la mère de son enfant à Londres. Mais sur les conseils avisés de son médecin, il y renonce. Préférant subir l'opération censée le guérir avant son voyage. Le professeur Cormo a fait preuve, en effet, d'une sagacité peu commune, en opérant son patient avant qu'il ne retrouve la trace de la mère de son enfant. Ce fut la première étape du calvaire de Meursault. Après l'avoir rendu invalide, le professeur et ses complices de la Merlion Society, le séquestrent dans son appartement de Sydney, l'endroit où s'est déroulée l'opération désastreuse. À la faveur du meurtre d'un membre dissident de la Merlion Society, Ernst Busholz, père d'une fille adorable, qui menaçait de révéler les mécanismes de fraude de ce club singapourien très sélect, l'organisation profite de son emprise sur quelques patrons de la presse australienne locale, pour intervertir l'identité de la victime en publiant le décès de Roland Meursault. Stratagème habile lorsqu'on veut accélérer une procédure de passation de biens, n'est-ce pas, Maître Framard ? Ne m'interrompez pas, c'est inutile. Cela étant, le chemin vers l'héritage ne semble plus entravé par rien d'autre que par l'improbable réapparition du véritable héritier, le fils de Roland Meursault. Cela, le professeur met tout en œuvre pour s'en prémunir. Il n'ignore cependant pas que son ami proche, le notaire Framard, également en charge des dernières dispositions du prétendu défunt, prend de son côté une participation active à la recherche du véritable héritier, en espérant ainsi pouvoir bénéficier de la clause spéciale du testament, prévoyant le versement de la moitié de la fortune à quiconque retrouverait l'héritier de Meursault. Il est assisté d'une femme au moins aussi avide et décidée que lui, n'est-ce pas, Virginie ? Puisque c'est de toi qu'il s'agit... Les deux dépensent sans compter efforts et argent pour parvenir à leurs fins. Le professeur les croit inoffensifs, mais charge néanmoins deux de ses sbires les plus dévoués de les surveiller. C'est ici que le notaire a une idée lumineuse, celle d'engager un professionnel du renseignement pour accélérer leurs vaines recherches, moi, qui vous parle en ce moment même.

Un murmure parcourut l'assistance, comme si la plupart avaient retenu un rire. Philippe n'y prêta pas la moindre attention et poursuivit son récit tout aussi concentré :

- Débarquant au milieu de tout ça, n'ayant que bien peu d'éléments en ma possession et pour tout dire, aucun en ma faveur, je me mis au travail. Il ne me fallut pas longtemps pour comprendre que le notaire Framard et le professeur Cormo, contrairement aux apparences d'une rivalité qui semblait les opposer, marchaient en fait ensemble. Il me fallait donc en quelque sorte m'affranchir de leur tutelle pour opérer en toute indépendance, même au risque de les voir me mettre des bâtons dans les roues. Je vous passe les détails de mes recherches. J'ai finalement découvert la supercherie à propos de la mort de Meursault ainsi que son exécution à Sydney. Ayant de peu échappé à la mienne, j'ai retrouvé la trace de Connie Xnan-Tseu, la mère de l'héritier, à Londres. Après l'avoir rencontrée et assisté avec désolation à sa mise à mort pitoyable par les hommes de Cormo, j'atterris finalement à Bangkok où je pus enfin retrouver la trace de l'héritier...

À ce moment, Philippe fit une pause et regarda dans la direction de Cormo. Celui-ci affichait un rictus de circonstance, dernier bastion d'orgueil résistant à sa déconfiture déjà bien avancée...

- Vous oubliez un petit détail, Ormandy, prononça-t-il de sa voix méprisante. Parmi les accusations immondes et les mensonges dont je viens de faire l'objet, qui seront, soit dit en passant, soumises à mes avocats, une chose semble vous avoir échappé d'une manière assez triviale. Si nous sommes aujourd'hui occupés à inaugurer l'A.H.M. c'est en vertu des dernières volontés du défunt Meursault. Lesquelles ont été scrupuleusement appliquées sous la vigilance de son notaire. Est-il besoin de vous rappeler l'expiration du délai accordé par le testament ?

Il y eut une nouvelle fois une vague de murmures au sein de l'assemblée. Cela ne sembla pourtant pas déstabiliser Philippe le moins du monde. Il descendit de l'estrade d'un pas nonchalant et vint tout droit à la rencontre de Cormo. Il sortit alors de sa poche une feuille de papier pliée et la tendit au professeur.

- Je vais mettre tout le monde d'accord, dit Philippe en prenant un air grave. J'ai ici un document attestant les vraies dernières volontés de feu Roland Meursault. Il s'agit d'une lettre confiée à mes soins par le défunt et destinée à Connie Xnan-Tseu, la mère de son enfant unique, de son héritier... Comme vous pouvez le constater, cher Professeur, les précisions qui y sont données annulent toute version antérieure ainsi donc que tout délai, et prévoient sans aucune condition la transmission intégrale du patrimoine à Connie et à son enfant.

Cormo parcourut le document, le fameux feuillet de la lettre de Meursault à Connie que Philippe avait tenu à conserver. Il le froissa soudain avec rage et le déchira.

- Il s'agit évidemment d'une copie, vous l'aurez compris. L'original étant en sûreté, il servira de preuve pour la transmission de la fortune de Meursault à son héritier légitime... dit Philippe en pinçant les lèvres d'un air entendu. Il regarda encore le professeur bien en face durant une bonne demi-minute et lui déclara sans complaisance : Eh oui, Professeur, on n'hérite que de ce qu'on mérite...

Un franc éclat de rire se déclara dans l'assistance et Cormo en fut quitte pour atteindre les sommets du ridicule. Son comportement venait de l'impliquer définitivement aux yeux de tous.

- Bien sûr, reprit Philippe, Roland Meursault croyait la mère et son fils ensemble. La mère n'étant plus hélas de ce monde, l'héritier légal, messieurs, le légataire universel de Roland Meursault, le voici !

Il désigna du bras et de toute sa paume ouverte le fond de la salle. Alors l'assistance vit apparaître d'un seul et même œil médusé, Fàràng, qui s'avança gauchement parmi elle en rougissant à demi sous l'émotion de l'attention dont il était tout à coup l'objet.

UN APRÈS-MIDI LONDONIEN

L e ciel si changeant de Londres offrait en cet après-midi un de ses aperçus des plus varié, promenant au-dessus du manoir de Branson toute l'étendue capricieuse de son registre fantasque. L'alternance de bourrasques pluvieuses suivies de douces accalmies, modelait l'humeur du lieu en lui conférant une sorte de nervosité inhabituelle. Il faut dire que l'effervescence avait culminé lors de l'apparition soudaine de l'héritier de Meursault, le jeune Fàràng. Il s'était avancé parmi les futurs membres de la désormais plus qu'improbable A.H.M., et il avait alors plané comme une atmosphère de résignation polie parmi eux. Ils venaient juste d'assimiler l'ultime pirouette de Roland Meursault qui, par-delà sa mort, renvoyait dos à dos tous les protagonistes de son héritage, avec leur convoitise gluante pour se tenir chaud les uns les autres.

Bien que la présence effective de l'héritier fût désormais acquise, Philippe n'en avait, semblait-il, pas tout à fait fini. Il avait pu en outre compter sur la prompte assistance de Sin Yee qui avait barré le passage à Cormo lorsque celui-ci avait tenté de filer à l'anglaise. Elle le cala de force contre un des piliers de l'entrée du salon, et lui passa les mains derrière le dos en un rien de temps. Elle fit un signe à Philippe, histoire de lui rappeler qu'elle n'avait pas perdu la main. Daphné, quant à elle, restait pour le moment à distance raisonnable de Framard, une manière de signifier à Philippe son soutien inconditionnel... ce dont il avait à présent bien besoin.

- Une équipe des services administratifs d'Interpol perquisitionne en ce moment votre domicile de Singapour. Ils vont passer votre paperasserie au microscope électronique à balayage, ça devrait suffire pour produire les recoupements nécessaires à la preuve de la nature frauduleuse et criminelle de vos activités, précisa Sin Yee à un Cormo dépassé par les événements et qui se contenta de baisser la tête en guise de réponse.

Virginie et Framard avaient profité de l'agitation générale, et s'étaient peu à peu rapprochés l'un de l'autre jusqu'à presque se toucher. Ils exécutaient en même temps une sorte de déplacement latéral vers la sortie, en ondulant comme ils le pouvaient pour échapper à la pression du monde qui les environnait. C'était sans compter sur la double vigilance exercée par Philippe et Daphné, qui n'eurent aucun mal à repérer leur manège.

- Un instant, mon cher Maître, restez encore parmi nous, ce qui suit peut vous intéresser, lui adressa Philippe avec politesse. Cette aimable assistance n'est sans doute pas encore complètement rassasiée au sujet de notre intrigue. Car ces messieurs ignorent toujours que le professeur Cormo, leur généreux initiateur, n'a été dans cette histoire qu'un instrument, une marionnette naïve dans la main de... Il s'arrêta un instant et regarda autour de lui.

L'assistance était suspendue dans les airs, faisant de la lévitation sur ses paroles que pas un n'osait interrompre, dans l'attente paroxystique des révélations en découlant, comme une source d'eau pure s'échappant d'un creux de rocher.

- Dans votre main, Maître Framard, reprit Philippe, car c'est vous qui avez manipulé Cormo depuis le début et non l'inverse. Vous qui avez fait enlever Virginie le premier soir au Raffles, pour la faire suivre par moi et ainsi nous mettre tous deux entre les pattes de Cormo, pour qu'il se perde en prenant le risque de nous supprimer. Vous qui avez laissé Cormo et ses deux figures du musée des horreurs faire tout le sale boulot à votre place… Car notre ami Framard a une spécialité, un hobby passionnant s'il en est, celle d'usurper les droits à l'héritage de ses clients. Bien évidemment, ne prenant de tels risques que lorsque les sommes en jeu ont de quoi décupler spectaculairement ses honoraires.

Nous avons d'un côté le professeur Cormo, artiste de l'euthanasie, artisan consciencieux de la mort sur commande, et de l'autre le père Framard, le bon Samaritain de la falsification, l'âme généreuse qui accompagne ses victimes sur leur chemin de croix, non sans leur avoir auparavant, bien entendu, fait signer le chèque qui couvre les frais nécessaires à leur propre disparition…

Mais vous avez commis une erreur grossière envers vos dévoués subalternes en leur dissimulant le fait que s'ils livraient eux-mêmes l'héritier, ils seraient en droit de réclamer leur part de l'héritage. Sans cette précision, je ne serais pas là aujourd'hui… car cette condition, Maître, ils l'ont apprise de ma bouche ! Il ne m'en a guère fallu plus pour les convaincre de me laisser ramener l'héritier à bon port… En revanche, ils n'ont pas dépassé le poste de police de l'aéroport. Je dois en cela remercier Sin Yee qui avait précautionneusement transmis leur signalement aux autorités anglaises…

Virginie eut un mouvement de recul comme si elle venait de toucher le diable en personne. Framard, digne et aux prises avec lui-même, se tourna vers Philippe :

- J'ai bien peur que l'on ne se retrouve encore, Ormandy, mais ça ne sera pas dans une cour du Raffles cette fois…

- Derrière une vitre de parloir, certainement. Histoire de vérifier si mes déductions correspondent aux faits pour lesquels vous serez jugé…

Aux injonctions de Sin Yee, un cordon d'officiers de police achevait de se former sur le seuil du manoir.

Philippe sembla enfin s'apercevoir de la présence de Daphné. Il la toisa d'un regard peu encourageant.

- Tu avoueras quand même, en ce qui concerne les gratifications dans cette histoire, je suis passé à côté… Lui dit-il en évoquant l'héritage qui venait de lui échapper.

Sans un mot, elle défit sa chaînette au pendentif de Merlion et la glissa autour du cou de Philippe en déposant un léger baiser sur sa nuque.

- Oui, là je suis bien gâté, fit-il en regardant devant lui.

- À propos, demanda Daphné, savais-tu que mon père avait déposé un testament ?

Philippe fit la moue. Pris de lassitude, il s'abstint de répondre. Daphné ne se découragea pas pour autant et reprit :

- Tu peux toujours courir après un autre héritage si ça te chante, mais cette fois il faudra t'accommoder de l'héritière…

- C'est une proposition ? Dit Philippe en la regardant soudain dans les yeux.

- Non, juste une promotion de printemps sur un lot de solitude : célibataire depuis trop longtemps, qui ne veut pas voir la ménopause arriver plus vite que l'heure de son testament…

- Dans ces conditions, l'offre me paraît avantageuse…

Et il l'entoura de son bras…

Ils marchaient ainsi vers la sortie, saluant Sin Yee de la main alors qu'elle était accaparée par le chef des forces de l'ordre locales. Il fut un instant intrigué par le bandage qu'elle portait au niveau de la poitrine. Daphné lui proposa de lui en expliquer l'origine à l'occasion. Évidemment, Philippe ne se doutait pas que les seins de Sin Yee n'étaient plus aussi magnifiques qu'il le supposait…

Parvenus sur le seuil du manoir de Branson, ils firent face à Virginie qui remontait les marches l'air perdue. Elle leur jeta un regard plein de surprise et s'adressa à Philippe :

- Il n'y a donc plus rien entre nous ? demanda-t-elle avec dépit.

Daphné s'éloigna, moins par délicatesse que pour signifier sa confiance en Philippe. Lui n'avait pas le cœur à une confrontation, mais se résolut cependant à lui répondre :

- Non, il n'y a rien entre nous… Comment pourrait-il y avoir autre chose que les malentendus qui n'ont cessé de s'interposer depuis le début entre nos silences froids qui me laissaient à moitié désespéré... J'ai espéré, j'ai tenté beaucoup pour toi, pour t'arracher un peu de compassion, mais tu ne m'as laissé aucune chance. Pas la moindre trace de sentiment dans ta voix, pas de lumière dans tes yeux, aussi vides que les espaces incompris de ton cœur solitaire... Car tu es seule, Virginie, seule comme les pierres d'un désert pleurant après l'ombre d'un arbre décharné qui ne les atteindra jamais. C'est un fléau sur la terre, les gens comme toi, qui ne savent pas partager. Qui gardent ce qu'ils croient posséder sans jamais vraiment en être rassasiés. La jalousie n'est pas une qualité, mais elle est parfois nécessaire parce que c'est alors le seul moyen de conserver ceux que l'on aime. C'est pourquoi je ne pense pas que tu puisses vraiment l'être. Ça demande trop d'implication, trop de don de soi... C'est-à-dire tout ce que tu ignores. Tu es assoiffée mais tu te trompes de breuvage. C'en est même un peu comique, d'autant courir après une chose qui nous confronte davantage à notre misère. La misère intérieure est la pire, et c'est celle que tu goûtes pourtant tous les jours, en t'obstinant dans ce qui te dégrade. Oh, bien sûr, il n'y a pas de remède miracle contre ces sortes de frustrations, mais persister dans une voie qui les entretient n'est pas le meilleur moyen de s'en libérer, tu ne crois pas ? Ne penses-tu pas qu'il pourrait être temps d'en prendre conscience ? Tu es la seule qui puisse faire quoi que ce soit en ce sens, le sais-tu ? Peut-être que tu me hais, là, en ce moment, parce que tu crois que je te sermonne, mais c'est seulement parce que je t'aime encore assez, pour te donner une chance d'éviter de lourdes déceptions.

Il avait parlé à cœur ouvert, dans une sincérité pure, dénuée de la moindre expectative. C'est pour cela qu'il vit soudain une larme glisser lentement le long de la joue de Virginie, qui se trouvait pour une fois sans défense devant une vérité qu'elle avait toujours souhaité ne pas voir : la sienne. Et lui, l'homme dont elle avait toujours un peu

www.ingramcontent.com/pod-product-compliance
Lightning Source LLC
Chambersburg PA
CBHW060810030726
47503CB00002B/420

méprisé les intentions, venait de la lui présenter en termes sobres et posés qui avaient dévasté son cœur, resté si longtemps insensible à la moindre parole, à toutes les supplications que sa malice de femme avait déjouées sans effort. Muette face à lui, elle le regarda descendre lentement les marches, sans se retourner, pour rejoindre Daphné dont il prit la main dans un geste doux et protecteur. Ils firent tous deux quelques pas dans l'allée principale sous les immenses marronniers séculaires, et elle entendit Philippe, un sourire de bien-être rêveur dans la voix :

- Crois-tu que les vagues seront bonnes à Manly ? dit-il avant de disparaître un peu plus loin derrière la haie qui distillait toujours la même odeur d'humidité délicieuse, semblable à celle qui les avait réunis quelques mois auparavant, à des milliers de kilomètres de là, dans une cour du Raffles Hotel de Singapour. Elle songea à ces moments où beaucoup de choses étaient alors possibles, et une tristesse lourde s'empara d'elle, faisant redoubler ses pleurs silencieux qui avaient définitivement perdu l'objet de leurs plaintes, s'évanouissant lentement dans le ciel brumeux d'un après-midi londonien.